La Gaceta del Misterio

C. K. McDONNELL

LA GACETA DEL MISTERIO

Traducción de
Núria Romero Hill

wonderbooks

Primera edición: enero de 2022
Título original: *The Stranger Times*

© McFori Ink Ltd, 2021
© de la traducción, Núria Romero Hill, 2022
© de esta edición, Futurbox Project, S. L., 2022
Todos los derechos reservados.
Este libro se ha publicado mediante un acuerdo con Johnson & Alcock Ltd.

Diseño de cubierta: Marianne Issa El-Khoury/TW
Imagen de cubierta: © Shutterstock y Getty Images
Corrección: Isabel Mestre y Olga López

Publicado por Wonderbooks
C/ Aragó, 287, 2.º 1.ª
08009, Barcelona
info@wonderbooks.es
www.wonderbooks.es

ISBN: 978-84-18509-15-5
THEMA: FMX
Depósito Legal: B 15359-2021
Preimpresión: Taller de los Libros
Impresión y encuadernación: Liberdúplex
Impreso en España – *Printed in Spain*

Para Mánchester: por la magia y el caos

PRÓLOGO

Los dos hombres estaban en el tejado observando la ciudad agitarse mientras dormía. El más bajo echó un vistazo a su reloj. Ya eran las cuatro de la mañana. Por experiencia propia, sabía que ninguna ciudad podía descansar realmente. Incluso a esta hora había indicios de actividad: el ocasional caminante solitario y las luces de los taxis, que intentaban encontrarse el uno al otro. Aun así, no había momento en que reinase un silencio mayor que este en la ciudad; esa fracción de tiempo antes de que el día se apoderase de la noche.

—¿Y seguro que no hay ninguna otra forma?

El hombre más bajo suspiró.

—No. —Se ajustó el abrigo. Según internet, el tiempo en Mánchester sería «suave», lo que resultó un eufemismo para «permanentemente espantoso».

—Solo que... —empezó a decir el hombre alto.

—Solo que ¿qué? No estamos aquí para negociar.

El alto se giró para fulminar con la mirada a su compañero.

—No es fácil, ¿sabes?

—Créeme, mi parte es considerablemente más difícil que la tuya.

—¡Joder, son cuarenta y dos plantas!

—Ya, pero es de la última de la que realmente tienes que preocuparte.

Un destello de ira brilló en los ojos del hombre alto.

—¿Acaso te parece gracioso?

—No, nada de esto me lo parece. No tienes ni idea de cuánto me ha costado darte esta oportunidad, y, ahora que hemos llegado hasta aquí, resulta que eres un cobarde. Créeme, no me hace ni la más remota gracia.

—Y… ¿puedo tomarme algo para calmarme?

El hombre más bajo se giró y se alejó varios pasos. Alzó la mirada para ver la luna llena que flotaba por el bajo horizonte. Ironías de la vida, necesitaba mantenerse calmado en ese momento. No podía expresar lo que realmente quería decir: al último, le había dejado tomarse algunas pastillas para «calmarse» y había acabado por convertirse en un desagradable cráter en el suelo. Esta vez tenía que funcionar, por lo que el chico no debía saber nada del último hombre. Le había costado todo su ingenio encontrar a otro candidato adecuado en tan solo una semana, pero el tiempo se agotaba. Se dio media vuelta, extendió los brazos y sonrió. Al final, todo depende de cómo uno se venda.

—Mira, es muy sencillo. Para que esto marche, tienes que hacerlo por voluntad propia. Tus niveles de adrenalina deben alcanzar cierto nivel crítico para que reaccione con la mezcla que te he dado; de lo contrario, la transformación no funcionará. —Evitaba usar la palabra «poción»; no tenía el efecto adecuado. Avanzó hasta quedarse a su lado y bajó el tono de voz—. Has visto lo que puedo llegar a hacer y sabes que quiero ayudarte. Solo necesitas poner de tu parte.

El hombre alto volvió a guardar silencio.

Hasta aquí había llegado. Era hora de convertirse en el poli malo. Tenía que conseguirlo.

—De acuerdo. Dejémoslo por hoy. Sé que cuando alguien dice «Haré lo que sea» no lo dice de verdad, es solo una expresión. Simplemente pensé que eras diferente, pero veo que me equivoqué. Puedo tomar un vuelo de vuelta a Nueva York en tres horas. Hasta la vista.

El más bajito se volvió para marcharse, pero el otro lo agarró firmemente del brazo.

—Espe…

El hombre bajo miró a la mano que le agarraba el bíceps.

—Créeme si te digo que no quieres hacer eso.

Al cabo de un momento de indecisión, le soltó el brazo.

Miró a los ojos llorosos del más alto, donde la ira se mezclaba con el miedo y con una gran cucharada de odio. Nada que no hubiera esperado.

—Me dijiste que querías hacerlo. Es más, me lo suplicaste. Es ahora o nunca.

El más alto hurgó en el bolsillo y sacó una fotografía. La miró detenidamente durante unos segundos, la lanzó al aire y empezó a correr lo más rápido que pudo.

El viento paralizó la fotografía en el aire durante un instante: una mujer rubia abrazaba a una niña con pecas en las mejillas, los mismos brillantes ojos azules y una sonrisa desdentada; al siguiente, desapareció, arrastrada en la noche.

El más alto no redujo su marcha al llegar al borde del edificio, por donde desapareció. Sorprendentemente, no se oyó ningún grito durante la bajada y, si lo profirió, se perdió en el viento.

El más bajito se dirigió como si nada hacia delante y miró por el bordillo; cuarenta y dos plantas más abajo, el pavimento estaba maravillosamente intacto. El hombre alto no estaba muerto; simplemente se había transformado. Ahora, era algo diferente. Algo útil.

—Parece que el juego continúa.

Se dio la vuelta y se marchó mientras silbaba una alegre melodía.

En algún lugar cercano, aulló lo que parecía un perro enorme.

CAPÍTULO 1

Hannah miró lo más rápida y discretamente que pudo a su alrededor antes de vomitar en la papelera. No estaba siendo un buen día y, aunque ni siquiera era la hora del almuerzo, hoy parecía que sería uno de los peores días de su vida. En realidad, lo habría sido de no ser por el hecho de que últimamente todos los días lo eran y cada vez resultaba más difícil diferenciarlos. La vida se había convertido en un largo letargo estresante y parecía que no podía despertarse de él.

En el bolso llevaba el libro de autoayuda *Solo hay una dirección*, de Arno van Zil, un *coach* sudafricano. «El pasado es equipaje sobrante que no necesitamos llevar con nosotros». Hannah se aferraba a algunas de las citas como si fueran una balsa salvavidas. La sonrisa cálida del autor en la portada empezaba a parecer una mueca burlona. «Lo que importa es el siguiente paso». No podía mirar atrás, debía seguir avanzando.

Dicho esto, después de vomitar tuvo que sentarse unos segundos para rebuscar en el bolso y encontrar, si Dios lo quería, el caramelo de menta que debería de tener ahí dentro. Hannah estaba encaramada a una papelera que había al lado de un banco. Se encontraba en un parque no muy lejos del centro de Mánchester. De fondo, se oían los chillidos y el alboroto de las niñas y los niños que se divertían en la zona de juegos, mezclados con el sonido sempiterno del tráfico. Guardó el móvil en el bolsillo del abrigo. Empezaba a odiar aquel maldito cacharro.

Cuando tomó la decisión de dejar atrás su antigua vida y sus cosas, el móvil había sido una de las excepciones. No quería ni el dinero ni las propiedades, pero sí que seguiría necesitando comunicarse con el mundo.

Por desgracia, el móvil incluía las redes sociales y a Hannah, por lo que parecía, se le hacía imposible no explorarlas todas. Eran una ventana al pasado que le permitía rememorar los veranos en Londres y el resto del año en Dubái; la riqueza y el evidente consumismo. La función que enseña las fotos de lo que estabas haciendo ese mismo día un año antes era especialmente cruel. Por una parte, le recordaba el vacío de su alma y la soledad que había sentido en aquella época, pero, por otra..., Dios, lo había tenido muy fácil. Era muy cómodo.

Al escuchar la canción «Common People» de Pulp en una tienda la semana anterior, había estado a punto de romper a llorar. Estaba allí plantada, mirando latas de guisantes sospechosamente baratas en un supermercado (mientras se preguntaba durante cuánto tiempo podría subsistir alimentándose principalmente de ellas) cuando Jarvis Cocker, el líder del grupo, metió el dedo en la llaga. Se sintió como la chica hipócrita descrita en la canción.

Acababa de volver de una entrevista para el trabajo de sus sueños que no había ido bien. Estaba absolutamente segura de que soñaría con la entrevista, aunque en forma de pesadilla que se repetiría una y otra vez.

Storn era una marca noruega de muebles exclusivos, de factura artesanal y exquisita, y concepto minimalista y elegante que rápidamente se había puesto de moda entre todas aquellas personas que se lo podían permitir. A Hannah le encantaban; ya había decorado dos casas con ellos, pero lo más seguro era que no podría mirar otra pieza de Storn sin sentir el estómago revuelto.

Al ver la oferta de trabajo, a Hannah le había parecido una señal divina, como si Dios le dijera que iba a salir de esta y que, a pesar de lo que todo el mundo le decía, estaba tomando la decisión correcta.

Se había armado de valor y había llamado a Joyce Carlson. Entre todas las amistades que Hannah tenía de su «vida anterior», ella era una de las únicas a las que consideraba una «amiga de verdad». Al cabo de un tiempo de conocerla, se había dado cuenta de que Joyce tenía un gran sentido de la realidad, lo que le permitía identificar las ridiculeces en su vida al tiempo que las vivía. También era una de las únicas mujeres que había encontrado un trabajo de los de verdad. Había conocido al primer ejecutivo de Storn a través de su marido y la habían contratado para ocupar un puesto en el departamento de *marketing* al abrir la tienda de Londres. Joyce conocía a la gente adecuada y organizaba las fiestas adecuadas, y le había dado a la empresa la visibilidad ostentosa que buscaba. Tanto era así que ahora también habían abierto una tienda en Mánchester para atender a la selecta área del Triángulo de Oro de Cheshire, y buscaban personal.

Así que Hannah se tragó el poco orgullo que le quedaba y llamó a Joyce.

La charla inicial resultó tan incómoda como había esperado. Joyce fue solidaria con Hannah y tuvo la prudencia de no hacer ninguna pregunta personal. No obstante, Hannah estaba segura de que Joyce sabía todo lo que le había pasado, ya que los detalles más obscenos habían llegado a los periódicos. Sin duda alguna, desde hacía tres semanas, la caída en desgracia de Hannah era la comidilla de todas las conversaciones durante la hora del almuerzo en las oficinas de Cheshire. Mientras hablaba con ella por teléfono, había sido plenamente consciente de que le estaba dando a Joyce un sabroso bocado que podría compartir si lo quería: «Oh, sí. Me ha llamado. ¡Está buscando trabajo!».

Pero le daba igual, necesitaba ayuda sí o sí. Desde el momento en que había mencionado el tema del empleo, Joyce sabía adónde quería ir a parar y había sido lo más sincera posible al decirle que haría todo lo que estuviera en sus manos para ayudarla. Después de todo, Hannah había sido una de sus primeras y más fieles seguidoras en el venerado Storn. Hacia el final de la llamada, Hannah estaba más que segura de que conseguiría el trabajo. Al colgar, se había sentido mareada al pensar que no solo volvería a ser capaz de mantenerse, sino que, al menos, tendría una amiga de verdad. Parecía que, después de todo, no había desperdiciado por completo los últimos once años.

Había ido a la entrevista con total confianza.

—Lo siento mucho, señora Willis, creo que mi asistente ha cometido un error al imprimir su currículum.

—Ah, ¿sí?

—Sí, según esto, estudió Estudios Ingleses en la Universidad de Durham.

—Correcto.

—Pero no se graduó.

—Sí, es que…

—Después de eso, no aparece nada más salvo sus *hobbies* y algún trabajo de voluntariado. Si me da un momento, la llamaré para que imprima el documento completo. Disculpe las molestias. ¿Quiere un café, un *espresso,* té, agua con pepino…?

—Em…, lo cierto es que ese es todo mi currículum.

—Vaya, ya veo…

Aquello había sido terrible, pero no tanto como cuando la otra persona que la había entrevistado había reconocido su nombre. Hannah miró el reloj al dejar atrás los edificios de Storn. Su primera entrevista de trabajo de verdad había durado exactamente diecisiete insoportables minutos.

Sentada en el banco del parque, encontró en el fondo de su bolso lo que seguramente era un Tic Tac y se lo metió en la boca. Quienes mendigan no pueden ser quisquillosos.

Además de la entrevista en Storn, hoy tenía otra, básicamente porque se había olvidado de cancelarla. El anuncio en la web era…, bueno, diferente de lo habitual: «Periódico busca a un ser humano desesperado con habilidad para formular frases en su propio idioma. Se busca a gente que no sea imbécil ni optimista, y que no sea Simon».

Estaba segura de que no era un anuncio de verdad, pero envió el currículum de todos modos. Una amable señora llamada Grace, con una mezcla de acento mancuniano y africano, se puso en contacto con ella para proponerle una entrevista. La aceptó, pero, al día siguiente, surgió lo de Storn, por lo que su conciencia no le dio importancia alguna. Incluso esa misma mañana había considerado la posibilidad de llamarla para explicarle que no podría ir, pero prefirió no hacerlo. Tener un plan B es siempre una buena idea.

Así que allí estaba, sentada en un parque cualquiera de una ciudad que no conocía, chupando algo que cada vez estaba más segura de que no era un Tic Tac y a punto de dirigirse a una entrevista de trabajo de la que no sabía absolutamente nada, pero que necesitaba con desesperación. Echó un vistazo al reloj. Mierda, iba a llegar tarde. Sacó de nuevo el móvil del abrigo. Según el mapa, el lugar al que debía dirigirse se encontraba detrás de una vieja iglesia en el lado opuesto del parque.

Se levantó y se sacudió la ropa. Un vagabundo con un parche en el ojo y una barba morena que le llegaba hasta el pecho pasó junto a ella en ese momento, se acercó a la papelera y miró dentro. Arrugó la nariz y negó con la cabeza, disgustado.

—Te lo digo yo, cariño, por aquí andan sueltos unos malditos monstruos.

CAPÍTULO 2

Hannah se apresuró a doblar la esquina mientras miraba la calle de lado a lado. A su espalda estaba el parque; a la derecha, un campo de fútbol y, a su izquierda, una iglesia. El resto eran páramos con algún terreno de propiedad residencial. La parcela tenía una señal que indicaba que iba a ser edificada con apartamentos de lujo, pero estaba tan abollada y cubierta de grafitis que plasmaba la gran idea que alguien había tenido hacía tiempo y que había quedado obsoleta.

Hannah rebuscó en el bolso hasta encontrar el trozo de papel donde había escrito la dirección. ¿Era posible que la hubiese guardado mal en el móvil?

—Disculpa, querida, ¿te importaría moverte?

Hannah se disculpó de inmediato, aunque, al mirar a su alrededor, no supo de dónde procedía la voz. Estaba totalmente sola en la calle.

—Arriba, cielo. Siempre hay que mirar arriba.

Dio un paso atrás, hacia la carretera, y obedeció. La iglesia era de ladrillos rojos y tenía barrotes en la mayoría de las ventanas. Poseía una belleza desgastada y abandonada. El enladrillado escalaba hasta el tejado de pizarra negra. Más arriba todavía, Hannah vio un vitral redondeado sin barrotes. Para su ojo no entrenado, aquella debería haber sido la característica más notable de la iglesia, de no haber sido por el hombre corpulento en un traje de tres piezas de tartán que estaba de pie en el tejado.

—Dios mío —murmuró Hannah.

—No, cariño. Definitivamente, no soy Dios. —El hombre hablaba con un acento engolado, como el de un actor de la Royal Shakespeare Company—. Querida, ¿te importaría apartarte un poquitín?

Hannah reparó entonces en que estaba justo debajo del hombre y se alejó rápidamente de su trayectoria.

—¿Te… te encuentras bien?

—Muy amable por preguntar, pero eso demuestra tu espantosa habilidad para evaluar una situación. Aun así, no tienes por qué preocuparte. Hala, ya puedes irte.

El hombre se aclaró la garganta y alzó la voz para dirigirse al mundo en general.

—Adiós, mundo cruel. ¡Reginald Fairfax Tercero dejará de ser tu juguete!

Hannah lo miró mientras buscaba las palabras. Sin embargo, fracasó estrepitosamente.

—Oh, no, por favor. ¡No lo hagas, Reggie! —dijo una voz, enfatizando las vocales, algo que estaba aprendiendo a identificar como una característica del acento mancuniano.

Hannah dio unos pasos hacia atrás y descubrió a quién pertenecía la voz: un hombre asiático con una barba desaliñada que se asomaba a una ventana y miraba al otro hombre.

—Tienes muchas razones por las que vivir —añadió.

A Hannah le pareció extraño que el hombre asiático utilizara un tono tan calmado, como si leyera un guion con muy poco entusiasmo. Parecía mucho más entusiasmado con la gran bolsa de patatas fritas que tenía en la mano.

—No, Ox, mi querido amigo. Me liberaré de este yugo mortal y de esta carne mancillada. A ti te dejo todas mis posesiones terrenales.

—¡Vaya, genial! —contestó Ox, casi más para sí mismo que para los demás—. Una colección de chalecos y un fregadero lleno de platos sucios que aseguraste que limpiarías a primera hora.

—¿Qué has dicho?

Ox elevó la voz.

—Nada.

El otro hombre, Reggie, parecía absolutamente ofendido.

—¡Mira quién habla! El que hace que toda la casa huela permanentemente a comida china.

—En mi familia lo llamamos comida, sin más —respondió Ox.

—Encantador. Mis últimos momentos de vida y tú te burlas de mí. Qué típico de ti, joder.

—¿Quieres relajarte? No tienes por qué hacer de todo un...

Ox dejó de hablar al percatarse de Hannah.

—¿Te importa, querida? Esto es una conversación privada.

Hannah miró a los dos hombres antes de señalar al que estaba en el tejado.

—Es que... se va a suicidar.

Ox asintió con la boca llena de patatas.

—Sí, pero la mayoría de las religiones del mundo creen que la muerte no es el final, así que...

—Pero...

El hombre que estaba en el tejado volvió a hablar.

—Por favor, dulce dama, líbrate de presenciar esta escena. No podría perdonarme que mi muerte te perturbase de por vida.

—Sí —coincidió el otro hombre—. Sigues en la zona de salpicaduras, cariño.

—Eres una bestia burda.

—Solo lo digo porque lleva un traje bonito. Seguramente vaya a algún sitio importante, y no creo que quiera que tu sangre y tus tripas le manchen el modelito.

El hombre del tejado se limitó a negar con la cabeza con indignación.

—Ignóralo, pero, por favor, prosigue tu camino, dulce dama.

Hannah lo miró y, después, echó un vistazo a su móvil. Tal escena —ella hablando a un hombre de pie en un tejado— le parecía tan irreal que sintió que se observaba a sí misma desde el exterior.

—Esto, bueno..., no sabrás dónde está la redacción de *La Gaceta del Misterio*, ¿verdad?

Ox estalló en carcajadas.

—¿Tienes una entrevista de trabajo? —Miró hacia atrás y gritó—: Grace, ¿has traído a alguien para que sea la nueva Tina?

Hannah escuchó una voz contestar, pero no descifró qué decía.

—Sí —contestó Ox—, está en la trayectoria de Reggie.

Se oyó algún grito más, en un tono mucho más contundente.

—Vale, vale… ¿Cómo puede ser esto culpa mía?

La mujer profirió otro grito.

—Bueno, relájate. —Ox miró a Hannah de nuevo. Sorprendente, ahora sí que parecía preocupado—. Estás en el lugar correcto, cariño. La puerta de entrada está a la vuelta de la esquina. —Señaló con la cabeza hacia el otro hombre—. Estás de suerte, vamos a disfrutar de un gran estreno.

—¡Eres un cabronazo, Ox! —chilló Reggie.

—Ya veo, ¿no puedo lidiar con el dolor a mi manera? Siempre estás diciéndome cómo debo actuar.

—Eso no es lo que estaba haciendo. Simplemente apuntaba que…

Hannah miró al móvil en su mano y soltó:

—¿Debería llamar a alguien?

—¿Para qué? —preguntó Ox.

Ella apuntó con la cabeza en dirección adonde se encontraba el suicida.

—No te preocupes. La situación está bajo control.

El hombre del tejado se mofó.

—¡Eso es lo que tú crees! —Se giró hacia ella—. Vete, querida mía. Mucha suerte en tu entrevista. Créeme, la necesitarás.

Hannah miró a los dos hombres, quienes, a su vez, la miraban con impaciencia.

—Vale…

Se guardó el móvil en el bolsillo y continuó por la acera a toda prisa, aunque miró hacia atrás un par de veces para asegurarse de que no se había imaginado lo que acababa de ocurrir.

Dobló la esquina para encontrarse con lo que originalmente debía de haber sido el pórtico de la iglesia. En los ladrillos se leía un grabado: IGLESIA DE LAS ALMAS ANTIGUAS. Colgando del pórtico de manera precaria, había un letrero con las palabras LA GACETA DEL MISTERIO escritas en él. Debajo había garabateado: ESTO YA NO ES UNA IGLESIA. POR FAVOR, VETE A MOLESTAR A DIOS A OTRA PARTE.

Junto a la puerta había un joven de unos dieciocho años sentado en una silla de *camping* con una cámara, que parecía cara, colgando del cuello. Era alto y delgado, y su silueta desgarbada quedaba acentuada todavía más por llevar solo una camiseta y unos vaqueros. Era un día en el que el tiempo requería vestir, al menos, tres capas, y él solo llevaba dos, como mucho.

—¡Hola! —Saltó para saludarla tan rápido que sus gruesas gafas cayeron al suelo—. ¡Ahí va! —añadió en una voz alegre—, no te preocupes. Las tengo, las tengo. —Se agachó para palpar el suelo en su busca y derribó un termo y una pila de libros.

Hannah dio un paso adelante y cogió las gafas antes de que el chico las rompiera. Se las ofreció.

—Aquí tienes. —La manó del joven flotó alrededor de las gafas hasta que encontró la de Hannah. Claramente, apenas veía sin ellas.

—Muchas gracias. —Enseguida se levantó y se puso las gafas—. ¡Hola, otra vez!

El chico agarró la cámara que tenía al cuello y le hizo una foto a Hannah, quien se estremeció de la sorpresa.

—Buenas —respondió Hannah—. Hay un hombre amenazando con tirarse al vacío ahí, a la vuelta de la esquina.

El joven sonrió y asintió.

—Sí, yo también me he dado cuenta. Estar atento a los acontecimientos es parte del trabajo de un periodista. Hablando de eso… —Tomó una libreta de la mesa que había junto a la silla y empezó a garabatear en ella—. ¿Cómo te llamas y qué edad tienes?

—Me llamo Hannah, Hannah Drinkwater… Mierda, quiero decir Willis. Hannah Willis.

—De acuerdo —comentó el chico mientras garrapateaba con furia—. ¿Y cuántos años tienes?

—Bueno… —dijo, e intentó continuar la frase en un tono jocoso—, hacer esa pregunta es de mala educación, ¿no?

—¿Sí? Ay, madre mía, seguramente sí que lo es, ¿verdad? —Se enderezó por completo, sonrió y le extendió la mano—. Hola, soy Simon Brush. Encantado de conocerte.

Hannah le estrechó la mano. De cerca, vio en su piel un triste testimonio de la cruel adolescencia. Parecía lo bastante mayor para haber sobrevivido a lo más duro, pero nadie le había dicho a su cara que lo peor ya había pasado.

—Igualmente.

—Entonces —continuó—, ¿cuántos años dices que tienes?

Hannah dio un paso atrás y se fijó en la camiseta que llevaba puesta, en la que se leía «Trabajo para *La Gaceta del Misterio*».

—Vaya, ¿así que trabajas aquí?

Simon negó con la cabeza.

—No, todavía no. Creo en el refuerzo positivo, así que, ya sabes, viste para el trabajo que quieras, o eso dicen.

—Ya veo. Yo también he venido para la entrevista.

—No estoy aquí por eso —respondió Simon—, ahora mismo no me permiten entrar al edificio. En palabras del señor Banecroft... —dijo, y cogió la libreta con rapidez y pasó las páginas hasta encontrar lo que buscaba—: «No dejéis entrar a este monstruo solitario cuatro ojos bajo ninguna circunstancia». Tiene un don para las palabras, ¿verdad?

—Eso parece, aunque me resulta un poco mezquino.

—Para nada. Verás, esto es como la escena de *Doctor Strange* donde él quiere estudiar en un templo, pero no le dejan entrar, así que se sienta enfrente. Es lo que estoy haciendo yo aquí. Creo que el señor Banecroft está poniendo mi determinación a prueba y yo le demuestro lo decidido que estoy. Es uno de mis objetivos en la vida, y no voy a dormir hasta que lo consiga. Por eso estoy practicando la taquigrafía.

—Ya veo. —En ese momento la oferta del anuncio volvió a su mente: «Se busca a gente que no sea imbécil ni optimista, y que no sea Simon». Madre mía...

—Estoy haciendo todo lo posible para estar preparado cuando la oportunidad se presente. —Simon estiró la camiseta para que Hannah leyera el mensaje estampado en ella—. ¡Visualiza el objetivo; conviértete en el objetivo!

Hannah releyó el mensaje y se detuvo, sin saber qué decir.

—¿Ocurre algo?

—Nada, solo que..., bueno.

Hannah se dio cuenta de que la primera vez que lo había leído sus ojos la habían engañado para que leyese lo que el cerebro esperaba ver ahí, en vez de lo que realmente había ahí.

—¿Qué pasa? —repitió Simon.

—A tu camiseta... le falta una «e», ¿no?

—No, qué dices… —Simon miró hacia abajo y leyó el mensaje del revés mientras Hannah se limitaba a sonreír con incomodidad y se arrepentía de haberlo mencionado.

—«Trabajo para *La Gaceta del Mistrio*». —Simon se veía abatido—. ¿*Mistrio*? Pero ¿qué…? Maldita dislexia. ¡Me la he puesto durante semanas! ¿Por qué nadie me ha avisado?

—¿Llevas aquí semanas? —preguntó Hannah.

—Sí, al menos ahora ha parado de nevar. Fueron unos días duros.

—Claro. Lo siento, no debería haberlo mencionado.

—No es culpa tuya. —Simon le ofreció una sonrisa todavía más grande que antes—. Cada error que cometes es solo una oportunidad más para triunfar la próxima vez.

—Esa no ha sido mi experiencia —contestó Hannah.

—¿Qué?

—Olvídalo. Debería irme.

—Te deseo mucha suerte en la entrevista.

Hannah le sonrió al pasar por su lado para dirigirse hacia la puerta principal. El chico permaneció con los dos pulgares hacia arriba, como si fuera un monumento tembloroso al optimismo mal aprovechado.

Las dos puertas de madera que Hannah suponía que daban paso a la nave central de la iglesia estaban firmemente cerradas, pero, al lado, había una escalera desvencijada que llevaba al nivel superior. Las paredes estaban húmedas; la pintura, resquebrajada y descolorida. El cuarto escalón desde arriba estaba roto, así que Hannah tuvo que saltar por encima de él.

Entró por una puerta que daba a la recepción de *La Gaceta del Misterio*. Era una habitación larga y estrecha en la que se encontraba sentada una mujer de color, bajita y rechoncha. Estaba detrás de la mesa de recepción y tecleaba con vehemencia en un ordenador que todavía tenía uno de esos monitores antiguos cuadrados. Era la primera vez en décadas que Hannah veía uno. Había un montón de sillas plegables apiladas en una esquina y un sofá de cuero andrajoso contra la pared que seguro que había conocido tiempos mejores.

La mujer miró hacia arriba y mostró una sonrisa amable.

—Hola, ¿estás aquí para la entrevista?

—Sí, em, soy Hannah Drinkwater… Willis, quiero decir. —Miró el reloj. Eran las doce y quince—. Lo siento, llego tarde.

La mujer movió la mano para quitarle importancia al asunto.

—No te preocupes por eso, todavía no se ha despertado. Soy Grace, la gerente de la oficina.

Le extendió la mano y Hannah cruzó el espacio para tomarla. Se dio cuenta de que había un par de imágenes enmarcadas en el escritorio: una de Jesús y otra de Phillip Schofield, el presentador de televisión. Grace tenía largas uñas pintadas y las pulseras de su brazo colgaban, lo que hacía que cada uno de sus movimientos fuera acompañado por una melodía. Tenía una sonrisa muy cálida y reconfortante.

—Toma asiento. ¡Stella!

Grace chilló la última palabra con tanta fuerza que Hannah dio un respingo del susto.

—Lo siento —se disculpó Grace—. Por favor, toma asiento. Enseguida estaremos contigo.

Grace volvió a hacer sonar el teclado con sus largas uñas. Hannah asintió y se sentó en el sofá, que descubrió que era uno de esos en los que te hundes lo quieras o no, lo que hacía casi imposible encontrar una maldita posición cómoda. Se movió para intentar llegar a un acuerdo mutuo con el sofá para mantener su dignidad, pero el cuero lo hacía imposible al emitir ruiditos embarazosos mientras se le iba subiendo la falda y de alguno de los agujeros de la tapicería se iba saliendo el relleno.

—¿Has tenido algún problema para encontrar el sitio?

—No…, bueno, en verdad sí, y… hay un hombre a punto de saltar de vuestro tejado.

Ni se molestó en mirarla.

—Bueno, hoy es lunes.

—Claro.

De camino a la entrevista en Storn esa mañana, Hannah había estado tan nerviosa que se interpuso en el camino de un coche, el cual la saludó con un pitido furioso y un chirrido de sus neumáticos. Estaba empezando a considerar la idea de que había muerto y todo lo que le había pasado hasta ahora era, de hecho, el infierno, lo que explicaría muchas cosas.

En la pared tras el sofá, había portadas de *La Gaceta del Misterio* colgadas en marcos sucios. «El monstruo del lago Ness es el padre de mi hijo» acompañaba a «La Virgen María detiene un ataque terrorista» y a «Suiza no existe». Al leer estos titulares, Hannah se dio cuenta de algo: no estaba para nada preparada para esa entrevista, ya que no sabía absolutamente nada sobre el trabajo que estaba intentando conseguir. *La Gaceta del Misterio* parecía ser un periódico, aunque decir eso quizá era algo exagerado.

Hannah saltó al oír a Grace chillar «¡Stella!» de nuevo.

Se escuchó un golpe seco detrás de las puertas dobles enfrente del sofá, seguido de pisadas fuertes en el suelo de madera. Poco después, la cara de una chica bonita, con una expresión agria coronada por un pelo verde mal teñido, apareció por la puerta.

—¿Por qué me chillas?

Grace ni levantó la cabeza.

—Porque te necesito para una cosa.

—No hay necesidad de chillar.

—Si no chillo, no vienes.

La chica reaccionó a ese comentario chistando.

—Tratándome como un burro de carga, ¿eh? —dijo molesta.

—Eso es exactamente lo que eres; y no me chistes, jovencita.

—¿Qué, ya ni expresarme puedo? ¿Quieres un robot?

—Si limpiase esta habitación, sí. Esta es la señorita Drinkwater...

—Willis —interrumpió Hannah.

—Eso mismo.

La chica joven, que asumió que era la gritada Stella, evaluó a Hannah.

—¿*Ta* intentando ser la nueva Tina?

—Habla bien. Y, sí, tiene una entrevista con Vincent.

Stella negó con la cabeza.

—Le doy dos minutos.

Grace dejó de teclear y fulminó a Stella con la mirada.

—No te he preguntado tu opinión, quiero que la acompañes.

—Solo estoy siendo realista.

—Entonces, ¿qué tal volver a la realidad y hacer lo que se te manda?

Stella puso los ojos en blanco.

Grace puso los ojos en blanco.

Hannah sonrió nerviosamente a todos los presentes en la sala y se sintió más incómoda que nunca.

Stella abrió la puerta y se hizo a un lado.

—Bien, vamos, entonces.

Hannah se colocó bien la falda al levantarse y siguió a Stella por las puertas dobles.

—Buena suerte —dijo Grace.

—Gracias.

Grace dijo algo más, pero sus palabras se perdieron por el ruido que produjo Stella al cerrar las puertas con más fuerza de la estrictamente necesaria al pasar, aunque casi podría jurar que dijo: «La necesitarás».

Hannah se encontraba en un largo pasillo con vitrales al lado derecho de la pared, que emitían explosiones de colores sobre las cajas de cartón apiladas de cualquier manera en la pared opuesta.

Sonrió nerviosamente a Stella.

—Mi madre y yo también discutíamos siempre.

—Claro, todos los negros somos parientes. Grace es mi madre, Oprah Winfrey es mi tía y Barack Obama es mi primo, ¿no?

—Dios, no. Lo siento. No pretendía...

—Lo que tú digas. —Stella recorría el pasillo a pisotones, luego paró y se dio la vuelta—. No es buena idea hacer esperar al jefe.

—Claro.

Hannah aceleró el paso para ir a la par con Stella.

—Es un blanco, así que probablemente sea tu hermano o algo.

—De verdad, yo... Solo ha sido una...

—Lo que sea, hipotética nueva Tina.

Hannah supuso que la chica no tendría más de quince años. Vestía vaqueros rotos, botas Dr. Martens y el clásico lenguaje corporal enfadado que podría divisarse desde el espacio.

Hannah tropezó con una caja de periódicos amarillentos que se desparramaron por todo el suelo.

—Cuidado, que estoy archivándolos.

—Lo siento. Así que… ¿cuándo se marchó Tina?

—Ni idea, no la conocí. Solo he *tenío* contacto con las siete u ocho personas que han *intentao* ser la nueva.

—Pero…

—Nadie ha *durao* tanto para que me aprendiera sus nombres.

—Quieres decir que…

Stella levantó la mano para pedir silencio. Habían llegado al final del pasillo. Se hizo a un lado y se inclinó hacia delante para llamar con fuerza a la puerta tres veces.

Se escuchó un tenue gemido en el interior.

—Jefe, tenemos a alguien nuevo *pa* ser la nueva Tina.

No hubo respuesta.

—A lo mejor ahora no es el mejor momento —comentó Hannah.

—Nunca lo es —dijo Stella—. A la de tres, voy a abrir la puerta y tú entras corriendo. Te aconsejo que te mantengas agachada y que te muevas rápido.

—¿Qué quieres…?

—¡*Undostrés*! —Stella lo dijo como una sola palabra antes de extender la mano, agarrar el pomo de la puerta y abrirla del todo en un solo movimiento. Se apartó rápidamente, como si esperase que un chorro de agua fuera a salir disparado.

—¿Tengo que…?

—¡Entra, entra, entra!

Hannah entró y la puerta se cerró con un portazo tras ella.

Dawkins es Dios

Una nueva Iglesia se ha fundado en Lancaster basada en la premisa de que el mesías de los agnósticos, Richard Dawkins, es realmente el hijo de Dios. La suma sacerdotisa —y trabajadora a tiempo parcial como estilista a domicilio— Veronica Gift, de 41 años de edad, ha dicho que tiene todo el sentido del mundo: «Hay revelaciones que manifiestan claramente que solo caben 144 000 personas en el cielo y, como consecuencia de ello, Richard el Divino está haciendo todo lo que está en su mano para conseguir que el número de creyentes disminuya y prevenir así la superpoblación».

CAPÍTULO 3

Hannah se encontraba en lo que técnicamente era una oficina grande. La razón por la que era «técnicamente grande» en vez de «grande de verdad» era por el número de cajas de archivadores y montones de periódicos que ocupaban casi todo el espacio disponible. La única luz que entraba a la habitación lo hacía por un vitral y los rayos de luz dejaban a la vista el polvo en suspensión, lo que daba a la habitación un encanto ruinoso. Aunque era una delicia para la vista, no lo era tanto para los otros sentidos, sobre todo para el del olfato. El hedor que emanaba de la habitación era como el de un montón de abono de alguien que fuma sesenta cigarrillos al día.

—¿Hola?

No hubo repuesta. Hannah se quedó quieta y aguzó el oído. Le parecía escuchar un leve ronquido procedente del escritorio, pero no veía quién había tras las pilas de libros, documentos y otros desperdicios que ocultaban al ocupante. Dio un paso hacia delante con indecisión y evitó con cuidado un envase de aluminio que seguramente había contenido comida india para llevar, pero que ahora se parecía más a un fascinante avance en el campo de la guerra biológica.

Al dar unos pasos, pudo ver detrás de los inmensos montones de documentos una mata de pelo de alguien que estaba tumbado en el escritorio roncando con fuerza.

Hannah se aclaró la garganta, lo que no produjo ningún efecto.

—¿Hola?

Nada.

Se aclaró la garganta de nuevo, al máximo volumen, pero siguió sin tener éxito.

Miró a su alrededor y se sorprendió al coger un libro de encima de una de las pilas y ver que se trataba del libro *Peerage* de Quirk. Lo dejó caer al suelo con un sonoro golpe.

—¡Grrrr!

El hombre se enderezó; tenía un papel enganchado en la cara por culpa de su propia saliva.

—¡Aaah, estoy ciego! ¡Ciego!

Agitó los brazos por encima de su cabeza, como si estuviera tratando de ahuyentar un ataque de avispas invisibles. El papel cayó al suelo justo cuando su codo chocó con una botella medio llena de *whisky* que había en la mesa y la envió al borde. Aun así, con unos insospechados reflejos, el hombre alargó el brazo a tiempo para coger la botella antes de que cayese al suelo.

—¡Gracias a Dios!

Un interfono invisible cobró vida en algún lugar de la estancia y se oyó la voz de Grace.

—Ese es uno.

El hombre miró alrededor.

—¿Cómo que uno? No puede contar. Si lo digo cuando estoy yo solo en la habitación, entonces es básicamente que estoy pensando en alto. ¡No puedes negarle a un hombre el derecho a pensar!

—No estás a solas.

—Sí, lo...

El hombre alzó la vista y se percató de la presencia de Hannah.

—¿Quién es esa?

—Hola, soy...

El hombre levantó la mano para silenciarla.

La voz de Grace siguió por ella.

—Se llama Hannah Drinkwater...

—Willis —corrigió Hannah.

—Willis —continuó Grace—, y está aquí para una entrevista.

—¿Qué? ¿Por qué? ¿Quién lo ha permitido?

—Tú. Necesitamos a una nueva Tina.

—Pero si ya tenemos a una nueva.

—Dimitió, ¿recuerdas? Te tiró una grapadora a la frente.

—Ya veo —dijo el hombre mientras se llevaba las manos a la cabeza—, eso explicaría el terrible dolor de cabeza que tengo.

—De eso hace dos semanas, y falló.

—Ah, sí, le dio a como se llamase ese en vez de a mí. Fue divertido.

—Le dio a Ox, y para él no fue divertido. La razón por la que tienes ese terrible dolor de cabeza es la de siempre.

—Sí, lo sé. —El hombre hizo una mueca.

—¡No me hagas una mueca, Vincent Banecroft!

Banecroft miró a su alrededor.

—¿Cómo puedes saber que estoy...?

—Lo sé.

—Oh, por el amor de...

—Van dos.

El hombre alzó las manos con indignación.

—¡Pero si no he dicho nada!

—Estaba implícito.

—Eso es ridículo.

—Las reglas son las reglas.

—Y esas reglas son ridículas.

—¿Te gustaría que te enseñara el acuerdo que firmaste, Vincent? ¿Otra vez?

—No, no quiero. Tampoco estoy muy seguro de que fuera legal, estaba borracho cuando lo hice.

—Si tuviera que esperar a que no estuvieses borracho...

—Sí, sí, sí —interrumpió Banecroft—. Gracias, Grace. No necesito que me avergüences delante de nuestra candidata. — Analizó a Hannah por primera vez y entrecerró los ojos como si se estuviera concentrando.

—Ja —rio Grace—, en este punto ya no puedes impresionar a nadie.

—Vale, se acabó. En cuanto esto termine, voy a encontrar dónde demonios está el interfono y lo voy a arrancar.

—Suerte para encontrarlo en esa pocilga.

—Suficiente. Apágalo inmediatamente, Grace. Estoy a punto de realizar una entrevista a la señorita...

—Drinkwater —lo completó Grace.

—Willis, en realidad —interrumpió Hannah.

—Sí a todo lo anterior —dijo Banecroft—. Apágalo.

—Con mucho gusto.

Hubo un largo pitido.

Banecroft sacudió su cabeza con frustración, lo que hizo que se le cayera frente a él un cigarrillo que tenía en el pelo.

—Excelente. —Lo cogió y empezó a rebuscar en el escritorio—. Bien, entonces, veamos... —Le lanzó una mirada de irritación a Hannah y señaló con la cabeza la silla que había enfrente de él—. No tengo todo el día, soy un hombre ocupado. ¿Dónde está mi puñetero mechero?

La miró esperando una respuesta. Hannah se encogió de hombros.

—Bueno, ya has fallado la primera prueba. La observación es una habilidad clave. ¿Grace?

Desde la otra punta del pasillo, se escuchó el grito de Grace.

—No puedo oírte. Me dijiste que apagara el interfono.

—Entonces, ¿cómo has...? Olvídalo. —Banecroft puso las manos alrededor de su boca y gritó—: ¿DÓNDE ESTÁ EL ME-CHERO?

—¡NO LO SÉ!

Hannah movió la silla que le indicó Banecroft.

—Apuesto a que lo ha robado. Siempre está deshaciéndose de cosas que no le gustan. Probablemente por esa razón ha tenido tres maridos. ¿Tienes un mechero?

Hannah no respondió.

—Holaaaa. —Banecroft, irritado, chasqueó los dedos—. Tierra a rubia. Adelante, rubia.

—Lo siento, no estaba escuchando. Hay cosas en la silla.

—Bueno, apártalas y siéntate. Vamos, vamos, vamos. No tengo todo el día.

Hannah arrugó la nariz.

—Hay un trozo de *pizza* aquí.

—Perfecto. —Banecroft se estiró por encima de la mesa y cogió el trozo de donde estaba colgando, encima de una pila de libros. Al cogerlo, encontró debajo el mechero perdido hasta entonces—. Dos por uno. El día parece que va mejorando.

Hannah quitó el montón de libros cuidadosamente y los dejó en el suelo. Lo hizo lentamente para evitar tener que mirar a Banecroft y confirmar así la firme sospecha de que se estaba comiendo el trozo de *pizza*.

Hannah despejó la silla y se sentó mientras intentaba no pensar en las manchas que había visto en el asiento y que muy probablemente se iban a transferir a su mejor traje.

Una vez sentada, miró bien a Vincent Banecroft por primera vez. Debajo del destruido nido de pájaros que parecía su pelo, tenía los ojos gris verdosos inyectados en sangre y una piel pálida y sin afeitar. Vestía un traje que cualquier tienda de caridad agradecería como donación muy educadamente, pero que quemarían en cuanto salieras por la puerta. Seguramente tuviera alrededor de unos cuarenta años, pero su higiene descuidada hacía a Hannah dudar de su estimación. De algún modo, conseguía parecer delgado y gordo al mismo tiempo. Su cara tenía un aire de perro, aunque podría deberse al gomoso y prehistórico trozo de *pizza* que estaba masticando con esfuerzo. En resumen, lucía como si su propio cadáver estuviera esperando su gran momento.

Banecroft tragó con dificultad, eructó, se recostó en la silla y puso los pies en la mesa. Luego, recuperó el cigarrillo que había descubierto antes y se lo puso en la boca.

—¿Se permite fumar en este edificio? —preguntó Hannah.

—Bueno, eso depende. *Tú* no puedes. Yo, en cambio, estoy positivamente incentivado a hacerlo. Es una de las ventajas que tengo al haber naufragado en esta confederación de cabezas huecas. —Lo pronunció con un acento irlandés, aunque gruñó más que usó el característico ritmo que tiene esta lengua gaélica.

—Tengo asma.

Banecroft se encogió de hombros.

—Todos tenemos nuestra cruz que soportar. Yo mismo tengo pie de atleta incapacitante. —Encendió el cigarrillo—. Así que acabemos con esto, ¿de acuerdo? ¿Dónde te ves dentro de cinco años?

—Bueno, yo... —La pregunta descolocó a Hannah. Intentó recordar lo que había leído muy detenidamente en *Respuestas explosivas a preguntas de entrevista* la noche anterior—. Espero desarrollar mis habilidades y forjar mi...

—Pregunta trampa. Nadie que viene aquí tiene un futuro. Aquí es donde el futuro muere. Te lo dice alguien que sabe del tema.

Banecroft se estiró y cogió dos papeles A4 de una de las pilas del escritorio, lo que hizo que varias de ellas cayeran a una pila más grande en el suelo.

—Echemos un vistazo al viejo *curriculum vitae* entonces, ¿no?

Hannah reconoció su CV, aunque no recordaba que tuviera tantas manchas de comida y bebida cuando lo envió.

—Página uno: has ido al colegio. Bien por ti al finalizar un requisito legal básico.

—Bueno, sí, he... —Banecroft pasó la página.

—Página dos: estudiaste Inglés en la Universidad de Durham.

—Sí, siempre me ha...

—Que no finalizaste. Y después... desapareciste.

—Estaba...

—No, espera, «mintamos un poco». Organizaste un par de *fun runs* benéficas y un baile. Vaya, vaya. *Fun runs*. Eso seguro que está al mismo nivel que «fuego amigo» y «comida vegetariana» en la lista de contradicciones.

Hannah no dijo nada. Banecroft alzó la vista del currículum.

—¿Nada que quieras añadir?

—¿Puedo hablar? Me daba la impresión de que querías hacer un monólogo.

—Anda, la gatita tiene garras. Es bueno saberlo. Así que ¿quién fue?: ¿la niñera?, ¿la entrenadora personal?

—¿Perdona?

Banecroft quitó los pies de la mesa y cogió la botella de *whisky*.

—¿A quién se estaba tirando?

Hannah se movió en el asiento.

—No sé qué quieres decir.

Banecroft extrajo un vaso sucio de uno de los cajones del escritorio y lo llenó con una cantidad generosa, rozando el nivel suicida, de *whisky*.

—Sí que lo sabes. —Dejó la botella en el último cajón del escritorio y miró a Hannah—. Dejaste la universidad a medias y desapareciste. No pudo ser la prisión, ya que no se pueden organizar bailes benéficos desde chirona, a no ser que las leyes se hayan vuelto mucho más laxas. Lo que significa que fue otro tipo de encarcelamiento: el matrimonio. Como no has tenido trabajo, supongo que era él quien tenía uno bueno. ¿Chico de ciudad? Muerto no está, porque entonces aún llevarías puesto el anillo y no estarías aquí, ya que venir aquí es de desesperados, y la mayoría de los trabajos bien pagados cuentan con buenos seguros de vida de los que chupar del bote si tu esposo estira esa patita que llevaba metida en mocasines Gucci. Estabas casada, ahora estás separada, por lo menos, y el traje que llevas denota que tenías dinero, aunque ya no lo tengas. Probablemente diste la espalda a todas sus ganancias mal obtenidas para empezar una nueva vida sin ese mierdas. Eres una mujer fuerte e independiente que no lo necesita, aunque te has guardado alguno de los conjuntos. Así que, ¿a quién se tiraba? ¿A la niñera? ¿A la entrenadora personal? ¿Todavía se hace lo de tirarse a la secretaria? Suena un poco a cliché.

Banecroft y Hannah se miraron a los ojos durante un largo rato.

—Simplemente nos distanciamos.

—Chorradas.

—¿Chorradas?

Fue el turno de Banecroft para mostrarse irritado.

—Tengo un acuerdo con mi recepcionista.

—Gerente de la oficina —interrumpió Grace desde el interfono invisible.

—Pues ayúdame, Grace, ¡desconecta el maldito interfono ya! Hubo otro largo pitido.

Banecroft tomó un trago del vaso de *whisky*.

—He firmado un acuerdo con mi… gerente de oficina por el que no puedo maldecir o usar el nombre del Señor en vano más de tres veces al día.

—¿Qué pasa si lo haces?

—Se va, y parece ser que este sitio no puede funcionar sin ella. En este contenedor de ineptitudes, sueños rotos e historias de desgracias propias, ella es la más peligrosa. Una empleada de buena fe. Hablando de irse... —Banecroft se interrumpió a sí mismo al toser violentamente, y Hannah tuvo que agacharse para esquivar el cigarrillo encendido que voló de su boca directamente hacia su cabeza—. Joder. Excelentes reflejos. Bien hecho, has superado la prueba física.

Hannah miró detrás de ella para buscar el cigarrillo, pero era imposible localizarlo entre tantos montones de periódicos. Volvió a mirar a Banecroft, que estaba a punto de encender otro.

—¿No deberías buscarlo?

—No pasará nada. El edificio entero está plagado de humedades, es imposible que prenda. ¿De qué estábamos hablando? —Se reclinó en el asiento una vez más y puso los pies en la mesa.

—Me estabas explicando de qué trata este trabajo.

—No suena como algo que yo hiciera.

—Estabas explicando cómo has sido castrado por tu jefa de oficina.

—Antes de eso.

Hannah ahora no lo miraba en absoluto.

—Lo siento, ¿es que no tengo tu completa atención?

Hannah le sonrió a través del escritorio.

—Disculpa, la oficina en llamas me ha distraído. —Se hizo a un lado para que viera el humo que salía de uno de los montones de periódicos.

—Oh, por el amor de... No hay razón para alarmarse, no es demasiado intenso. ¡Grace! ¿Puedes traer...? ¡Necesitamos un *antifuego* de esos!

La puerta de la oficina se abrió de par en par y Stella entró con un extintor.

—Sí, uno de esos. Perfecto.

Stella roció con el extintor los papeles humeantes al mismo tiempo que le lanzaba una mirada de reproche a Banecroft. Cuando acabó, se aseguró de que el fuego no se avivara con un buen pisotón de sus Martens.

—Excelente. ¿Conoces a mi protegida?

Hannah los miró a ambos y asintió.

—Stella. Sí, la conozco.

—Es un saco de alegría, ¿verdad, Stella? Es una gran fan de los edificios antiguos como en el que estamos. La primera vez que la conocí estaba escalando una de nuestras ventanas para aventurarse en un *tour* nocturno.

—Tío, esta mierda otra vez no.

—¡¿Grace?!

—Ella no firmó el acuerdo, fuiste tú —se oyó decir a Grace.

—¿Cómo puede ser eso justo? —Banecroft se giró hacia Hannah—. De todos modos, ese día me pilló puliendo mi preciada posesión.

—Eso no es verdad.

Banecroft se agachó y cogió un objeto que Hannah solo podía describir como un arma, aunque tenía una forma única que nunca antes había visto. La empuñadura parecía la de un rifle normal, pero, al observar la punta, parecía más una trompeta. Banecroft lo sujetó en alto.

—Un trabuco Balander, único en el mundo. Pasó de lord Balander en lord Balander durante generaciones hasta que el último de la descendencia lo perdió al creer erróneamente que un *full house* gana a una escalera de color.

—Es, hum, muy bonito.

—Sí, pero la adolescente malhumorada aquí presente no pensó eso la primera vez que lo vio; pero es normal, a la mayoría de las personas no les caigo bien en el momento en que me conocen. A mi joven aprendiz le presenté dos ofertas: ir a prisión o una emocionante carrera en el mundo del periodismo.

—Sí —confirmó Stella—. Si hubiera sabido lo que me esperaba, le habría pedido que me disparase.

—Oh, no lo dice en serio.

Stella salió de la habitación dando un portazo, no sin antes despedirse con una peineta.

Banecroft volvió a sentarse en la silla.

—Me gusta esa niña. Tiene una maravillosa aura enfadada, como si hubiera decidido que la vida es una mierda y que simplemente estamos pasando el tiempo hasta que nos encontremos con una suave y dolorosa muerte. Es muy madura en ese tema. A su edad, yo todavía tenía esperanzas en algo. Bueno, ¿por dónde íbamos?

—Estabas insultándome y después prendiste fuego a la oficina.

—Eso sí que suena como algo que yo haría. Un momento…, hablando de fuego, ¡Drinkwater!

A Hannah se le cayó el alma a los pies.

—Y el puesto, ¿en qué consiste exactamente?

Banecroft repicó en la mesa, excitado.

—Ahora recuerdo. Saliste en los periódicos: la mujer que prendió fuego a la casa de su marido infiel. Ahora veo por qué te gusta tanto la prevención contraincendios.

Hannah sintió cómo aumentaba su ira.

—No le prendí fuego. Estaba quemando su ropa en el jardín trasero y de repente el viento cambió.

Le costó muchas discusiones evitar una acusación de incendio provocado.

—Ya veo —dijo Banecroft—. ¿Y eso fue antes o después del, como era, «simplemente nos distanciamos»?

Hannah cruzó los brazos.

—¿Estoy aquí solo para que me humilles?

—No, pero es un plus de diversión. Así que, volviendo a la primera pregunta, ¿la niñera o la entrenadora personal?

Hannah sintió que algo se rompía dentro de ella y, antes de darse cuenta, ya estaba en pie.

—Al diablo contigo. ¿Quién eres tú para juzgar a alguien, sentado aquí en tu propia basura? ¿Qué clase de lugar es este, de todos modos? Escúchate a ti mismo, tú, hombre asqueroso. ¿Niñera o entrenadora personal? Pues, para que lo sepas, la consejera matrimonial. Así es, lo pillé tirándose a la mujer que, se suponía, iba a arreglar nuestro matrimonio después de que ya se hubiera tirado a su entrenadora personal, a la niñera de los vecinos, a un par de mis supuestas amigas y, sí, a una secretaria, cosa que todavía se lleva, al menos en mi mierda de vida. Así de mal están las cosas. Mi última oportunidad laboral es suplicarle a un borracho inútil al que sus propios empleados odian tanto que tienen que chantajearlo para que firme acuerdos que lo obliguen a comportarse con un mínimo de decencia, e incluso uno de ellos está fuera ahora mismo, amenazando con tirarse del tejado.

Banecroft se paralizó, con el vaso de *whisky* a medio camino de sus labios.

—¿Está a punto de qué?

Hannah hizo una respiración profunda e intentó recuperar algo de compostura.

—Sí, y pensar que fui tan tonta como para persuadirlo de que no lo hiciera.

—Malditos lunes. Si me permites un momento.

Banecroft, con el trabuco aún en la mano, se giró y abrió el vitral de detrás de él y se asomó.

—Perfecto —gritó—. ¡Se acabó!

—¡Aléjate de mí, monstruo! —respondió la voz de Reggie, el hombre del traje tartán de tres piezas que Hannah había conocido antes, aunque la palabra «conocer» no parecía correcta dadas las circunstancias.

—¡Cada maldito lunes! —chilló Banecroft—. Ya basta, te voy a disparar. —Hannah vio cómo se colgaba de forma precaria de la ventana y apuntaba con el trabuco hacia el tejado.

—Llegas tarde, voy a saltar.

—Mejor, me gustan los blancos en movimiento. Hace tiempo que no mato a un hombre, pero supongo que es como ir en bicicleta: nunca se olvida.

Banecroft quitó el seguro del trabuco y apoyó la culata en su hombro.

—Déjame en paz, monstruo. El arma probablemente no está ni cargada.

—¿En serio? Soy un alcohólico sin nada por lo que vivir, ¿de verdad crees que tendría un arma sin cargar?

—Bueno...

—Y ten por seguro que dispararé. ¿Sabes por qué? Porque no soportaría la idea de que te hubieras suicidado, ya que eso significaría que has conseguido algo. No puedo vivir en un mundo donde alguien con tu ineptitud tiene la más mínima sensación de realización. Así que vuelve dentro y escríbeme esas mil doscientas palabras sobre las *banshee* de donde sea.

—Nunca.

—Muy bien, entonces salta. He tenido una idea mejor, no te voy a disparar. En vez de eso, voy a dejarte saltar y después publicaré tus artículos.

—¿Qué artículos?

—Ya sabes, en los que admites que todo esto de los fantasmas es una tontería.

Hannah escuchó a alguien quedarse sin aliento.

—No te atreverías.

—Y tanto que sí. Incluso después publicaré uno explicando que todo esto de los ovnis también son chorradas.

Hannah escuchó la voz del hombre que antes había visto asomado en la ventana. Ox, creía recordar que se llamaba.

—¿Y yo qué he hecho?

—Bueno, cuando aquí tu alma gemela dé el salto, asumo que tú lo seguirás en un gran gesto romántico.

—Por última vez, ¡solo somos compañeros de piso!

—Vale, suficiente. —La voz de Grace retumbó por encima de todas—. Todos vosotros, adentro, ya. Nadie va a saltar desde ningún sitio y nadie disparará a nadie. Hay una joven e influenciable chica en el edificio, ¿os habéis olvidado?

—No me importa —dijo la voz de la anteriormente mencionada influenciable chica desde algún lugar.

—¡Cállate, Stella! —continuó Grace—. No os lo repetiré. Sigamos, estoy haciendo los pedidos de la comida. ¿Ox?

—Una hamburguesa con queso, patatas y salsa *gravy*.

—¿Reginald?

—Yo...

—¿Reginald? —repitió Grace.

—Ensalada de *halloumi*, por favor.

—Por supuesto.

—Yo un desayuno inglés —chilló Banecroft.

—Te dije que no tendrías comida si amenazabas con disparar a alguien otra vez.

—No está ni cargada.

—Vale, muy bien.

Banecroft se apoyó en la ventana y miró a Hannah.

—¿Y tú?

—¿Perdona?

—Comida. No me digas que no sabes qué es eso. ¿Has hecho toda clase de mierdas menos comer durante una década?

Hannah abrió la boca y volvió a cerrarla.

—Espera, ¿estás contratándome?

Banecroft suspiró.

—Sí. Tu currículum quizá no contenga absolutamente nada, pero, de los treinta y ocho aspirantes, el tuyo era uno de los dos que contenía menos de tres faltas de ortografía. Este periódico puede que sea un montón de excrementos, pero, mientras yo esté aquí, será un montón de excrementos correctamente escrito.

—Pero...

—A propósito, el otro aspirante con menos de tres errores escribió su currículum con su propia sangre.

—Me sorprende que no le dieras el trabajo a él.

—Lo intenté, pero nos rechazó. Aceptó un trabajo en Subway, al parecer. Así que, ¿qué dices?

Hannah miró por la habitación y cogió aire.

—Sí, de acuerdo, acepto.

—¿El qué? —preguntó Banecroft—. ¿El trabajo? Pues claro que lo coges. No estarías aquí si tuvieras otra posibilidad. Por última vez, qué quieres para comer, por el amor de Dios.

—¿Un bocata de pollo?

Banecroft volvió a sacar su cabeza fuera de la ventana.

—La nueva Tina quiere un bocata de pollo.

Se recostó dentro y cerró la ventana.

—Bien, si eso es todo, es casi la hora de comer y todavía no he bebido ni desayunado. Me es imposible enfrentarme a una reunión de redacción sobrio.

Volvió a sentarse pesadamente en la silla y arrojó el trabuco a la esquina, donde cayó bruscamente y se disparó.

CAPÍTULO 4

Jace necesitaba dejar de lado la emoción en su voz o, por lo menos, intentar que pareciera que era otra cosa. Se dio la vuelta y sonrió al cliente, quien le devolvió el gesto. Por suerte, este idiota era estadounidense. Los yanquis eran tan puñeteramente optimistas y positivos con respecto a todo que probablemente para él el entusiasmo excesivo era un estado emocional normal. Una mirada a ese enano con enorme cara de ingenuo y el corazón de Jace saltó de gozo.

Por el amor de Dios, el hombre había entrado en las oficinas de la agencia comiendo un kebab. ¿Quién hace eso? Jace había necesitado todas sus fuerzas para autocontrolarse y no comentarle nada cuando el cerdo se limpió las manos en la tapicería del BMW durante el trayecto para ver la propiedad. No se había endeudado hasta el cuello para que un cerdo glotón viniera a emporcar su inmaculado coche. Aun así, había una bonificación de más de mil libras para quien lograra vender ese agujero de mierda y, por cómo estaba yendo el tema, seguramente estaba a punto de conseguir un respiro con este asunto. Fiona no le dejaba utilizar los coches de la agencia desde que lo habían pillado..., bueno, no había tiempo para pensar en eso ahora.

Normalmente, los lunes eran bastante aburridos en la oficina. La mayoría de los trabajadores libraban ese día debido a que la mayor parte de las visitas se concertaban los sábados. Jace solo estaba trabajando como castigo. Fiona lo estaba fustigando porque..., sí, la había cagado. Había enseñado esa propiedad en Macintosh Mill solo para que el cliente volviera a casa y encontrara a Jace en la cama con la mujer a quien se lo estaba enseñando. Fiona dijo que no era profesional, lo que él admitió, pero esa no era la causa principal por la que ella estaba molesta, y los dos lo sabían.

No debería haber vuelto con ella a su habitación tras la fiesta de Navidad. Fue una mezcla entre pena, oportunismo y alcohol gratis. Fiona amenazó con despedirlo después del incidente de Mac Mill y él la amenazó con contarle a su marido el incidente navideño si lo hacía. Ahora la relación era tóxica. Para él, la situación era muy injusta. Al principio había pensado que darles un gusto a mujeres mayores agradecidas sería su arma secreta; al fin y al cabo, había conseguido vender ese ático en Ancoats, pero ahora le había salido el tiro por la culata. La mujer de Mac Mill no solo no lo compró, sino que le dejó una molesta picazón ahí abajo. Tendría que ir a que alguien se lo mirase. También necesitaba unas vacaciones, pero no había ninguna probabilidad de tenerlas si Fiona le estaba apartando de todas las comisiones jugosas.

La agencia se dedicaba sobre todo a la venta y el alquiler de viviendas. El dinero estaba en las ventas, y por eso Fiona las usaba como incentivo y las ponía delante de las narices de sus acólitos como una zanahoria para que la persiguieran. También tenían algunas propiedades comerciales, principalmente porque Fiona era avariciosa y extremadamente buena en convencer a la gente de que ella puede vender cualquier cosa. Aun así, después de un año entero, nadie había conseguido alquilar el lugar. El único posible cliente que habían tenido en los últimos seis meses salió de la visita ofendido de que se hubieran atrevido a enseñárselo.

Era un almacén antiguo. Si el dueño hubiera sido listo, habría ido al *pub* indicado a dejar un sobre, con un par de billetes de los grandes, en la mesa correcta y luego habría esperado que la policía lo llamase para lamentar decirle que el almacén había quedado destrozado en un posible incendio provocado. Malditos críos.

Cuando subió lentamente las persianas metálicas, Jace se dio cuenta de que para tapar el chirrido doloroso necesitaba algo que decir. ¿De qué se hablaba con los hombres? Nunca habían sido su grupo demográfico.

—Así que... ¿llevas mucho por Mánchester?

—Un par de semanas.

—¿Y dónde estabas antes?

Un chirrido especialmente estridente hizo imposible que Jace escuchase la respuesta. Habría jurado que el hombre había dicho «prisión», pero lo más probable es que hubiera escuchado mal. El tío medía metro y medio y parecía demasiado blandengue para haber pasado por la trena. Aunque Jace tampoco sabía mucho de esos temas. Le sonrió y asintió, y el yanqui le devolvió el gesto. La ubicación era horrible y las condiciones de la propiedad aún más. Aun así, ninguna de esas dos cosas eran el mayor problema del almacén, y, de hecho, tampoco eran uno de sus cuatro mayores problemas. En orden inverso, el lugar estaba lleno de muebles mohosos repugnantes a la vista y al olfato. Los humanos odiaban el lugar, pero, por lo visto, las ratas no, y he ahí el problema número tres. Jace solo esperaba que las pequeñas mierdas no salieran durante la visita. El problema número dos era que el sitio no tenía cañerías, lo que era el doble de irónico dado el problema número uno: el nauseabundo hedor proveniente de una alcantarilla taponada debajo de la propiedad, que, aunque ya emanaba indicios del problema, el dueño no tenía ninguna intención de arreglar.

Mientras la puerta subía rechinando, el desagradable hedor golpeó a Jace tan fuerte que tuvo que dar un paso atrás.

—Lamento la peste. El sitio ha estado cerrado durante un par de semanas.

—¿Tan mal huele? Realmente no tengo sentido del olfato.

El corazón de Jace dio un vuelco, pero no perdió el ritmo.

—En realidad, no tanto. Es la humedad. En cuanto se airee un poco olerá bien. —Se estiró y encendió las luces, que, lentamente, parpadearon hasta revivir—. Así que ¿nada de olfato?

—Sí —respondió el yanqui—. Es uno de esos efectos secundarios raros que tengo después de la tortura brutal a la que estuve sometido.

—Ya entiendo —dijo Jace.

¿Era una broma? Podía tratarse de esos casos de humor peculiar. Al fin y al cabo, la gente es rara. Justo la semana anterior Jace había visitado, a petición del dueño, un piso en Northern Quarter para descubrir que el inquilino estaba viviendo con catorce conejos que vagaban libremente por la propiedad. Ahí mismo tuvieron una riña porque el tipo discutía si podían ser considerados animales domésticos.

Tenía que meterle presión.

—Como puedes ver, hay mucho espacio.

La sala estaba llena de montones de muebles rotos esparcidos al azar que se extendían hacia la oscuridad de la estancia. Al parecer, alguien había tenido la brillante idea de reciclar montones de muebles que nadie quería y venderlos posteriormente. Quedó claro que era tan mala idea de negocio como sonaba.

—Al propietario no le importa si quieres deshacerte de todo el mobiliario. ¿Y todo este espacio? Quiero decir, nunca encontrarías esta cantidad de espacio en esta franja de precios.

—No está en una ubicación muy frecuentada, ¿verdad?

—Sí y no —respondió Jace. Toda la zona era un hoyo. Trasteros y garajes sospechosos se intercalaban con terrenos que parecían abandonados; la única razón por la que aún seguían ahí era porque nadie había querido derribarlos y nivelar la zona para construir algo útil—. Tiene acceso a abundantes instalaciones locales y, repito, no encontrarás tanto espacio tan cerca del centro. Es un diamante en bruto.

—Repites mucho la palabra «espacio».

Jace rio entre dientes.

—Ya, es que hay mucho.

—Y qué hay del olor.

—No es nada del otro mundo.

Jace tuvo que usar todo su autocontrol para contener una arcada. Sí que era un problemón. Necesitaba que el idiota firmara el acuerdo antes de que volviese con alguien que tuviera una nariz funcional. Jace se sentía extraño, como si tuviera un pitido en la cabeza. No estaba seguro de si le había preguntado al hombre, pero juraba por su vida que no recordaba ni el nombre del cliente ni para qué quería el lugar. Miró al sujetapapeles que llevaba en las manos: esos dos espacios estaban en blanco.

—Lo siento, pero… ¿te importaría volver a decirme tu nombre?

El yanqui sonrió.

—No he llegado a decírtelo. Me llamo Moretti —respondió mientras al mismo tiempo rebuscaba en su cartera de piel.

—Ya veo. ¿Y cuál será la utilidad de la propiedad?

—Para salvarle la vida a un niño enfermo.

—Vaya —dijo Jace—, así que lo usarás para... ¿investigación médica?

Moretti sonrió.

—No, para nada en particular. Solo para magia de sangre. Algo altamente ilegal.

Jace se quedó ahí parado, con el bolígrafo inmovilizado en el aire, y miró a Moretti.

—Entiendo. —Ese tío estaba totalmente pirado. Decidió escoger sus siguientes palabras con mucho cuidado—. No sé qué quieres decir con eso, pero, obviamente, no puedo alquilártelo si lo vas a usar con propósitos ilegales.

Moretti se puso a reír.

—Mi especie no está gobernada por vuestras leyes.

—Cuando dices «mi especie»..., veo que eres estadounidense, pero, obviamente, en Gran Bretaña se aplican las leyes británicas.

Moretti sacó un par de lo que parecían unos rodamientos de bolas de acero del interior de su bolsa.

—Aquí están. Y no, no me refiero a países. Como verás, soy miembro de la camarilla de inmortales que gobiernan tu pequeño y triste mundo en secreto. Te veo del mismo modo en que tú ves a esas ratas que intentas fingir que no ves correteando por este lugar.

El zumbido en la cabeza de Jace iba creciendo. Estaba claro que ese hombre estaba pirado. Todavía conservaba la misma sonrisa de cuando se habían conocido, pero de algún modo ahora parecía demente en lugar de despistado. Necesitaba salir de ahí cuanto antes. Una parte de su cerebro aún pensaba en la venta, por lo que dijo:

—Los roedores son siempre un problema en cualquier espacio de almacenaje. Nada que unas cuantas trampas no puedan arreglar.

—Qué gran idea. —La sonrisa de Moretti era muy diferente a la de antes. Tenía malicia ahora—. De hecho, tengo una pequeña trampa aquí mismo. —Con indiferencia, lanzó al aire uno de los rodamientos, que se quedó flotando a tres metros del suelo, sin hacer ningún sonido.

—¿Cómo…, cómo haces eso? —preguntó Jace.

—Esa no es la pregunta que deberías hacer.

—Ah, ¿no? —dijo Jace al mismo tiempo que giraba sus pies en dirección a la salida.

—No —respondió Moretti—. La pregunta que deberías hacerte es: ¿por qué no estoy corriendo?

Jace avanzó con presteza hacia la puerta abierta sin mirar atrás. Escuchó a Moretti silbar y, al instante, vio un *flash* plateado provocado por el rodamiento de acero, que pasó volando a su lado y se paró justo enfrente de él. En ese instante, el rodamiento se expandió. Donde antes había una pequeña bola metálica ahora había una placa rectangular de metal. Tres. Cinco. Siete placas rectangulares de metal en total.

Jace se giró hacia el otro lado. Vio a Moretti con los brazos cruzados, sonriéndole, y sintió que el metal lo agarraba por las muñecas, los tobillos y el cuello. Quiso gritar para pedir ayuda mientras una fuerza lo levantaba del suelo y lo lanzaba con un salto mortal por el aire hasta estamparlo contra la pared de metal corrugado, pero ningún sonido salió de su boca. Estaba a punto de soltar un chillido, pero el metal le cubrió la boca y se la tapó.

Con el corazón latiéndole con fuerza y los ojos bien abiertos, miró a su alrededor. Estaba clavado en la pared a más de tres metros del suelo y el metal lo sujetaba con firmeza por los tobillos, las muñecas, el cuello y la cintura. Debajo de él, Moretti se sacó un pañuelo del bolsillo y se sonó la nariz con torpeza. Luego miró a Jace con una amplia sonrisa bajo sus ojos salvajes y asintió con la cabeza satisfecho.

—Bien, muy bien. Funcionan. Necesitaba asegurarme de ello. —Moretti se pasó la mano por la coronilla calva y se alisó los cabellos que aún le quedaban alrededor de las orejas—. Cualquiera que sea tu nombre, hay un par de cosas que tienes que saber de mí: uno, tengo un sentido del olfato impecable y, dos, me disgusta que me mientan.

Jace intentó hablar, pero le fue imposible.

—Y, tercero, soy…, ya sabes —Moretti movió un dedo en el aire—, mágico. También un poco… —Llevó el dedo a la sien—… loco, pero eso sí que es algo que te provoca la tortura.

¿Tienes idea de la clase de tormentos que una panda de inmortales puede idear cuando quieren castigarte, pero no pueden matarte? Verás, cuando digo que somos inmortales... —Moretti se obligó a callar y le quitó relevancia al asunto con un movimiento de la mano—. No importa. Mírame, parloteando. No debo olvidar mi objetivo. Estoy aquí para salvarle la vida a un niño. —Juntó las manos en su pecho—. Como ves, no soy tan malo como parece. Me gusta ayudar a los necesitados. Quiero que sepas que, aunque para ti sea una molestia, esto sirve a un propósito mayor.

Moretti miró el reloj.

—Por cierto, debemos avanzar. Tienes diez segundos para intentar escapar de las ataduras y, si no puedes, voy a matarte. —Moretti miró a Jace a los ojos—. No estés triste, a todos nos llega la hora alguna vez. Quiero decir, a ti; a mí no.

Jace, presa del pánico, intentó mover los brazos.

—¡Venga! —gritó Moretti alegremente—, parece que no lo estés ni intentando. ¿Quizá lo haces mejor con público?

Moretti hizo una señal con la mano y Jace escuchó un chillido proveniente de la maraña de muebles. Se quedó mirando esa zona hasta que una forma se elevó y, conforme se acercaba a él, se iba haciendo más grande. Cerró los ojos para prepararse para el impacto que no recibió. Después de un segundo, abrió los ojos. Flotando en el aire a escasos centímetros, tan cerca que tenía que mantener un ojo cerrado para poder enfocarla, había una rata enorme. Podía ver el terror de la rata en sus ojos a la vez que se esforzaba por escapar del firme agarre de la mano invisible que la aguantaba. Jace entendía su sufrimiento.

Ya no llegaba a ver a Moretti, pero su voz sonó en la sala.

—Veamos, diez...

Con todo su ser, intentó retorcerse y girar alguna de sus extremidades para ganar algo de espacio, pero nada cedió. Incluso sentía que el metal contrarrestaba todos sus intentos para liberarse. Mientras procuraba zafarse, la voz calmada, casi aburrida de Moretti siguió contando.

—... tres..., dos..., uno..., cero, y... ¡estás muerto!

Jace, aturdido, observó cómo la rata se alejaba de él y, con un chillido repugnante, colisionaba con el muro trasero del almacén.

Moretti silbó y, de repente, el metal que lo ataba desapareció. Jace se desplomó en el suelo. Miró a Moretti, quien tenía las manos extendidas con las palmas hacia arriba mientras las placas de metal se reunían en rodamientos absurdamente pequeños.

Jace empezó a moverse.

—Relájate —dijo Moretti mientras se acercaba a él—. Simplemente necesitaba probar que las cadenas funcionaban como se anunciaban. No te preocupes, no voy a matarte. No eres lo suficientemente importante para que yo mate. Oh, y, oye, un poco de buenas noticias.

Moretti balbució una palabra, movió una mano y la estancia se llenó de esencia de lilas.

Jace se sentía entumecido, como si su mente ya no pudiera procesar nada de lo que le estaba sucediendo. Vio que Moretti cogía algo del bolsillo interior de la chaqueta y una moneda de oro colgada en una cadena osciló frente a sus ojos.

—Tranquilízate, compañero, ya casi hemos terminado. Solo mira fijamente la brillante moneda...

Con una sacudida de muñeca, Moretti hizo girar la moneda a una velocidad extremadamente rápida.

—Así me gusta. Veamos, vas a olvidar todo lo que ha pasado durante estas dos últimas horas y, cuando vuelvas a la oficina, vas a quitar esta propiedad de tus archivos. Si alguien pregunta por ella, ya no está disponible. Dame las llaves.

Obedeciendo la orden, Jace le entregó las llaves.

—Buen chico —siguió Moretti—. Ah, y una última cosa. Durante las dos próximas semanas, cada vez que digas la palabra «espacio» vas a disculparte y a salir de la habitación, vas a encontrar un sitio tranquilo y te vas a pegar en los huevos. Fuerte. ¿Entendido?

Jace sonrió y asintió.

—Entendido.

Moretti le dio una palmada en la cabeza. Hizo parar la moneda y se la guardó de nuevo en el bolsillo de la chaqueta.

—Ahora, vete de aquí. Tengo cosas que hacer.

Jace se levantó y salió a la luz del día mientras se despedía alegremente con la mano por encima de su hombro.

Moretti miró a su alrededor, hizo tintinear las llaves que sujetaba en las manos y soltó un profundo suspiro de satisfacción.

—Y pensar que la gente dice que los británicos no son simpáticos.

CAPÍTULO 5

Todo lo que pasó fue, en muchos sentidos, lo más británico que pudo ocurrir y que alguien pudiese haber llegado a imaginar.

Su jefe se había disparado a sí mismo en el pie, hablando literalmente. Hubo bastante sangre, la suficiente para que Ox se hubiese desmayado de inmediato al entrar corriendo en la habitación. Grace, por suerte, intervino y tomó el control de la situación, llamó a una ambulancia y le elevó el pie para realizarle un torniquete. Banecroft se pasó todo ese tiempo chillando y, de forma extraordinaria, evitó maldecir y usar el nombre del Señor en vano.

Hannah se había hecho a un lado, aún demasiado aturdida para sentir que podría ser de utilidad. Esta era la segunda entrevista de trabajo a la que había asistido, pero tenía la fuerte sospecha de que normalmente no acababan con tiroteos y derramamientos de sangre. A pesar de todo, una vocecita en su cabeza le decía: «Pero es un trabajo. Eso es bueno, ¿no?». Sí, lo era, pero una segunda voz le insistía: «Sí, pero mira dónde. Solo observa, trabajas para un pésimo ser humano que abusa a gritos de todo el mundo y que se acaba de disparar en el pie». Para contrarrestar este pensamiento, la primera voz insistía en cantar *Things can only get better* de D:Ream para levantarle los ánimos.

El personal de la ambulancia examinó a Banecroft y resolvió que la mayor parte del daño era «superficial». El trabuco estaba cargado con arena y con algo que solo podía describirse como deshechos. Fue menos un disparo y más una explosión de mierda aleatoria directa al pie. Aun así, cuando la policía apareció, unos minutos más tarde que la ambulancia, decidió confiscar el arma.

Banecroft no estaba nada satisfecho con la situación.

Había esperado hasta que el equipo médico lo puso en la camilla y lo llevó escaleras abajo al aire fresco de marzo para mostrarle a la policía su increíble capacidad para soltar tacos. El acuerdo con Grace claramente solo cubría las blasfemias pronunciadas dentro del edificio. Parecía que los policías estaban dispuestos a presentar cargos contra él, pero eso significaría pasar más tiempo a su lado y, por sus hombros caídos y sus miradas vidriosas, Hannah suponía que estaban a punto de acabar su turno.

Hannah, Stella, Ox y Reggie vieron cómo la ambulancia partía hacia su destino. Grace escogió ir con Banecroft al hospital, ya que opinaba que los técnicos sanitarios no estaban lo suficientemente bien pagados para aguantar a semejante paciente y que era muy probable que en cuanto alcanzasen la primera cuesta abrieran las puertas traseras del vehículo y dejaran que la gravedad siguiera su curso. Banecroft tenía la habilidad de causar una primera impresión parecida a la de una mina.

Simon, a pesar de que Ox intentó convencerlo de lo contrario, subió a su bicicleta y siguió a la ambulancia, deseoso de «cubrir la noticia».

—Así que … —intervino Ox, que ya se había recuperado de su mareo—, ¿nos vamos al *pub*?

El Admiral's Arms tenía tres cosas que lo hacían importante: ubicación, ubicación, ubicación. Estaba cerca de la redacción.

El edificio de al lado era mucho más bonito, y eso que se hallaba en proceso de demolición. La conversación no era fluida cuando el grupo de cuatro pasó por delante, ya que el espectáculo hipnótico de la bola de demolición al chocar una y otra vez contra un muro reclamaba toda su atención. Había muchos hombres con cascos de obra amarillos rondando por allí, todos ellos seguramente celosos de no ser el que estaba en la cabina de la grúa y hacía columpiar la bola.

Una vez dentro, Hannah se dio cuenta de que, si el exterior tenía un aspecto muy tosco, el interior lo era aún más. No era un *pub* ambientado en los años setenta, sino que se había construido en los años setenta y permanecía exactamente igual, solo que de algún modo había ido a peor. La moqueta estaba hecha jirones, el papel de la pared se estaba despegando y el cuero de los tapizados de los asientos tenía la misma textura que la arrugada piel de Keith Richards, el guitarrista de los Rolling Stones.

—¿Qué hay, Dennis? —saludó Ox alegremente en cuanto entraron. El hombre de detrás de la barra levantó brevemente la vista del periódico para mirarlos y masculló algo ininteligible. Tenía unos sesenta años y una cantidad notable de pelo que le salía de todas partes del cuerpo menos de la cabeza, donde no conservaba ninguno.

Encontraron un sitio cerca de la puerta y, al sentarse, Hannah vio un cartel en la pared que decía: «Este establecimiento ya no servirá más comida debido a las ridículas normas de seguridad e higiene. ¡Se siente!».

—¿Seguro que el señor Banecroft estará bien? —preguntó Hannah.

—En serio, querida —dijo Reggie—, no le des más vueltas. Estará bien.

—Sí —convino Ox—. Después del inevitable holocausto nuclear que está por ocurrir, solo quedarán dos cosas en este planeta: las cucarachas y Vincent Banecroft. Personalmente, siento pena por las primeras.

Stella no alzó la vista del libro que había sacado de su bolso en cuanto todos se hubieron sentado.

—Las cucarachas pueden aguantar su respiración debajo del agua durante más o menos cuarenta minutos y pueden correr casi cinco kilómetros en una hora. Ea.

Hannah se la quedó mirando.

—¿De verdad?

—Sip —aseguró ella mientras pasaba a la siguiente página—. Verdad de la buena.

Ahora que ya no estaba asustada por su inminente entrevista de trabajo, Hannah se percató de que los intentos de Stella de parecer más de calle eran solo eso: intentos. No era experta en estos temas, pero sí que le parecía que se esforzaba demasiado en sonar así.

—Nuestra chica aquí presente es una fuente de información —dijo Ox—. Por eso Dennis quitó la máquina de preguntas.

—Tal cual —confirmó Stella—, y esa era la única diversión que había en este cuchitril.

—Silencio —pidió Reggie—. Ya sabéis que a Dennis le afecta lo que digáis sobre este sitio. Es su orgullo y alegría.

Los cuatro miraron a su alrededor.

—Bueno —dijo Reggie—, creo que eso es exagerar. ¿Quién creería que los aseos están en perfectas condiciones?

—¿En serio? —preguntó Hannah.

Reggie forzó una sonrisa.

—Tristemente, no. Pero las necesidades siguen ahí. —Dicho lo cual, se levantó y se dirigió al aseo de caballeros. Hannah se quedó mirándolo.

—¿De verdad creéis que es una buena idea?

—¿El qué? —preguntó Ox.

—Traer a un hombre suicida a un bar.

Ox parecía realmente sorprendido.

—¿Suicida? ¿Quién es un suicida?

Hannah señaló con la mirada a la puerta de los aseos.

Ox agitó una mano con desdén.

—¿Reggie? No seas estúpida. No es un suicida.

—Pero ¡amenazó con saltar del edificio!

—Un edificio bastante bajo —remarcó Stella.

—Sí —coincidió Ox—. Además, lleva haciéndolo a la misma hora todas las mañanas de los lunes desde hace meses.

—Pero… —empezó a decir Hannah, pero no supo cómo continuar.

—Mira —dijo Ox—, tenemos las reuniones de redacción los lunes con Banecroft y, bueno, ya lo has conocido.

Hannah asintió.

—Hay gente que se motiva para algo como eso inyectándose litros de café, yendo a correr o algo por el estilo. Reggie lo hace montando esos numeritos históricos.

—¿Qué?

—Quiere decir «histriónicos» —lo corrigió Stella, que en ese momento tenía el libro en una mano y el móvil en la otra.

—Lo que yo he dicho. Aunque Reggie normalmente es un tipo calmado.

—¿En serio?

Tanto Ox como Stella asintieron.

—Aun así —continuó Stella—, es verdad que un día perdió los papeles con una de las otras «nuevas Tinas» cuando hablaban sobre la coma Oxford.

—Sí —acordó Ox—, excepto esa vez.

—Ya veo —dijo Hannah.

El silencio cayó entre los miembros del grupo mientras Ox ojeaba su móvil y Stella seguía con su libro. Hannah usó ese instante de calma para echar un vistazo a los demás clientes que había en el Admiral's Arms. Un hombre mayor estaba sentado en la barra y miraba fijamente el vaso medio vacío que tenía enfrente como si estuviera a punto de darle malas noticias en cualquier momento. Al contrario que su dueño, a los pies del hombre había sentado un animado perro que jadeaba alegremente. En una esquina había una pareja de mujeres tejiendo. Lo raro era que estaban tejiendo la misma prenda por ambos lados, y parecía que iba a tener más mangas de las que realmente serían necesarias. El último cliente era un hombre muy alto de veintitantos que llevaba una gorra plana y tenía una energía nerviosa y exaltada, ya que, incluso mientras estaba sentado en el taburete de la barra escribiendo a alguien en el móvil, en realidad no estaba sentado ni de pie, sino en un estado de cambio constante entre las dos posiciones.

Reggie volvió de los aseos y quitó con cuidado el polvo de la butaca antes de sentarse en ella.

—Perfecto —soltó Ox—. Creo que es hora de la primera ronda.

Miró de manera expectante a Hannah, quien sonrió.

—Un vino blanco para mí, por favor.

—Vuelve a intentarlo —dijo Ox.

Reggie suspiró.

—Lo que Ox intenta decir, en su propio e inigualable estilo, es que es una tradición que «la nueva Tina» invite a la primera ronda.

El resto de la mesa asintió.

—Ah, por supuesto. Lo siento.

—Yo tomaré una birra, por favor —pidió Ox.

—Un *gin tonic* para mí —dijo Reggie.

—Yo también —dijo Stella.

—Para ella una Coca-Cola —corrigió Reggie.

Stella levantó la vista del libro y le lanzó a Reggie una mirada asesina entre sus mechones verdes de pelo.

—No me andes con esas miradas, cariño. ¿Qué crees que diría Grace?

—No es mi madre.

—Grace es la madre de todo el mundo —dijo Ox.

Stella chasqueó la lengua para mostrar desaprobación sobre la elección de su bebida.

—Lo que tú digas. Pues la Coca-Cola.

—Ah, ¿y podemos también pedir cacahuetes? Como no pudimos conseguir comida debido a quien-ya-sabéis y a causa de ya-sabéis-qué, me estoy muriendo de hambre.

Hannah fue a la barra a pedir las bebidas y el tentempié. Por la mirada que le echó, parecía que Hannah le había arruinado el día por completo a Dennis, el dueño del bar. Intentó darle conversación, pero lo único que recibió a cambio fue una evidente mirada de desconfianza. Cuando acabó de preparar las bebidas, Hannah le pidió amablemente una bandeja para llevarlo todo, pero su cortés petición fue recibida con un: «Teníamos una, pero alguien se la llevó para la boda de la princesa Diana y nunca nos la devolvieron».

Mientras esperaba en la barra, Hannah había tenido el primer momento a solas con sus pensamientos desde que había entrado por la puerta de *La Gaceta del Misterio* hacía una hora. ¡Había conseguido un trabajo! ¡Y compañeros de profesión! Aunque, para ser sincera, eran un poquito extravagantes. Sin embargo, aquello suponía un agradable cambio de su estúpida y aburrida vida anterior, donde cualquier cosa fuera de lo común que no encajara en sus rigurosos parámetros se rechazaba y ridiculizaba, aunque nunca de manera abierta; ese tipo de gente tenía demasiada clase para ser honesta. Si querías escuchar una opinión sincera, de alguna forma tenías que estar en la habitación de la que acababas de salir. Te dejaba en un estado constante de ansiedad en el que pensabas que incesantemente la gente estaba hablando de ti.

Esa sensación se esfumó en cuanto rompió con Karl. Aun así, estaba segura de que seguían hablando de ella. Este trabajo, en cambio, era un nuevo comienzo. Reggie parecía ser buena persona. Su acento era de lo más dramático, pero aparentaba tener un alma apacible. Ox era bastante abrupto, pero alegre. Apostaba a que sería un tipo muy divertido una vez que lo conociera. Stella era, claramente, muy inteligente. Hannah esperaba poder sacarle su lado bueno, si es que tenía uno. Simon parecía un entusiasta, pero un crío un poco rarito. Después de la vida que había llevado hasta entonces, estar envuelta por un entusiasmo tan genuino y real era un cambio de lo más revitalizador. Grace también era agradable. Sí, decidió que, aunque Banecroft parecía ser un «problema», en general su vida definitivamente empezaba a mejorar.

Hannah llevó las bebidas en dos viajes y se sentó de nuevo.

—Veamos —empezó Reggie—, ¿cómo se siente nuestra nueva asistente editorial?

—¿Perdona?

Reggie dio un sorbo a su bebida.

—Oh, querida, ¿no lo sabías? Eres nuestra nueva asistente editorial.

—¿Lo soy? No estaba especificado en la… ¡Dios!

—Guau —dijo Stella sin levantar la vista del libro—. La nueva Tina literalmente acaba de decir «Dios». Su siguiente ronda serán azotes de cerveza.

Hannah eligió ignorarla.

—Así que… Exactamente, ¿en qué consiste el trabajo?

—En realidad —respondió Reggie—, en muchas cosas. Estás a cargo de la edición del periódico, es decir, de editar los artículos, de eliminar, de corregir, ese tipo de cosas. También eres el conducto entre el editor y el equipo de periodistas. —Reggie abarcó con la mano a Ox y a él mismo.

—¿Sois todos los escritores que tiene el periódico?

—Para nada —respondió Ox—. Nosotros solo somos los dos a tiempo completo. Tenemos a un montón más que nos van enviando artículos. Hay un tipo de Brasil que siempre nos envía material desde Sudamérica…

Reggie asintió.

—Ocurren muchos sucesos extraños ahí abajo. Justo la semana pasada tuvieron una lluvia de ranas en Perú, una momia atacó a un excursionista en Venezuela y una mujer se quedó embarazada en Argentina cuando un tornado la succionó y accidentalmente cayó encima de…, ya te lo imaginas.

—Claro —asintió Hannah mientras pensaba en cuánto tiempo tardó esa persona en inventarse esa excusa.

—Como ves —continuó Reggie—, yo soy el consultor de actividades paranormales de *La Gaceta del Misterio* y Ox, aquí presente, es nuestro ufólogo y paranoico en general.

—No es paranoia si la gente realmente va a por ti.

—Sí, claro…

—Lo siento —interrumpió Hannah, con urgencia en la voz—, ¿soy la asistente editorial? Es decir, ¿soy la segunda al mando?

Reggie asintió.

—Es otra forma de decirlo.

—Técnicamente —confirmó Ox—, en realidad eres lo que nos separa de Banecroft. Si te sirve de ayuda, piensa en ti como uno de esos payasos de rodeo.

—Sí —aseguró Reggie—. Me temo que sí. La mejor explicación para Vincent Banecroft es que es el regalo de Irlanda a los ingleses en agradecimiento por todas las cosas buenas que les hemos hecho a lo largo de los años.

—Pero —intervino Hannah—, ya que nuestro editor está de baja ahora mismo, ¿deberíamos seguir aquí? ¿No deberíamos, no sé, estar trabajando en algo o…?

—Relájate —dijo Ox—, no hay que entrar en pánico.

—Ya, pero…

Hannah dejó de hablar al ver cómo Ox, en un movimiento ágil, se metía debajo de la mesa.

—Eeeh, Ox, ¿qué estás haciendo?

—Nada. Todo va genial.

—Por el amor de Dios —dijo Reggie.

Hannah siguió su mirada al otro lado de la habitación. Dos hombres acababan de entrar en el bar. Uno era alto, calvo; el otro, bajito, con pelo largo y barba.

Reggie habló en un susurro urgente mientras de forma deliberada no miraba debajo de la mesa, hacia su compañero.

—¿Estaría en lo correcto al asumir que has vuelto a tomar prestado dinero de los hermanos Fenton?

—Pues no, listo. Hice una apuesta con ellos.

—Supongo que no ganaste.

—Ahora no es el momento, Reggie. Necesito que creéis una distracción. Stella, sé una buena chica y vete fuera e incendia algo.

—No hagas eso —gritó Reggie a Stella antes de que ella pudiera hablar.

—De acuerdo —aceptó Ox—, entonces haced ver que no estoy aquí.

—Para ti es fácil decirlo —dijo Hannah—. No llevas falda.

—Es gay —comentó Stella sin mirarla.

—Ah —dijo Hannah—, bueno… Entonces está bien.

—Gracias por darme el visto bueno en las decisiones de mi vida —agradeció la voz de debajo de la mesa—. ¿Qué hacen?

—Bueno —dijo Reggie—, están al final del bar hablando con Dennis. Oh, el alto nos acaba de reconocer, está avisando al pequeñito.

—Oh, no, oh, no, oh, no.

Stella metió la mano en su bolso adornado con pegatinas y sacó una fiambrera que contenía un sándwich a medias.

—Me debes un gran favor por esto —dijo Stella sin dirigirse a nadie en particular. Después, sacó la loncha de jamón del sándwich y, con un subrepticio movimiento por debajo del brazo, lo lanzó volando al otro lado de la estancia, hacia las puertas de entrada. Nadie lo vio, o al menos eso pareció en primer lugar. Pero un cierto cánido sí que se dio cuenta de lo sucedido. El perro, que había estado sentado obedientemente a los pies de su dueño, salió escopeteado hacia las puertas detrás del premio. La correa aún estaba cogida a una de las patas del taburete, por lo que el dueño cayó hacia delante y se tiró gran parte de la cerveza en su propia cara.

Esto llamó la atención de todo el mundo.

—Corre —siseó Stella.

Hannah intentó mantener la compostura mientras un hombre adulto gateaba entre sus piernas hacia la puerta trasera.

Mientras el dueño del perro le daba una prolija charla al obstinado chucho, Ox abrió la puerta trasera y escapó.

—Bueno —dijo Reggie—, ha sido una salida muy digna.

Hannah miró a los dos hombres de la barra.

—No sé si os habéis dado cuenta, pero esos dos nos vuelven a mirar, y no parecen muy contentos.

—Sí, deberíamos marcharnos antes de que se den cuenta de que los hemos engañado.

Hannah, Reggie y Stella se levantaron y, sin mirar en dirección a los hermanos Fenton, se dirigieron a la puerta trasera. Si hubieran mirado a los hombres, habrían visto que uno de ellos le había dado un codazo al otro y que ambos se dirigían hacia las puertas principales.

—Buenas —saludó el alto. Los hermanos Fenton ocupaban toda la acera que tenían enfrente de ellos.

—Hola —dijo Hannah con un movimiento de cabeza mientras trataba de pasar junto a ellos.

El bajito le bloqueó el paso.

—Estamos buscando a tu amigo.

—No sé a quién te refieres.

El alto señaló con el dedo a Reggie.

—Ya, pero *él* sí. ¿Dónde está el chinito ese?

—Alto ahí —dijo Reggie—, ese es un lenguaje muy inapropiado para describir la orgullosa ascendencia china de Ox.

—Ah, ¿sí? —El alto había sustituido el dedo por su cara, ahora a escasos centímetros de la de Reggie—. Puesto que el pequeño cabrón achinado nos debe tres mil libras, lo llamaré como a mí me apetezca.

—Vale, a ver —se metió Hannah—, nosotros no tenemos nada que ver con eso.

—¿No? —dijo el pequeñito—, pues me temo que ahora sí. Si Ox quiere jugar al escondite, entonces tenemos un mensaje que enviarle. ¿No creéis?

—De acuerdo —dijo Hannah—, ¿cuál es el mensaje?

Stella mostró su desaprobación.

—Creo que no se refiere a un mensaje *mensaje,* nueva Tina.

Hannah se sonrojó brevemente al comprender su error, aunque el color se le fue de la cara cuando se dio cuenta de que el bochorno era el último de sus problemas.

—Está bien. Mirad...

El Felton alto la ignoró y se volvió hacia su hermano.

—Qué piensas, ¿la niña, la madurita o el marica?

Reggie dio un paso adelante.

—Caballeros, no hay necesidad de violencia. Estoy seguro de que Ox arreglará sus negocios con vosotros en nada. Le haremos saber vuestro descontento.

—*Oh là là* —dijo en tono sarcástico el pequeñito—. Ese, Terry —añadió mientras indicaba con la cabeza a Reggie—. Déjame a ese. Entiende que no es porque seas marica, sino porque siempre he odiado al puñetero Winnie The Pooh. —Se inclinó hacia delante y dio unas palmaditas en la barriga de Reggie, cubierta por el chaleco—. Nuestra abuela tenía un sofá que era exactamente igual que tú. Nunca me gustó, ni ella.

Reggie suspiró.

—Caballeros, un par de cosas que aclarar. En primer lugar, habéis cometido el habitual error, aunque prejuicioso, de confundir decoro y personalidad con homosexualidad; incluso en estos tiempos más progresistas sigue siendo un tedioso error de lo más común. Todo lo contrario, soy un heterosexual de lo más galopante. Y en segundo...

Fue muy rápido. Tan rápido que parecía que no hubiera habido un momento en el que sucediera. Pasó de ser algo imposible a ser una realidad que ya había acabado. En un segundo, los Fenton les estaban gruñendo y al siguiente tenían una mano de Reggie en cada una de sus gargantas, manos que de repente tenían cuchillos que presionaban contra la piel.

—Una amenaza más a mis amigas o a mí y me pongo serio, ¿ha quedado claro?

La voz de Reggie descendió una octava, tenía un acento totalmente distinto. Para ser educada, Hannah lo habría llamado liverpuliense, pero muchos lo habrían etiquetado de simplemente *scouse.*

El Fenton alto hizo ademán de hablar, pero se lo pensó al notar el cuchillo ligeramente más hundido en la garganta.

—No hables, solo asiente; despacio.

Ambos asintieron.

Y así, tan rápido como ocurrió, acabó. Las manos de Reggie se retiraron, los cuchillos volvieron a esconderse de donde hubiesen salido y su voz adoptó de nuevo ese característico tono meloso tan suyo.

—Excelente. Una conversación muy placentera, pero tenemos que irnos. Chicas, si sois tan amables…

Los hermanos Fenton se quedaron quietos como estatuas mientras pasaban junto a ellos.

—¡Vaya! —dijo Stella cuando ya no podían oírlos—. ¿Qué coño ha…? ¿Qué? Eso ha sido la hostia, Reggie.

Él no miró atrás, simplemente siguió hacia delante.

—Ahora no. Fue una necesidad desafortunada. No hablemos de ello. De hecho, estaría muy agradecido si nadie lo mencionase. Deberías irte a casa, Stella. No quiero que Grace se enfade.

Saludó a las dos con la mano y después cruzó la calle, parecía un bibliotecario inquieto de camino a un recital de violonchelo.

Stella y Hannah compartieron una mirada desconcertada y vieron cómo se alejaba de ellas: un corpulento hombre de mediana edad aterrorizado con la idea de tener una reunión de redacción, pero que podía amenazar con cuchillos en el cuello a dos matones en un abrir y cerrar de ojos.

CAPÍTULO 6

Jimmy se despertó sobresaltado.

Normalmente, los arcos de las vías en Castlefield eran un buen sitio para pernoctar. Céntrico, pero lo suficientemente alejado para que ningún estudiante borracho se tropezase contigo de vuelta a su residencia. Estaba seco, a menos que realmente no lo estuviera (como en verano, cuando la lluvia era fuerte y los canalones de arriba se inundaban), pero esa noche solo lloviznaba. En general, si te acurrucabas entre las paredes de ladrillos rojos en la esquina se estaba bien, pero, en cuanto el viento cambiaba y soplaba en el ángulo correcto, te helaba.

¿Era eso lo que había pasado? Jimmy tenía frío, pero no hacía más de lo habitual en marzo estando en Mánchester. Se suponía que había llegado la condenada primavera, pero había nevado la semana anterior. La mayoría del país había colapsado, pero a Mánchester no le llegó mucho. Jimmy era de Glasgow y se sentía orgulloso al explicar a la gente que allí sí que se pasa frío de verdad. Esto no era nada. Dormir ahí arriba sí que era arriesgado.

Leaky y Jen solían pasar el rato aquí durante las noches, pero después Leaky se echó a robar y Jen se esfumó. La gente siempre se iba moviendo así, desaparecía para luego volver a presentarse meses o años más tarde, o para no volver nunca. A Jimmy le gustaba Jen. Tenía un buen corazón. Tenía la sospecha de que ella era parte de los Antiguos, pero se hacía la tonta cada vez que lo insinuaba. No podía culparla, suponía. Los Antiguos que se desplazaban siempre lo habían hecho por buenas razones y querían permanecer perdidos. Lo sabía por experiencia propia.

Le gustaba Castlefield, podía sentir su antigüedad. Había un cartel puesto para los turistas que explicaba que era el pueblo a partir del cual había ido creciendo toda la ciudad. Este había aparecido al lado del fuerte romano Mamucium para proporcionarle los «servicios necesarios». El hermano de Jimmy había sido un soldado raso y sabía exactamente qué tipo de «servicios» buscaban los soldados. Él mismo cometió el error de bromear sobre que el origen de la ciudad era un burdel, y Carol Newell le metió en la oreja algo podrido. Esa fue una reacción de patriotismo cívico inesperado viniendo de una chica que había visto su cuota justa de asientos de pasajeros hasta que se volvió adicta.

Aún se podía observar el esqueleto del fuerte original. Había trozos de muros antiguos maltrechos entremedias de los bloques modernos. La gente normal necesitaba placas que les dijeran que había existido, pero Jimmy podía sentir la historia. Se filtraba al suelo. La historia provoca sentimientos distintos a los de su clase, algo que no se encontraba en los libros.

Tiró aún más del saco de dormir para que le quedase más ceñido al cuerpo y se dio la vuelta. Necesitaba una cabezadita antes de que los trenes empezaran a circular por encima de él y el mundo comenzase a hervir con las vidas irritantes y ordinarias de la gente a su alrededor. Lo que daría por dormir ocho horas seguidas. Podría cambiar muchas cosas si tuviese una buena noche de sueño.

Se levantó en cuanto oyó el ruido. No fue muy intenso, pero quizá ese era el propósito, quizá era el tipo de sonido que alguien produce cuando procura no hacer ningún ruido. El corazón le latía con fuerza.

Tanner iba a ir a por él. Jimmy estaba lastimado y había robado alguna de sus provisiones, y él lo sabía. Jimmy y él habían sido buenos amigos, pero no era de los que perdonan. Sabía que le esperaba una paliza. Durante toda su vida había sentido que estaba a punto de recibir una paliza, que había salido de su madre con mala suerte y nunca se había recuperado. Como todos los Antiguos, tenía que asumir el coste. Ni siquiera huir podía evitar eso. Siempre te encontraban.

Otra vez. El ruido, por encima de él, en los arcos. ¿Cómo era posible que sonase ahí arriba? No había trenes a esas horas de la noche. ¿Podrían ser los trabajadores haciendo algunas comprobaciones? Los había visto en otras ocasiones.

Sin embargo, algo en su interior le decía: «Corre, Forest, corre».

Salió de su saco de dormir lo más sigilosamente que pudo. La mayoría de lo que tenía ya lo llevaba puesto, el resto estaba en la mochila detrás de él. En cuanto se agachó para cogerla los vio: los ojos. Brillaban. Una vez que la vista ve los ojos, la mente puede imaginarse el resto. La criatura estaba colgada del revés de uno de los raíles del tren. Pero no podía ser... Era imposible. Ahora había leyes. Jimmy nunca había visto uno, pero había cuentos que hablaban de ellos, cuentos para no dormir. La cosa... ¿bostezó? Lo hizo. En la tenue luz, vio por encima de esos ojos sus colmillos blancos mientras su mandíbula se abría completamente. Quería que corriese, y Jimmy iba a concederle su deseo.

Sus pies ya estaban moviéndose antes de que el pensamiento se formase.

Rebotó en la pared de debajo del arco y de inmediato estaba al aire libre, entre el puente y el canal; sus pies apenas tocaban los adoquines del suelo. Oyó aterrizar algo por detrás de él y después un ruido de garras al arañar el suelo.

Jimmy se dirigía hacia el principio del puente, su corazón latía tan fuerte en su pecho que pensó que iba a explotar.

Oyó el golpe de aire un milisegundo antes de que atacase. Algo grande y pesado chocó con su espalda y lo derribó con tanta fuerza que no pudo extender las manos a tiempo para evitar golpearse la cara contra el suelo. Se le rompió la nariz y la dentadura que le había puesto una dentista muy amable el año anterior, cuando se metió en una pelea y se hizo añicos. Rodó sobre sí mismo y escupió los dientes rotos. Podía saborear la sangre mientras le caía por la cara desde la nariz rota.

En aquel momento se le puso encima: los ojos rojos a escasos centímetros de los suyos, las garras hundiéndose en sus hombros, la mandíbula abierta, derramando la saliva en largos hilos mientras la criatura jadeaba.

—No, no, no. No es posible. Eres un... No existes. Ninguno...

La criatura se inclinó y lamió la sangre que había en la cara de Jimmy.

Él soltó un gemido y cerró los ojos con fuerza, deseó que todo eso fuese una pesadilla de la que poder despertarse, aunque tenía la certeza de que no lo era.

—¿Qué narices...?

Jimmy abrió los ojos al oír una voz conocida. Long John era el más mancuniano que nadie podía encontrar. Cuando alguien imitaba el acento de Mánchester, en realidad estaban imitándolo a él, incluso si no lo conocían. Debía estar rondando por la zona buscando un lugar en el que pasar la noche. Se quedó ahí, con una botella de algo en la mano, mirándolos con la boca bien abierta formando una o de sorpresa.

Se dio la vuelta, pero sus posibilidades eran tan escasas como las de Jimmy. La criatura estiró su largo brazo y cogió la parte trasera del abrigo de Long John. En ese momento, la botella salió disparada y se rompió al lado de la cabeza de Jimmy; el líquido salpicó en sus labios. Era vodka. Long John debía haber conseguido algo de pasta. La bestia le envolvió el cuello con sus enormes garras.

Lo último que Jimmy vio fue la cara de sorpresa de Long John cuando lo lanzaron por el aire antes de chocar con el lejano muro, al otro lado en el canal, y deslizarse por la pared hacia el suelo.

Luego, por fortuna, Jimmy perdió el conocimiento.

Los deberes se comen al perro

Una mujer en Noruega ha afirmado que los deberes de plástica de su hijo ingirieron a la mascota de la familia. Elana Niddlestorm, de 37 años de edad, explicó que su hijo dibujó un trol bien peculiar y perturbador que se le apareció en un sueño. Lo dejaron solo con Donkey, un terrier, mientras la familia estaba en el cine. Cuando regresaron, no había ni rastro del perro. La búsqueda exhaustiva tampoco sirvió para encontrar a la mascota, pero Elana se dio cuenta de que la expresión facial del trol había cambiado y ahora poseía una «sonrisa inquietante». La señora Niddlestorm no nos dio permiso para reproducir la fotografía en el periódico, ya que podría «agrandar su poder».

CAPÍTULO 7

Grace miró al reloj de pared que había colgado y suspiró: las ocho y cincuenta y nueve.

La chica nueva parecía bastante agradable y habría estado bien tener a otra mujer en la oficina. En realidad, habría sido de agradecer tener a cualquier otra persona nueva en el trabajo, después de todo. En fin, tendría que volver a publicar la oferta de trabajo tras la reunión.

Alzó la vista para mirar a Ox, que tenía una expresión como la de un niño que espera la noche de Navidad. Habló en un nervioso y suave susurro:

—No está aquí.

—Ya lo veo, Ox.

—No ha durado ni un día.

—Técnicamente, si no se presenta, no habrá ni empezado, así que...

La expresión de Ox cambió a enfado.

—¿Qué? No puede ser. Y una mi...

—Ox —lo interrumpió Grace, cuya opinión sobre el lenguaje obsceno era por todos conocida.

—No vale —acabó de explicar Ox—. He ganado la apuesta, limpia y justamente.

—Sería la primera vez que ganas en mucho tiempo.

Grace no estaba de acuerdo con apostar, a excepción de las ocasionales apuestas en la oficina y de las cinco libras de la carrera Grand National, en la que apostaba por el caballo con el nombre más temeroso de Dios. Para ser sinceros con Ox, realmente no se podía llamar a lo él que hacía «apuestas», ya que, según lo veía Grace, tenía su propio sistema por el cual siempre estaba garantizada la derrota con una precisión infalible.

—¿Dónde está Simon? —preguntó Ox para intentar cambiar de tema—. No estaba fuera.

—¿No estaba? Pobre niño, puede que por fin se haya cansado de estar ahí de pie en el frío. Ese chico tiene una buena educación, tendría que estar haciendo algo de provecho. Quizá ver que hemos cogido a otra persona le ha hecho darse cuenta de que ya era hora de renunciar a que Banecroft le haga el vacío y ser un mero fantasma.

Reggie alzó la vista al oír la palabra «fantasma».

—¿El qué?

—Nada, cielo.

Reggie asintió y volvió a mirar fijamente el suelo. Todos eran muy conscientes del pavor que le daban esas reuniones. Grace se aseguró de colocarse entre él y el camino más directo al tejado, para intentar evitar así una escena como la de ayer. Puede que Banecroft ya no tuviera su arma, pero el hombre poseía algo aún peor: imaginación. Reggie estaba pálido y no paraba de cerrar los ojos y de hacer respiraciones profundas, pero, de momento, no mostraba ningún indicio de querer salir corriendo.

Reggie y Ox estaban sentados frente a Grace, y Stella, en la esquina, al lado del portátil, jugando con el móvil y al mismo tiempo leyendo un libro. Grace ya hacía mucho que había dejado de intentar entender cómo podía atender a ambas cosas. Volvió a mirar el reloj de pared cuando la segunda aguja marcó las nueve. El cuarteto estaba en silencio, ese tipo de silencio que seguramente haya antes de saltar en paracaídas en territorio enemigo. Grace hizo el esfuerzo de mostrar una sonrisa tranquilizadora en dirección a Reggie, por si decidía abrir los ojos en algún momento.

Por lo general, la reunión de redacción se solía tener los lunes por la tarde, pero, normalmente, que el editor se disparase en el pie no era lo habitual. Mientras se lo llevaban, lo último que gritó fue que la reunión tendría lugar a las nueve del día siguiente. Así que ahí estaban: Ox, Reggie, Stella y ella sentados en el toril esperando al toro. Y la chica nueva seguía sin aparecer.

Al «toril» se le había llamado así desde hacía más tiempo del que Grace podía recordar, y eso que ya llevaba bastante ahí.

Era un venerable título para un área de la oficina que albergaba escritorios para una docena de personas, y no es que necesitasen tantos. Solo estaban ellos cuatro, Banecroft y la chica nueva, cualquiera que fuera; al menos en esa planta. Cuando Grace empezó había más personas, pero el número había ido disminuyendo conforme pasaban los años. La llegada de Banecroft hacía seis meses hizo que muchos se precipitaran a los salvavidas en un abrir y cerrar de ojos. La vida con Barry, el antiguo editor de *La Gaceta del Misterio,* era como acurrucarse al lado de una chimenea con chocolate caliente; con Banecroft era como estar en la chimenea.

La decoración en la habitación no conjuntaba y los muebles se tambaleaban; el parqué estaba tan torcido que hacía bajada hacia el centro de la habitación, lo que daba miedo al estar tan arriba del edificio. La planta en la que se hallaban debía de haber sido añadida cuando la iglesia de las Almas Antiguas fue reformada. No era la primera vez que Grace miraba al suelo debajo de ella y pensaba en cuáles fueron las normas de construcción en el pasado distante en el que se había reformado. *La Gaceta del Misterio* había estado ahí más tiempo del que nadie recordaba.

El reloj marcó las nueve y la puerta que conectaba el toril con el despacho de Banecroft salió volando. Su oficina tenía una puerta que lo llevaba a aquella sala y otra que llevaba a un pasillo hacia la recepción, lo que significaba que el equipo nunca estaba cien por cien seguro de dónde estaba, algo que, por supuesto, usaba en su ventaja.

Reggie se encogió en cuanto Banecroft apareció, pero permaneció sentado, gracias a Dios. Con una muleta en la mano derecha, entró cojeando y mostró aún menos amor por la vida de lo normal, si eso era posible. Llevaba su traje gris de raya diplomática. Por lo que Grace sabía, tenía tres de ese tipo, y todos ellos parecía que en cualquier momento se iban a poner de pie e iban a abandonar la sala por decisión propia. Ahora solo tendría dos, ya que los pantalones del traje negro habían quedado hechos trizas en el incidente del día anterior. La elegancia en la vestimenta era una de las primeras víctimas de las guerras.

Grace se preguntaba cómo había vuelto ayer por la noche y, llegados a este punto, qué llevaba puesto cuando lo hizo. En algún lugar un taxista tendría una historia que contar.

Banecroft cojeó hasta ellos.

—¿Dónde coño está la nueva Tina?

—No se ha presentado —contestó Grace.

Banecroft se dejó caer en la silla que Grace había preparado para él.

—Lo sabía. Primera vez que ve el mundo real y huye a casa con su maridito. Seguro que mientras hablamos ya vuelve a estar entre sus brazos infieles. Tengo un sexto sentido para estas cosas.

—Sí —aseguró Grace—, la verdad es que eres una persona con don de gentes.

Banecroft se detuvo con un cigarro a medio camino de la boca.

—¿Te estás burlando de mi afilado y preciso sentido, Grace?

—No. —Grace se había dado cuenta de que el truco con él era no presionarlo demasiado, si no, dejaba ir su mal humor hacia cualquier persona.

—Bien —dijo Banecroft mientras encendía el cigarrillo—, dado el accidente laboral de ayer causado por ese —apuntó a Reggie con el mechero—, ya vamos con retraso.

Reggie lucía apropiadamente disgustado.

—¿Cómo diantres fue ese accidente culpa mía?

—Porque —empezó Banecroft mientras inhalaba la mitad del cigarrillo en una calada y expulsaba el humo por la nariz— no habría tocado el condenado trabuco si no hubieras estado en el tejado por otra crisis melodramática de esas de cada lunes.

—La mayoría de la gente no intenta solucionar una situación similar amenazando con disparar.

—Da lo mismo —dijo Banecroft—, estabas muy lejos para que te apuñalase. Hablando del tema, ordené claramente que alguien bloquease el acceso después del drama de la semana pasada.

Stella levantó una mano sin quitar la vista del libro.

—Sí, me lo ordenaste a mí. No lo hice.

—¿Y por qué no?

—Porque, si hay unas escaleras, es por algo, y no tengo ninguna intención de morir en un incendio, ¿entiendes?

—¿Cuáles son las probabilidades de que eso ocurra?

—Ayer provocaste un incendio.

Ox asintió.

—Tiene razón en eso.

—¿Tú crees? —Banecroft fulminó con la mirada a Ox, quien se movió incómodamente en la silla.

—¿Por qué me metes en esto?

—Lo averiguaré en unos segundos.

Grace escuchó un golpe fuerte fuera, en la zona de la recepción.

—Por el amor de Dios, puse una señal para que la gente no entrase.

—¿Hiciste un dibujo? —preguntó Banecroft—. Tengo la impresión de que la mayor parte de los lunáticos que compran este periodicucho solo lo hacen por las fotografías.

—¿Hola?

Grace sonrió. Era Hannah.

—Vaya con tu don de gentes. —Alzó la voz—. Aquí, cielo.

Banecroft también levantó la voz.

—Vete. Estás despedida.

Hannah entró por la puerta cojeando.

—¿Qué has dicho?

Por su vestimenta, estaba claro que había empezado el día en buenas condiciones; sin embargo, la manga izquierda de su chaqueta estaba desgarrada, a su blusa le faltaban un par de botones y tenía un poco de la sangre, presumiblemente, de la nariz, que estaba intentando taponar con un pañuelo.

—Lo siento, he tenido un problemilla para llegar hasta aquí.

—Que tengas mejor suerte de camino a casa. Estás despedida.

—No —negó Grace—, no lo estás.

Ella y Banecroft se miraron.

—No puedo permitir tener a gente que entre cuando le apetezca. Da un mal ejemplo.

—Mira a la chica. Está sangrando, jadeando y tiene toda la ropa arruinada. Creo que no es que se olvidara de poner la alarma.

—Es una cuestión de principios.

—¿Eres un hombre de principios, ahora?

Seguían mirándose a los ojos.

—Cinco —le dijo Banecroft—, quiero cinco juramentos.

—Ni hablar. Necesitamos más gente, y lo sabes. A este paso, ¿cuándo vamos a tener una Tina nueva?

Banecroft se encogió de hombros.

—Puedo llamar a la Tina anterior, a ver si quiere volver.

—Ella... —Grace se giró para consultar a los demás—. ¿Cuál es la palabra?

—Cabezazo —dijo Ox.

—Gracias —dijo Grace antes de volverse para mirar a Banecroft—. Te dio un cabezazo.

—No lo suficientemente fuerte.

—Cuatro.

—Y quiero recuperar mi arma.

—No la tengo.

—Ya —aceptó Banecroft—, pero puedes hacer una llamada y pedir amablemente que te la devuelvan. Le gustas a la gente. Eres simpática. —Consiguió decir esta última parte de la frase como si fuera un defecto de carácter de lo más grave.

Grace miró al techo, posiblemente diciendo una oración en silencio.

—Vale, de acuerdo. Puedo intentarlo.

—Excelente.

—Pero no prometo nada. Según tengo entendido, la policía se encarga de quitar las armas a la gente, no de devolverlas.

—Lo sé. Decisiones políticas alocadas. —Banecroft miró a Hannah—. Está bien, Mujer Rica de Beverly Hills o de donde seas. No estás despedida, pero es la última advertencia.

Hannah asintió con inquietud.

—De acuerdo.

—¿Qué te ha pasado, entonces?

—Prefiero no hablar del tema.

—Preferiría no estar aquí —dijo Banecroft—, pero lo estoy. Cuenta.

Todos miraron a Hannah, quien hinchó sus mejillas para aguantar el aire.

—Para que lo sepas, estoy viviendo con una amiga y su marido, y...

—¿Te has peleado con ellos?

—¡No!

Banecroft hizo girar un dedo en el aire para que siguiera.

—Entonces avanza.

—Me he subido al bus equivocado.

—¿Y lo has intentado secuestrar?

—No.

—Entonces avanza.

Banecroft acompañó su movimiento de la mano con un ritmo con su pie sano.

—Ya voy. Pero...

—Más rápido, más rápido, más rápido.

—¡Ya va! Pues, al ir tarde, iba corriendo por el parque y esta mujer estaba paseando a seis perros. ¿Quién tiene seis perros?

—Más rápido, más rá...

Hannah dio un pisotón.

—¡Es la última parte!

—¿Y?

—He intentado... correr a su alrededor para evitarla, pero me he enredado con una de las correas y he acabado peleándome con esa mujer y sus seis perros. Ella era... Y ellos me estaban...

—Santa madre —maldijo Banecroft—, hemos contratado al inspector Clouseau.

Grace se aclaró la garganta.

—¿Necesito recordarte que tú te has disparado en el pie?

—Sí, pero eso fue ayer. Cambiemos de tema, ¿vale? Tenemos un periódico de mierda que producir.

—Ahí va una.

—Maldita sea.

Grace dio unas palmaditas a la silla que tenía al lado y Hannah cojeó hasta sentarse en ella.

—Veamos —empezó Banecroft—. Inauguremos este desfile de insuficiencias, ¿no?

Grace abrió su libreta para anotar lo que vagamente se podrían llamar actas.

Banecroft apuntó con su muleta hacia Ox.

—Bien, empezaremos con el chino y después con el gordo.

—Perdona —interrumpió Hannah—, pero eso es totalmente inapropiado.

Banecroft echó las cenizas del cigarrillo en el suelo.

—Vaya, la tardona tiene algo que decir.

—Sí —dijo Hannah—, así es. Sé que estás haciendo tu papel de voy-a-ser-horrible-con-todos, pero simplemente no puedes llamar a alguien «el chino». Es racista.

—No, no lo es. —Banecroft se volvió hacia Ox—. ¿Eres chino? Ox miró a Hannah y asintió.

—Lo soy. Chino de pies a cabeza.

—¿Ves? Gracias por tu aportación, doña Conciencia Moral, pero tenemos un buen sistema aquí.

—Podrías usar sus nombres sin más.

—Sí, podría, pero entonces me preocuparía que el chute de autoestima injustificado que eso provocaría en mi equipo pudiera dar la mala impresión de que son buenos en sus trabajos. En cuanto alguno de ellos haga algo realmente competente, se lo haré saber. Eso no ha ocurrido aún, pero ten la garantía de que estoy en constante vigilancia ante la mínima señal. Ahora, si la Malcom X de las afueras ya ha acabado de empoderar a los trabajadores oprimidos, tenemos un periódico que publicar el viernes y que hoy por hoy contiene algunos anuncios de corazones solitarios de los más depresivos que hayas visto nunca, tres cartas de reclamaciones y una fotografía de una cabra japonesa que se parece a Kylie Minogue. En otras palabras, ¡que empiece la reunión de redacción!

CAPÍTULO 8

Después de dos horas de reunión, a Hannah le dolía la muñeca, tenía dolor de cabeza y necesitaba ir desesperadamente al baño. Parecía que nunca encontraba el momento oportuno para excusarse, sobre todo por el ritmo incesante de la reunión. La mayor parte del tiempo, Banecroft estuvo sentado encorvado en la silla con la cara tapada con el libro *El guardián entre el centeno* y el pie vendado encima del escritorio y, entre gesto y gesto que hacía con las manos, iba ocasionalmente soltando instrucciones, broncas, reprimendas e insultos libres de blasfemias.

Hannah estaba demasiado ocupada intentando seguir el ritmo para poder hacer alguna pregunta, a la vez que trataba de interpretar todas las órdenes que Banecroft ladraba solo con las pistas que Grace le daba para ayudarla. Como Grace le había proporcionado una libreta, Hannah asumió que debía tomar notas y, mientras intentaba a toda prisa hacerlo, Stella estaba sentada en una esquina tecleando en el ordenador.

Parecía haber una estructura bastante desagradable en ese proceso, poniendo énfasis en *desagradable*. Grace empezó la reunión repasando todos los artículos que habían sido entregados por parte de los periodistas autónomos, aunque Banecroft prefería llamarlos «esos idiotas que no tengo que ver cada día».

Ox y Reggie, a quienes obviamente ella no iba a llamarlos el chino y el gordo, eran aparentemente los «colaboradores» de la sección, lo que hacía que pareciera que los dos contaban con una posición grandiosa, pero Hannah intentaba mantener la mente abierta. De entre los dos, Ox parecía que tenía más maña para controlar a Banecroft simplemente por el hecho de que era a quien le gritaba menos. Este presentó los artículos recogidos sobre avistamientos de ovnis, conspiraciones alocadas y robots extraños que los japoneses se habían inventado, y pareció que era lo que Banecroft estaba buscando.

En comparación, Reggie iba arrojando historias que, según él, eran de «interés general para los aficionados serios de lo paranormal». Según iba avanzando la reunión, Banecroft pasó a hacer ruidos grotescos para expresar su desagrado al ver cómo Grace tomaba nota de sus blasfemias. Sería injusto compararlo con la actitud de un niño consentido, puesto que Hannah no había visto nunca a un crío que fuera tan maleducado de manera tan constante y creativa. Para cuando Reggie ya iba acabando, Banecroft tenía la cara roja y, por la cantidad de resoplidos realizados, también debía de tener la boca seca. Aunque Hannah no tenía mucha idea sobre lo que se estaba diciendo en la reunión, parecía que Reggie quería llevar el periódico hacia un tono más «serio». Buena suerte con eso.

Hannah se había llevado a casa una copia de la última edición de *La Gaceta del Misterio* para leer la noche anterior. La intención del periódico era la de informar de los sucesos más extraños y extraordinarios acaecidos alrededor del mundo «y del más allá». Hannah podía oír la voz de su padre bramando «¡Tonterías!» mientras leía artículos sobre avistamientos de criaturas místicas, debates sobre teorías conspiratorias extravagantes e historias de personas que hacían todo tipo de cosas perturbadoras e inquietantes, un alarmante número de las cuales las habían llevado a cabo mientras estaban desnudos.

Hannah no se consideraba una puritana, pero el eufemismo de la columna «Corriendo juntos», aparentemente un artículo normal, le resultó chocante. Contenía una lista de cosas con las que algunas mujeres se habían «casado» y otra con las que los hombres habían tenido sexo. Su ya casi exmarido había sido un adicto al sexo, pero al menos no había intentado copular con estatuas de guerreros de terracota. Aunque, a decir verdad, qué diferente habría sido su trayectoria vital si Hannah hubiera seguido el camino de la mujer de Wyoming que se casó con una cosechadora...

Hannah había cerrado el periódico y había tenido una charla seria consigo misma. Había conseguido un trabajo por primera vez en su vida y si ese trabajo consistía en publicar tonterías, entonces iba a ser la mejor redactora de estupideces que hubiese. Sin duda alguna, en el mundo existían trabajos peores que el suyo, pese a que muy posiblemente Banecroft estaba entre los cinco peores jefes del mundo.

Tenía un sistema de toma de decisiones editoriales inusual, el cual giraba en torno a peces. Cuando alguien mencionaba una historia, una de dos: o preguntaba por más información o soltaba una forma de vida acuática y un número y seguía adelante con la reunión. Después de la clara confusión inicial de Hannah, se dio cuenta de que era una manera de determinar qué importancia debía tener la historia y en qué página debía aparecer.

El «plancton» era para historias pequeñas, un par de líneas; la «gamba», para un solo párrafo; la «trucha», un par; el «salmón», tres; el «delfín», una página, y el «tiburón» era una extensión de dos páginas. Cuando preguntaba por «¿fritos?», al parecer quería decir: «¿El artículo va acompañado con alguna fotografía?». Y «burbujas» era si tenía citas que podían acompañar la historia, ambas cosas buenas. Si no le gustaba la crónica, era «descartada» o, si no, iba al «congelador», lo que Hannah asumió que eran historias que se guardaban para futuras publicaciones. La «ballena» era, bueno, algo que aún no habían encontrado, razón por la que había tanta tensión en la sala. Por eso y por el hecho de que Banecroft se había quitado el zapato del pie sano y el hedor que propagaba significaba que la palabra «sano» aludía a un concepto muy relativo.

—Genial —dijo Banecroft, después de una pausa tan larga desde la última vez que había comentado algo desde debajo de su libro que Hannah sospechaba que se había quedado dormido—. Volvamos a escucharlas.

La decisión fue recibida con un gruñido generalizado. Banecroft se sentó bien y miró a sus empleados.

—Oh, perdonadme. ¿No os apetece? Deberías haberlo dicho. Mis sinceras disculpas. Vamos a hacer un descanso, puede que a tomar un poco de aire fresco y, no sé, nos relajamos.

Hannah se levantó de la silla, pero, mientras lo hacía, una vocecita en su cabeza le estaba gritando que volviera a sentarse. Los otros la miraron como si fuera el miembro de la manada que empieza a cojear en una zona chunga de la estepa africana.

—Exacto —soltó Banecroft—, sigamos todos el ejemplo de la nueva Tina y retirémonos para un largo almuerzo y puede que una breve pausa para ir de compras, ya que después de todo no nos importa nada. Quiero decir, ¿a quién le importa que el viernes vayamos a publicar un periódico con un gran y monumental *vacío* en la portada porque no hemos encontrado absolutamente nada de valor?

—Entiendo —dijo Hannah. Se sentó de nuevo al darse cuenta de lo que significaba «ballena» en el sistema Banecroft.

—Ya está bien, Vincent —intervino Grace—. Lo has dejado claro.

—¿Seguro? ¿Seguro que lo he hecho? Porque no me lo parece, ya que seguimos aquí sentados, comiéndonos los...

Grace lo fulminó con la mirada.

—Ya sabéis qué..., y nadie, nadie en absoluto, ha pensado en lo que nos falta.

—No podríamos...

Hannah se sorprendió al descubrir que la voz que había hablado era la suya.

Banecroft entrecerró los ojos en su dirección.

—Ilumínanos.

—¿Inventarnos algo?

Cuando estuvo en casa durante las Navidades de hacía unos años, Hannah cometió el error de dejar conducir a Karl en la nieve. Dijo algo sobre que la mayoría de los conductores eran unos blandengues y que los neumáticos modernos estaban diseñados para adaptarse a todo tipo de condiciones atmosféricas. En cuanto tomó una curva un poco más deprisa de lo aconsejable, el coche, junto con sus ruedas adaptables a todo tipo de condiciones, hizo un derrape muy muy largo. Fue una de las sensaciones más raras de su vida. Mientras el coche daba vueltas, Hannah había tenido el tiempo suficiente para quejarse por la idiotez de Karl y él tuvo el tiempo suficiente para explicar que esto no había sido culpa suya, y entonces acabaron chocando con el lateral de un tractor. El granjero se lo tomó la mar de bien, incluso cuando Karl (en contra de todas las pruebas disponibles y de las nociones de decencia) intentaba echarle la culpa al granjero.

El recuerdo de ese accidente le vino a la cabeza justo en ese momento. Podía ver el inevitable choque acercarse a ella y no podía hacer nada para evitarlo. No es que hubiera dicho algo fuera de lugar, sino que dijo lo PEOR que habría podido decir. Los ojos de Banecroft eran dos puntitos rojos, como un incendio en el horizonte del bosque que venía a derribar las casas de los cerditos.

—¿Inventarnos algo? —Su voz le heló los huesos. Hannah nunca lo había oído hablar tan bajito.

Grace abrió la boca para salir con cualquier cosa, pero una mirada de Banecroft la hizo callar.

—¿Inventarnos algo? —repitió.

—Quiero decir —explicó Hannah—, solo que..., al ver...

—¿Al ver que todo cuanto publicamos son sandeces podríamos ahorrarnos el esfuerzo e inventarnos algo nosotros mismos?

Se levantó y se quedó mirándola incómodamente durante mucho rato. Cuando estaba claro que no iba a seguir adelante hasta que ella ofreciera alguna explicación más, Hannah asintió.

Señaló la ventana.

—¿Qué dice el cartel encima de la puerta de fuera?

Lo preguntó en un tono de voz que parecía de lo más casual, pero en realidad era como ver en un río un tronco flotar hacia ti y, a medida que avanza, darte cuenta de que se trata de un reptil que te mira y parpadea.

—Pone *La Gaceta del Misterio* —respondió Hannah.

—Así es —confirmó Banecroft—. ¿Y debajo de eso?

—Hum... Dice que esto ya no es una iglesia y que se moleste a Dios en otra parte.

—Correcto, lo pone... Espera, ¿qué? No dice eso, pone «periódico».

—De hecho —dijo Grace—, no pone eso, lo cambiaste cuando ese buen hombre temeroso de Dios vino y llamó a la puerta para... —Grace vio la expresión de Banecroft y se detuvo—. Tú has preguntado.

Banecroft se volvió hacia Hannah.

—Debería decir «periódico». Es lo que somos. No nos inventamos las noticias porque, si lo hiciéramos, ya no lo serían. Más bien serían mentiras.

—Pero...

—Ni peros ni peras. —Banecroft casi tropezó al intentar estirarse para coger un diario del escritorio de al lado. Era el mismo que Hannah había leído la noche anterior. Leyó el titular—. «Los ovnis invaden Wolverhampton». Es una tontada inventada, ¿verdad?

Hannah no dijo nada al darse cuenta, algo tarde, de que su deber en esa conversación no era hablar.

—Es pura patraña, ¿no? Chorradas. Disparates. Gilipolleces. Necedades. Memeces. Bazofia. ¿Quién iba a creérselo? Bien, déjame aclarártelo...

Banecroft golpeó el primer párrafo con fuerza con el dedo.

—La señora Stade, de cuarenta y dos años, de Blakenhall. Ella es una creyente. Para que lo entiendas, *nosotros* no decimos que lo que publicamos sea verdad, sino que esta lunática sí que lo cree, y por estas razones. Aquí tienes otras personas que piensan algo similar, en las páginas cinco, seis y siete, e incluso tenemos la representación de una artista y de las supuestas naves que afirma haber presenciado. Tenemos la entrevista con su marido, quien dice que lo cogieron para examinarle minuciosamente los genitales y que luego lo arrojaron delante de una casa de apuestas con una buena propina, y no bromeo, para la carrera de caballos en Kempton.

Banecroft tiró el periódico.

—Somos las noticias que informan sobre las rarezas y las maravillas del mundo. ¿Qué pensarías si una pareja de Wolverhampton cree que unos alienígenas, unas criaturas inteligentes capaces de viajar por el espacio intergaláctico, están interesados no solo en la ciudad, sino en la longaniza y los huevos de un tipo llamado Clive? ¿Sabes qué pienso yo? Que es raro. La historia es rara y es noticia. No estamos diciendo que sea un hecho, sino que el hecho de que la historia exista es real. Puede que no le des importancia, pero eso es algo a lo que yo llamo periodismo.

Hannah no sabía dónde mirar. Asintió y parpadeó para evitar que las lágrimas que notaba que estaban a punto de derramarse no lo hicieran.

—Si no puedes respetar eso, creo que este no es tu trabajo ideal.

—Aclarado —dijo Grace en un vano esfuerzo por interrumpir la humillación.

—A lo mejor deberías volver a tu maridito y tener ese final feliz, aunque su minga nómada no esté experimentando lo mismo.

—¡Vincent!

—Vete donde no vayas a desperdiciar tu vida con otro...

—¡Falkirk!

Todo el mundo se giró para mirar a Reggie, que se puso de pie y proclamó chillando el nombre de una ciudad del centro de Escocia.

Banecroft seguía fulminando con la mirada a Hannah, pero le habló a Reggie:

—¿Qué ocurre allí?

—Tiene un lavabo.

—Imagino que tiene más de uno.

—Sí —respondió Reggie con un suspiro—, pero solo uno que los lugareños hayan asegurado que está poseído por el diablo.

Las cejas de Banecroft se levantaron ligeramente.

—Continúa.

—Está en un *pub*. La gente dice que habla y que va soltando amenazas de muerte, predicciones de mal augurio y...

—¿Algo más?

—Recetas de galletas de mantequilla.

Banecroft se quedó quieto y miró al techo durante tanto tiempo que Hannah miró a Grace y esta le esbozó un intento de sonrisa reconfortante.

—Huelo a... ballena.

Los miembros del grupo parecieron aliviados, excepto Reggie, que dejó caer los hombros.

—Sí, temía que así lo hicieras.

Banecroft se dio la vuelta.

—Vas a ir para ahí arriba. Ahora mismo.

—¿Qué dices? Tengo... planes para esta noche.

Banecroft asintió como si estuviera de acuerdo.

—Sí. Seguramente los tuvieras, pero ahora los tienes en Escocia.

—No sé conducir.

—Pensaba que tú eras el que sí.

—No —dijo Reggie, que apuntó a Ox—. Ese es él.

Ox parecía como si acabara de recibir un paquete explosivo como en el juego de pasa la bomba y tuviera una cuenta atrás.

—¿Qué? No, yo... no sé. Él es el experto en, ya sabes, ese tipo de cosas.

—Por eso iréis los dos, así tú puedes pasarte por ahí y cubrir ese aluvión de ovnis avistados en Glasgow. Esa mujer aún nos escribe, ¿verdad?

Miró a Grace, que asintió.

—Cada semana.

—Excelente.

—Pero tengo artículos que redactar.

—Puedes hacerlo mientras él conduce.

—Me voy a marear.

Banecroft dio una palmada.

—Formidable. Considéralo un incentivo.

—Espera —intervino Ox—, ¿cuándo se supone que voy a escribir yo los míos?

—¡Puedes escribirlos mientras él vomite! Todo encaja. —Banecroft cogió la muleta y cojeó hacia la puerta—. Una reunión estupenda. Ahora, ¿a qué pierna tengo que disparar para que me traigan una taza de té?

CAPÍTULO 9

El inspector Sam Clarke y la sargento Andrea Wilkerson observaban, apoyados contra un muro bajo, a la policía científica hacer su trabajo mientras por las vías que había por encima de ellos retumbaba un tren.

—¿Estás seguro de que lo va a querer? —preguntó Wilkerson.

—Sí —respondió Clarke—. El mamonazo no puede resistirse a demostrar que es más listo que los demás.

—Entiendo.

El silencio se instaló entre ellos, excepto por los sorbos de Wilkerson al beber té y los incesantes suspiros de Clarke. Se encontraban a unos nueve metros de la escena del crimen, ya que el área entre el canal y el muro rojo del lateral del edificio apenas tenías dos metros y el equipo de la científica necesitaba espacio. En el lado más alejado del canal había un grupo de espectadores boquiabiertos. La gente nunca se cansaba de ver trabajar a la policía, especialmente si había algún cadáver a la vista.

No había suficiente espacio para tapar la escena con mamparas de ocultación, por lo que solo habían tapado el cuerpo y Clarke había enviado a un agente de policía para explicar que ahí no había nada que ver, a pesar de que claramente sí que lo había. Ya habían tenido que decirle a un trabajador del edificio que metiese su cabeza para adentro. No podía permitir que algún imbécil alterase el ADN del cadáver al babear desde las alturas por emocionarse al ver una auténtica tragedia humana.

El cadáver era de John Maguire, o Long John, un sintecho conocido por la policía de Mánchester. Tenía un historial de consumo excesivo de alcohol y una larga lista de condenas por delitos menores y no violentos. Era una ironía cruel: la gente que aceleraba el paso y lo ignoraba en vida estaba ahora fascinada con su muerte. El inspector Clarke no era uno de esos.

—Aun así, jefe —dijo Wilkerson—, ¿no debería acercarme a la científica y tal vez empezar a tantear el terreno?

Clarke le quitó importancia al asunto con un movimiento de la mano.

—Mira a tu alrededor, Wilkerson. Estamos en el centro de Castlefield. ¿Por dónde empezarías? ¿Por los apartamentos? Cualquiera que pueda permitirse vivir aquí está trabajando en estos momentos y, aparte, no vieron nada a las cuatro de la madrugada porque estaban tapados en la cama soñando con angelitos. La víctima no tenía hogar. ¿Quieres empezar la investigación con eso? ¿O conseguir migajas incoherentes por parte de borrachos y drogadictos que ven arañas trepándoles por la piel? ¿O preferirías revisar las cámaras de videovigilancia más cercanas e intentar atrapar a los cientos de idiotas borrachos que te mostrarán actuando «de forma extraña» en esta área? Los alcohólicos siempre tienen comportamientos extraños, es lo que hacen. Te lo digo yo, este es un caso sin solución y no lo queremos en nuestro tablero.

—¿Y Sturgess sí?

Clarke asintió.

—Él sí.

—Pero...

El inspector Clarke la interrumpió.

—Él es un listillo de los cojones que se cree que es mejor que nosotros.

El inspector Tom Sturgess apareció por sus espaldas, lo que hizo saltar de un susto a Wilkerson.

—Ni me imagino de dónde he sacado esa idea.

Sturgess se encontraba en el lado opuesto del muro con una botella de Coca-Cola *Light* en la mano. El tío no bebía ni café ni té, algo raro en un madero. Tampoco bebía alcohol, algo casi fuera de lo común. De constitución delgada, con pelo largo negro y con una barba recortada, Sturgess tenía unos ojos azules penetrantes que ya habían agitado más de unos cuantos corazones femeninos en la comisaría. Había rumores que ponían en duda su heterosexualidad, pero, por lo que Wilkerson sabía, tales rumores solían venir de personas que siempre suponían lo mismo cuando un hombre no mostraba ningún interés en ellas. Personalmente, Wilkerson odiaba las barbas y no le gustaban los hombres que se lo tomaban todo en serio, incluidos ellos mismos, como hacía Sturgess. No obstante, si ella fuera el cadáver, sabría muy bien a quién escoger para que trabajara en el caso.

—Sturgess, no te había visto —dijo Clarke.

—Ya sabemos que la observación nunca ha sido tu fuerte.

—¿Practicas lo de no caer bien a la gente o es que te sale natural?

—Hay un curso adicional que podemos hacer. Me sorprende que un triunfador como tú no lo supiera. —Señaló con la cabeza hacia el equipo de la científica—. Así que, ¿qué mierda vais a intentar echarme esta vez?

—Uno de estos días —empezó Clarke al mismo tiempo que tiraba el vaso de té al canal—, vas a llevarte una bofetada por culpa de esa boquita tuya que tienes.

Sturgess levantó una ceja.

—¿Eso crees? ¿Y a quién contratarás para que lo haga?

Mientras Clarke se encaraba con Sturgess, Wilkerson se preguntó por un momento si realmente iba a pasar algo. Finalmente, Clarke sonrió con desgana y asintió en dirección a la escena del crimen.

—Long John Maguire, residente del área. Dio parte un corredor que lo vio desde el otro lado del canal y posteriormente fue encontrado por el agente Marcus Raven esta mañana a las siete y treinta y cinco. El equipo de la científica tardó en llegar a la zona por esa cosa en Moss Side, ya sabes, el otro sintecho que ha sido...

—¿Y?

—Y —continuó Clarke—, después del reconocimiento por parte de los paramédicos, encontraron heridas en el pecho y en la nuca, que está destrozada. Horrible forma de partir. Inicialmente se creyó que había subido al tejado y que se había caído, pero... Echa un vistazo tú mismo.

Sturgess miró hacia donde Clarke señalaba, el muro del edificio donde se encontraba el cuerpo. A cinco metros del suelo, la pared de ladrillos estaba hundida. Parecía que algo hubiera chocado violentamente contra ella. Sturgess analizó el área a su alrededor. Wilkerson vio cómo hacía los cálculos: las vías del tren estaban demasiado lejos, no había edificios cerca, nada que explicara cómo un cuerpo había hecho contacto con esa parte del muro.

—El administrador ha asegurado que no había ningún daño antes de lo sucedido. La semana pasada enviaron a alguien para arreglar otro asunto, pero jura que lo habría visto. De todos modos...

Sturgess lo interrumpió, la vista puesta en la pared hundida.

—Me lo quedo.

—Puede que no quiera dártelo.

—Sí que quieres. Estoy aquí porque estás intentando deshacerte de él, como hiciste el año pasado alrededor del Mill, porque lo único que buscas son casos fáciles. He dicho que me lo quedo, así que ya puedes estar quitando tu culo de holgazán de mi escena del crimen.

Y con eso Sturgess se fue dando zancadas hacia el equipo de la científica.

—Odioso pedazo de... ¿A quién llama holgazán?

La sargento Wilkerson no dijo nada.

Sturgess paró y se giró.

—Y, por cierto, el sargento Hadoke está de baja por una muela del juicio impactada, así que necesitaré a la sargento para poder empezar con esto. —Miró intencionadamente a Wilkerson.

—No —negó Clarke—. Está conmigo.

—No me importa —dijo Wilkerson, a lo que Clarke le contestó con una mirada—. Lo que quiero decir es que si Hadoke no está disponible...

—Está bien —admitió Clarke mientras la miraba como si fuera algo que tenía que quitarse de la suela del zapato antes de girarse y dirigirse hacia su coche.

Wilkerson se volvió para mirar a Sturgess, pero este ya se había dado la vuelta y observaba el daño inexplicable en la pared de ladrillos a cinco metros por encima del cadáver de Long John Maguire.

CAPÍTULO 10

Paulo asintió.

—Quiero decir que —continuó Leeohnel— esta lámpara de sal tiene una energía maravillosa y creo que los iones negativos que emite son vitales. La gente no entiende que la palabra «negativos» en este contexto significa que son positivos, ya que muchos dispositivos electrónicos producen estos «iones positivos» —con los dedos, hizo el gesto en el aire de las comillas—, que en realidad son muy nocivos y pueden causar insomnio, enfermedades mentales y cáncer.

Paulo asintió otra vez. De verdad, odiaba a los *hippies,* lo que era irónico porque era dueño de una tienda cuyo objetivo principal era complacerlos. La gente tenía muchas falsas ideas sobre ese tipo de personas. Para empezar, no eran tan relajados como la gente se imaginaba. Si dejabas a un par de ellos solos en una habitación durante el tiempo suficiente, seguro que acabarían en una acalorada y encarnizada discusión. Sorprendentemente, suelen tener unas ideas muy arraigadas sobre cómo funciona el mundo, el cuerpo humano y casi todo lo demás que existe en este puñetero planeta. Una cosa que muchos tenían en común era la vehemente certeza de que el mundo sería un lugar mejor si todo el mundo les hiciera caso. Hacía solo dos semanas que había tenido que separar a dos señoras de mediana edad que habían llegado a las manos por el dalái lama.

A pesar de que la charla con Paulo era supuestamente sobre una lámpara de sal del Himalaya de ciento cuarenta libras, en realidad se trataba de otra cosa. Leeohnel, con su pelo largo, una ridícula barba esculpida y un pendiente que parecía el anzuelo de una caña de pescar, iba a pagar diez libras por una roca como lámpara de sal y con una bombilla defectuosa. El resto del valor era el precio que Paulo le cargaba por tener que aguantar sus chapas.

Leeohnel era un cliente habitual, aunque Paulo, que le había cobrado algunos productos con tarjeta de crédito, sabía que su nombre verdadero era Lionel y que había creado su *alter ego* de Leeohnel. Paulo lo había visto un par de veces por la avenida principal de Deansgate vestido con traje y dirigiéndose a su trabajo en una compañía de seguros.

Había sido dueño de El Emporio de Paulo durante casi diez años y no estaba del todo seguro de cuántos años más podría soportarlo; día tras día escuchando a la gente hablándole sin cesar. Tenía un sueño recurrente: él aporreando hasta matar a un cliente con una talla de un espíritu aborigen. Tenía docenas de esas cosas, ya que un hombre de Bolton se las conseguía baratísimas y con suma facilidad. La tienda era una simple tapadera para las otras actividades de Paulo, pero acabó convirtiéndose en un buen generador de beneficios.

Estaba rodeado de atrapasueños, móviles de viento, cristales de todo tipo, tallas aborígenes y muchas muchas otras cosas. Cada vez que le llegaba nuevo material siempre deseaba que fuera la mierda inútil que por fin hiciera ver a los clientes más fieles que todo era un gran bulo, pero siempre caían en la trampa. Seguramente para poder llenar ese vacío que la vida les había dejado.

Leeohnel metió su cortina de pelo detrás de las orejas y Paulo vio una araña que se movía por él. La experiencia le había enseñado que era mejor evitar estas situaciones con los clientes. Seguramente Leeohnel la estaba dejando vivir en su cabello y esperaba que alguien le preguntara por ella. Paulo no estaba escuchando el monólogo que estaba soltando. No le hacía falta, solo tenía que asentir en los momentos correctos, así que, técnicamente, era una conversación. Le iba a dar dos minutos más antes de que apretase el botón de debajo de la mesa para que hiciera una llamada falsa en la trastienda. Sin lugar a dudas, era la mejor compra que Paulo había hecho jamás. Además, tenía una característica única que la diferenciaba de todos los demás objetos de la tienda: funcionaba de verdad.

Los ojos de Paulo se desviaron a la puerta principal en cuanto alguien hizo sonar la campanita que había encima de ella. Un hombre calvo y corpulento acababa de entrar. Estaba mirando por la tienda con una sonrisita de suficiencia en la boca.

Paulo se forzó a volver a escuchar la cháchara de Leeohnel por un instante.

—... el equilibrio es realmente lo que importa. Mucho de nuestra vida moderna no está en consonancia con el mundo natural.

—Ni que lo digas —lo interrumpió Paulo—. Que disfrutes de tu nueva adquisición, Leeohnel, de verdad que tiene una energía increíble. Me encantan nuestras charlas, pero tengo que atender al nuevo cliente, si me disculpas.

Leeohnel miró por encima del hombro al otro hombre con una mirada de disgusto encubierta.

—Por supuesto. —Cogió su bolsa de lino con su nueva adquisición y juntó las dos manos y se inclinó—. Namasté.

—Namasté —se despidió Paulo, que imitó los movimientos del cliente. Leeohnel se fue hacia los móviles de viento y los inciensos, y Paulo sonrió al nuevo cliente.

—Buenas tardes, señor, ¿en qué puedo ayudarlo?

El hombre se dirigió hacia el mostrador y le sonrió.

—Bueno, eso dependerá de...

Tenía un acento americano, algo inesperado, pero no tanto como lo que hizo a continuación. Apoyó la mano izquierda en el mostrador y, con el pulgar y el dedo índice cogidos en la palma de la mano, dio tres golpecitos con los dedos restantes en el mostrador. Paulo elevó las cejas, sorprendido, pero asintió sutilmente al hombre.

—Estoy seguro de que puedo serle de ayuda. —Paulo miró fijamente hacia donde estaba Leeohnel, que seguía mirando los inciensos—. Eche un vistazo, podemos hablar después.

—Tengo bastante prisa.

Paulo miró otra vez hacia Leeohnel.

—Lo entiendo.

A Paulo no le importaba lo más mínimo si aquel señor tenía prisa. Si había protocolos que seguir era por algo.

El hombre suspiró.

—Lo que tú digas.

Caminó directamente hacia Leeohnel y empezó a hablar con él. Desde donde Paulo estaba no podía escuchar lo que le estaba diciendo, pero Leeohnel se puso pálido, se giró y salió de la tienda corriendo. Paulo solo lo vio correr calle abajo con la bolsa pegada al pecho. Al ver tal escena, decidió dejar de lado el tono relajado que siempre usaba en la tienda y alzó los brazos al aire.

—Por el amor de Dios, no asustes a los civiles.

El estadounidense se encogió de hombros.

—No he hecho nada más que decirle algunas verdades a ese hombre.

—No, no —dijo Paulo—. No sé cómo tratáis a la gente en tu país, pero así no es como hacemos los negocios aquí. Fuera de mi tienda.

El hombre sacó algo de su bolsillo y lo tiró en el mostrador. Paulo consiguió no parecer asombrado ante la moneda de oro que rodaba por la mesa. Cuando habló, su tono ya volvía a ser más amable.

—Hum... ¿Es real?

—Lo es —aseguró el hombre—. Compruébalo si no me crees.

Con cuidado, Paulo la cogió. En sus cuarenta y ocho años de vida, solo una vez había tenido algo similar entre sus manos; tenía ese encanto de las joyas caras: era frío al tacto y poseía una vibración muy sutil. Lo valioso no era el oro en sí, sino la energía de la moneda.

—Creo que tendré dificultades para romper esto.

—Busco gastármelo todo.

Paulo asintió y se relamió los labios.

—Bien, contamos con un montón de ingredientes para pociones y objetos taumatúrgicos. Seguro que tenemos lo que necesitas y, si no es el caso, seguro que te lo puedo conseguir en cuestión de minutos.

El hombre se puso a reír.

—Claro, voy a cambiar esto por unas cuantas hierbas y baratijas. Y, por qué no, por un móvil de viento también, ya que estamos.

—Entiendo —dijo Paulo—, entonces, ¿qué quieres?

El hombre puso ambas manos en el mostrador.

—Necesito un cuchillo de Caratán.

Paulo sintió que se le revolvía el estómago.

—No tendríamos por qué tener algo así.

El hombre sonrió.

—Claro que lo tienes.

Paulo negó con la cabeza enérgicamente.

—En absoluto. Como parte del Acuerdo, la magia de sangre es ilegal y está penalizada por...

—Créeme —lo interrumpió el hombre mientras la sonrisa se desvanecía de sus labios—, ya sé que está castigada por el Acuerdo, como también sé que tienes el cuchillo, así que hagamos un trato.

—Vinny —llamó Paulo.

Escuchó el sonido de los muebles tensarse debajo su inmenso peso y luego apareció moviéndose pesadamente por la cortina de cuentas de la trastienda. Paulo lo mantenía fuera de la vista porque tenía tendencia a asustar a los clientes civiles, pero a la vez lo mantenía cerca para negociar con los Antiguos más raros que había sueltos por ahí fuera. Muchos de ellos solo querían ingredientes y objetos poderosos, así que para poder llevar un negocio como el de Paulo uno necesitaba protección.

—¿Problema? —preguntó Vinny en un sonoro gruñido. Medía un metro ochenta, ocupaba lo mismo que una pequeña caravana y sus manos lucían como dos guantes de béisbol en humanos. La factura de la comida para mantenerlo era enorme, sin contar los destrozos que había provocado antes de que Paulo le hubiera prohibido ir más allá del mostrador. Podía pasar por humano, así que algunas noches trabajaba en la entrada de algunas discotecas.

—¡Tienes a tu propio trol! —dijo el yanqui en un tono desconcertantemente alegre—. Muy inteligente, y más si tenemos en cuenta el tipo de negocios que llevas.

Paulo asintió.

—Es simplemente una de las muchas líneas de protección que esta tienda posee, así que no intentes nada estúpido.

—Eh —dijo el hombre mientras levantaba ambas manos—, vengo en son de paz, amigo. Solo intento hacer negocios.

—Lo reconozco —dijo Vinny. La razón por la que lo habían contratado no era, exactamente, por su mente brillante.

—¿Qué? —preguntó Paulo.

—Ayer por la noche estaba en el gimnasio de boxeo.

A Paulo lo invadió un mal presentimiento.

—Joder, no. Dime que no...

El hombre metió una mano en el bolsillo y sacó algo de ahí. Paulo solo vio brevemente lo que parecía una figura pequeña antes de que la enorme mano de Vinny lo cogiera por el cuello. Miró de reojo a Vinny, que tenía la boca abierta de pura confusión.

La voz de Paulo salió ronca.

—¡Vinny, eres idiota!

—¿Qué está pasando? —preguntó Vinny con una clara nota de terror en su voz.

—Te lo explico, Vinny —empezó el yanqui. En esos momentos tenía una mano abierta y en la palma había ahora una figura de casi ocho centímetros—. Imagino que, si tu jefe fuera más honesto contigo a la hora de hablar, lo que te diría es que, si eres boxeador, deberías limpiar muy bien cualquier gota de sangre que salpiques. ¿Por qué?, te preguntarás. Verás, si un profesional poderoso —con la mano libre se apuntó a sí mismo y sonrió—, se la queda, digamos que..., déjame enseñártelo. Golpéate en la cara.

Vinny se golpeó a sí mismo con la mano que tenía libre. Seguía boquiabierto mirando a su jefe y al yanqui.

—Lo siento, Paulo.

—Idiota.

—Tranquilidad —dijo el yanqui—, no hace falta ponerse así. Todos podemos conseguir lo que queremos. Sabes qué quiero yo —señaló la moneda de oro en el mostrador—, y estoy dispuesto a pagar una gran cantidad por ello.

—Si pudiera... —empezó a quejarse Paulo, pero se calló. Miró al yanqui, quien puso los ojos en blanco y asintió. Percibió de inmediato que la presión de Vinny en su garganta se aflojaba. Cogió aire antes de continuar—. La venta de un cuchillo de Caratán... me supone una sentencia de muerte inmediata si el Consejo se entera.

El yanqui miró a Paulo y a Vinny, y de vuelta a Paulo.

—No subestimes las probabilidades de morir en los próximos treinta segundos. Con el mero hecho de pensarlo puedo hacer que este imbécil te arranque la cabeza.

—Que te jodan —espetó Vinny. El yanqui pestañeó y de repente Vinny se golpeó en la cara de nuevo.

—Hay cámaras instaladas —explicó Paulo.

—Bien visto —contestó el yanqui. Introdujo la mano en el bolsillo del abrigo y cogió algo. Paulo no vio lo que era, solo advirtió el destello azul que hizo brillar toda la habitación. Se escuchaba un sonido de chisporroteo y olía a circuitos eléctricos quemados.

—Muchas gracias, eran prácticamente nuevas.

—Espero que guardaras la garantía.

Paulo tragó saliva. Se le estaba secando la boca.

—¿Para qué vas a usarlo?

—Eso no te incumbe.

—Sí, si es para...

Paulo hizo una mueca de dolor al mismo tiempo que el yanqui golpeaba el mostrador con los puños y dejaba de lado la máscara de señor agradable que había llevado puesta hasta entonces.

—Estoy harto de hacer ver que esto es una negociación. Prefiero hacerlo fácil, pero, si tengo que dejar cadáveres y pasarme horas intentando romper cualquier barrera de seguridad que tengas, lo haré. Continuemos, una por el cuchillo... —Sacó otra moneda de oro, la dejó caer y esta rodó hasta pararse al lado de la primera—. Y otra para que olvides que he estado aquí. ¿Hemos acabado de lloriquear ya?

La parte de la mente de Paulo que no estaba inundada por la amenaza de muerte saltaba de alegría al ver las dos monedas. Era más de lo que había visto nunca.

—De acuerdo —admitió Paulo—, pero necesitaré algunas garantías.

El yanqui chasqueó dos dedos y todas las existencias de baratijas, cristales y otras tonterías pseudomísticas levitaron al mismo tiempo. Todo, hasta el último producto de la tienda, estaba en el aire.

—La única garantía que tendrás es que esto está pasando y que puedes escoger si pasa por la vía fácil o por la vía difícil.

—De acuerdo —dijo Paulo—. Suficiente, todo esto no es necesario. —Paulo miró a su ya exguardaespaldas, quien se miraba confundido el enorme brazo en silencio—. Y dejarás aquí la muñeca.

El yanqui se puso a reír.

—Como si fuera a usar esa idiotez en futuras ocasiones.

Paulo se lo pensó por última vez, aunque no tenía ninguna otra opción.

—Está bien.

Por debajo del mostrador, sin que pudiera ser visto, Paulo realizó una serie de gestos con la mano y sonó un leve desgarro.

—Un bolsillo Negari. Qué recuerdos.

Paulo miró la veta que se había abierto en el aire a su izquierda y que se metía en su mano. Solo había dejado el cuchillo a clientes habituales en los que confiaba plenamente y para usos concretos que habían acordado. El cuchillo tenía muchos usos de los que nadie se preocupaba, y el Consejo apartaba la vista en ciertos asuntos. El problema era que podía ser empleado para unas pocas cosas por las que mucha gente se preocupaba muchísimo. Por eso, objetos como ese estaban prohibidos. A Paulo la prohibición le parecía lógica, a pesar de que no la siguiera.

Metió el brazo hasta el codo y lo dejó dentro hasta que encontró lo que estaba buscando. Después, sacó una caja de caoba de treinta centímetros. Paulo la dejó en el mostrador mientras con la otra mano, con cautela, cogía las dos monedas.

El cliente abrió la caja y se le iluminó la cara.

—Ah, sí, con esto bastará. —Cerró la caja y sonrió a Paulo—. Un placer hacer negocios contigo.

—Lo mismo digo —respondió Paulo, que se resistió las ganas de decir algo que contrariara a su cliente.

—No olvides el trato.

El yanqui sonrió mientras guardaba la caja en el abrigo y caminó hasta la puerta.

—Iba a decir lo mismo. Nunca he estado aquí. —Tiró la muñeca marrón a la esquina, fuera del alcance de Paulo.

Con una última despedida con la mano, el estadounidense salió de la tienda e hizo sonar la campanita que había encima de la puerta.

Paulo y Vinny se quedaron ahí de pie durante lo que les pareció una eternidad, Vinny aún con la mano en el cuello de su jefe. Después, el silencio quedó roto por el sonido de todos los objetos de la tienda al volver a la normalidad gravitacional, romperse y resquebrajarse.

La mano de Vinny soltó el cuello de su compañero.

El trol se inclinó para mirar los fragmentos que había en el suelo.

—Vaya mierda.

Paulo cogió la muñeca que había caído en la esquina y cerró los ojos.

—¿Qué vas a...?

A Vinny lo interrumpió su propio puño, con el que se golpeó a sí mismo.

CAPÍTULO 11

Grace miró la estantería y frunció los labios.

—No lo sé. De verdad que no sé qué comprar.

Hannah estaba detrás de ella con el carrito e intentaba mantener la calma.

Grace se chupó los dientes.

—Es difícil. Muy difícil.

—¿No podrías, quizá, coger una selección?

Grace la miró.

—Ojalá fuera así de sencillo.

—Son solo galletas.

—Las galletas nunca son solo galletas. Tienen diferentes mensajes. Cuando ofreces a alguien un té caliente es como darle una bofetada al invitado; en cambio, si le ofreces unas Digestive de chocolate, eres una persona atenta.

—Entiendo. Entonces, ¿qué mensaje queremos transmitir? Quiero decir, ¿para quién son? ¿Qué es el Desfile de los Lunáticos?

—¿Desfile de los Lunáticos? Este día no es cualquier cosa. Hoy es el día en que el periódico abre las puertas al público para que nos traigan sus historias más raras y cosas de ese estilo. Es una tradición. Primer martes de cada mes, llueva o truene, es el día del desfile.

—Claro, por supuesto.

—Personalmente, no es que me guste el nombre, pero es como todo el mundo se refiere al día de hoy, y no me queda otra opción. No es que sea inapropiado, exactamente... Viene gente inusual, sin lugar a dudas.

—¿Y les damos té y galletas?

—Sí, es tradición. Lo primero que quiso hacer Vincent cuando llegó fue quitarlo y casi se produjo un motín. Un caballero intentó prenderse fuego a sí mismo.

—¿Qué me dices?

Grace le restó importancia al asunto con un movimiento de la mano.

—No es que tuviera gasolina o algo así, solo intentó prenderle fuego a su abrigo con unas cerillas, y ni siquiera consiguió que el detector de humo se activara. Aun así, nos toca día de galletas.

—Vale, entonces yo voto por galletas *bourbon* de chocolate.

—¿Estás loca?

—¿Qué pasa? Están bien, están ricas.

—Exacto, demasiado. No es bueno que la gente disfrute tanto de las galletas, ya que, si no, la gente se aprovechará de nosotros y nos hará perder el tiempo cada mes. ¡Nos saturaremos!

—Entonces, ¿cogemos las Digestive?

—Tampoco queremos insultarlos. Que sea lo que Dios quiera, cogeré galletas de jengibre por segunda vez. Son galletas temerosas de Dios y están buenas, pero no tanto para que la gente cruce la calle por ellas.

Veinte minutos y una discusión sobre cafés instantáneos después (en la que dos empleados del supermercado tuvieron que actuar como árbitros), Grace y Hannah volvían de las compras cargadas con tentempiés inofensivos, rollos de papel higiénico y toallitas antisépticas. El tráfico fluía por la calle Chester como cada martes y las nubes colgaban del cielo sin amenazar aún con lluvia, pero con la posibilidad siempre presente de que lo hicieran.

—Así que —empezó Hannah buscando un tema de conversación—, ¿cuánto lleváis trabajando aquí?

—¿Yo? Hará unos diez años.

—¿Y siempre ha sido así?

—¿Así cómo?

—Banecroft comportándose como un... —Hannah se calló, consciente de qué pensaba Grace de las blasfemias—. No me viene a la cabeza la palabra apropiada para él.

—Sí, tiene tela. El hombre necesita un buen lavado de boca con jabón y agua.

—Y el resto de él también.

Grace asintió.

—No es bueno que un hombre adulto como él viva en la oficina.

—Espera, espera. ¿Vive ahí?

—Y tanto, desde que aceptó el trabajo hace seis meses.

—Imagino que no tiene mujer ni, bueno, a nadie. Tampoco me extraña.

—Tenía.

—¿De verdad? Y yo que pensaba que era *yo* la que necesitaba un divorcio.

—Murió, que Dios la bendiga.

—Oh. —Hannah hizo una mueca—. Lo siento. ¿Cuándo ocurrió?

Grace rechazó con un gesto de la mano su incomodidad.

—Hace unos años, antes de que empezase a trabajar aquí. Entiendo que no lo has buscado en Google, ¿no?

Hannah negó con la cabeza. Ni siquiera se le había ocurrido.

—Deberías hacerlo. Aprenderías sobre él. Era un tipo importante: editor del periódico sensacionalista *Fleet Street*. Un pez gordo. Mira...

Grace pasó de un brazo a otro las bolsas de la compra, cogió su móvil y ágilmente empezó a buscar algo en él. Después de encontrar lo que buscaba en unos pocos segundos, le enseñó el móvil a Hannah.

Hannah miró la fotografía.

—Caray.

Delante de ella había el retrato de una pareja, y uno era Banecroft. Era tan diferente al Banecroft sucio, mal hablado y malhumorado que conocía que incluso tardó unos instantes en reconocerlo. Su sonrisa irradiaba la pantalla y lucía un traje a medida espectacular. La razón de su comportamiento y su apariencia seguramente era la otra persona de la instantánea: una mujer rubia deslumbrante en un vestido de noche impresionante.

—Caray —repitió Hannah mientras le devolvía el móvil.

—Sí, una pena. Murió y, bueno, ya lo has conocido. Al parecer, perdió el juicio después de que muriese, se rindió y lo abandonó todo con tal de intentar contactar con ella, y acabó cayendo en las redes de todos los charlatanes conocidos y por conocer. Había un artículo sobre ello en internet, pero lo eliminaron. Puede que a alguno de sus antiguos amigos no le gustase y lo quitó. A saber.

—¿Y cambió el *Fleet Street* por esto?

Grace asintió mientras doblaban la esquina.

—Sí, a través de la prensa amarilla. Necesitábamos a un editor después de que el pobre Barry muriera. Él fue el último editor, un buen hombre. Murió al... —Grace apartó la mirada.

—¿Cómo?

—Verás, lo sorprendieron teniendo... una conducta inapropiadamente cristiana.

—¿Como...?

—Digamos que estaba haciéndose algo sexualmente inapropiado y no acabó bien. Que descanse en paz, el pobrecito pervertido. —Grace se santiguó.

—Vaya...

—Incluso antes de eso ya teníamos problemas, podríamos decir que Barry no era el mejor periodista. No es que quiera hablar mal de los muertos, pero el periódico era tremendamente aburrido. —Volvió a santiguarse. Esa vez, acompañado por el ritmo musical de sus brazaletes—. Opina lo que quieras sobre Banecroft, y mira que yo misma podría decir muchas cosas, pero, desde que la señora Harnforth nos lo dejó en la puerta, nada ha vuelto a ser soso.

—¿Quién es Harnforth?

—Es la dueña del periódico. Una gran mujer. Un poco rara, pero muy «inglesa». Muy refinada. De vez en cuando se pasa por la oficina, ya verás a lo que me refiero. No sé dónde encontró a Vincent, pero lo dejó en el periódico borracho como una cuba y oliendo como un cerdo. Nos dijo que ella era la dueña y se marchó.

—No creo que esa sea la forma de llevar un periódico, lo de meter a un borracho lunático a cargo de todos, quiero decir.

—Pero, aun así, funciona. Ha incrementado la distribución del diario un trescientos por ciento.

—¿En serio?

—Sí. El hombre sabe qué quiere la gente y es muy bueno en dárselo. Ox y Reginald se quejan de él, pero todos estábamos a punto de perder nuestro trabajo bajo las órdenes de Barry, que en paz descanse. Su último titular fue: «En las entrañas: suplemento de ocho páginas sobre los rituales ancestrales de los druidas». El primero de Banecroft fue: «Gallina de tres cabezas predice el fin del mundo». Puede que no sea muy temeroso de Dios, pero atrae la atención de la gente.

—¿Y tú crees en…?

—¿En qué?

—¿En todas estas cosas?

—Claro que no, yo sigo a Dios. Pero no se trata de eso, es lo que dijo Banecroft: no decimos que nada de esto sea cierto, sino que registramos todas las locuras sin sentido que pasan en el mundo. No hay nada malo en ello. ¿Has leído un periódico normal? Solo tratan de guerras, odio y personas que son horribles las unas con las otras. En cambio, noticias sobre una lluvia de ranas en Camboya, un hombre que cree que un fantasma le ha robado el coche o sobre todo tipo de gente que cree que los extraterrestres le están enviando señales, esas son las noticias que prefiero leer y no las otras, sin ninguna duda.

—Supongo.

—No importa si las crees o no. Reginald cree en fantasmas, pero piensa que los ovnis son tonterías; Ox, al contrario. Vincent no cree en nada, al menos de momento.

—Pero has dicho que él…

—Quiso creer en ello cuando iba a todos esos médiums y demás, pero la semana pasada nos llegó un artículo sobre ellos. Yo no comenté nada, pero digamos que ha decidido que no hay nada que hacer. Nunca había conocido a alguien que no creyese en nada hasta que lo conocí. Que Dios bendiga su pobre alma.

—¡Puede que no tenga! —Hannah lo dijo en broma, pero la reacción de Grace le quitó la sonrisa de la cara.

—Todo el mundo tiene —dijo en un tono tan bajito que casi pareció un susurro.

—Ya.

Mientras doblaban por la calle Willoughby, Hannah se dio cuenta de que había puesto punto y final a la conversación. Un silencio incómodo las acompañó durante un buen trecho, hasta que Grace decidió romperlo.

—¿Puedo hacerte una pregunta?

—Por supuesto —respondió Hannah, que intentó sonar brillante y alegre, aunque en realidad ya suponía qué iba a decir a continuación.

—¿Qué haces aquí?

—Me has pedido que te ayude con…

—No, no —la interrumpió Grace—, gracias por eso, pero lo que quiero decir es que eres rica, ¿por qué has venido a trabajar con nosotros?

Y he ahí la cuestión.

—No lo soy.

—Pero si…

—Lo era, o al menos estaba casada con un chico rico, pero nos vamos a divorciar.

—Ya, pero puedes contratar a un buen abogado y…

Hannah respiró profundamente.

—Decidí que no quería su dinero. Quiero un nuevo comienzo por mi cuenta. No quiero nada suyo.

—¿Por qué harías algo así?

A Hannah le desconcertó la pregunta.

—¿Qué quieres decir? Sé valerme por mí misma.

—Pero también podrías haberlo hecho mientras le dabas una patada en el…, ya sabes dónde, financieramente hablando.

Hannah negó con la cabeza.

—Prefiero hacerlo por mi cuenta y riesgo. Y, es más, no me importa el dinero.

Grace chasqueó la lengua.

—Perdóname, pero la única gente que dice eso es la que siempre lo ha tenido.

—Aun así, fue decisión mía.

—Pues fue una decisión espantosa. —Grace levantó una mano en señal de disculpa—. Lo siento, el Señor me ha bendecido con una total sinceridad.

—Sí, y tanto.

Grace dejó de caminar y puso una mano en el brazo de Hannah.

—Lo siento. No pretendía ofenderte.

Hannah se encogió de hombros.

—No te preocupes. Tampoco eres la primera en decírmelo. Mi propia madre me ha dicho que he perdido la cabeza y me sigue llamando para preguntarme si me ha vuelto a aceptar.

—Ay, querida.

Emprendieron de nuevo la marcha.

—Puede que haya tomado una decisión espantosa. Quiero decir, estoy viviendo en la habitación de invitados de Maggie, mi antigua empleada del hogar, en una cama plegable al lado de una maqueta del Puente de la Torre hecha de palitos por su marido, Gordon, que ten por seguro que está furioso de no poder seguir trabajando en ella mientras estoy por el medio.

—Ya veo.

—He pasado de pedir comida a domicilio del refinado Selfridges a luchar por las ofertas del Lidl, incluso una mujer intentó pelearse conmigo por la última *pizza* hawaiana que quedaba. Ni siquiera la quería, solo la estaba mirando incrédula. ¡Ni siquiera sabía que existía la *pizza* congelada!

—Ya veo —repitió Grace.

Hannah respiró hondo.

—Lo siento, estoy divagando, ¿verdad?

—No pasa nada, divaga si te sienta bien.

Hannah le dedicó una sonrisa frágil.

—Te explicaré una cosa: puede que haya tomado una decisión espantosa, pero al menos he tomado una. Te sorprendería saber durante cuánto tiempo he estado sin tomar una decisión en mi vida. Al menos ninguna que no fuera dónde comemos hoy.

—Ahora me siento mal —se disculpó Grace, lo que hizo que Hannah se volviera y la mirase—. Debería haberte dejado escoger cualquier galleta que hubieras querido.

Hannah rio más de lo necesario por la broma, pero tenía demasiada tensión acumulada y necesitaba deshacerse de ella de alguna forma.

—En fin, suficiente sobre mi vida desastrosa. Hablemos de cualquier otra cosa, como, por ejemplo, ¿qué pasa con Stella?

Grace agitó la cabeza.

—Esa chica será mi perdición y el Señor será el testigo.

—¿De verdad Banecroft la pilló intentando entrar?

—Sí. Llegué hace unos meses a la oficina y la había retenido prisionera con esa condenada arma. Le dijo que o la arrestaban o empezaba a trabajar para nosotros.

—¿Y su familia está de acuerdo con eso?

—Se escapó de casa. Nunca responde a las preguntas que le hacemos sobre el tema. Intenté sacarle información sobre el asunto, pero me dijo que volvería a escaparse si seguía preguntando.

—Entiendo.

—Puede parecer una chica difícil, pero en el fondo es buena. Y muy lista. Aunque debería limpiar su cuarto.

—Espera, ¿vive contigo?

—Sí. Quiso vivir en la oficina, pero me opuse firmemente a eso. Una chica joven viviendo con dos hombres adultos no es decente. Ni por asomo. No lo permitiría nunca.

—Lo entiendo. Espera, ¿dos…?

Todos los pensamientos de Hannah se esfumaron en cuanto la iglesia quedó a la vista tras doblar la esquina con la calle Mealy. Había una cola que daba la vuelta a la manzana y había gente que llevaba animales consigo. Algunos iban disfrazados, aunque tal vez ellos no lo considerasen así. Uno iba encima de un burro y el burro llevaba un tutú.

—Oh, Dios mío…

—Sí —asintió Grace—. El Desfile de los Lunáticos.

CAPÍTULO 12

Simon se pasó el bolígrafo y el bloc de notas de una mano a la otra y se limpió el sudor de la palma en los pantalones tejanos. Nunca había hecho algo así. Por fin iba a poder trabajar en un reportaje, era muy emocionante.

Hacía unas horas había llegado un periodista de *Evening News* a preguntar algunos detalles sobre el asunto a un agente de policía y después se había largado al *pub*. Pero Simon no. Había conseguido un chivatazo gracias a su «red». En realidad, a través de Keith, con quien había ido al club de ajedrez. Su hermana era policía y le dijo que al final de su turno nocturno habían encontrado el cuerpo de un sintecho en unas circunstancias muy extrañas. Las «circunstancias muy extrañas» eran la razón por la que Simon vivía. Si podía conseguir una primicia, una exclusiva suya, el señor Banecroft lo dejaría entrar en el equipo de *La Gaceta del Misterio,* y eso era todo lo que quería.

Eran las tres de la tarde en esos momentos y llevaba ya seis horas con el caso. Al llegar ahí, tomó tantas fotografías como pudo desde detrás del cordón policial. Cuando un agente malhumorado le pidió que se largara, Simon le informó de que era periodista y estaba cubriendo los hechos para *La Gaceta del Misterio*. Técnicamente no era verdad, pero Simon lo consideró más un refuerzo positivo que una mentira. Tampoco cambió nada, después de eso el policía volvió a pedirle que se fuera, pero esa vez con unas palabras más fuertes que «lárgate».

Decidido, Simon se fue en busca de más información. Su madre insistía en darle cada mañana un termo de té, así que había comprado una taza desechable y unas galletas Digestive para complementarlo. Cuando escribiera su libro de consejos para periodistas en ciernes, algo que tenía claro que iba a hacer algún día, el primer consejo sería que nada gana más al público de Gran Bretaña que un buen brebaje y unas galletas.

El inspector Sturgess estiró la espalda. Le dolía de haber pasado tanto tiempo mirando la escena del crimen e interrogando al equipo de la científica. Era un caos, un caos total. Después de que hubiese quedado claro que la víctima golpeó de alguna forma la pared desde cierta distancia, envió a un par de agentes al otro lado del canal para que buscaran indicios de violencia.

Encontraron unos rastros de sangre en un adoquín que, a esas horas del día, lo habrían pisado miles de pies de camino al trabajo o a cualquier otro destino. Había cogido una muestra y la había enviado al laboratorio para que la analizaran, pero no tenía muchas esperanzas puestas en ello. Si el inspector Clarke fuera remotamente competente, seguro que tendrían más sobre lo que investigar, pero el vago inútil no hacía nada de provecho, excepto esperar a que Sturgess le quitase la investigación de las manos.

Casos como estos había habido pocos. No como este, pero, bueno…, extraños. Estaba ese asesinato en Deansgate hacía unos años. Encontraron a la víctima, una chica de diecinueve años, en medio de la pista de baile de una discoteca. Su cuerpo apareció totalmente seco; sin embargo, la causa de la muerte fue por ahogamiento. Sturgess insistió e insistió, pero fue algo de lo más peculiar. Se distanció del caso y entonces, de la nada, el informe del médico forense se cambió y se determinó que la causa de la muerte fue por un ataque al corazón provocado por una deshidratación debida a un lote defectuoso de éxtasis. No tenía ningún sentido y, cuando intentó llevarlo más lejos, recibió una advertencia. Después de eso lo reasignaron y le ordenaron que lo dejara estar. Como dijo el detective inspector jefe en aquel entonces: tenían suficientes casos abiertos de asesinatos para reinvestigar los casos ya cerrados.

Desde entonces había habido un par de casos insólitos. La policía de ahora solo se preocupaba de las estadísticas, por lo que nadie quería esos casos irresolubles, así que solían acabar en sus manos, junto con los interrogatorios incómodos y la posibilidad de salir mal parado de ellos. En cuatro años, el ascenso meteórico de Sturgess en el cuerpo se había estancado. No se le daba bien saber lo que era bueno para él.

Ese día había pedido a veinte agentes para que sondearan la zona durante dos días. Solo le habían dado cuatro más un par para controlar a los curiosos. Nadie lo había mencionado, pero, en medio de todo el lío, un indigente se había ido al otro barrio. Si un estudiante muere, la ciudad sale perjudicada. Debe hacerse justicia o de otra forma papá y mamá enviarán a Jeremy a cualquier otro lugar a derrochar el dinero en una educación inútil. Un sintecho adicto, sin embargo, solo sabe morirse. Nadie quiere escuchar las circunstancias inusuales del cómo.

Sentía que le venía su clásico dolor de cabeza. Había enviado a Wilkerson a sondear los dos edificios más próximos, pero no esperaba mucho.

Sturgess miró a su alrededor. Cuando trabajó en su último caso el año anterior, hubo un… Odiaba incluso pensar en ello, pero había habido algo raro. Fuera donde fuera, tenía la creciente sensación de que estaba siendo observado. Nunca había tenido pruebas que sostuvieran tal sospecha, pero esa impresión se quedó con él durante semanas. La situación se puso tan mal que consideró tomarse sus primeras vacaciones en seis años. Paulatinamente, después de unas semanas, la sensación fue disminuyendo o quizá es que un cierto nivel de paranoia se volvió una parte más de su vida. Aun así, miró alrededor una vez más. Nadie a la vista.

La única persona que parecía que le prestaba atención era un chico con granos y gafas al otro lado de la cinta policial. Sturgess la levantó y pasó por debajo de ella mientras asentía a uno de los agentes.

—Inspector Sturgess, soy Simon Brush, de *La Gaceta del Misterio*. —El crío se presentó mientras Sturgess pasaba de largo.

—¿Quién de qué? —Sturgess siguió andando hacia donde tenía el coche aparcado.

—Simon Brush, de *La Gaceta del Misterio* —repitió.

Sturgess se quedó quieto.

—Espere, ¿ese periódico semanal de chiste? ¿No debería estar persiguiendo al monstruo del lago Ness o alguna mierda de esas?

El chico le lanzó una mirada repleta de seriedad y acné.

—Correcto, informamos sobre cualquier fenómeno inexplicable alrededor del globo. ¿Tiene algo que decir sobre la naturaleza del suceso de anoche?

Sturgess volvió a emprender la marcha.

—Deme un respiro.

El crío correteó para seguirle el paso.

—Tengo testimonios que aseguran que una criatura podría estar involucrada.

Sturgess volvió a detener su marcha y se dio cuenta de que una mujer los estaba mirando fijamente tras escuchar eso último. Le ofreció una sonrisa que no sentía de verdad y esperó a que ya no los oyese.

—Vale, chico, ¿quién le ha mandado aquí? ¿Fue el maldito de Clarke?

—A mí, em, nadie me ha enviado aquí. Soy un periodista de *La...*

—Sí, ya me lo ha dicho. Mire, sé que les gusta jugar a jueguecitos estúpidos, pero un hombre ha muerto y resulta que me lo tomo muy en serio. No intente convertir esto en un espectáculo de feria o haré que arresten su culo por obstrucción a la justicia más deprisa de lo que podría decir «abominable hombre de las nieves», ¿queda claro?

El chico parecía que iba a romper a llorar.

—Como miembro de la prensa tengo derecho a investigar casos actuales y...

—Está bien. —Sturgess suspiró y apartó la mirada—. Le explicaré exactamente lo mismo que le he contado antes a la prensa de verdad. Hemos encontrado muerto a un hombre de cincuenta y dos años en el área de Castlefield. En estos momentos no hemos descartado un homicidio. La policía de Mánchester está siguiendo varias líneas de investigación y, como siempre, agradeceríamos cualquier ayuda que el público pueda brindarnos. Y con esto ya se puede largar de aquí, muchacho; soy un hombre ocupado.

Sturgess se fue dando zancadas hacia el coche y se frotó los ojos con las manos. Definitivamente, iba a tener dolor de cabeza.

El fantasma de Bowie, dispuesto a grabar nuevas canciones

Buenas noticias para los fans de David Bowie: Jonathan Warwick, de 38 años de edad y proveniente de South Shields, ha afirmado que el fantasma de la leyenda del *rock* lo ha poseído y que quiere meterse en el estudio a producir nuevo material. Según Warwick: «Me desperté una mañana sintiéndome raro y no tenía ni idea del porqué hasta que cogí la guitarra de mi colega Darren y empecé a rasguearla. Nunca había tocado. Resulta que el fantasma del puto David Bowie me había poseído y quería grabar un álbum».

Sin embargo, el señor Warwick no comparte el entusiasmo de los más fanáticos de Bowie. Asimismo, ha declarado que no tiene tiempo para la música del Duque Blanco. «Soy fan del tecno duro, ya sabes, algo con lo que sentirse liberado dando saltos. No me malinterpretes, me gustan algunas de sus canciones, como «Jean Genie». Esa me la sé».

La familia del señor Warwick ha expresado que su comportamiento no es el mismo y que anteriormente no había mostrado ni una pizca de interés en convertirse en una estrella de la música.

«No puedo lidiar con esta tontería», dice el señor Warwick, «tengo tuberías que arreglar. Si me quedo por los estudios haciendo música experimental de asociación libre, sin filtros y explorando nuevos límites, ¿quién va a arreglar el lavabo de la planta baja de la señora Mary Daniel? Dada su situación, con semejantes caderas, no puede subir las escaleras, y ese lavabo le esta causando un sinfín de problemas».

Por otra parte, la familia de Bowie ha aclarado que la estrella sigue muerta y que es muy poco probable que haya poseído a un fontanero en South Shields.

CAPÍTULO 13

Hannah siempre se había considerado una persona sociable, pero ahora se estaba dando cuenta de lo mal que se había juzgado a sí misma.

Había pasado las dos últimas horas sobrellevando la lluvia constante de mercancía humana. Estaba siendo incesante. Grace había dado a todos los integrantes de la cola un tique con un número, ya que en el pasado había habido altercados con gente que no respetaba el orden de la cola. La gente se sentaba enfrente de Hannah y ella les recogía su tique y apuntaba sus nombres y sus datos de contacto (cuando estaban dispuestos a darlos) y entonces escuchaba la historia que tenían que contar, ese relato extraño y maravilloso que creían que el resto del mundo ardía en deseos de conocer.

Estaba situada en la recepción con una mesa y una silla plegables, una libreta, un bolígrafo y un reloj de arena. Hannah le había dicho a Grace que no lo usaría, pues creía que condicionar a la gente con tiempo era algo muy grosero. Grace se limitó a levantar una ceja antes de esconderse detrás de su propio escritorio. Como ella decía, era administradora y no miembro del «equipo periodístico» como Hannah, así que no era trabajo suyo recopilar las historias de la gente. Hannah sintió una oleada de orgullo. Tiempo atrás siempre había deseado ser periodista.

Qué ilusa había sido su yo de hacía dos horas. Si a eso se le llamaba hacer periodismo, a los trabajadores del matadero se les podría llamar cocineros *gourmet*. Hannah no tenía la menor idea que cuán larga era ahora la cola, pues solo veía a las cinco personas sentadas en las sillas al otro lado de la habitación y a dos más en el sofá. Cada vez que alguien dejaba un asiento libre, otra persona aparecía desde las escaleras para ocupar su lugar. Era como intentar abrirse camino a través de agua.

Había empezado a usar el reloj de arena después de la cuarta persona —un hombre que le había explicado que todo, desde el clima hasta el precio de los fideos instantáneos, se debía a los judíos— y justo antes de una mujer que había inventado su propio lenguaje, que aseguraba que cualquier persona en el planeta podía entender de forma instantánea. Los comentarios de Hannah consistían en la repetición de la expresión «aaaaaah» con una serie de diferencias muy sutiles. Todo eso parecía haber sido sacado de diversas escenas de películas clásicas británicas.

Hannah miraba cómo la arena del reloj iba cayendo lentamente —y tan lentamente— desde el receptáculo superior al inferior. La mujer que tenía ahora enfrente era la señora Deveraux y se había lanzado a una perorata de conciencia sobre su marido desde el momento en el que se había sentado. Tenía unos setenta años y llevaba uno de esos sombreros que nunca llevaría nadie más joven que ella. Hannah había tardado cinco minutos en poder interrumpirla para apuntar los datos de contacto. Lo más sorprendente de la mujer era que no parecía que parase para respirar. Su discurso era una sola frase inacabable.

—… nunca recoge sus estropicios y siempre se va al bar y nunca me invita, de hecho, se va cuando aparezco y espera que le arregle los puñeteros calcetines, y eso que nunca se corta las uñas de los pies, razón por la que siempre necesita que se los arregle, y no sabe cuidar del coche debidamente, razón por la que tuve que arreglar la correa del ventilador el mes pasado y tuve que subir todas las cosas al ático y tuve que bajarlas otra vez cuando cambié de opinión y, encima, nunca se calla, siempre está erre que erre, simplemente no escucha, y tampoco me compra flores nunca y…

—Señora Deveraux —dijo Hannah, más alto de lo que había pretendido—. Lo siento, pero, exactamente, ¿cuál es la historia que cree que los lectores de La Gaceta del Misterio estarían interesados en leer?

La señora Deveraux le lanzó una mirada de indignación.

—Bueno, intentaba explicarte que el gato de la casa vecina es un fantasma, pero, si no vas a dejar que una mujer pueda hablar sin que la interrumpan, ¡que te den!

Y con esas palabras se fue de la habitación hecha una furia como un tornado charlatán.

Hannah suspiró y miró la fila de sillas: había un hombre con una gallina que la miraba con entusiasmo. Su emoción duró poco al ver que Grace pasaba cerca y le daba la señal universal para indicar «un segundo». Se inclinó sobre el escritorio de Hannah y le bloqueó la vista del resto de la habitación. Hannah aprovechó el momento para descansar la cabeza en la parte fría de la mesa.

—¿Cómo lo llevas?

—Deja que te lo diga así: ¿recuerdas esa escena en *Cadena perpetua* cuando Andy Dufresne escapa por una tubería llena de mier...?

—Sí —la interrumpió Grace—, sí, me acuerdo.

—Pues está siendo como eso, pero sin la escapada.

—Aguanta. Lo peor ya ha pasado.

Hannah levantó su cabeza ligeramente.

—Me estás mintiendo, ¿verdad?

—No necesariamente.

—Voy por el tique —alzó la cabeza lo justo para poder ver el papelito— cuarenta y nueve. ¿Cuántos más quedan?

—En realidad —dijo Grace, que sonaba alegre—, casi ninguno.

Hannah volvió a levantar la cabeza por tercera vez con los ojos radiantes de esperanza.

—¿En serio?

—Sí —aseguró Grace—. Espera, vas por los amarillos, ¿no?

—¿Hay tiques amarillos?

Grace hizo una mueca.

—No muchos.

—Ahora sí que me estás mintiendo.

—Míralo así... —Grace se calló.

—¿Cómo? —Negó con la cabeza.

—Lo siento, no se me ocurre nada. Pensaba que podía pensar en algo positivo.

Hannah volvió a descansar la cabeza en la mesa. Grace puso las manos en ambos lados de la cabeza de Hannah y se la levantó ligeramente con un tintineo de pulseras.

—Venga, no seas así. Eres más fuerte que esto, eres una luchadora. Has sobrevivido a un matrimonio terrible, puedes sobrevivir a esto.

—¿En serio? ¿Esa es tu táctica de motivación?

—Perdona, todos mis maridos han muerto siendo leales y hombres decentes. No tengo ningún marco de referencia para las infidelidades.

—De verdad, déjalo estar.

—¿Quieres una taza de té?

Hannah suspiró.

—Sí, por qué no.

—Ese es el espíritu. Y anima esa cara, ¡el hombre del número cincuenta tiene una gallina! ¿A quién no le encantan las gallinas?

Estaba claro que al hombre del tique número cincuenta sí. Resultó que amaba a las gallinas.

Las siguientes tres horas pasaron en un borrón tortuoso de locura y halitosis.

Cincuenta y siete rosa: un hombre bajito con una amplia sonrisa.

—He visto un ovni. Todo tuyo por diez mil.

—Lo siento, pero la política de *La Gaceta del Misterio* es no pagar por las historias que nos contáis. —Hannah se lo había inventado, pero, tras ver que casi no querían pagar por las galletas, parecía una suposición adecuada.

—Claro que no. Guiño. —Realmente dijo «guiño».

—De verdad que no lo hacemos.

—Ya. Guiño.

—¿Podría dejar de decir «guiño»? Es molesto.

Su sonrisa se derrumbó.

—Tengo que hacerlo. Me pasaba una cosa de pequeño, no podía guiñar de verdad.

—Oh, Dios. Lo siento.

—Sí, es toda una historia. Toda tuya por cinco mil.

—No. Como ya he dicho, no...

—Diez mil. He visto un fantasma.

—No.

—He visto a un tigre comerse un fantasma. Quince mil.

—Cómo iba un tigre a... Como sea, sigue siendo que no.

—Cinco mil. He tenido relaciones sexuales con un fantasma.

—Hace un minuto ha dicho que quería cobrarme diez mil solo porque había visto uno.

—¿Ve?, estamos negociando. Es una mujer de negocios muy astuta y yo, si me permite decirlo, un hombre muy atractivo. Si libra el jueves...

—No.

—¿No a qué parte?

—A todas.

—¿Podría hablar con alguien más?

—Claro, con mi jefe.

—Perfecto. Entonces, ¿podría...?

—Pero te costará diez mil.

Setenta y tres rosa: una mujer de cuarenta años, pelo largo y negro y pendientes largos.

—¿Y cuál es la historia que querría contar?

—Hace nada descubrí que fui Cleopatra en mi anterior vida.

—Entiendo.

—Quiero decir Cleopatra VII Filopátor, la última gobernante de la dinastía ptolemaica de Egipto. Una diplomática, comandante naval, políglota y escritora de textos médicos.

—Sí, esa es en la que he pensado.

—Es algo realmente extraordinario.

—Me lo puedo imaginar. Si me permite la pregunta, ¿puede que lo haya descubierto a través de una médium llamada Bryce que recientemente ha abierto su negocio en Stockport?

—En efecto, fue ella.

—Lo sospechaba. Es usted la tercera persona con la que he hablado hoy a quien la señora Bryce le contó que había sido Cleopatra en su anterior vida.

—¿De veras? Fascinante. En realidad, tuvo una vida muy compleja, ¿no es verdad?

Hannah se distrajo de la conversación por un grito ahogado colectivo de los que esperaban en las sillas y dirigió la mirada hacia ellos para ver la causa del alboroto.

Lo segundo más sorprendente del hombre que acababa de entrar en la habitación eran sus rastas largas y blancas, tan largas que las llevaba alrededor del cuello como bufanda. Y lo más sorprendente de él era que las rastas eran lo único que llevaba puesto.

Hannah giró la cabeza para mirar a Grace, pero esta se habría escapado a algún lugar después de que el último caballero le hubiera contado que lo perseguía el fantasma de Macbeth, el personaje ficticio.

—Uh, señor —le dijo Hannah a las rastas intrusas—, ¿qué está haciendo?

El hombre levantó la taza que llevaba en la mano y ofreció una sonrisa alegre.

—Solo necesitamos leche para nuestra taza de té.

—Pero, señor, no lleva pantalones.

De forma muy tranquila, se fue de la recepción hacia la cocina mientras le chillaba a Hannah su respuesta.

—Todo es bien, nuñu. No necesitamos pantalones, solo leche.

—Pero…

Las puertas dobles se abrieron y Grace pasó por ellas con una carpeta en las manos. Se paró en seco en cuanto notó la tensión que había en la habitación.

—¿Y ahora qué?

—Em… —dijo Hannah.

—¿Va todo bien?

—Em… —volvió a murmurar Hannah, ya que su cerebro había tenido suficiente con todo eso. Había puesto el cartel de «no molestar» y dado el día por terminado.

—Todo va bueno —respondió el hombre mientras salía de la cocina con, presuntamente, su leche en el té y sin más ropa que antes.

—¡Manny! —gritó Grace—. ¿Qué habíamos dicho?

El hombre que aparentemente se llamaba Manny se paró a pensar, como si le hubieran hecho una pregunta muy compleja.

—Hemos dicho muchas cosas. Nos gusta hablar. Tú mujer buena, Grace. —Acabó la frase con una sonrisa cálida.

—Manny, dijimos que llevarías pantalones durante las horas laborales.

—Nosotros no… —Manny dejó de hablar y miró a su alrededor, a la gente en la recepción, como si los viera por primera vez. Algunos apartaban la mirada, pero una mujer, que iba ya por la mitad de su bolsa de palomitas, se encontraba muy concentrada en él, aunque Hannah estaba convencida de que sería incapaz de reconocer su cara en una rueda de reconocimiento.

—Ah, ya vemos. ¿Qué hora es?

—Las tres en punto —respondió Grace antes de añadir—: de la tarde.

—Ah. —Asintió—. ¿De qué día?

—Del martes.

Le dio un sorbo al té.

—Vale, tú tienes razón, sí. Nos disculpamos. Solo es un cuerpo humano, un hombre, algo natural. Nada que nadie no haya visto nadie, solo lo que el Señor nos ha dado a todos.

La mujer con las palomitas habló:

—El buen Señor ha sido especialmente generoso contigo.

Manny le dedicó una sonrisa y le guiñó un ojo.

—Agradecemos estoy. Apreciamos amabilidades tuya.

Y tras eso se fue paseando hacia las escaleras y se fue.

Grace se aclaró la garganta.

—Damas y caballeros, disculpen este suceso. Es todo un espíritu libre.

—¿Está soltero?

Grace ignoró la pregunta y volvió al escritorio. Cuando pasó por delante de Hannah sacudió la cabeza.

—Te lo explicaré después.

Cuarenta y seis amarillo: un hombre muy alto, aunque cuando se sentaba no lo parecía. Sus piernas eran muy largas, pero su torso era minúsculo. Tenía acento irlandés.

—Escucha esto, el Gobierno lo está ocultando, pero los gatos y los perros pueden tener camadas.

—Ah —dijo Hannah—, antes de todo, hola.

—Ah, sí. Lo siento. Muy buenas. Como iba diciendo, los gatos y los perros pueden tener bebés.

—Sí —replicó Hannah—, claro que pueden. Unos tienen gatitos y los otros tienen perritos.

—¿Qué? No, lo que quería decir es..., sí, claro que sí..., pero lo que quería decir es que pueden tenerlos juntos: *gatiperris,* la mezcla de razas. —Señaló la libreta de Hannah con un dedo muy largo—. Lo he inventado yo. Quiero mi reconocimiento por eso, lo he registrado.

—Ya entiendo. Sabia decisión.

—Y que lo digas. He reflexionado sobre esto muy seriamente.

—Si eso es todo, gracias por...

—También te gustaría saber que ha habido un panda en la Luna.

—Ya veo. ¿Y cómo llegó ahí?

—Me alegro de que me lo preguntes.

—Al menos uno de nosotros lo está.

—Lo he reducido a tres posibilidades: la primera, un programa experimental espacial chino.

—Tiene todo el sentido del mundo.

—Posibilidad dos: los pandas son en verdad lunares y la pregunta que realmente deberíamos hacernos es cómo han llegado a la Tierra.

—Aaah, interesante.

—O posibilidad tres, despedida de soltero.

—¿Lo dice en serio?

El hombre asintió enérgicamente.

—Y tan en serio. Pasan muchas cosas raras en una despedida de soltero. En la mía, mi colega Paul...

—Lo siento, pero tengo que pararte.

—Pero todavía hay arena en el reloj.

—Lo sé, pero tengo que ir a la habitación de al lado a gritar en un cojín antes de que venga la siguiente persona.

Se quedó pensando en la respuesta de Hannah durante un segundo.

—Lo entiendo, tiene sentido. Gracias por tu tiempo.

Noventa y dos amarillo: una mujer rubia de treinta y muchos.

Hannah lo percibió antes de que empezara a hablar. Puede que fuera por cómo caminaba, con una mirada abatida al mismo tiempo que le entregaba el tique, o quizá era algo intangible que transmitía a los demás, pero, fuera lo que fuera lo que emitía la señal, el mensaje era inconfundible: dolor. Esa mujer llevaba un gran pesar en los hombros. Se sentó y le dedicó una sonrisa débil a Hannah. Sin lugar a dudas, podía llegar a ser atractiva en otras circunstancias, cuando no pareciese que llevara sin dormir un mes.

—Hola, me llamo Hannah. ¿Podrías decirme tu nombre?

—Tina Merchant.

Hannah lo anotó.

—¿Y en qué puedo ayudarte, Tina?

Tina se removió en la silla nerviosamente.

—Se trata de... mi marido. Mira, yo... —Abarcó la habitación con un movimiento de la mano—, no quiero ser irrespetuosa, pero no entiendo lo que hacéis aquí. Quiero decir, normalmente no creo en...

Preocupada, Hannah se dio cuenta de que los ojos de la señora se estaban llenando de lágrimas.

—No pasa nada, tómate tu tiempo. —Hannah sacó un paquete de pañuelos del bolso y los puso sobre la mesa con delicadeza.

Tina cogió uno con un asentimiento embarazoso y se secó los ojos con toques ligeros.

—Lo siento, ha sido una semana muy larga.

—No pasa nada —le aseguró Hannah—, tómate el tiempo que te haga falta.

La mujer volvió a asentir, extrajo una fotografía del abrigo y se la pasó a Hannah. En ella se veía a un hombre alto y robusto con el pelo rapado que empujaba a una niña rubia en un columpio. La chica tenía una sonrisa llena de vida, aunque le faltaban algunos dientes.

—Esa..., esa es mi hija, Cathy, y este mi marido, Gary.

—Vale —dijo Hannah.

—Cathy tiene cáncer. Se lo diagnosticaron hace ahora unos meses.

—Oh, Dios. Lo siento mucho.

La mujer le quitó importancia, como si ya hubiera escuchado eso tantas veces que ya hubiera perdido el significado.

—Es uno poco común. Uno muy malo. Los médicos han probado algunos tratamientos, pero nada parece funcionar.

Hannah abrió la boca, pero ningún sonido salió de ella. ¿Qué podía uno decir a eso?

Tina prosiguió con los ojos fijos en la mesa. Parecía que quería sacarlo todo.

—Alguien nos dijo que en los Estados Unidos podrían hacer algo. Primero intentamos una recaudación de fondos, ya sabes, lo que siempre vemos, pero supongo que nosotros no somos lo bastante famosos. Gary... no ha sido el mismo desde que acabó el servicio militar. Ha tenido unos cuantos problemas. Es incapaz de mantener un trabajo estable.

Hannah volvió a mirar al hombre de la fotografía. En el antebrazo derecho llevaba un tatuaje de algo que parecía un tipo de daga o puñal.

—Vamos haciendo..., ya sabes, nos hemos ido turnando con Cathy. Tiene miedo cuando está en el hospital. Hace un par de días, Gary me dijo que tenía una solución, que un hombre iba a ayudarnos. Al principio, pensé en dinero, que alguien nos lo iba a dar. A veces esas cosas pasan, ¿verdad? Algún filántropo. Sin embargo, me dijo que no se trataba de eso, que era aún mejor. Le dije que lo que decía era un sinsentido y que no hiciera ninguna tontería.

Tina se miró los dedos y se dio cuenta de que distraídamente había hecho pedazos el pañuelo.

—Dijo que era... magia —pronunció la última palabra en un susurro cohibido y casi mudo y luego alzó la vista, como molesta consigo misma—. Gary me dijo que el hombre nos ayudaría si hacía algo por él. Esto ocurrió hace dos días y desde entonces no he sabido nada de él ni lo he visto. No responde a mis llamadas y Cathy pregunta por su padre. Pensé que puede que vosotros..., ya sabes... —Miró a Hannah, de repente enfadada—. Que sabríais quién podría ser la persona que está llenando de ideas estúpidas la cabeza de un pobre hombre desesperado.

—¿Has avisado a la policía? —preguntó Hannah.

Tina asintió.

—Unos inútiles. Dijeron que iban a investigarlo, pero ahí se ha quedado. Hay una mujer con un chico en la misma sala que Cathy. Su marido se suicidó hace unas semanas. La gente dice que los hombres no saben lidiar con los problemas. Tengo miedo por... —Tina se enderezó—. No es perfecto, pero es mi marido y quiere a su hija. Solo quiero encontrarlo. Algún desgraciado le ha llenado la cabeza de locuras.

Hannah pensó en algo que decir, pero no tuvo la oportunidad de hacerlo. Tina se estiró por encima de la mesa y le quitó de las manos la fotografía.

—Lo siento, ha sido una mala idea. Tengo que volver con Cathy. Gracias por tu tiempo.

—Espera —dijo Hannah. No sabía cómo, pero deseaba ayudarla.

Tina se levantó y se fue tras despedirse con la mano mientras se dirigía hacia las escaleras. Grace la miró con una ceja levantada. Como respuesta, Hannah se encogió de hombros. Consideró seguir a Tina para asegurarse de que estuviera bien, pero, antes de que pudiera siquiera intentarlo, un hombre se sentó frente a ella.

—Vamos a ver —empezó Hannah—, voy a saltarme la parte de los detalles de contacto y voy a ir directa a la cuestión. Para empezar, ¿de dónde has sacado el bigote falso?

—No sé de qué me estás hablando, cariño. He visto a un extraterrestre luchar contra un tigre. Ocho mil.

—Las patillas también son falsas, ¿no? Eres muy minucioso, eso te lo concedo.

—Me gustas, cariño. De verdad, creo que tenemos una conexión especial. Te doy las luchas extraterrestres-tigres, la de que tuve sexo con un fantasma y, no me creo que vaya a darte esta ganga, la historia de cuando King Kong secuestró a mi mujer por diez mil.

—¿Vienen en un lote?

—¿Las historias?

—El bigote y las...

—Sí, mi colega Trustworthy Terence las vende en el mercadillo y... ¡au! ¡Esta maldita mujer me acaba de arrancar el bigote! —se quejó—. ¡Los periódicos escribirán sobre esto!

CAPÍTULO 14

Gary le dio un sorbo a la bebida y miró a su alrededor. Se había sentado en la esquina del bar Grand Central para así poder disfrutar de una vista completa del lugar sin tener que soportar que alguien pasase por su lado.

En el lado opuesto, dos estudiantes estaban jugando al billar mientras un tercero, que se creía gracioso, hacía un comentario en directo de lo más molesto sobre la partida. Un hombre estaba sentado en la barra bebiendo en silencio y un par de mujeres charlaban en la esquina. El camarero tenía cara de aburrido y parecía estar pasando el rato leyendo sus tatuajes, como si el lugar no necesitara una limpieza y una recogida. Había vasos vacíos en la mitad de las mesas.

El móvil de Gary zumbó en su bolsillo. Lo sacó, vio que era Tina y dejó que la llamada fuera al buzón de voz. Lo dejó en la mesa, al lado del paquete de cigarrillos y del mechero. Intentar explicarle todo eso fue un error, se dio cuenta de que parecía un lunático. Quizá lo fuera por creer que podría funcionar, pero estaba desesperado. A veces quien no arriesga no gana. Sonrió y dio otro sorbo a la bebida.

Había estado intentando relajarse todo el día. Había presenciado un poco de acción en el ejército, pero nunca algo como esto. Después de lo de la noche anterior, después de que se convirtiera en... él mismo otra vez, había intentado dormir, pero le había resultado imposible, al igual que la noche anterior. Moretti se lo había explicado: al principio le sería más fácil convertirse en la bestia por la noche, pero, de forma gradual, sería capaz de convertirse cuando quisiera. Incluso en estos momentos, aun siendo «él mismo», parecía estar viviendo dentro de él, como si hubiera tomado el mando. Le gustaba, y mucho.

La gente le había pasado por encima toda su vida y ahora él tenía el poder. Podría salvar a Cathy sin necesidad de ir pidiendo y mendigando, sombrero en mano, para hacerlo. Sentado en el bar, sentía a la bestia acechar dentro de él, esperando a que la noche cayera.

Gary se sobresaltó cuando Moretti se sentó frente a él. Cabroncete sigiloso. Cada vez que se encontraban era de lo más raro, nunca lo veía venir. El pequeño yanqui siempre aparecía de la nada, ni siquiera con un ¡pop! ni nada por el estilo; un segundo no estaba ahí y al siguiente sí. Era como si hubiera estado ahí esperando todo el rato y solo te dieras cuenta de él en ese instante.

Moretti se quitó la gorra de béisbol y se pasó la mano por la coronilla calva.

—No deberías estar bebiendo.

—Vale, mamá.

Moretti le echó una mirada.

—Relájate, ¿quieres? —dijo Gary—. Estamos en un bar.

Moretti negó con la cabeza.

—Vosotros los ingleses sois... Ni siquiera pensáis en otras posibilidades.

—¿Quieres una?

El yanqui miró a su alrededor.

—Paso. Tengo mi propia regla de no beber en ningún lugar donde después necesite una inyección del tétanos.

Pequeño desgraciado condescendiente.

—Así que —continuó Moretti mientras se inclinaba hacia delante—, ¿cómo crees que fue lo de anoche?

—Bien —respondió Gary mientras asentía—, sobre ruedas. Misión cumplida y esas cosas.

Los ojos de Moretti se agrandaron.

—¿Lo dices en serio? ¿Sobre ruedas? Tenías una misión bien simple. Te di el olor, te pedí que localizaras a uno de los que necesitábamos y que volvieras a compartir la localización.

—Ya, pero vi la oportunidad de encargarme de él y lo hice. Improvisé dentro de los parámetros establecidos.

Moretti asintió.

—«Improvisé dentro de los parámetros establecidos». ¿Es lo que os enseñan en el ejército? Supongo que será una forma interesante de decir «no he seguido las órdenes».

Gary se enfureció.

—Me encargué de él, ¿verdad? Lo dejé donde me dijiste. Hemos avanzado faena.

—Oh, sí. Perfecto. Desgraciadamente, mataste a otra persona en el proceso.

Gary se encogió de hombros.

—Daños colaterales.

—«Daños colaterales» —murmuró Moretti—. Daños colaterales. Es como si el ejército te hubiera entrenado para que fueras alguna clase de loro idiota que solo tiene tres frases a su disposición.

Dentro de él, la bestia rugió.

—Cuida tus modales. —Gary sujetó su vaso con más fuerza.

—Por favor, no puedo creerme que aceptase ayudar a un maldito idiota con esto. Gracias a ti, ahora la policía lo está investigando. Peor que el hecho de que dejaras un cuerpo es que no hay explicación para lo que le pasó. Eso llama la atención de todos.

Gary volvió a encogerse de hombros.

—¿Pasa algo? La poli no puede hacernos nada.

Moretti se frotó las cejas.

—Por Dios, ¿tan tonto eres?

—Te estoy advirtiendo.

—¿*Tú* me estás advirtiendo a *mí*? Déjame que te explique una cosa: no me importa la policía, pero pueden hacer el suficiente ruido para atraer el interés de otras personas, y créeme cuando te digo que eso no lo queremos.

—Tienes que dejar de hablarme como si fuera un puto niño. —Gary pinchó la cara de Moretti con un dedo. Estaba preparado para tomar todo lo que se le echara encima.

—Para de actuar como uno.

—Te voy a...

Moretti chasqueó los dedos y Gary se paralizó, aunque no a propósito. Su cuerpo simplemente dejó de responder y los dedos le quedaron en el aire, a escasos centímetros de la cara sonriente de Moretti.

—Creo que es momento de dejar claras unas cuantas cosas sobre nuestro acuerdo, ¿no crees?

Gary sentía su corazón latir en el pecho. Miró con pánico a su alrededor, parecía que sus ojos eran la única parte de su cuerpo que podía mover. Intentó respirar, solo inhalar, pero no consiguió nada. Era como si su cuerpo entero se hubiese apagado.

Moretti cogió tranquilamente su paquete de cigarrillos y el mechero.

—¿Te importa?

Sacó uno y lo encendió. Por encima de su hombro, vio que el camarero los miraba, atraído por la luz de la llama.

—Eh, amigo. —Su voz sonaba indignada—. No puede fumar aquí dentro.

—Sí que puedo —dijo Moretti de forma calmada.

El camarero parecía confundido y avergonzado, como si hubiera metido la pata.

—Claro que sí.

Moretti miró a Gary mientras daba una calada al cigarrillo.

—¿Recuerdas que acepté ayudarte? Me lo suplicaste. Querías salvar a tu hija y, como te expliqué, tenías que hacer exactamente lo que te dijera.

Gary notó que la presión en su pecho aumentaba. No podía identificar si sus pulmones estaban llenos o vacíos. Hasta este momento, respirar había sido algo insignificante.

—Así que déjame que sea claro. —Moretti sonrió al mismo tiempo que hablaba lenta y pausadamente—. Vas a hacer justo lo que te diga que hagas. —Volvió a avivar la llama del mechero y, con indiferencia, lo puso debajo de la mano extendida de Gary. Al momento sintió el dolor en su piel. Todas las partes de su cuerpo, todos sus instintos, le pedían que sacara la mano, pero no podía moverla, ni siquiera un milímetro.

—Lo que tenemos —continuó Moretti— no es una colaboración. Tu papel en esto es hacer lo que se te mandó. ¿Queda claro?

Gary no hizo ningún movimiento. No podía ni parpadear. Notó que las lágrimas le caían por las mejillas mientras sus ojos seguían inmóviles, mirando a la cara alegre de Moretti.

—Tomaré eso como un sí. Reúnete conmigo esta noche, en el mismo sitio y a la misma hora. Gracias a tu cagada, ahora tenemos otro problema que debemos solucionar. —Moretti apagó el mechero y se levantó. Echó el cigarrillo a medias en la bebida de Gary y se puso la gorra de béisbol otra vez. Después de pensárselo mejor, cogió el paquete de cigarrillos—. Me los quedo. Esta mierda acabará matándote. Nos vemos esta noche, no llegues tarde.

Sonrió de nuevo y, con calma, salió del bar.

Gary se quedó ahí, inmóvil, con el dedo aún apuntando a un espacio vacío. Ahora que la llama ya no estaba, su cuerpo concentraba toda su energía en gritarle que respirara. Cada centímetro de su cuerpo estaba deseando que sus pulmones simplemente *respirasen*. Se dio cuenta de que los tres estudiantes habían interrumpido su partida de billar y lo estaban mirando. Gary quería gritarles por quedarse ahí parados, mirándolo.

Con la misma rapidez con que le habían quitado el cuerpo, lo recuperó.

Con una bendita y honda respiración, se derrumbó en el asiento y se llevó la mano quemada al pecho mientras jadeaba como alguien que ha salido a la superficie después de permanecer bajo el agua demasiado rato. El alivio fue muy intenso.

Entretanto, la bestia rugía con impotente furia.

Después de unos treinta segundos, consiguió calmar su respiración hasta el punto de ser capaz de centrarse en otras cosas. Se pasó la manga por la cara para secar las lágrimas que se le habían escapado.

Cuando alzó la mirada, vio que los tres estudiantes seguían observándolo con la boca abierta.

Su voz le salió con un gruñido.

—¿Qué coño estáis mirando?

CAPÍTULO 15

Hannah estaba sentada en el escritorio mirando fijamente a la nada.

Stella la observó.

—Creo que hemos roto a la nueva Tina.

—¡Se llama Hannah! —vociferó Grace desde lejos.

—A saber. Todos estos blanquitos me parecen iguales.

—Ya está bien de esas tonterías agresivas, jovencita. ¿Has acabado de llenar las cajas?

—Joder, ¿de qué murió tu último burro de carga?

—¡De contestaciones insolentes!

Stella desapareció del campo de visión de Hannah y la reemplazó Grace, que tenía la preocupación escrita en su cara. Llevaba un gran vaso de té en las manos.

—Te he preparado una taza y unas galletitas de mantequilla. Guardo unas cuantas para…, hum, ocasiones especiales.

—Creo que nunca más volveré a ser capaz de beber té.

Grace se horrorizó. Su visión del mundo tenía dos principios: todos los problemas del mundo podían ser solucionados por una buena taza de té o por el Señor Jesús.

—Seis horas —dijo Hannah.

—Había mucha gente.

—Seis horas —repitió—. Ha sido como la escena inicial de *Salvar al soldado Ryan* solo que, ya sabes, más larga, y las balas eran la gente loca y, al final, no había Matt Damon, solo más lunáticos.

—Normalmente no es tan terrible como ha sido hoy.

—Seis horas —dijo otra vez Hannah—. ¿Quién habría dicho que hubiera tanta locura en el mundo?

—¡Todos los que hemos estado aquí estos últimos meses! —gritó Stella desde el otro lado de la habitación.

Grace giró la cabeza en redondo.

—¡Archiva! —Volvió a mirar a Hannah—. Normalmente, Ox y Reginald también están aquí para ayudar. Solo has tenido mala suerte de que hoy fuera tu primera vez.

A Hannah le pasó un pensamiento por la cabeza.

—¿Cómo es que vosotras dos no estabais ahí?

—Hum —titubeó Grace—, como te he dicho antes, no soy parte del equipo de periodistas.

—Exactamente por eso —añadió Stella—, y no porque un hombre viniera diciendo que trabajaba para Satanás y Grace intentara ahogarlo en agua bendita.

Grace lanzó dagas con la mirada en dirección a Stella.

—No intenté ahogarlo —replicó—. Fue un malentendido.

—Eso no es lo que dijo el juez.

Grace forzó una gran sonrisa y se volvió hacia Hannah.

—Ox y Reginald estarán aquí para el Desfile de los Lunáticos del mes que viene.

Hannah señaló a Stella.

—¿Y ella por qué no participa?

—Porque no quiero.

Grace le lanzó de nuevo algo más peligroso que una daga a Stella.

—No podemos permitir que lo haga. No es buena... ¡tratando con la gente!

—La gente es la que es mala conmigo. ¿Se me entiende?

—¡Ya te daré yo tu merecido, jovencita!

—Antes solía caerme bien la gente —explicó Hannah—. Quiero decir, la mayoría de la gente, no todo el mundo, obviamente. No es que me gustaran Osama bin Laden o Hitler...

—Ni el tío con el que te casaste —intervino Stella.

—Se acabó —zanjó Grace—, te has quedado sin postre esta noche.

—Lo que tú digas.

Stella salió de la habitación dando un portazo y se marchó a cualquier otro sitio para pasar el enfado.

Grace cogió una silla y se sentó al lado de Hannah.

—Estarás bien después de una buena noche de descanso.

—No estoy tan segura. Después de escuchar a esa mujer afirmando que la CIA está utilizando sus sueños como un programa de entrenamiento para monos en el espacio tengo el terrible presentimiento de que van a empezar a hacerme lo mismo. Es ese tipo de pensamiento que se te queda en la cabeza. Fue muy gráfica cuando explicó lo del lanzamiento de heces. Dios, ahora odio a la gente.

—No lo dices en serio —la contradijo Grace con un tono de voz de lo más alegre—. Sencillamente acabas de olvidar lo agradable que es la mayoría de la gente. En cuanto conozcas a alguien que no piense que su tortuga es un vampiro o que Sigourney Weaver quiere controlarnos la mente a través del televisor recordarás cuánto amabas a las personas.

—¡Grace!

El grito provenía de la oficina de Banecroft.

Grace miró hacia arriba y le habló al cielo.

—¿En serio? ¡Dame un respiro!

Después de un fuerte estruendo y de un taco no blasfemo muy potente (al que seguro que Banecroft había dado muchas vueltas antes de soltarlo), la puerta de su oficina se abrió de golpe y salió cojeando.

—¿Dónde demonios están esos dos idiotas?

—Es una forma un poco irrespetuosa de llamarlos.

—Sí —concordó Banecroft—, pero has sabido a quién me refería, ¿verdad? Así que, ¿dónde están?

—En Escocia —respondió Grace—. ¿Te acuerdas de que los enviaste allí tú mismo?

—Sí, pero lo que no recuerdo es escuchar algo de ellos. Me gustaría tener un informe de su progreso.

—¿Y por qué simplemente no has dicho eso?

—¡Acabo de hacerlo! —Banecroft dejó de hablar y miró a Hannah—. ¿Qué le pasa a la nueva Tina?

—Estuvo todo el Desfile de los Lunáticos sola.

—¡Oh, pobrecita!

Grace se levantó.

—¿Te acuerdas de esa vez en que intentaste hacerlo tú para que la gente dejara de quejarse?

—Eso no tiene nada que ver.

—Esa pobre y dulce señora…

—No era una señora, ellas no dan una patada a un hombre *ahí abajo*. Lo que quería decir es… —Banecroft calló y miró al suelo—. Espera, ¿qué era?

—Has salido a disculparte por algo.

—No, eso no suena a mí. Idiotas, eso era. Haz que llamen.

Grace suspiró y cogió el teléfono del escritorio de Hannah.

—Sabes que tienes uno en tu oficina, ¿verdad?

—La realidad es, señorita sabelotodo, que no. Recibió un disparo ayer.

Grace acabó de teclear el número y se puso el auricular en la oreja.

—Solo tú podrías decir eso y pensar que eso demuestra algo.

Reggie alzó la vista alarmado al mismo tiempo que un coche les pitaba.

—¡Mantén los ojos en la carretera!

Ox giró el volante para sacar el coche del carril contrario.

—Está bien, está bien. No te estreses. Tú haz lo tuyo, chico mapa, y yo conduzco.

—Creo que hay un error en el mapa.

—¿«Un error»? ¿En serio? Hace solo media hora te has dado cuenta de que lo tenías al revés ¿y ahora eres todo un experto en cartografía?

—¿Por qué no me dejas usar el GPS y así acabamos antes?

Ox negó con la cabeza con vehemencia.

—No, no, no. La tecnología del GPS la desarrollaron las Fuerzas Aéreas de los Estados Unidos. No voy a permitir que ese complejo militar-industrial sepa de mi paradero, muchas gracias, pero no.

—Por lo que veo, de momento estás a salvo de su tecnología, porque ni siquiera *nosotros* conocemos nuestro paradero ahora mismo. Deberíamos haber llegado hace dos horas.

—Relájate. Es solo un lavabo, no se va a ir a ninguna parte. —Ox señaló la ventana—. ¿Te resulta familiar esa vaca?

—¿Cuál de ellas?

—La que acabamos de pasar.

—Es una vaca. No creo ni que ellas mismas se reconozcan.

De sopetón, la *Novena Sinfonía* de Beethoven, reproducida por el móvil de Reggie, llenó el coche.

—¡Me prometiste que lo apagarías!

—En ningún momento dije eso —respondió Reggie a la vez que se daba palmaditas en los bolsillos de la chaqueta y del chaleco.

—Claro. Bueno, que sepas que voy a poner el disco de Primal Scream.

—No, por favor.

—¡Es un clásico!

—Es de todo menos eso. —Reggie cogió el teléfono—. Es de la oficina.

—Cielo santo, no. No lo cojas.

—Claro, como le gusta tanto que le hagamos esperar... —Reggie respondió a la llamada—. Aquí Reginald Fairfax Tercero.

Ox no pudo distinguir qué le decían excepto que sonaba a la voz de Grace. El motor del coche hacía ruido, pero no ese estruendo escandaloso y odioso de los motores tuneados que algunos individuos acogen con fervor en un enorme esfuerzo por compensar su falta de personalidad. No, era ese tipo de ruido que sucede justo antes del silencio, es posible que permanente.

El coche era antiguo. No del tipo *clásico*, sino *viejo*. El año anterior lo había intentado vender, pero ni siquiera la chatarrería estaba interesada en él. Él lo llamaba el Zombi, porque, a pesar de que se le iban cayendo piezas, de que el motor estaba desgastado y la suspensión gemía casi constantemente, de un modo inexplicable seguía ahí.

—Sí —dijo Reggie—, aún estamos de camino debido a algunos problemas de orientación, pero nuestros espíritus siguen bien altos y estamos seguros de que cumpliremos con nuestro objetivo... ¿Qué? Quién sabe... Por favor, no me pases a...

Reggie se quitó el teléfono de la oreja cuando la inconfundible voz de Banecroft al perder la compostura llenó el coche. Sostuvo el móvil frente a él, los chillidos de Banecroft lograban emular al altavoz. Reggie intentó suplicar con el jefe como haría alguien para calmar a un bebé enfadado.

—No, aún no… No, estamos a… Sí, lo haremos… Con toda sinceridad…

Ox le arrebató el teléfono de las manos y se sentó encima de él.

—¿Qué diantres estás haciendo?

—¿Qué? —replicó Ox—. Tampoco te va a dejar hablar, ¿verdad?

Reggie frunció los labios.

—Mmm, tienes razón.

—Por Dios, creo que puedo sentir su ira vibrar a través de mi colon.

El coche volvió a meterse en el carril contrario cuando Ox quitó ambas manos del volante para señalar.

—Te lo digo en serio, tío, ¡ahí está la misma vaca que antes!

—… y, como no lo hagáis, os tendré persiguiendo monstruos de alcantarillas inexistentes durante un mes entero. ¡Y tanto que lo haré!

Banecroft colgó el teléfono con un golpetazo.

—Que me quede claro… —Miró alrededor del toril y se sorprendió al encontrarse solo—. ¿Dónde puñetas está todo el mundo?

La voz de Grace sonó desde la recepción:

—He enviado a la chica nueva a casa.

—¿Qué? ¿Cuándo?

—Hace veinte minutos.

—Pero si estaba…

Grace entró en el toril con una pila de informes.

—Estabas haciendo uno de tus sermones innecesariamente largos y cargados de odio. Tengo aquí unos documentos que necesito que me firmes.

Grace colocó los papeles enfrente de Banecroft y le extendió un bolígrafo.

—¿Desde cuándo tienes la autoridad para mandar a alguien a casa?

—Desde que lo decidí yo. La pobre chica no tiene por qué escuchar cómo eres de horrible al hablar con otra persona. Tendrá suficiente de eso en sus horas ordinarias.

—Pero yo…

—Ni pero ni pera. Me gusta, y más importante: la necesitamos. Aunque te disguste escucharlo, este periódico necesita personal.

Banecroft se abrió paso entre la pila de papeles y los firmó sin haberlos leído antes.

—Tienes que saber que la gente movía cielo y tierra para aprender de mí sobre el mundo del periodismo.

—Sí, pero después te volviste un demente y ahora necesitamos a gente que te soporte.

—Ah, ¿de verdad? Entonces, ¿por qué hay alguien esperando de pie en la entrada ahora mismo, literalmente pidiendo una oportunidad para trabajar aquí?

—Si te refieres a Simon, esta mañana no se ha presentado.

Banecroft sacudió la cabeza.

—¡Bah! ¡Esta juventud no tiene paciencia!

—Y lo dice alguien que ayer le chilló a un hervidor de agua por no calentar con suficiente rapidez.

—Hablando de…

—No, me voy a casa. Hazte tú la taza de té. —Banecroft se encogió cuando Grace gritó a pleno pulmón—. ¡Stella! Venga, nos vamos.

—No tienes por qué gritar.

Grace le lanzó una larga y fría mirada.

—Le dijo la sartén al bote.

—Lo has dicho mal.

—No todo el mundo está bendecido con un don para las palabras como tú.

—Pocos lo tienen.

—Y es por eso por lo que los demás estamos eternamente bendecidos.

Banecroft se levantó y cojeó.

—Muy bien, no somos amigos a partir de ahora.

Grace no pudo contener la sorpresa en su voz.

—¿Lo éramos?

CAPÍTULO 16

Ya quedaba menos, solo tres pisos más.

Simon no había sido muy sigiloso, aun con la práctica que tenía en ello. No en el modo «ladrón de medianoche», sino en el tipo de sigilo que se desarrolla después de llevar el fascinante maletín de cuero del tío Alan al colegio y que los compañeros de clase más trogloditas te ataquen con sus comentarios negativos. A Simon le pusieron el apodo de Su Señoría y lo trataban de forma que quedase claro que ningún otro niño o niña de clase era de la realeza. Primaria no fue una experiencia divertida, aunque no fue tan mala como la hora después del final de las clases, cuando los cavernícolas andaban tras él. De ahí el sigilo.

Escogió subir por las escaleras en vez de coger el ascensor, ya que era de suma importancia que no fuese visto por los guardias de seguridad, su fuente se lo había dejado claro. Le preocupaba que los ascensores activasen algún tipo de alarma. Eso, y que no le gustaban los ascensores ni en el mejor de los casos, y menos si se trataba de un edificio en construcción. De todas formas, cuarenta y dos pisos eran una buena caminata. Por suerte, gracias a ir en bicicleta a todos lados tenía unas piernas fuertes. Desafortunadamente, eso también significaba que había ido hasta ahí pedaleando y que ya estaba un poco cansado antes de tan siquiera empezar.

Dos pisos más. Las molestias no eran nada comparadas con la oportunidad de conseguir la primicia de su vida. Después de esto, *La Gaceta del Misterio* tendría que contratarlo. El señor Banecroft estaría muy impresionado. Aunque Simon debía admitir una cosa: era un lugar y una hora bastante extraños para tener una reunión (de madrugada en la cima de un edificio de cuarenta y dos plantas sin acabar), pero, cuando pensaba en ello, tenía sentido. No había ningún otro lugar en todo Mánchester donde fuera menos probable que los escucharan. Simon intentó no pensar en el viento, tampoco era un gran admirador de las alturas.

Un piso. Más temprano ese día, el hombre se le había acercado después de que lo hubiera visto hablando con el inspector Sturgess. El inspector no había sido muy receptivo sobre la información que Simon había querido darle, pero así era la policía. Tenía su propia forma de pensar y nunca la mente abierta. Eso había dicho la «fuente» de Simon cuando habían estado conversando. Fue todo muy acelerado y secreto. Le dijo que la información que tenía que proporcionarle era de gran interés para él, pero que era muy importante que lo hablaran en privado. Nadie podía saberlo. La discreción era la clave. El hombre le había recomendado a Simon que se quedase la historia para él hasta que conociese todos los hechos. Como él mismo había dicho, Simon no quería que la policía se entrometiese o que la prensa convencional tirase de los hilos hasta que pudiera maximizar el impacto de la noticia y rechazar las acusaciones de los detractores y de los escépticos.

A Simon le cayó bien al instante. Así eran los estadounidenses. A pesar de lo que mucha gente creía, Simon siempre los había encontrado considerablemente más educados que el típico ciudadano inglés, aunque basaba su opinión en el hecho de que ningún norteamericano había intentado nunca tirarle de los calzoncillos y pasarlos por encima de su cabeza mientras los llevaba puestos.

Cuando hace pop, ya no hay ni un Bob

James Rochester, de la ciudad de Orpington, en Kent, se quedó conmocionado al descubrir que, después de mudarse a Reading, su antiguo compañero de trabajo Bob también estaba trabajando ahí.

James ha explicado que «es un buen chico, pero algo rarito. Saca algunos temas de los más inesperados, como por ejemplo si pensamos que la Tierra ha desarrollado ya el viaje a la velocidad de la luz, qué sería del gobierno si todos fueran reemplazados por personas más decentes o cuántos riñones creemos que realmente tiene el cuerpo humano. Para ser sinceros, a nadie le molesta porque hace muy bien su trabajo y autoriza todo tipo de gastos. Además, los viernes siempre lleva un traje de sandías muy divertido».

James se quedó aún más perturbado después de llamar a otro de sus antiguos compañeros de trabajo en Orpington y que este le confirmara que Bob se encontraba sentado en su escritorio en esos momentos. Justo en ese instante, se escuchó un «pop» y ambos Bobs se desvanecieron al mismo tiempo.

«Fue una pesadilla de primer día», nos ha explicado James. «La desaparición de Bob en la nueva oficina dejó un mal sabor de boca puesto que se suponía que iba a traer pastelitos al día siguiente».

CAPÍTULO 17

Mientras iba paseando por el parque, Hannah se sorprendió al darse cuenta de que iba silbando. Desde lejos, debía parecer alguien feliz y afortunada, al menos temporalmente. Esto ya era un hito teniendo en cuenta cómo había sido su vida hasta entonces.

Sí, el día anterior había sido largo, exhausto y, francamente, repleto de locura. Se encontraba física y emocionalmente agotada, tanto que en el autobús de camino a casa se había quedado dormida y había tenido un sueño de lo más vívido en el que un mono espacial le intentaba vender unas historias sobre sus relaciones sexuales con un fantasma. Se despertó con un sobresalto y se encontró a todos los pasajeros mirándola fijamente. Además, tenía el terrible presentimiento de que había hablado en sueños. Muerta de la vergüenza, se bajó en la siguiente parada, y entonces se dio cuenta de que se había saltado su parada, aunque, por suerte, no estaba muy lejos.

Cuando llegó a casa, se preparó la cena en el microondas y le explicó su día a Maggie acompañadas de una botella de vino. Maggie quedó fascinada, tanto por el ataque de los «personajes variopintos» del Desfile de los Lunáticos como por el infierno de jefe que era Banecroft. Hannah no estaba acostumbrada a que la gente encontrase lo que contaba fascinante, sino todo lo contrario.

Siempre había tenido miedo, en lo más profundo de su ser, de no ser la persona más interesante del mundo; lo que se debía a su falta de autoestima. En efecto, lo había dicho el doctor Arno van Zil en el capítulo doce de *Solo hay una dirección*: «Amándote a ti misma, amarás la vida». Siempre se sentía nerviosa cuando hablaba con otros y, en retrospectiva, Karl no había ayudado. Su marido siempre le había dado la impresión de estar más feliz hablando con alguien diferente a ella; sin embargo, al reflexionar sobre eso, se daba cuenta de que estaba más interesado en tener relaciones sexuales que en hablar con alguien que no fuera ella.

El otro aspecto era que en su «antigua vida» tampoco tenía mucho de lo que hablar. Ahora, en cambio, sí. Trabajar en *La Gaceta del Misterio* podía ser muchas cosas, pero desde luego no era aburrido.

Maggie había parecido decepcionada al tener que dejar la conversación con Hannah para irse a cenar con su marido. Los martes eran los días en que Maggie y Gordon tenían una cita. Lo último que le había dicho a Hannah era que quería escuchar más sobre su día en cuanto volviera a casa, cosa que le hizo sentirse halagada. Tras su charla, Hannah había subido a la habitación a leer otras publicaciones del periódico.

Una vez que dejabas de lado la insensatez general (odiaba admitirlo, pero el sermón de Banecroft le venía a la mente en cuanto pensaba en eso) y lo leías como crónicas de los sucesos extraños y maravillosos del mundo, era fascinante. ¿Por qué había tantas personas que creían que el Gobierno iba tras ellas? ¿Por qué otros estaban obsesionados en demostrar que los fantasmas o los ovnis existen? O una miríada de creencias y ocurrencias que llenaban las páginas de *La Gaceta del Misterio*. Visto desde esa perspectiva, era, bueno, interesante, lo que por asociación la hacía también a ella interesante.

Cuando ya estaba cerca de la oficina, Hannah pasó por delante del sitio donde había conocido a Reginald y a Ox. En cuanto volviesen de Escocia, iba a pasar más tiempo con ellos para conocerlos bien. Al fin y al cabo, ella era la asistente editorial y, cuanto mejor conociera sus trabajos, mejor haría el suyo.

Volvió la esquina y se encontró de cara con la puerta principal de la iglesia. Por segundo día consecutivo, Simon no estaba en su puesto. El buen estado de ánimo de Hannah se desinfló un poco cuando se le pasó por la cabeza que su contratación había sido para Simon la gota que colmó el vaso. Solo había coincidido con él durante unos instantes: en su primer contacto con la iglesia y cuando se habían llevado a Banecroft en ambulancia después de que se autodisparara. Parecía un buen chico y un entusiasta. ¿Debería haber hablado con él? Necesitaban más personal, y ocuparse de ese tipo de cosas parecía el trabajo que un asistente editorial haría.

Hannah corrió oficina arriba, saltó el escalón que necesitaba reparación y entró a zancadas en el área de recepción.

—Grace, ¿cómo va el día?

Grace pareció sorprendida.

—Ah, hola. Pareces más animada.

Hannah sonrió.

—Sí, ¿verdad?

Abrió la caja de dónuts que compró de camino.

—Al ser tú mi favorita, puedes ser la primera en escoger.

El rostro de Grace se iluminó.

—No debería. —Pero cogió uno igualmente.

—¿Dónde están los demás?

—Verás —empezó Grace—, tenemos un pequeño problema. Ox y Reginald al final han encontrado el bar en Falkirk, pero han visto que han quitado el lavabo.

—Ostras.

—Sí. El dueño lo tiró y, la verdad, no lo culpo. Nadie quiere al demonio en el baño.

—¿Y qué ha sido de Ox y Reggie, entonces?

—Tuve que buscarles un hotel para que pasaran la noche. Creen que pueden encontrar el retrete por la mañana. —Con un movimiento de cabeza, indicó en dirección al final del edificio—. Va a ir al tejado.

—Relájate —dijo Hannah—. Gritará y aullará, pero podremos con él.

Grace le dedicó una mirada escéptica.

—¿Te has tomado alguna pastillita de la felicidad?

—No, solo estoy encantada de la vida. —Hannah elevó su voz—. ¿Stella?

Su grito fue respondido con un chasquido de lengua y se oyeron pisotones de botas desde el final del pasillo antes de que la puerta se abriera de par en par.

—¿Qué quieres?

Hannah alzó la caja para enseñársela.

—¿Quieres uno?

Stella se apartó los mechones de pelo verde de los ojos y miró la caja con suspicacia.

—¿Cuál es la trampa?

—Ninguna, lo prometo.

Stella extendió el brazo hacia la caja, pero, en el último instante, Hannah la retiró ligeramente.

—En realidad...

—Lo sabía.

Hannah le mostró una gran sonrisa.

—Es solo una cosita de nada, pero, citando a Beyoncé en sus días con Destiny's Child: «*Say my name*»... ¿Podrías decir mi nombre?

—Típico. Ya te las estás dando de jefa, ¿eh?

Hannah sacudió la cabeza.

—No, no. Nada por el estilo. Solo quiero que no me llames «la nueva Tina». Quiero ser yo. Todos somos individuos. Solo quiero ser yo misma, de la misma forma que tú quieres ser tú. Hablando del tema, me encanta el estilo que llevas, a lo *steampunk*, ¿verdad?

Stella parecía recelosa.

—Sí, supongo.

—*Dabuti*. —Hannah estaba empezando a sentir vergüenza de sí misma. Se estaba pareciendo demasiado al típico adulto que intenta caer bien a la juventud con un «Hola, soy guay. Lo peto entre los jóvenes». Aun así, volvió a ofrecerle la caja de dónuts y siguió sonriéndole.

Stella alargó el brazo lentamente y cogió uno con glaseado rosa.

—Gracias, Hannah.

—De nada, Stella.

Hannah les brindó una gran sonrisa a Grace y Stella antes de salir por la puerta y dirigirse al vestíbulo.

Hannah llamó con fuerza en la puerta del despacho. No hubo respuesta.

Volvió a llamar aún con más fuerza. Otra vez nada.

Golpeó en la puerta por tercera vez y, entonces sí, Vincent Banecroft le contestó con un gruñido.

—Voy a entrar.

—¿Qué? —fue la respuesta, enfadada.

Hannah abrió la puerta y entró en la sala.

—He dicho que iba a entrar.

Banecroft estaba sentado en el escritorio, presuntamente el lugar donde había dormido. Según Grace, en algún lugar de la habitación había una cama, pero debía de estar enterrada debajo de la avalancha de mierda que constituía la decoración general de la oficina. Hannah ignoró la botella medio vacía de *whisky* en la mesa y resistió el impulso de buscar en la papelera si había habido una anterior.

Banecroft la miró con los ojos entreabiertos debajo de la maraña de pelo.

—Qué demonios… ¡Podría haber estado en pelotas!

—Eso habría supuesto que te cambiaras de ropa, algo que todos estamos deseosos de ver. Toma, coge un dónut.

Hannah abrió la caja.

—¡No nos los podemos permitir!

Hannah los retiró.

—¿Cuánto crees que valen?

—No lo sé. ¿Tengo pinta de contable?

—No, eres editor, y los he comprado con mi propio dinero, así que deja de remolonear, cállate y coge un maldito dónut.

Banecroft tomó uno de limón y le dio un bocado grande y sucio.

—¡Ese es mi chico! Ahora, han tenido un problema con el retrete de Falkirk…

—¡Lo sabía! —gritó Banecroft con la boca llena de masa.

—Pero —continuó Hannah, que elevó la voz para que la escuchara bien—, voy a encargarme de ello. En veinte minutos conseguiré un informe para ti en la sesión informativa de esta mañana. Puedes coger un berrinche entonces.

Banecroft tragó demasiado rápido.

—¡Puedo montar un pollo cuando me dé la maldita gana!

Hannah esperó una reacción, pero no pasó nada.

Banecroft eructó y luego añadió:

—En 1940, un juez australiano de divorcios dictaminó que «maldito» no es una blasfemia. Hay precedentes, por lo que Grace ha acordado dejarla pasar.

—Es correcto —comentó la voz de Grace desde el interfono.

—¿Ves? —dijo Banecroft—. ¿Por dónde iba? Ah, sí. ¡Gritaré cuando me dé la maldita gana!

—Entendido —aseguró Hannah—, pero me voy de la oficina ahora, así que estarás gritándote a ti mismo. —Luego se sacó del bolsillo un tubo de dentífrico, un cepillo de dientes y un desodorante—. Toma, los productos para asearte que pediste.

Banecroft los miró con confusión.

—¿Cuándo hice yo eso? ¡En ningún momento los pedí!

—Vale —convino Hannah—, deja que me explique de otra forma: aquí tienes lo necesario para el aseo que desesperadamente necesitas.

—Controladora compulsiva. Ahora veo por qué tu marido…

—¡PARA! —Hannah lo gritó tan alto que Banecroft obedeció—. Tienes dos opciones: puedes seguir y decir algo horrible o puedes coger otro dónut, pero no puedes hacer las dos cosas. ¿Qué elegirás?

Hannah abrió la caja y se la volvió a acercar una vez más. Aún quedaban tres dónuts.

Banecroft la miró a los ojos.

—No soy un perro al que puedes entrenar con comida. Lo sabes, ¿verdad?

—No, eres un dragón inmenso y asustadizo, pero yo soy la mujer de los dónuts, por lo que puedes intentar tener buenos modales o continuar siendo tú y morirte de hambre. La elección es tuya.

Banecroft no apartó la mirada mientras, lentamente, se inclinaba hacia delante y cogía un dónut de chocolate.

—Así me gusta. Nos vemos en la reunión.

—Sí, y espero que con unas buenas respuestas en el maldito informe sobre…

El resto se perdió en cuanto Hannah dio un portazo al salir mientras tarareaba en voz alta.

—¡Manny!

Hannah había llamado, pero los martillazos al otro lado de la puerta le indicaban que no la oían. Antes de que se fuera a casa la noche anterior, Grace le había hablado de él. Supuestamente, estaba a cargo del departamento de impresión del periódico, el cual ocupaba toda la planta baja. Se encerraba en sí mismo, pero, por lo que Hannah había comprobado el día anterior, no se le podía describir exactamente como vergonzoso.

Con cuidado, Hannah empujó una de las dos enormes puertas de madera. La imprenta ocupaba todo lo que debía de haber sido la iglesia en sí en anteriores épocas. Es más, mucho del mobiliario que había parecía hecho reaprovechando los bancos de la iglesia. En la esquina izquierda había una cama sin hacer. Parecía que él también vivía ahí.

La luz entraba por las vidrieras sucias y llenaba la habitación con un resplandor etéreo. La estancia olía, sin llegar a ser desagradable, a aceite de máquina, humo y a algún tipo de cigarrillo. A ambos lados de las puertas había grandes rollos de papel junto con una selección de trozos aleatorios de metal y botellas de plástico llenas de lo que parecía tinta.

En el centro de la habitación estaba la imprenta, una pieza mecánica intimidante, con brazos metálicos, pistones, rollos y toda clase de apéndices que salían en diferentes ángulos. Era de hierro, lo que, en un mundo lleno de aplicaciones y ordenadores portátiles, te hace sentir raro, como si fuera la cosa más real que hubiera podido presenciar. Llevaba ahí mucho tiempo y lo estaría mucho tiempo después de que ella ya no estuviera. Lentamente, daba golpes secos con un par de pistones en marcha y sacaba vapor por uno de los agujeros. Hannah estaba reflexionando —acerca de que la presencia del vapor indicaba que la máquina utilizaba agua— cuando Manny apareció por detrás de ella.

Por suerte llevaba puestos los pantalones, aunque solamente eso. Más bien eran unos calzoncillos y botas de trabajo. Las largas rastas blancas enrolladas alrededor de su cuello hacían que adivinar su edad fuera difícil, ya que su físico parecía el de un chico joven. Parecía que no encajaba bien, como uno de esos juguetes infantiles en los que se pueden ensamblar diferentes combinaciones de cabeza, cuerpo y piernas. Puede que solo llevase la ropa interior para tener algo donde colgar su *walkman*, uno de los de verdad, de esos que hacía décadas que Hannah no había visto. Pensándolo bien, probablemente era mayor que Stella.

Manny miró la imprenta y le pasó las manos por encima con cariño. Hannah, extrañamente avergonzada, se sintió una intrusa. Paró en seco durante un segundo antes de entrar con cautela en su línea de visión y saludarlo.

Manny levantó las cejas en cuanto la vio, claramente sorprendido de la presencia de Hannah. Se quitó los auriculares.

—Lo siento, señora, no la escuchamos venir.

—Perdona, llamé, pero estarías… —Hannah señaló los cascos. Ahora que estaba más cerca de él pudo oír música clásica antes de que Manny parara el casete.

—Ahí va, sí, estamos mal. —Tenía una sonrisa cálida y jovial.

—No, no pasa nada. Solo quería pasarme a presentarme oficialmente. Me llamo Hannah. —Le dio la mano y Manny la estrechó con entusiasmo. Ignoró el aceite.

—Un placer conocerla. Somos Manny y tal.

—Lo sé. Esto es bastante… —Hannah levantó la vista hacia la máquina, que se alzaba sobre ellos.

—Sí —dijo Manny—. Solo estamos dándole a la vieja un poco de marcha, para que funcione bien.

—Ya veo. Bueno, no te molestaré más. Solo quería saludarte y… Oh, lo siento, casi se me olvida. —Hannah le aproximó la caja de dónuts—. ¿Quieres uno?

Manny consideró la oferta, como si estuviera escuchando una respuesta.

—Sí y no. Yo querer uno, pero ella no quiere.

—Entiendo —aseguró Hannah mientras intentaba no parecer confundida.

Manny cogió uno de crema.

—Te estamos muy agradecidos. —Manny sonrió, se puso los cascos y se volvió para mirar la máquina fijamente otra vez.

La reunión de la mañana estaba progresando bien. Hannah había conseguido llamar a Reggie y las noticias eran mejores. Habían ido al vertedero y habían encontrado un retrete que encajaba a la perfección con la descripción que el dueño les había dado (tenía una marca muy distintiva y era muy fácil de verificar). Ox había perdido a cara y cruz y le tocó ir a buscarlo. Reggie le había enviado a Hannah las fotos que había tomado de Ox al ser atacado por dos gaviotas mientras lo recuperaba. Aunque fue entretenido, la historia también encajaba. El encargado del vertedero les explicó que habían pasado cosas extrañas durante toda la semana y que era posible que el retrete fuera la causa. De haber sabido que era de Jolly Sailor, que parecía ser toda una celebridad local, no lo habría recogido.

Asombrosamente, Banecroft había escuchado todo el relato de Hannah y luego los había llamado para decirles que se dejaran caer por la iglesia católica local para comprobar si el sacerdote estaría libre para un exorcismo exprés.

—Si os dicen que no, respondedles que entonces iréis en busca de amparo con los protestantes. Eso les pondrá en su sitio.

Cuando el tema quedó zanjado, repasaron los apuntes de Hannah del día anterior, es decir, de la maratón del Desfile de los Lunáticos. Mientras lo hacían, Grace tomaba notas y Stella apuntaba cosas en el ordenador, el mismo que el día anterior, y leía un libro al mismo tiempo. Banecroft miraba fijamente el techo y lanzaba sus peculiares calificaciones: «plancton», «congelador», «descartada», «gamba» y un largo etcétera. A Hannah la emocionaba el hecho de publicar artículos. Sorprendentemente, no se había planteado esa posibilidad, y ahí estaba ella, con su propia cosecha. ¡Incluso había conseguido un tiburón! Banecroft explicó que una de las obligaciones de *La Gaceta del Misterio* era descubrir a los charlatanes, por lo que más tarde Hannah tendría que ponerse en contacto con la señora Bryce, de Stockport, para ver si estaba dispuesta a explicar cómo puede ser que tanta gente hubiese sido Cleopatra en el pasado.

Hannah casi había terminado cuando alguien llamó a la puerta que llevaba a recepción.

—¡Fuera de aquí! —gritó Banecroft—. El desfile fue ayer. Vuelve el próximo mes.

Grace estaba levantándose, a punto de decir algo, cuando la puerta se abrió y entró una mujer bajita de cabello castaño con un corte bob.

La mujer mostró una placa identificativa.

—Perdonen, sentimos interrumpir, pero no había nadie en la recepción. Soy la sargento Wilkerson. Necesito hablar con la persona encargada.

—Vaya —dijo Banecroft mientras se levantaba con la ayuda de la muleta—, perfecto. ¿Es para devolverme el trabuco? Es una herencia familiar y…

—No, señor. No es sobre su arma. —Miró seriamente a Banecroft—. Se trata de uno de sus empleados.

De forma automática, Grace y Banecroft miraron a Stella.

—¡Yo no he hecho nada! —se quejó esta.

La sargento Wilkerson se aclaró la garganta.

—No, me temo que no me han entendido. Se trata de Simon Brush.

—Por el amor de Dios —maldijo Banecroft—. No trabaja con nosotros. Tiene que dejar de ir diciendo eso. El periódico no se hace responsable de nada que pueda o haya hecho.

—¿Quieres hacer el favor de callarte, Vincent? —le gritó Grace antes de volverse hacia Wilkerson—. ¿Simon, se encuentra bien?

—Me temo que no. Ha muerto.

CAPÍTULO 18

—¿Muerto?

La sargento Wilkerson asintió.

—Sí, me temo que sí.

Hannah no sabía qué decir. Miró a su alrededor.

Grace se santiguó con los ojos humedecidos. Stella parecía paralizada, como si no supiera cómo procesar la información.

Banecroft se acomodó en la silla sin apartar la vista de la sargento Wilkerson. Al poco, se aclaró la garganta.

—¿Dónde ha sucedido exactamente?

Wilkerson cambió su peso de un pie al otro, nerviosa.

—Lo han encontrado esta mañana, bueno, ocurrió ayer noche, alrededor de las tres de la madrugada. Estaba... Él se ha... Lo hallaron muerto a los pies del edificio Dennard, el que están terminando en Cheetham Hill. El... el alto. Cabe la posibilidad de que él... se haya caído de la azotea.

Grace emitió un grito ahogado y se cubrió la boca con la mano. Hannah no sabía qué pensar. No lo conocía apenas, pero de todos modos era una desgracia terrible. Seguramente solo era un par de años mayor que Stella, aún no era adulto.

Banecroft habló en un modo tranquilo y sereno.

—¿Y están seguros de que es él?

Wilkerson asintió.

—Llevaba la cartera consigo. Además, tenía puesta una camiseta en la que ponía «*La Gaceta*...».

Wilkerson se interrumpió en cuanto Stella se marchó de la habitación dando un portazo. Grace rompió a llorar. Hannah se levantó para consolarla e intentó no mirar a Banecroft mientras lo hacía.

La sargento Wilkerson volvió a aclararse la garganta.

—Siento su pérdida, pero ¿han dicho que no trabajaba aquí?

Hannah echó un vistazo a Banecroft, quien abría y cerraba la boca, como si estuviera decidiendo qué iba a decir. Parecía que nada quería salir. Mientras Grace lloraba en su hombro, Hannah se atrevió a intervenir.

—No, lamentablemente no. Él quería trabajar con nosotros y por eso solía venir y quedarse fuera en la entrada.

—Ya veo —dijo la sargento Wilkerson—. A pesar de eso, a mi jefe, el inspector Sturgess, le gustaría que alguien del periódico me acompañara a comisaría para responder algunas preguntas.

Hannah volvió a mirar a Banecroft, que aún seguía con la mirada fija en la sargento.

—¿Cómo sucedió exactamente? —preguntó.

—Verá, señor...

—Banecroft.

—Señor Banecroft, no soy quién para especular, pero creo que los hechos hablan por sí solos.

—¿Lo hacen?

Wilkerson escogió no responder la pregunta.

—Así que, señor, creo que es usted el editor. ¿Podría acompañarme para responder a unas preguntas? Lo traeremos de nuevo aquí si así lo desea.

—De acuerdo —aceptó Banecroft—. Hannah. —Con la cabeza le indicó su oficina—. Necesito un momento a solas con mi asistente editorial.

—Por supuesto.

Hannah le dio unas palmaditas a Grace en la espalda.

—¿Estás...?

Grace asintió mientras se secaba las lágrimas de la cara.

—Estoy bien... —Su voz era casi un susurro—. Era tan joven...

Hannah sacó un paquete de pañuelos del bolso y Grace los cogió con una sonrisa frágil. En cuanto Hannah siguió a Banecroft, que iba cojeando enfrente de ella, escuchó a Grace ofrecerle una taza de té a la sargento Wilkerson.

Después de que Hannah cruzara las dobles puertas, Banecroft las cerró de un portazo.

—Bien, todo eso es pura patraña recién sacada del horno.

—¿Perdona?

—Eso —dijo Banecroft—. Todo eso sobre que se ha tirado del edificio, pura mierda.

Hannah lo miraba mientras este andaba con dificultad por todo el despacho, abría cajones y movía montañas de libros y periódicos de un lado al otro.

—No entien... —No sabía cómo seguir—. ¿Qué estás haciendo?

—¿Que qué hago? Buscar las llaves del coche. Hace meses que no conduzco. —Banecroft empezó a sacar los cajones del escritorio y vació todo el contenido en el suelo.

—La sargento ha dicho que te llevaría ella a la comisaría.

—No pienso ir allí. Y tú tampoco irás.

Ahora se estaba dedicando a dar patadas al contenido de los cajones por todo el suelo, con lo que mezclaba el revoltijo reciente con los anteriores desechos.

—Pero nos han dicho que debemos ir.

—No, no lo han hecho —la contradijo Banecroft, que se dirigía hacia el archivador—. Nos han dicho que les gustaría que fuéramos, igual que yo quiero que mi equipo de trabajo me trate con devoción y reverencia, pero eso no significa que lo vayan a hacer. La policía no nos va a arrestar, no hemos hecho nada malo.

—Pero ¿no deberíamos cooperar?

Banecroft ahora estaba abriendo de par en par los cajones rebosantes de archivos mientras hablaba, primero consigo mismo y después con Hannah.

—Seguro que está en la «C» de «coche», seguro. —Alzó ligeramente la voz—. Y, santo Dios, no. Somos prensa libre, con énfasis en «libre». Asegurarnos de que cumplen con su propósito es nuestro trabajo. Además, ya la has escuchado: han tomado una decisión. Seguro que para esta tarde han archivado el caso, ya verás.

—Pero... —empezó Hannah—. No sé cómo... ¿No crees posible que..., quizá..., ya sabes, lo de las cinco etapas del duelo, estés en la fase de la negación?

—No, no lo estoy. Aquí hay gato encerrado.

—¿Y no podríamos decirles eso?

—A la policía no le importa lo que pensemos. No si no tenemos pruebas. Hum…, no está en la «C» de «coche». ¿Tal vez en la «V» de «vehículo»?… ¿No? ¿«J» de «Jag»? No.

—¡Vincent! —En el tono de voz había tal urgencia que esa vez Banecroft le prestó atención.

La miró fijamente y dijo:

—Puedes creer lo que quieras, pero sé lo que me hago. El último artículo que el chico nos entregó no fue muy bueno.

—No tienes por qué hablar mal de los muertos.

Banecroft negó con la cabeza.

—Una vez más, estás desviándote del tema. Hace seis meses era pésimo, hace tres, no lo hacía tan mal. Así que un «no fue muy bueno» significa que había dado un gran paso adelante, su tendencia iba hacia arriba. El chico era un entusiasta e iba a convertirlo en…

Hannah hizo ademán de hablar, pero Banecroft la interrumpió.

—Sí, se quedaba fuera, pero durante ese tiempo aprendió taquigrafía, hizo dos cursos en línea y trabajó en su estilo de redacción. Pese a lo que pareciera, yo le prestaba atención, y créeme cuando te digo que no era de los que se arrojan al vacío. Quizá me equivoque, pero por eso mismo tenemos que investigar. Aquí ha pasado una de estas dos cosas: o se ha tirado del edificio o alguien se ha esforzado mucho para que lo pareciera.

Hannah se pasó las manos por el pelo mientras intentaba analizarlo todo.

—Está bien. ¿Debería decirle a la sargento Wilkerson que no iremos?

—Por supuesto que no. ¡«E» de «escondido»! —Banecroft, triunfante, alzó unas llaves.

—Pero ¿por qué…?

Banecroft suspiró de forma exagerada.

—No les diremos que no iremos porque entonces no sabrán adónde vamos en realidad. Lo que tienen los policías es que se les da muy bien buscar a la gente, pero no a la gente que va tras ellos. —Le lanzó las llaves a Hannah, quien las cogió con torpeza—. Tú conduces, ya que yo… —Se señaló el pie.

—Pero —se quejó Hannah— hay una agente de policía en la recepción. ¿Cómo vamos a…?

En lugar de darle una respuesta, Banecroft abrió la ventana de la oficina.

—Primera regla del periodismo: ¡saber cómo bajar por una tubería!

CAPÍTULO 19

Sin contar su matrimonio de mierda, Hannah no había escapado antes de nada. Su salida improvisada del edificio de *La Gaceta del Misterio* definitivamente no iba a figurar en ninguna trama de las amadas películas navideñas. Medio trepó y medio cayó por una tubería de desagüe y luego sirvió de esterilla humana para su jefe, quien aterrizó bruscamente encima de ella. Por suerte no se rompió ningún hueso, aunque su orgullo sí que recibió algunos moratones. Siempre tan galante, Banecroft opinó que se arrepentía de no haber contratado a una chica más grande.

El coche estaba bajo una sábana protectora en un gran cobertizo detrás de la iglesia, que por lo demás estaba lleno de botes de pintura medio usados y de los típicos objetos que nadie ha usado nunca, pero que nunca se tiran pensando que algún día pueden ser útiles.

Hannah se sorprendió al encontrar un gran Jaguar verde oscuro. Era obvio que no se había usado desde hacía mucho tiempo, pero, aun así, era de las cosas que Banecroft poseía que estaba en mejores condiciones, más incluso que él mismo. Después de un par de intentos, el motor se encendió. Banecroft se estiró en la parte trasera, desde donde procedió a ladrar órdenes y críticas inútiles mientras Hannah conducía el coche de la fuga.

El edificio Dennard era enorme. Un rascacielos de cuarenta y dos pisos de altura que se alzaba sobre la ciudad desde la zona de Cheetham Hill, en el centro de Mánchester. Era todo de cristal, excepto las dos últimas plantas, en las que aún se veían las vigas expuestas del esqueleto del edificio. Siguiendo las órdenes de Banecroft, Hannah estacionó el vehículo en la acera tras un par de vehículos policiales, ya que, según él, nadie que supuestamente no debería estar ahí aparcaría en ese lugar.

La zona estaba perimetrada con enormes vallas metálicas. En el otro extremo había un par de módulos prefabricados rodeados de hombres con cascos de obra, que parecía que habían sido contratados para beber té, y varias personas de aspecto tenso, que Hannah supuso que tendrían que dar explicaciones a sus superiores sobre por qué pagaban a tanta gente para no hacer otra cosa que beber té. En torno a media docena de agentes uniformados montaban guardia alrededor de una carpa improvisada en el centro del lugar, de donde salían y entraban personas con los trajes forenses. Con una sacudida, Hannah se dio cuenta de que la carpa debía de ocultar el cuerpo de Simon.

A medida que ella y Banecroft se acercaban a la entrada, Hannah dirigió la mirada hacia la parte superior del edificio, ansiosa por desviar su atención a otra parte. Lo había visto desde el autobús, pero ahora que estaba tan cerca se percató de que los lados del edificio eran cóncavos y se curvaban hacia dentro en las cuatro esquinas, y solo ahora reparó en lo alto que era. Simon tuvo que ver durante un largo instante cómo el suelo se le acercaba a toda velocidad. Hannah deseó no haber tenido ese pensamiento.

Banecroft se paró enfrente de un agente de servicio uniformado que se encontraba apostado en la entrada, un chico joven que Hannah supuso que sería nuevo. Daba la sensación de que estaba aburrido y nervioso al mismo tiempo.

—Lo siento, señor, el lugar está cerrado en estos momentos.

—Sí, sí —dijo Banecroft—, es la escena de un crimen; todos lo sabemos. El inspector Sturgess ha pedido vernos.

Hannah advirtió que, técnicamente, era verdad, aunque no del todo.

—Verá, yo...

Banecroft entró sin más.

—¿Está en la última planta?

—Yo, hum...

—No pasa nada —añadió Banecroft mientras se abría camino—, yo mismo lo encontraré.

Hannah le sonrió al agente mientras seguía a su jefe. Vio cómo el policía estaba pensando que lo que acababa de pasar muy posiblemente lo metería en problemas sin saber muy bien el porqué.

—¿Estás seguro de que podemos estar aquí? —preguntó Hannah—. Quiero decir...

—La clave de la vida —respondió Banecroft— es actuar y hacer ver que sabes exactamente lo que estás haciendo todo el tiempo. Lo dijo Margaret Thatcher.

—¿De verdad?

Banecroft se giró y levantó una ceja.

—No, pero gracias por ayudarme a demostrarlo. Al lío, ¿notas algo?

—Hum..., ¿como qué?

Banecroft sacudió la cabeza.

—¿En serio? ¿Nada?

—Creo que... —Hannah miró a su alrededor. Aunque debía admitir que su experiencia con ese tipo de escenas y lugares era limitada, parecía un sitio relativamente normal, con excepción de la carpa forense.

—Venga —la empujó Banecroft—. No tengo tiempo de cogerte de la manita en estos momentos.

Cojeó hasta el edificio. Hannah lo siguió mientras intentaba aparentar que sabía lo que estaba haciendo ahí. Banecroft se dirigía hacia donde iba a ubicarse la recepción en cuanto se acabase el edificio, que en esos momentos solo era una estancia de cemento con plásticos que lo cubrían todo. Una agente de policía hacía guardia delante de los ascensores. En cuanto se acercaron, los miró con suspicacia.

—De parte del inspector Sturgess —dijo Banecroft—. Nos ha pedido que lo veamos.

Él mismo fue a apretar el botón del ascensor, pero, antes de que pudiera hacerlo, la agente se interpuso.

—Lo siento, señor. ¿Quién es usted?

—Vincent Banecroft. El inspector ha solicitado mi presencia y yo soy un hombre muy ocupado.

Igual que antes, aunque todo en esa frase era cierto, el resultado final era una mentira.

La agente miró al portapapeles que tenía en las manos.

—No aparece en la lista.

Banecroft se encogió de hombros.

—Entonces la lista no está bien, ¿no cree?

—¿Y le ha indicado específicamente que deben verse arriba?

—Claro que no —respondió Banecroft—, solo he entrado aquí porque soy un curioso y no tengo nada más que hacer con mi vida.

—No tiene por qué emplear ese tono, señor. Estoy aquí para asegurarme de que solo tengan acceso a este lugar las personas autorizadas. Puede ser tan grosero como quiera, pero eso no cambiará los hechos.

Banecroft suspiró exasperado.

—Está bien. Disculpe, agente. Sí, el inspector Sturgess nos pidió que subiéramos lo antes posible. Su compañero de fuera —con la mano indicó vagamente la dirección por donde habían entrado— acaba de llamar y se lo han confirmado. Siéntase libre de comprobarlo de nuevo usted misma, si así lo desea, pero, se lo advierto, la última vez que tuvo que venir él mismo no se puso muy contento. Así que, ¿quiere que le firmemos un registro o no?

Casi cada palabra de esas últimas frases consistía en una mentira tras otra. La parte del cerebro de Hannah que había estado llevando la cuenta estaba ahora pellizcando a la otra parte de su cerebro en un intento de señalarle que la probabilidad de que esa aventura acabara muy mal estaba aumentando considerablemente. Vio que la agente sopesaba todo lo que Banecroft había dicho antes de ofrecerle el portapapeles, donde garabateó una firma con rapidez antes de pasárselo a Hannah, quien imitó a su jefe y se lo entregó de vuelta con una precaria sonrisa. La agente llamó al ascensor y, de los tres que había, el central abrió las puertas.

—Suban hasta la última planta y luego vayan a las escaleras que hay a la izquierda.

Banecroft asintió mientras entraban en el ascensor.

Cuando las puertas se cerraron, Hannah se volvió hacia él.

—¿Acabamos de cometer un delito?

—¿No fuiste tú quien quemó una casa hace unas semanas?

—¿Qué tiene que ver eso ahora?

—Que estás en racha.

Lo primero en lo que se fijó Hannah al estar en la azotea fue en el viento. No hacía tanto abajo en la calle, pero ahí arriba, sin nada que lo contuviera, la atravesaba. No había traído un abrigo, principalmente porque cuando había entrado en la oficina de su jefe una hora antes no había pensado en llevarse algo apropiado para estar en la cima de un rascacielos.

Banecroft y ella sonrieron y saludaron con la cabeza a un par de agentes a medida que avanzaban y fueron respondidos con algunas expresiones de confusión; era patente que la sospecha estaba luchando con un «si no debieran estar aquí, no lo estarían».

Con Hannah detrás de él, Banecroft cojeó hacia el borde del edificio. En el suelo había una señal amarilla con un número, presuntamente para marcar dónde había ocurrido algo. Se acercó al borde y se asomó. Hannah se quedó unos pasos atrás e incluso desde ahí se sentía mareada.

—Hum —dijo Banecroft—. Interesante.

—¿Lo puedo ayudar?

Hannah se volvió y se encontró con un hombre. Rondaba los treinta y tenía el pelo negro, una barba cuidadosamente recortada y una sonrisa alentadora.

—No, gracias —respondió Banecroft—. Estamos aquí para ver al inspector Sturgess.

—Entiendo —dijo el hombre—. ¿Y él les pidió específicamente encontrarse aquí?

—Sí.

—Algo poco probable. —El hombre sacó una cartera del bolsillo del abrigo y la abrió—. Yo soy el inspector Sturgess y quedan detenidos por obstrucción a un agente en el ejercicio de sus funciones.

—Oh —dijo Hannah.

—Sí —continuó Sturgess—, eso solo para empezar. No hace falta que digan nada, pero, si lo hacen, podrían perjudicar sus defensas si no es mencionado posteriormente en el tribunal durante los interrogatorios. Cualquier cosa que hagan podrá utilizarse como elemento de prueba.

—Perfecto —repuso Banecroft mientras caminaba con dificultad hacia Sturgess—. Una cosa antes de irnos. —Se palpó los bolsillos del abrigo, aparentando no encontrar lo que estaba buscando. Entonces, miró a su alrededor—. Justo lo que necesitaba.

Le arrebató la cartera a Sturgess y la lanzó al vacío.

Algo pasa con Ness

La preocupación va en aumento entre los diversos visitantes que informaron del comportamiento del famoso inquilino después del accidente de carretera que sucedió la semana pasada, donde seis barriles del mejor *whisky* escocés cayeron en el lago Ness. El martes, un corredor comunicó haber visto a una criatura —parecida a un dinosaurio con un cono de tráfico en la cabeza— involucrada en un altercado con una torre de alta tensión.

El miércoles, Michael Barrymore —sin relación—, de 24 años de edad, residente de los alrededores de Inverness, paseaba a su perro a las diez de la mañana cuando al volver al aparcamiento aledaño al lago descubrió que Ness se encontraba encima de su coche escarabajo.

«El muy asqueroso se había subido a mi coche y se la estaba cascando, incluso le veía en la cara de desgraciado que se avergonzaba de ello. Desde entonces, mi pobre escarabajo vira hacia la derecha».

La indignación del señor Barrymore no le ha impedido poner el coche en venta a través de eBay, oferta que en el momento de su publicación alcanzó la cifra de 25 000 libras bajo el lema «El coche que Ness se tiró».

Por otro lado, la señora Irene Willis, quien declaró que se había casado con el monstruo del lago hace tres meses, ha publicado una declaración en la que afirma que se está tomando un tiempo para reconsiderar su relación con Ness después de los acontecimientos recientes y ha exigido a la prensa que respete su privacidad en estos momentos difíciles.

CAPÍTULO 20

El inspector Sturgess entró en la sala de interrogatorios y se encontró a su ocupante profundamente dormido. Lanzó con brusquedad la carpeta contra la mesa y disfrutó al ver la expresión dolorida del entrevistado mientras recuperaba la conciencia.

—Perdón, señor Banecroft, espero no haberlo despertado.

—Lo siento, lo siento —se disculpó mientras se frotaba los ojos—. Tenía un extraño sueño en el que demandaba a la policía de Mánchester por detención ilegal. ¿Sabe si en Tahití hay un buen clima en esta época del año?

—No sabría decirle —respondió Sturgess mientras se sentaba en la silla frente a Banecroft—. Solo soy un humilde agente de la ley. Usted, en cambio, es Vincent Banecroft, antiguo trabajador del *Fleet Street*. Ahora, por supuesto, se trata del editor de... —Alzó un ejemplar de *La Gaceta del Misterio* de hacía unas semanas que tenía como titular: «La versión zombi de Elvis se come a mi hámster»—. Eso es lo que se llama caer en desgracia. Me imagino que es por esa razón que necesita unas vacaciones.

—Sí —aseguró Banecroft—, admito que he pasado unos años difíciles. En uno de mis momentos más bajos consideré apuntarme a la policía. ¿Puedo preguntarle cuáles son los cargos por los que me tiene aquí retenido, exactamente?

—Antes de empezar con eso... —Sturgess encendió la grabadora que había en la mesa—. Inspector Sturgess, entrevistando al señor Vincent Banecroft, once y treinta y ocho minutos de la mañana, catorce de marzo.

—Excelente —repuso Banecroft—. Repetiré mi pregunta, ¿cuáles son mis cargos?

—Comenzaremos con «obstrucción a un agente en el ejercicio de sus funciones», pero creo que añadiremos otro, digamos que por hacer perder el tiempo a la policía.

—¿De verdad? ¿Quién es el que me ha encerrado en esta habitación?

—Después podremos pasar a por qué le encontré traspasando una escena del crimen cerrada al público una hora después de que enviase a uno de mis agentes a su oficina para que nos ayudara con nuestras preguntas.

Banecroft se rascó el pelo con energía.

—Supongo que todo se reduce a unas habilidades de comunicación nefastas. No creo que sea culpa de la sargento Wilkerson. A lo mejor podría mandarla a que hiciese algún curso.

—Gracias, lo tendré en cuenta. Es usted un experto en el desarrollo del personal. Hablando del tema, ¿podría explicar su relación con Simon Brush?

—No tengo ninguna.

—¿De verdad?

—No. Él quería trabajar en *La Gaceta del Misterio* y le repetía con frecuencia que no lo iba a contratar.

—Aun así, según su madre —Sturgess revisó las notas en su libreta—, iba a las instalaciones del periódico cada día. Lo torturaba, de acuerdo con sus palabras, que no lo contratara.

—No —negó Banecroft—, pero, con el debido respeto a una madre que está en duelo por la muerte de su hijo, nadie torturó a nadie. El chico estaba muy decidido a conseguir un trabajo con nosotros.

—¿Y le complacía no dárselo?

—Aún no era lo bastante bueno. Yo llevaba un control de los artículos que nos entregaba y, si hubiera mejorado, me lo habría pensado. Sus textos iban progresando.

—¿Cree que ese rechazo constante puede guardar relación con su muerte?

—No.

—¿Por qué no?

—Digamos que tengo una corazonada.

Sturgess alzó una ceja.

—¿Ese instinto afilado suyo es el mismo que lo llevó de *Fleet Street* a —señaló el periódico que había sobre la mesa frente a él— «Mi vagina está poseída»?

Banecroft se rio entre dientes.

—Hablando de instintos, ¿recuperó su cartera?

—Sí, gracias por su preocupación.

—Y, exactamente, ¿dónde estaba?

Sturgess rebuscó con desinterés entre sus notas.

—A unos dieciocho metros al este desde donde la tiró, como sería de esperar dado un viento predominante del oeste, como suele ocurrir en Mánchester y como el que había ayer noche. —El inspector levantó la vista—. ¿De verdad cree que fue a la única persona a la que se le ocurrió que los restos del señor Brush fueron encontrados al oeste y que nadie de nosotros, los tontos policías, pudo haber pensado en eso?

—La sargento Wilkerson nos dio la impresión de que no contemplaba el homicidio como posible causa de la muerte.

—Si así fue, no es quién para determinar tales cosas. Su misión era ir a pedir su ayuda para la investigación. En estos momentos no hemos descartado ninguna posibilidad.

—Yo excluiría el suicidio —aseguró Banecroft.

—¿Por qué? Lo he hablado con los de la científica y me aseguran que corriendo y con un viento variable...

Banecroft se mofó.

—Eso no hay quien se lo trague. Simon era muchas cosas, pero no un gran corredor. Y eso suponiendo que empezara de cero, no después de subir a pie cuarenta y dos pisos de un rascacielos.

—¿Cómo sabe que subió a pie?

—No han cerrado ninguno de los tres ascensores que hay en el edificio como parte de la escena del crimen.

—Bueno, bueno. ¿No seremos todos unos genios?

—¿*Todos*? No.

Sturgess le ofreció una pequeña sonrisa y se recostó en la silla.

—Si tiene una explicación mejor, señor Banecroft, soy todo oídos.

—No la tengo, pero eso no significa que me inclinase a respaldar la versión de los hechos más conveniente y chapucera para cerrar el caso cuanto antes.

—Sí —dijo Sturgess—, sé cuán entusiasmado está con lo inimaginable; me he leído su periódico. Aun así, tengo las grabaciones de las cámaras de seguridad que muestran como el señor Brush, solo, se escabulle de la seguridad y va hacia las escaleras y, finalmente, la azotea. Dos agentes llevan toda la mañana analizando los vídeos desde tres puntos de vista diferentes, incluidos los ascensores y las escaleras, y las únicas personas que aparecen son un par de guardias de seguridad, cuyos paraderos ya se han verificado, y el difunto señor Brush. ¿Tiene alguna teoría para explicar eso?

Banecroft se encogió de hombros.

—No tiene por qué descartar la incompetencia de esos policías en esta fase inicial.

Sturgess permaneció callado durante unos segundos. Simplemente se quedó mirando a Banecroft desde el otro lado de la mesa, que le aguantaba la mirada y le sonrió.

—¿En qué estaba trabajando Simon? —preguntó Sturgess.

—No tengo ni la menor idea.

—¿De verdad?

—De verdad.

—Para que conste, me gustaría recordarle que este interrogatorio se está grabando y puede usarse como prueba.

—Apuntado. También me gustaría dejar constancia de que no se me ha ofrecido ni una taza de té desde que he llegado.

Sturgess se inclinó hacia delante.

—He ahí la cuestión, Vincent. ¿Puedo llamarlo Vincent?

—Por supuesto que no.

—La cosa es que, señor Banecroft, conocí a Simon Brush ayer en la escena de un crimen aún inexplicable en Castlefield y se presentó como periodista de *La Gaceta del Misterio*.

—Ah, ¿sí? La semana pasada una mujer vino a la oficina y nos explicó que era hija de Boris Johnson y de la reina del planeta Mucktacki. Lo que quiero decir es que la gente puede decir cualquier cosa y no por eso es verdad.

—Obvio —convino Sturgess—, pero, aunque puedo imaginarme que la gente pueda inventarse que trabaja para usted, parece poco probable que alguien lo haga de este modo.

—¿Es una pregunta o está ligando conmigo?

—¿Conoce a John Maguire, también conocido como Long John?

—No que yo sepa. ¿Quién es?

—Él ya no es… nadie. Fue la víctima de la muerte inexplicable de ayer, aunque Simon nos ofreció una explicación.

—¿Lo hizo? ¿Y cuál era?

El inspector Sturgess se volvió a reclinar.

—Como está siendo usted de gran ayuda, señor Banecroft, creo que me quedaré esos datos para mí mismo.

—Siendo así, con espíritu de cooperación, ¿qué le parece que le explique yo algo y usted me devuelve el favor?

—Eso dependerá de lo que me cuente.

—Por supuesto —dijo Banecroft—. ¿Han mirado la tarjeta de memoria de la cámara de Simon?

—¿Qué cámara?

—Interesante —repuso Banecroft—. La que siempre llevaba colgada del cuello, la que llevaba consigo a todas partes. No estaba con el cadáver, ¿verdad?

—No, pero…

Interrumpieron a Sturgess, alguien había llamado a la puerta. La sargento Wilkerson asomó la cabeza con timidez. Sturgess miró la hora en su reloj.

—El inspector Sturgess suspende el interrogatorio a las once y cuarenta y uno para hablar con la sargento Wilkerson, que acaba de entrar en la sala. —Apagó la grabación—. ¿No puede esperar, Andrea?

—Lo siento, jefe. Acaba de llegar el abogado del señor Banecroft.

Sturgess se volvió hacia él.

—Yo no he llamado a ningún abogado. No tengo y, de hecho, no quiero ningún abogado de oficio fofo e inútil, muchísimas gracias.

—Dice que trabaja para el periódico —añadió Wilkerson—, y que a ella ya le han pagado los honorarios o algo por el estilo.

—¿Ella? —preguntó Sturgess—. ¿No será…?

Wilkerson asintió ligeramente y Sturgess maldijo en voz baja.

—Ahora que lo pienso —dijo Banecroft, que sonreía de oreja a oreja—, creo que me gustaría conocer a esta señora, sea quien sea.

Sturgess asintió ligeramente con la cabeza en dirección a Wilkerson, que se retiró de la sala.

—Me apuesto lo que sea que ahora desearía haberme dado esa taza de té —dijo Banecroft.

Un minuto más tarde, la puerta de la sala de interrogatorios volvió a abrirse y Wilkerson entró acompañada de una mujer que... Banecroft no sabía qué esperar, pero tenía claro que no era esto.

Sturgess se puso en pie.

—Buenos días, señora Carter.

La nueva miembro del grupito medía aproximadamente un metro cincuenta, incluidos los centímetros de los tacones. Llevaba el pelo rubio con un corte *bob* y su rostro ovalado estaba dominado por una sonrisa que no dejaba espacio para mucho más.

—Muy buenas, Tom, te veo bien. Ah, compruebo que aún no han redecorado este lugar.

Tenía la voz aguda, incluso llegaba a ser irritante, aunque esa sensación se evaporó al escuchar la risita tonta que soltó tras su comentario.

Le tendió la mano a Banecroft cuando aún estaba al otro lado de la sala y, mientras se acercaba, se le cayeron todas las carpetas que llevaba bajo el brazo.

—Oh, ¡qué torpe! ¿Por qué soy así? —Volvió a soltar una risita.

El inspector Sturgess, tras un gesto de hastío, ayudó a la señora Carter a recoger sus papeles.

—Tommy, sé que eres un niño travieso, así que no leas nada. Por aquí tengo las defensas de más de la mitad de las personas inocentes de Mánchester y unas cuantas de las culpables.

Recogidos los documentos y depositados sobre la mesa, la señora Carter le ofreció la mano una vez más.

—Volvamos a intentarlo. Soy Veronica Carter, a su servicio.

Banecroft le estrechó la mano y trató de sonreír educadamente cuando Carter volvió a ofrecerles esa sonrisilla suya sin ningún motivo aparente. Tras esto, se sentó en la silla vacía de su lado.

Sturgess volvió a poner en marcha la grabadora.

—Para que quede constancia en la grabación, al interrogatorio se ha unido la señora Veronica Carter, que, según me han informado, es la abogada del periódico *La Gaceta del Misterio*. ¿Es eso correcto?

—Así es —confirmó la señora Carter—, en gran parte, aunque, al ver que esto es un contexto oficial, debería matizar: es la doctora Carter.

—Por supuesto, como desee —dijo Sturgess—, doctora Carter.

Carter le dio un codazo amistoso.

—Siempre que se me presenta la oportunidad de decirlo, lo digo. —Acompañó la frase con una mezcla de sonrisitas chirriantes. Después se volvió hacia Sturgess—. Veamos, empecemos por dejar constancia de que estoy horrorizada por el hecho de que la policía de Mánchester haya detenido a un periodista solo por hacer su trabajo.

—El trabajo de los periodistas no es mentir a los agentes.

—Venga ya, eso son bobadas. ¿Por qué tanto entusiasmo con mi cliente? No llega ni al nivel del escándalo del Watergate. —Volvió a soltar una risita que no fue bien recibida por nadie.

—Para ser sinceros, el señor Banecroft y la señora Willis no son exactamente Woodward y Bernstein, que ayudaron a destapar la conspiración del Gobierno estadounidense. ¿Ha leído las publicaciones que defiende?

—Religiosamente —aseguró Carter, que marcó todas y cada una de las sílabas—. Es una exploración del mundo inexplicado fascinante, así como de las diversas y coloridas creencias que como miembros de una sociedad libre tenemos libertad a expresar. El mero hecho de que existan es un tributo a la sociedad en la que vivimos.

—Sí —dijo Sturgess de una forma que daba a entender que Carter había verbalizado demasiadas opiniones juntas.

—Y ese es el punto de vista que compartiré con todos los editores de periódico en este país si mi cliente y su socia, donde sea que esté, no abandonan esta sala en quince minutos.

—¿Me está amenazando, señora Carter?

—Doctora, y, por todos los cielos, claro que no. Tommy, Tom, Tom…, nunca te haría eso.

Otro toque en la puerta interrumpió la conversación.

—Ah —dijo la doctora Carter—, en el momento oportuno. Probablemente sea la sargento Wilkerson para avisarlo de que su inspector jefe está al teléfono. De camino aquí lo he llamado personalmente y lo he amenazado. —Esto le provocó otro ataque de risa.

La puerta se abrió, pero, antes de que Wilkerson pudiera decir algo, Sturgess se puso en pie, salió de la sala y cerró con un portazo.

—Vaya —comentó la doctora Carter—, alguien está de muy mal humor hoy, ¿verdad?

—Así que... —dijo Banecroft—, no es que me queje, pero ¿usted la abogada de *La Gaceta del Misterio?*

—Sí.

—Verá, yo soy el editor y nunca la he odio mencionar.

—¿Ha necesitado una abogada en alguna otra circunstancia?

—No, pero eso...

—Ahí lo tiene. Le enviaré una invitación a la fiesta navideña de este año de mi empresa, si eso le hace sentir mejor.

—No me gustan las fiestas.

—Perfecto, eso nos reducirá gastos en volovanes y vinos peleones.

La puerta se abrió y Sturgess volvió a entrar en la sala. Esta vez parecía menos entusiasmado por la vida que hacía unos instantes.

—Gracias por su tiempo —dijo mirando al suelo—. Es libre, puede irse.

—Fantástico —repuso la doctora Carter mientras recogía todas sus pertenencias—. Como siempre, Tom, ha sido un placer verte. ¿Te estás cuidando? No tienes muy buena cara.

—Ahora que lo menciona, sí que noto un dolor de cabeza incipiente.

La doctora Carter chasqueó la lengua mientras salía de la estancia.

—Seguro que es toda esa cafeína que tomas. No es buena.

—Gracias, pero no es esa clase de doctora, doctora.

Banecroft pasó junto a él.

—Inspector, estoy convencido de que volveremos a vernos.

—Puede estar seguro de eso.

La doctora Carter se detuvo.

—Thomas, tontorrón. Sé que eso no ha sido una amenaza, ya que eres un hombre demasiado inteligente para hacer tal cosa en mi pequeñita presencia, pero deberías ser más cuidadoso; no todas las personas tienen una naturaleza comprensiva como la mía.

—Por supuesto.

Banecroft siguió a la doctora Carter por el pasillo, pero se detuvo y se dio la vuelta.

—Una cosa más, inspector.

Sturgess suspiró.

—¿Sí?

—La bicicleta de Simon.

—¿Qué pasa con eso?

—Estaba encadenada a la valla metálica del exterior del edificio.

—Gracias por hacérnoslo saber. Me aseguraré de que se la devuelvan a su madre.

—Bien, pero puede que no sea una tarea fácil. Me he fijado en ella esta mañana y tenía un candado triple. ¿No cree que es raro que un hombre con intención de suicidarse hubiera asegurado su bicicleta de esa forma?

Ninguno de los dos añadió nada más, pero ambos se quedaron mirándose larga y detenidamente.

CAPÍTULO 21

Tanto silencio se hacía raro.

Hannah había trabajado en el periódico solo durante tres días, pero nunca había visto el lugar tan silencioso. Era agobiante.

Había pasado la mayor parte del día sentada en una sala de interrogatorios de la comisaría, esperando a que la interrogasen, pero, antes de que alguien lo hiciera, la dejaron en libertad. No es que lo hubiera estado esperando, por supuesto que no, pero una pequeña parte anhelaba haber sido bombardeada a preguntas por el inspector Sturgess. A su inminente exmarido no le interesaban las conversaciones que no fueran sobre él, por lo que Hannah estaba ansiosa por pasar un buen rato con un hombre atractivo e interesado en lo que ella tenía que contar. También era consciente de lo patéticos y humillantes que eran esos pensamientos.

En vez de eso, había conocido a una mujer bajita y rarita, que supuestamente era la abogada del periódico, antes de que le ordenasen que recogiese el coche de Banecroft y regresasen a la oficina. Hubo suerte porque nadie se había llevado el coche; sin embargo, tenía un par de multas acumuladas. Se las había guardado en el bolsillo, pero ahora no era el mejor momento para sacarlas.

Regresó a la oficina al mismo tiempo que Reggie y Ox habían llegado de Escocia. Grace los había llamado para contarles lo de Simon. Reggie estaba sentado en su escritorio y miraba por la ventana mientras Ox iba arriba y abajo y daba vueltas como un tigre en una jaula demasiado pequeña.

—¿Alguien quiere otra taza de té? —preguntó Grace, y no por primera vez.

—No —respondió Ox—, ¡no quiero una maldita taza de té!

Reggie se volvió para lanzarle una mirada a Ox. Se miraron durante unos segundos y Ox dirigió la vista al suelo.

—Lo siento, Grace. No quería…

—No pasa nada, querido. Todos estamos disgustados.

Ox negó con la cabeza y volvió a caminar de un lado para otro.

Stella estaba en la esquina, atenta al móvil, y el pelo verde le cubría la mayor parte de la cara.

—¿Se sabe cuándo será el funeral? —preguntó Reggie.

Grace negó con la cabeza.

—Supongo que hasta que los policías no acaben de…

—Entiendo, sí. Claro.

Ox cogió un juguete de color verde con forma de extraterrestre y lo estrujó, lo que hizo que el muñeco emitiera un ruido muy agudo. Lo observó durante un minuto y luego lo arrojó a la papelera.

Más silencio.

A Hannah nunca le habían gustado los silencios. Durante primaria, su profesora les había forzado a permanecer sentados en silencio hasta que el culpable de haber robado el Kit Kat del almuerzo de Timmy Walsh confesase, y Hannah se ofreció como culpable, aunque no lo era, porque no soportaba la tensión. Incluso le resultaba difícil acostarse en silencio, prefería quedarse dormida con la televisión o la radio haciéndole compañía como sonidos de fondo.

Hannah caviló mientras se fijaba en el objeto grande que había encima del escritorio de Reggie.

—Así que ese es el famoso retrete.

—Oh, sí —confirmó Reggie—. El dueño del bar lo ha verificado. Tiene una marca de cuando una vez uno de sus clientes se rompió un diente con él.

—Ya veo —dijo Hannah—. ¿Y cómo os fue?

—Bueno —empezó Reggie, que parecía algo avergonzado—, no fue la investigación paranormal más solemne que hemos hecho, pero sí que cumplimos con —indicó el despacho de Banecroft con la cabeza— sus sugerencias. El sacerdote católico de allí nos negó el exorcismo, pero, como vio que el párroco protestante sí que se mostraba dispuesto, en un abrir y cerrar de ojos los teníamos a los dos batiéndose en duelo en el salón del bar.

—¿En serio?

Reggie asintió.

—Ox hizo fotos de toda la escena.

Hannah miró en dirección a Ox, pero este se hallaba de pie mirando por la ventana, indiferente a la conversación.

—Al final llegaron a las manos y los dos bandos se acusaron mutuamente de haber dado el primer cabezazo. Terriblemente vulgar. Para empeorarlo, alguien tiró comida. En resumidas cuentas, fue lo más escocés que puedas imaginarte.

—Parece que vais a sacar un buen artículo de eso.

—Sí —aseguró Reggie sin mucho entusiasmo—. Estoy seguro de que él —volvió a indicar el despacho de Banecroft— estará contento, pese a que en realidad nunca está contento con nada.

—¿Dónde puñetas *está* Banecroft? —Ox dirigió la pregunta a Hannah, aunque ella no tenía ninguna información nueva desde la última vez que le había preguntado.

Hannah se encogió de hombros.

—No lo sé. Él y esa abogada se marcharon al mismo tiempo que yo. Uno de los agentes fue lo suficientemente amable para acompañarme al coche, pero... Asumí que ya estaría aquí cuando yo volviera.

Reggie soltó un bufido.

—Me apuesto lo que quieras a que el beodo se dirigió al bar más cercano.

—Sí —replicó Ox—. Seguro que está demasiado avergonzado para dar la cara.

Hannah quiso decir algo, pero consideró mejor no intervenir.

Banecroft estaba exactamente a cien metros de ahí, sentado e incómodo en el asiento del copiloto de un coche deportivo de color amarillo canario. La doctora Carter le había propuesto ir a comer juntos, algo que rechazó; seguidamente le propuso ir a

170

un bar, a lo que, para su sorpresa, también se negó. Tras las dos paradas lo llevó a una cafetería con autoservicio, que intentó rechazar de igual forma, pero Banecroft no tuvo opción. En esos momentos, ya tenía en las manos un café de nombre italiano que le había costado más que un billete de avión a Italia.

Ahora estaban aparcados en la calle Mealy. Banecroft quería volver a la oficina, pero la abogada quería hablar. Intentó salir del coche, pero se encontró con alguna clase de seguro para niños en todas las puertas.

No le gustaban los abogados, ni siquiera los que conseguían librarlo de las preguntas de los policías. Eran una clase de gente a la que se le daba muy bien decir a los demás lo que no podían hacer, y a Banecroft no le sentaba muy bien que la gente le dijera lo que no podía hacer. Además, para sentirse él mismo aún le faltaban un par de copas y unos cuantos cigarrillos, por lo que estaba irritado o, más que eso, más irritado de lo normal. Si tuviera que decidir la razón por la que se encontraba así, habría apostado por la risita tonta de la doctora Carter.

Como si le hubiera leído el pensamiento, volvió a hacerlo. Banecroft no tenía la menor idea del porqué, pero parecía que no le hacía falta un motivo para reír de ese modo.

—Banecroft —empezó mientras se volvía hacia él en el asiento—, tenemos que... —Se detuvo y miró a su alrededor—. Dios mío, ¿crees que la gente creerá que lo estamos haciendo?

—¿Qué?

—Siempre que paso por delante de dos personas sentadas en el coche me pregunto si lo estarán haciendo. ¿Crees que los que pasen por delante de nosotros ahora lo pensarán? —Resultó que la vergüenza hacía que la risita le subiera una octava, lo que no mejoraba la situación.

—No.

—Pero podríamos.

—No, no podríamos.

—Venga ya. Esa actitud tuya de malhumorado y de que tus pintas no te importan atrae a ciertas mujeres.

Banecroft lo consideró unos segundos.

—Lo sé, pero lo que quiero decir es no en este coche. Con lo incómodo que es para sentarse, no me imagino cómo dos individuos podrían hacer cualquier otra cosa que no sea sentarse. Es más, con el espacio tan reducido que hay aquí dentro, incluso para una persona sola sería complicado hacer algo.

La doctora Carter le dio un golpe juguetón en el hombro.

—Je, je, je, je, je. ¡Vaya hombretón! ¡Me gustas!

—Qué emoción. —Banecroft intentó abrir la puerta de nuevo.

—No obstante, Vincent, no podemos pasar todo el día coqueteando, necesitamos hablar del caso.

—Por fin.

La doctora Carter puso una cara que sin ninguna duda consideraba su mejor versión de seriedad.

—El tema es este: no puedes meterte en esta investigación. Deja que la policía haga su trabajo.

—Somos la prensa. Lo que ocurre en el mundo es asunto de todos.

La doctora Carter pasó el dedo por la manga del abrigo de Banecroft, arriba y abajo.

—Ya, pero no sois esa clase de prensa.

Banecroft la fulminó con la mirada.

—¡Mirad, es el señor refunfuñón!

Pese a que había poco espacio, la doctora Carter se echó para atrás, quizá porque se arrepentía del tono utilizado.

—Soy el editor del periódico y, mientras lo siga siendo, no ignoraremos las noticias, y este caso, sea por la razón que sea, tiene toda la pinta de serlo.

La doctora Carter asintió.

—Solo digo que puede que haya una combinación de factores en esta situación (culpa, el anhelo de una época pasada de tu vida) y te estás empeñando en ver algo que no existe. Un chico joven sube a un tejado solo y... Es una tragedia, sí, pero lo que no es, ciertamente, es un artículo de prensa.

—Yo decidiré qué se convierte en artículo y qué no. Para dejarlo claro, ¿me estás pidiendo que no la publique?

—Bueno, no lo diría de esa forma, pero...

—En ese caso, te lo digo alto y claro: no dejo pasar historias. —Banecroft miró el parabrisas y se fijó en las gotas de fina lluvia que empezaba a caer—. Soy el editor de este periódico

172

hasta que la señora Harnforth diga lo contrario y, hasta que ese día llegue, actuaré en consecuencia. Ahora, abre la puñetera puerta.

La doctora Carter suspiró.

—No está bloqueada, solo tienes que empujarla y tirar de ella.

Banecroft hizo lo sugerido y la puerta se abrió. Con torpeza, cogió la muleta del asiento trasero del coche y evitó por poco darle a la doctora Carter, lo que le habría supuesto una demanda de su propia abogada. Por fin consiguió salir del coche.

La doctora Carter lo observó medio cojear, medio pisotear con fuerza bajo la lluvia que arreciaba. Apretó un botón en la pantalla central del coche para llamar a un teléfono; respondieron al segundo tono.

—Puede que tengamos otro problema —dijo ella—. Otro más.

—Gracias.

Hannah aceptó la taza de té que Grace le había ofrecido, aunque realmente no le apetecía. El humor en la sala no había mejorado, pero de alguna forma la tensión previa había disminuido. Como no tenía nada más que hacer, Reggie había empezado a redactar basándose en sus notas y Grace le había dado efectivo para gastos menores que debían ser trasladados a hojas de cálculo. La petición fue recibida con un pequeño refunfuño.

Reggie se sentó al lado de Hannah y le habló en voz muy baja:

—Me siento raro teniendo que decir esto, pero…, bueno, ya sabes que echamos el ojo a las muertes inusuales porque… porque sí, es lo que hacemos.

—Lo sé —aseguró Hannah mientras intentaba adivinar qué quería explicarle Reggie.

—Esto, lo que le ha pasado al pobre de Simon, ha pasado antes. Ese edificio…, alguien… —Reggie parecía muy incómodo al hablar de eso—, ya sabes… —Ahora le hablaba en susurros—. Alguien se tiró de ese edificio hace unas semanas.

—Ah —dijo Hannah, sin saber muy bien qué decir.

—Sí, la verdad es que no sé si...

Reggie se detuvo al escuchar un ruido procedente de la recepción. Las puertas del toril se abrieron de par en par y un empapado Banecroft entró dando pisotones.

—Maldita Mánchester y su mierda de tiempo.

—Una —contó Grace, como si estuviera en piloto automático.

—Maldita sea, Grace. Eso no fue ni una blasfemia, fue la constatación de un hecho.

—Dos.

Banecroft murmuró algo entre dientes, fuera del alcance del oído de Grace, casi comparable al de un murciélago. Enseguida se dio cuenta del retrete colocado encima del escritorio de repuesto.

—Perfecto. Lo primero es lo primero, ¿entiendo que se trata del lavabo demoníaco de Falkirk?

En ese momento Ox giró la silla para verlo de frente y dejar de mirar por la ventana.

—¿De verdad? —Su voz pareció helar la sala con un tono hosco—. Eso es lo primero, ¿verdad? ¿Es lo más importante de lo que tenemos que hablar, del retrete de mierda de Falkirk que hemos conseguido para la mierda de portada de tu periódico?

—Ox —dijo Grace—, no hace falta que...

—No, no —negó Banecroft—. Si tiene algo que decir, déjale que lo suelte.

Ox dio unos cuantos pasos hacia Banecroft.

—¿Que si tengo algo que decir? ¿Yo? Serás un hipócrita hijo de... Yo no soy el que torturó al chico...

Reggie se levantó, pero Ox le disuadió con la mano.

—No, hay que decírselo. No te metas. —Apuntó a Banecroft con un dedo acusador—. A todos nosotros nos tratas como..., nos da lo mismo, pero ese chico era bueno. —Ox alzó las manos—. Era un buen chico. Amaba este maldito periódico. Era su sueño. Este estúpido periódico de mierda era su sueño y tú se lo has arrebatado.

Banecroft se detuvo, como considerando las palabras de Ox por un momento, y luego habló con voz segura.

—Gilipolleces.

Reggie, Grace y Hannah intentaron detenerlo, pero Ox se lanzó contra Banecroft, lo placó torpemente contra la pared y cayeron los dos al suelo.

Ox gateó y se puso de rodillas y elevó el puño por encima de la figura lánguida de Banecroft. Grace consiguió llegar antes de que lo bajase y le sujetó el brazo. El impulso hizo que saliese proyectada hacia delante, lo que provocó que trastabillase con él y cayese pesadamente contra el suelo.

Ox intentó librarse de ella y liberar su puño para dar con Banecroft.

—Ox Chen, ¡detente en este instante! —bramó Reggie.

Hannah fue corriendo a ayudar a Grace, que se había golpeado la cabeza al caer.

Reggie se había colocado entre Ox y Banecroft.

—Nuestro amigo ha muerto y esta no es forma de honrar su muerte. Poneos en pie, de inmediato.

Ox, jadeante, fulminó con la mirada a Banecroft. Aun así, se levantó con desgana. La furia se le fue del cuerpo en cuanto vio a Grace.

—Estoy bien —interrumpió ella—. No me he hecho daño. Reginald, llévatelo a casa. Stella, venga, nosotras también nos vamos. —Grace cogió la mano de Hannah y se incorporó.

Banecroft se quedó tirado en el suelo. Cuando habló, lo hizo de forma muy tranquila para ser él.

—Tenemos que publicar un periódico a pesar las circunstancias.

—Y seguiremos mañana —replicó Grace, con más fuerza de la deseada—. Nadie va a hacer nada hoy.

Banecroft hizo ademán de hablar, pero consideró la mirada de advertencia de su gerente y calló, algo raro en él.

Hannah palpó el brazo de Grace.

—¿Estás segura de que estás bien?

—Lo estoy.

—Lo siento mu… —quiso intervenir Ox.

—Olvídalo. Si quieres, vosotros dos podéis llevarnos a Stella y a mí a casa. Sé que vivimos aquí al lado, pero me he olvidado el paraguas.

—Por supuesto —dijo Reggie.

Cogieron sus abrigos colgados en los ganchos de la pared y se dirigieron a la recepción en silencio, con Banecroft aún en el suelo.

Hannah le ofreció la mano para levantarse, pero se desentendió de ella. En vez de eso, elevó la voz para hacerse oír por las cuatro figuras que se abrían camino por las escaleras.

—Mañana a las ocho de la mañana, ¡reunión editorial!

Chupacera al acecho

Los propietarios del museo de cera Wacky World of Wax en Merthyr Tydfil, Gales, se han quedado de piedra tras una serie de ataques de lo más extraños. La mánager, Glenys Davies (edad sin especificar) ha comentado que algo les llamó la atención hace unas semanas.

«La alarma se activaba y nos enviaba un aviso, pensábamos que alguien estaba intentando forzar la entrada, pero nunca veíamos que se llevaran nada. Después de un tiempo, pensamos que era un fallo, aunque la compañía de la alarma siempre nos lo negó. Entonces, nuestro Gareth se percató de daños en una de las figuras de cera: la de Margaret Thatcher. Esta poseía unas marcas muy peculiares en el cuello que parecían marcas de dientes. Para ser sinceros, la mujer ha sufrido muchos daños durante los últimos años, incluyendo un incidente relacionado con excrementos voladores que fue muy desagradable. Al principio nos reíamos de esto pero después encontramos otras marcas en la figura del príncipe Harry, el tenista inglés Tim Henman y la famosísima actriz Judi Dench. ¡Judi Dench! ¿A quién no le gusta?

Pese a que la policía ha sido incapaz de encontrar una explicación para este caso, el «investigador paranormal» local, Rhodri Halverson, ha sido más reticente en el asunto. «Claramente estamos hablando de un caso de impulsos vampíricos de alguien que ha querido mitigarlos mordiendo a las figuras de cera, como esas personas que intentan dejar de fumar fumándose un piti falso de esos».

La señora Davies piensa que Halverson por fin podría estar detrás de una pista. «La verdad es que sí que parece que alguien le esté hincando el diente a las figuras y sigue haciéndolo. Tuvimos otra entrada forzada la semana pasada y esta vez parece que le han chupado la sangre a David Beckham. Quienquiera que fuera no tocó a Victoria, lo cual tiene sentido, tampoco habría mucho que succionar ahí».

El personal ha especulado que el culpable, sea quien sea, parece que está combinando vampirismo con nacionalismo galés ya que todas las figuras atacadas hasta este momento han sido inglesas.

CAPÍTULO 22

—Una copa grande de vino blanco, por favor.

El camarero rubio esbozó una gran sonrisa impostada, de dependiente.

—Por supuesto, tenemos pinot gris...

—Lo que sea.

La sonrisa se desvaneció una pizca.

La sargento Andrea Wilkerson no había tomado algo ahí nunca, no era la clase de lugar al que iría. Por lo general no recurría a locales de vino elitistas, prefería los *pubs* a los que iba todo el mundo. La razón por la que no estaba en uno de ellos en ese momento era porque estaba evitando a los demás agentes y porque necesitaba una copa. Había sido verdaderamente un día de mierda y no quería tener compañía; sin embargo, ese sitio tampoco estaba en su zona de confort. Parecía muy probable que fuera de esos lugares en los que te traen el cambio en una bandejita, pero que, aun así, esperan que lo dejes como propina y si no lo dejas, y te atreves a coger las monedas, te hacen quedar como un tacaño de primera.

El inspector Sturgess le había echado una buena regañina. Durante su estancia en la Brigada de Homicidios había trabajado la mayor parte del tiempo con el inspector Clarke y, en contadas ocasiones, con Sturgess. No es que fuera la alegría de la huerta, pero había sido la primera vez que lo había visto estallar, y no fue bonito. Aunque le dolía admitirlo, tenía razón, había metido la pata con el caso de Simon Brush. Como Sturgess le había gritado en medio de la comisaria, a un volumen lo bastante alto para que lo oyeran todos, si una investigación está en marcha, no se puede especular sobre lo que ha sucedido con los testigos.

Razonable, pero, si el tipo sube a la cima de un edificio y baja de la forma más rápida posible, eso llevaría a cualquier otra persona a cargo de la investigación a archivar el caso en un abrir y cerrar de ojos. Wilkerson tampoco se había precipitado con sus conclusiones (el juego de palabras había sido sin querer). El inspector Clarke había cerrado el caso y se había ido a almorzar. Eso ya había empeorado las cosas, pero que el testigo al que le habían mandado llevarse a la comisaría se hubiese fugado por la ventana y luego hubiese aparecido en la escena del crimen las empeoró todavía más.

El rubio y su sonrisa volvieron a aparecer con el vino.

—Aquí lo tiene.

Wilkerson rebuscó en el abrigo en busca de la cartera.

—Puede pagar ahora o se lo voy poniendo en la cuenta.

Miró al vino y luego al chico con la sonrisa bonita.

—Eso, gracias.

El camarero subió la intensidad de la sonrisa.

—Sin ningún problema. Es noche de copas, ¿no?

Por Dios, odiaba a la gente que decía eso. Tomó un trago y miró su teléfono. Cuando volvió a levantar la cabeza, la sonrisa había entendido la indirecta y se había ido al otro lado del bar, que estaba más abarrotado y donde, seguramente, habría una audiencia más receptiva a sus intentos de coqueteo. No era su tipo y ella tampoco era el suyo, no lo había creído ni por un segundo. Tan solo hacía brillar esos ojos azules suyos a cualquier mujer que entraba en el local para intentar sacarse una propina.

Wilkerson solía preferir a hombres que tardaban lo mismo que ella en prepararse y que además no tardaban en marcharse una vez que lo hacían. Aun así, la mayor parte del tiempo prefería pasarlo con ella misma, razón por la que hasta entonces había cometido el error de interesarse por hombres casados. Esa fase ya había acabado. Una vez que has abierto la puerta de tu apartamento un domingo por la mañana y has encontrado a una mujer agraviada con dos niños que moquean, cualquier emoción inapropiada pronto se vuelve amarga.

Volvió a dar un largo sorbo al vino. Una de las principales razones por las que evitaba los *pubs* adonde iba con los demás agentes era porque la noticia de la crisis de Sturgess seguro que ya se había extendido y debía de haber una lista de almas comprensivas dispuestas a ponerlo verde. No era muy querido. Muchos pensaban que tenía el ego por las nubes y que se creía demasiado bueno para mezclarse con el resto.

La cuestión era que él tenía razón. Wilkerson había quedado poco impresionada con lo que había visto desde que se había unido al cuerpo y, cuando consiguió subir a detective, se decepcionó aún más al comprobar que la estupidez y la dejadez eran igual de evidentes en posiciones más altas. Por supuesto que no se trataba de algo universal, pero había muchas personas, como el inspector Clarke, que seguían la ley del mínimo esfuerzo. Sturgess era un perfeccionista y, aunque eso le hacía ser impopular, le daba la razón.

Los agentes normalmente lidiaban con personas que habían tenido el peor día de sus vidas. Tan solo eso ya merecía dar lo mejor de uno, no un simple: «Sí, suele pasar. Estos casos casi nunca se resuelven. Rellene esta ficha para dejar constancia de que el cuerpo policial se ha presentado en las instalaciones, por favor». En las raras ocasiones en las que Wilkerson debía trabajar con Sturgess fingía estar decepcionada, pero en realidad estaba encantada. Quería ser la mejor y, aunque fuera para darle órdenes o echarle la bronca, Sturgess lo hacía mirándola a los ojos, al contrario que algunos de los agentes con rango superior, cuyas miradas tendían a dirigirse un poco más abajo.

—Hola, compañera.

Wilkerson alzó la vista para encontrarse al clon de Danny DeVito, con acento de yanqui, sentado en el taburete de al lado.

Fantástico. Lo saludó con un ligero asentimiento de cabeza y tomó otro sorbo.

—Dime, ¿qué me recomiendas de este sitio?

Wilkerson se encogió de hombros.

—Ni idea, nunca había venido aquí.

—Yo tampoco. Acabo de llegar a Mánchester.

—Qué bien. Mira, sin intención de ofender, pero he tenido un día de locos y solo quiero una copa en silencio.

El hombre asintió y se tocó la nariz con el dedo índice.

—Indirecta captada. —Hizo el gesto de sellarse los labios y tirar la llave.

—Gracias, lo siento.

La sonrisa del hombre se hizo más grande y el recién llegado pidió un Jack Daniel's con Coca-Cola, que le trajeron al momento. Dejó una buena propina. Puede que intentara tirarse al camarero.

Tomó un sorbo del cubata.

—Así que, ¿a qué te dedicas?

Wilkerson soltó un bufido desesperado.

—¿En serio? ¿Vas a intentarlo otra vez?

—Eh. —Esbozó una sonrisa todavía más grande—. Soy una gran compañía una vez que me conoces un poco.

—Déjame ahorrarte el esfuerzo, compañero. No me acostaré contigo nunca, jamás. Sé con bastante seguridad que creías que venir a la noble Inglaterra con tu acento americano te haría parecer exótico o fascinante y que serías irresistible para las mujeres, pero siento decirte que no. Tenemos suficientes enanitos calvos aquí, no nos hace falta importarlos.

Mientras soltaba ese discurso no había pensado en cómo se lo podría tomar el hombre, pero, por su reacción, no se había sentido avergonzado ni se había enfadado. Al contrario, siguió sonriéndole.

—Tranquila, no estoy intentando acostarme contigo.

—Es bueno saberlo.

—Es decir, si quisiera lo haría.

Wilkerson rio con desgana.

—¿Qué has dicho?

—Ya me has oído.

Se llevó la mano al bolsillo, sacó la cartera y la abrió para enseñarle la tarjeta que la identificaba como agente.

—Repítelo.

Él se llevó la mano al interior del bolsillo y sacó una moneda dorada. Mientras hablaba, la iba pasando entre el dedo índice y el pulgar, lo que dejaba a la vista un pájaro en una cara y una pirámide invertida en la otra.

—Sé que eres una agente de policía. De hecho, te he seguido hasta aquí desde la comisaría. —Dejó caer la moneda y la sostuvo en el aire con una cadena de plata—. Verás, tenemos que hablar.

A Wilkerson le entraron ganas de darle un puñetazo en la cara a ese cretino.

—¿Acosar a una agente de policía? ¿Estás fuera de tu pequeño juicio?

Con un movimiento de muñeca, hizo girar la moneda.

—Casi cierto del todo, pero no de la forma en que tú te imaginas. Pero, primero, esto funciona mejor cuando estás sensible. Así que tienes que cargar toda esa ira aquí.

Moretti fijó su mirada en los ojos de Wilkerson, que se centraron en la moneda. Después, vio la señal en sus ojos y supo que la tenía. Detuvo la moneda y se la guardó en el bolsillo. Miró a su alrededor de manera furtiva y descubrió la mirada de preocupación del camarero, que estaba en la otra punta del bar.

—Vale —le dijo a Wilkerson—, necesito que me muestres tu sonrisa más grande y cálida.

Ella hizo lo que le había mandado.

—Añade una buena carcajada.

Cumplió lo ordenado una vez más.

Por el rabillo del ojo, Moretti vio al camarero relajarse y retomar la conversación en la que estaba.

—Eso es. Soy un tipo muy divertido.

—Eres muy muy gracioso —dijo Wilkerson.

—Y, para que conste, puedo obligarte a hacer cualquier cosa que yo desee, pero no tengo ni el tiempo ni la energía. En quince minutos vas a irte de este lugar y lo único que recordarás es haber tenido una velada contigo misma y una copa. Pero, antes de eso, me contarás todo lo relativo a vuestra investigación acerca del cuerpo de Castlefield y del chico que saltó del edificio. —Moretti tomó otro sorbo de su bebida—. Porque, cariño, nunca vas a conocer a otro calvorota enano de mierda como yo en tu vida, cielo.

CAPÍTULO 23

A Gary Merchant no le importaba sentir la lluvia caer a cántaros en su piel. Le sentaba bien. Le hacía sentir que aún era él mismo. La ropa que llevaba estaba empapada, lo que no le importaba. En la calle de abajo, el tráfico zumbaba y la gente corría camino a casa por donde aún estaba seco. Ahí arriba, en la oscuridad, la luz de todas las ventanas no le hacían precisamente invisible. No le importaba, nadie miraba para arriba.

Había conseguido pasar a los de seguridad simplemente actuando como si se supusiera que tenía que estar ahí. Uno de los guardias lo había visto, pero apartó la mirada. Cuando Gary era él mismo, la bestia continuaba ahí. Los demás también la sentían. Ningún guardia de seguridad con el salario mínimo iba a plantarle cara. Desde ahí, había encontrado la puerta que conducía a la azotea y subió por las escaleras. Algo que los últimos días le habían enseñado era que el verdadero poder se logra cuando no se siguen las convenciones de la sociedad. Las normas eran para los que querían obedecer.

Aunque, para ser sincero, ya no era él mismo. La sentía tomar el mando. No podía controlar a la bestia. Había hecho cosas tras las que, aunque quisiera, ya no podía volver atrás. Eran parte del trato. Debía hacer cosas que no estaban bien, pero no importaba, solo importaba Cathy. Su triste y penosa vida significaría algo si la llegaba a salvar.

Cuando se había despertado esa mañana de vuelta en su forma humana había recordado la noche anterior, cuando la bestia había cazado ratas en un almacén, y había vomitado, asqueado por el recuerdo. Dentro de él, la bestia había rugido. No le gustaba cuando juzgaba sus elecciones. No tenía conciencia propia, solo era una criatura con instintos que crecían y se fortalecían. Extrañamente, eso era lo que lo molestaba, más incluso que las matanzas. Puede que fuera su entrenamiento en el ejército lo que hacía que pensara así.

Las cortinas de la habitación de la quinta planta estaban abiertas de par en par, como le gustaban a Cathy, aunque no había mucho que ver aparte de otros edificios y lluvia, mucha lluvia. Gary observó a Tina entrar en la habitación con revistas de esas que están llenas de estrellas del pop y de consejos de maquillaje que a Cathy le gustaba leer. Su mujer se las enseñó a su hija, pero esta solo las hojeó brevemente y volvió a cerrar los ojos. En la cara de Tina vio que otro pedazo de su corazón se rompía. Había visto lo mismo demasiadas veces ya. Había estado sentado al otro lado de la cama, inmóvil, sin poder hacer nada.

Al menos no hasta entonces.

Ahora podría hacer algo. Había pactado con el diablo. Haría todo lo que Moretti pidiese y este salvaría a Cathy. Llegado a ese punto, Gary era consciente de que pronto ya no existiría. En poco tiempo la bestia se apoderaría de él y la vida de Gary, todos sus propósitos e intenciones, se esfumaría. No le importaba. Era un sacrificio que todo padre o madre asumiría sin pensárselo. Su chiquitina se pondría bien y tal vez Tina no pensaría que casarse con él había sido un error.

Gary cayó de rodillas al suelo, impactado por una oleada de dolor que le recorrió todo el cuerpo. Era la hora. La bestia tenía trabajo que hacer.

CAPÍTULO 24

Lógicamente, Hannah sabía que la lluvia era lluvia.

Se había visto sorprendida por tormentas en innumerables ocasiones en diversos continentes y lo esencial era igual en todas partes, eran fuerzas de la naturaleza: gotas de lluvia que caían a una cierta velocidad y ritmo, en distintos ángulos según el viento, y tenían diferente temperatura debido a... algo. Seguramente existía una fórmula que tenía en cuenta la temperatura atmosférica, la humedad, la velocidad del viento y otras cosas. Lo que significa que la lluvia actuaba de una forma clara, definible y mensurable.

La lluvia de Mánchester no. Para comenzar, predecirla estaba por encima de la capacidad de los servicios meteorológicos. Había sido lo suficientemente ingenua para creer al hombre del tiempo esa mañana, razón por la que había salido de casa sin un paraguas. La lluvia tampoco jugaba a su favor, ya que parecía caer en todas las direcciones posibles al mismo tiempo. Girase hacia donde girase, la golpeaba en la cara.

También parecía que tenía sentimientos, y que estos eran malévolos. Por lo menos Hannah no había sido tonta y llevaba puesto un abrigo. Todavía estaban en marzo y era Inglaterra. Y, a pesar de que lo llevaba abrochado hasta arriba, inexplicablemente la lluvia había encontrado cómo entrar en él. Se le deslizaba por el cuello, hacia arriba por la manga y por otros lugares imposibles para gotas de lluvia que caían del cielo. Así se encontraba Hannah, esperando de pie en una parada de autobús, completamente empapada y abatida, mirando fijamente a la nada mientras aguardaba a un autobús que parecía que nunca iba a aparecer.

Y eso que Hannah había pensado que su día había empezado bien: llena de alegría y lista para agarrar la vida por los cuernos. En esos momentos solo quería arrastrarse de vuelta a la cama, cubrirse con las sábanas y no salir nunca. La muerte de Simon la había dejado perpleja. Solo había hablado con él dos veces, pero en ambas ocasiones el pobre chico rebosaba energía y entusiasmo. Pensar que mientras ella estaba tapada en la cama él se lanzaba desde un edificio de cuarenta y dos pisos era muy difícil de asimilar. No tenía sentido.

Había encontrado un ejemplar mojado del periódico local *Evening News* en el suelo de la parada, que se convirtió en un refugio temporal desechado por algún suertudo estúpido al que le había llegado el autobús. Intentó leerlo incluso a pesar de que las páginas se le deshacían en las manos.

El suicidio ocurrido un par de semanas antes y la reciente muerte de Simon habían dado pie a rumores macabros que decían que el edificio Dennard estaba maldito. Los dueños tuvieron que emitir un comunicado en el que expresaban su conmoción y aseguraban que mejorarían la seguridad de la construcción una vez más, en otras palabras, lo que realmente querían decir de forma subyacente era: vamos a echarlos a todos a la calle.

Si las acciones de Simon se tildaban de incomprensibles, podría decirse que las de Banecroft tampoco tenían mucho sentido. Le resultó raro que su respuesta automática hubiera sido pensar que la policía era el enemigo. A Hannah siempre le habían enseñado a respetarla. La policía estuvo con ella después de su incidente —totalmente accidental— con el fuego y la trataron muy bien, aunque explicar los motivos de lo que había ocurrido había sido humillante. Se preguntaba si la actitud de Banecroft estaba motivada por un sentimiento de culpa. ¿Se había pasado de la raya con un chico joven y delicado? Era imposible de descifrar. Nadie sabe realmente lo que pasa por las mentes de otras personas, a fin de cuentas.

Y, sin embargo, en cierto punto Banecroft tenía razón: el candado triple, la ubicación extraña en la que habían encontrado el cuerpo, la ausencia de la cámara de Simon —y Grace aseguró que no lo había visto sin ella en los últimos meses—. Tal vez todo fuera una vana conjetura, pero daba la impresión de que no era un caso para cerrar tan deprisa como había parecido al principio. Nada de eso cambiaba el hecho más importante de todos: las grabaciones de seguridad, que mostraban a Simon entrar en el edificio y subir por las escaleras solo, como le había informado la sargento Wilkerson. Era algo difícil de rebatir.

Un Ford Granada se detuvo en la parada de autobús y el conductor bajó la ventanilla del copiloto. Lo que le faltaba. Un hombre había hecho lo mismo antes. Quiso ser amable y se inclinó para decirle al conductor que no le sería de gran ayuda, que no conocía la zona y no podía ayudarlo con ninguna dirección. El hombre evitó mirarla a los ojos en todo momento. Cuando habló, miraba fijamente el volante:

—¿Estás trabajando? —preguntó.

«Qué pregunta más rara», pensó Hannah.

—Sí, gracias.

—¿Qué haces?

—Hum…, soy periodista.

El hombre apretó el acelerador a fondo y se alejó tan rápido que casi no le había dado tiempo de quitar el pie para que no se lo arrollara. Se dio cuenta de la clase de conversación que acababa de tener con ese tipo mientras observaba las luces de frenado en la distancia. Pensaba que no podría sentirse más abatida, pero sí podía. Triste, pero cierto.

Esta vez Hannah miró a la lejanía e ignoró el coche que había parado frente a ella. Tendría que encontrar otra parada de autobús que fuera menos…, lo que fuera que pasase en esa.

—¿Quiere que la lleve?

Hannah dio un paso atrás y mantuvo la mirada fija en el horizonte, aún vacío de autobuses.

—¿Señora Willis?

Hannah ignoró eso también durante un par de segundos. La verdad sea dicha, había sido tanto tiempo la señora Drinkwater que aún le costaba reconocer que le hablaban a ella cuando la llamaban por su verdadero apellido. Cuando se dio cuenta, bajó la cabeza con indecisión y vio al inspector Sturgess apoyado en el asiento del conductor mirándola por la ventanilla.

—Dios mío —murmuró Hannah—. Lo siento, pensé que quería…

—¿Qué?

—Olvídelo.

—¿La llevo?

Hannah sintió que algunas gotas le salían disparadas cuando negó con la cabeza.

—No, gracias.

—Venga, la llevaré a casa. Está lloviendo a mares.

—Claro —dijo Hannah mientras daba un paso adelante para mirarlo por la ventanilla—. ¿Y casualmente pasaba por aquí?

—No. Acabo de venir de casa de la madre de Simon Brush y quería pasarme por su oficina por si por casualidad seguía ahí. Esperaba que fuera más razonable que su jefe.

—Bueno, por lo menos es honesto. —Hannah tuvo que gritarlo para hacerse oír por encima de la lluvia, que, contra toda posibilidad, estaba yendo a más—. ¿Cómo estaba la madre?

Sturgess se encogió de hombros.

—Mal, quiero decir, ¿quién no lo estaría en su situación? Su marido murió hace unos años, así que solo eran ellos dos.

Hannah cerró los ojos.

—Qué horror.

—Sí. No es muy admiradora de vuestro periódico, me temo.

Hannah no sabía muy bien qué responder a eso. Por suerte, se libró de tener que decir algo al ver que el autobús 46 doblaba la esquina. Hannah lo señaló.

—Gracias, agente, pero estoy bien. Está en mitad de la parada, inspector.

Echó un vistazo al retrovisor y asintió.

—Si está segura, perfecto.

Sturgess se fue y Hannah alzó el brazo para avisar al conductor. Dos minutos después seguía con el brazo en alto, ya que el autobús 46, lleno de viajeros, en vez de parar, pasó de largo a toda velocidad y la salpicó con el agua del charco del arcén y mojó todas las partes de su cuerpo que, por alguna clase de milagro, aún no estaba empapadas.

Todo el mundo tenía un límite, y Hannah acababa de llegar al suyo. En cuanto le pasó por delante, soltó un grito lleno de rabia, dolor y frustración que, con toda probabilidad, mantendría ocupado durante un semestre entero a un máster de psicología. Cuando al fin se quedó sin aire, propinó una patada a la señal de la parada, lo que solo sirvió para enviarle una ola de dolor al pie. Puso ambas manos en el palo metálico de la señal y convocó toda su fuerza en un intento de arrancarla del suelo. Resultó que estaba exasperantemente bien clavada al suelo.

Oyó el claxon de un coche y se dio cuenta de que el coche del inspector Sturgess volvía a estar exactamente en el mismo lugar donde había estado antes. Hannah se encogió sobre sí misma, humillada por completo.

Sturgess volvió a bajar la ventanilla.

—Parece que su autobús no ha parado.

—No me diga.

—¿Quiere que la lleve?

Una vez más, cerró los ojos. Por alguna razón, sentía que estaba siendo desleal, pero no podía expresar con coherencia el porqué.

—Podríamos decir que la estoy deteniendo por destrozar un bien público, si eso la ayuda.

—Maravilloso —dijo Hannah mientras se acercaba al coche y abría la puerta del copiloto—. Justo lo que necesitaba: algo más que añadir a mi lista de antecedentes cada vez más larga.

Antes de que se sentara, Sturgess tiró a la parte de atrás del coche las carpetas que ocupaban el asiento del acompañante. Al entrar, los pies de Hannah aplastaron una colección de latas de Coca-Cola *Light* tiradas a los pies del asiento.

—Lo siento.

—No pasa nada, limítese a conducir. —Hannah se pasó—. Lo siento, he tenido un día horrible. Gracias por…, ya sabe.

—No hay de qué, aunque debería decirme dónde vive.

Después de decírselo, Sturgess subió la calefacción al máximo y se incorporaron al tráfico de la ciudad.

Hannah se miró rápidamente en el espejo de la visera e hizo una mueca. En su mente apareció la descripción de «perro mojado».

—Así que… —empezó Sturgess después de un par de minutos durante los que Hannah había intentado arreglarse un poco para dejar de parecer que había sido arrastrada a la orilla en una red de pesca—. ¿Le está gustando Mánchester?

—Bueno —respondió Hannah, que cayó en la cuenta del gran acento mancuniano de Sturgess—. Digamos que es muy... diferente.

—¿Sí? ¿Dónde vivía antes?

—Entre Londres y Dubái.

—Caramba —dijo Sturgess—. Entonces sí que es un gran cambio. ¿Por qué vino aquí después de...?

Sturgess calló de forma abrupta al percatarse de que había metido la pata.

—¿Después de que quemase por accidente mi casa al tratar de vengarme melodramáticamente de mi maldito marido infiel?

—Lo siento.

—No tiene nada de lo que disculparse. Es probable que sea una de las pocas personas en este planeta con quien no se acostó. —Lo miró brevemente—. A no ser que haya supuesto muy mal.

—No —respondió Sturgess—. No me van esas cosas, para nada.

—Entiendo.

Hannah miró por la ventanilla y observó a las valientes almas que se habían atrevido a desafiar el chaparrón.

—No quería decir eso —se excusó Sturgess—. No pretendía sonar homófobo, solo quería decir que no lo sería porque él es un chico de ciudad y no que...

—No pasa nada —lo cortó Hannah con una sonrisa—. Lo he entendido a la primera.

El semblante de acero de Sturgess cayó y por primera vez pareció avergonzado. Aun así, seguía siendo igual de atractivo.

—Soy un mancuniano de décima generación —explicó—. Llevo los hombros cargados de resentimiento.

—¿Es por eso por lo que decidió apuntarse al cuerpo de policía, con la esperanza de meter entre rejas a algún pez gordo?

—Si fuese por eso, estaría profundamente decepcionado. El sistema está diseñado de tal forma que solo nos ocupamos de los...

Sturgess calló cuando fue interrumpido por un ataque de tos de Hannah. Genial, lo que le faltaba, un resfriado.

—Eso no ha sonado muy bien. ¿Quiere una bebida?

Sin apartar la mirada de la carretera, estiró el brazo hacia la parte trasera y le tendió una lata.

—No, gracias. No quiero nada. —Miró las latas que bailaban vacías entre sus pies—. Por lo que veo es un gran admirador de la *light*, ¿verdad?

Puso la lata de Coca-Cola en el posavasos del centro del coche.

—Sí, supongo que sí. También tengo algunos analgésicos, si necesita uno.

Abrió el compartimento central y Hannah vio que contenía una minifarmacia portátil.

—La madre que...

—A veces tengo migrañas de muerte.

—Tiene aquí metidas la mitad de las drogas de toda Mánchester.

—Sí, pero por suerte tengo contactos en la unidad de drogas. Me echarían un cable seguro.

Los ojos de Hannah se agrandaron.

Sturgess paró en un semáforo en rojo y la miró.

—Era una broma.

—Por supuesto.

Sus ojos se encontraron y Hannah sonrió con incomodidad. Dios mío, ¿ahora estaban coqueteando? Hacía unas horas ese mismo hombre la había detenido. Volvió a llevar la mirada hacia la calle: una mujer tiraba del carrito de la compra con una mano y con la otra cogía la mano de un niño abrigado con una parka. Este iba dando saltos en los charcos que encontraba y seguramente era la única persona que estaba disfrutando de la vida en varios metros a la redonda.

—Hablemos de su jefe —propuso Sturgess—. Parece todo un personaje.

—Muy sutil —dijo Hannah.

—No es mi característica más notable.

—Bien, porque, si lo fuese, estaría en problemas.

Sturgess giró a la izquierda y se acercó al vecindario de la casa de Maggie.

—¿Por qué cree que está tan convencido de que Simon Brush no se suicidó?

—En realidad no sé si lo está. Creo que le molestó más que la policía asumiera de entrada que eso es lo que ocurrió.

Cuando Sturgess pronunció las siguientes palabras sonaba ofendido.

—Para que conste, es mi investigación, y ese no es el enfoque que le estoy dando.

—Ya, es bueno saberlo.

—¿Qué piensa él que pasó?

—Me parece que se lo tendrá que preguntar a él.

—Lo intenté y no fue muy bien.

Paró delante de la casa de Maggie y apagó el motor.

—Bueno, ya sabe, puede volver a intentarlo. Devuélvale su trabuco. Eso le gustará.

Sturgess hizo una mueca.

—Gracias por traerme, se lo agradezco. Perdón por emparle el asiento.

—No pasa nada.

Le ofreció una sonrisa tímida y estaba sujetando la manilla de la puerta cuando Sturgess volvió a hablar.

—Lo conocí, ¿sabe?

Hannah se volvió.

—¿A quién?, ¿a Banecroft?

—No, a Simon. Ayer, en la escena del crimen de una muerte inexplicable en Castlefield. Tendría que haber sido más amable con él.

Hannah bajó la voz.

—No podía saberlo.

Sturgess asintió levemente.

—Estaba… Me dijo que trabajaba con usted, en el periódico, quiero decir. Tenía una teoría bastante alocada sobre aquella muerte y afirmaba que tenía un testigo, alguien que había visto una…

Sturgess apartó la mirada de nuevo.

—¿Una qué?

—Aunque parezca estúpido, dijo una «criatura».

—Ya. ¿Qué clase de criatura?

—Son tonterías, es obvio.

Hannah asintió.

—Vale.

—Solo que, sea quien sea ese testigo, puede que sepa algo sobre la otra muerte o sobre la de Simon. Necesito averiguar en qué estaba trabajando.

Hannah suspiró.

—Mire, con total honestidad, realmente no trabajaba en el periódico y no creo que alguien supiera en lo que andaba metido.

—Tiene sentido. —Sturgess sacó una tarjeta del bolsillo interior de su traje y garabateó algo en la parte trasera—. Tome, mi tarjeta; mi número de móvil personal va en el dorso. Si le viene algo a la cabeza, tanto de día como de noche, llámeme.

Hannah la cogió y la miró.

—Está bien.

Se la guardó en el bolsillo del abrigo y volvió a girarse.

Ya estaba medio fuera del vehículo cuando Sturgess habló de nuevo.

—¿Cree en esas cosas?

—¿Perdone?

—En lo que escriben, todo eso sobrenatural. —Pronunció la última palabra como si alguien fuera a burlarse de ello.

—Bueno —respondió Hannah—. No lo sé, supongo que algunas partes. La verdad es que solo llevo trabajando ahí tres días. No había pensado en este tipo de cosas antes.

—Claro, comprendo.

—¿Y usted?

Hizo una pausa tan larga que Hannah pensó que ya no iba a contestar. Asintió y salió del vehículo mientras contemplaba la lluvia, que ya había bajado de intensidad.

—No del todo...

Hannah bajó la cabeza para mirar dentro. Las gotas seguían salpicando con fuerza el techo del coche.

Sturgess se giró hacia ella.

—He visto cosas muy raras en mi trabajo. Podría contarle muchas historias.

—Me gustaría escucharlas.

Hannah se sonrojó al percatarse de cómo había sonado.

Sturgess abrió el compartimento central y cogió un bote de pastillas.

—Sí, quizá. Perdóneme, pero creo que me está viniendo otra migraña.

CAPÍTULO 25

Vera Woodward se despertó sobresaltada.

La habitación estaba a oscuras, pero no en silencio, aunque era un sonido que, tras treinta y dos años de matrimonio, ya estaba acostumbrada a escuchar cada noche. Se dio la vuelta y miró a Declan, que roncaba felizmente protegido por las capas de los sueños más profundos. Tenía amigas que estaban desesperadas por los ronquidos de sus parejas. Habían intentado todo tipo de inventos, desde tapones para los oídos hasta correas para la barbilla, fundas dentales y almohadas vibrantes con la esperanza de tener una buena noche de descanso.

Vera se había acostumbrado y en cierto modo incluso le gustaba. Sus ronquidos significaban que él estaba ahí con ella. Vera era una de esas personas que se preocupan mucho por todo. Si se hubiese salido con la suya, sus dos chicas dormirían en la misma habitación que ellos, así también podría saber que estaban bien. A Declan y a ella les habían dicho que nunca podrían tener descendencia, pero tuvieron dos milagros. La gente que pensaba que la felicidad y la preocupación no iban de la mano no habían sido nunca padres.

Aunque raras, una de las broncas más serias que habían tenido en esos treinta y dos años juntos fue cuando Declan la obligó a quitar el monitor de bebés de la habitación de las niñas, cuando estas tenían seis años. Ahora tenían catorce y el año anterior Declan la había pillado mirando en internet ositos de peluche con cámaras de vigilancia escondidas en su interior. Se rio de ello con su característica risa y le volvió a decir por enésima vez que se preocupaba demasiado. Ella forzó una sonrisa y se guardó los pensamientos para sí misma. Su familia no lo entendía, tenían mucho por lo que estar preocupados.

Oyó un sonido leve. Tan sutil que podría haber sido su imaginación. Miró al reloj de la mesita de noche: eran las 3.34 de la madrugada. En cuatro horas tendría que levantarse para preparar a las niñas para el colegio y llevar a Júpiter al veterinario para vacunarlo antes de ir a trabajar. Debería de darse la vuelta y cerrar los ojos, pero sabía que le corroería la mente. Su mente detestable la llevaría a suponer todo tipo de cosas, las especulaciones llamarían a la puerta de su subconsciente y se asomarían en su intento de mantener su mente ocupada y, con lo cansada que estaba, no podría quedarse dormida.

Intentando espantar aquella neurosis mental con una sacudida de su cabeza, se levantó de la cama para sentarse y metió los pies en las zapatillas rosas mullidas. Las odiaba en secreto, pero se las habían regalado las niñas por Navidad. Incluso hubo una época en la que las dejaba abajo, en la cocina, esperando volver un día y encontrárselas mordidas por Júpiter, pero, por lo visto, su fase de morderlo todo ya había terminado después de un fructífero entrenamiento.

Mientras se levantaba, Declan se movió y habló en sueños.

—*Mufeza amig-oh,* una tubería y media prefabricada *suer-virá.*

Vera sonrió. Estaba casada con un hombre que soñaba con materiales de fontanería.

Pasó por delante del cuarto de las niñas y, puesto que no podía más con su ansiedad, se rindió; volvió atrás y miró en la habitación. Vio a las dos niñas profundamente dormidas. Keira, como de costumbre, hecha un nudo, con las extremidades dobladas y envueltas en diferentes ángulos con la colcha que caía al suelo. Siobhan, en cambio, estaba tan bien colocada y tapada que parecía que estaba fingiendo dormir.

Vera se dirigió escaleras abajo. El sonido debía proceder, con toda la certeza, del perro, ya que, si no hubiera sido él, ya estaría ladrando. Quizá se había metido dentro de la basura una vez más. Cuando alcanzó el último peldaño, aceleró el paso; acababa de escuchar un llanto en la cocina. Esperaba que el grandullón no hubiera estado comiendo objetos no comestibles otra vez.

Abrió la puerta y se detuvo, petrificada. Lo primero que reclamó su atención fue la mirada aterrorizada de Júpiter, que estaba intentando meterse en la esquina debajo del fregadero. Luego, siguió su mirada. En la cocina había algo que no podía ser: una figura de casi tres metros de alto, encorvada y de ojos rojos con babas cayéndole por las mandíbulas. La invadió una oleada de miedo. Aquel ser estaba muy quieto, de forma antinatural, y sus ojos parecían sedientos de sangre.

Le llegó a las fosas nasales el hedor asqueroso que emanaba. Instintivamente, levantó el brazo izquierdo y empezó a formar un círculo con la mano mientras verbalizaba las palabras. De pronto, su mano dejó de moverse, parada en el aire en contra de su voluntad. Tanto ella como la figura estaban congeladas en un lienzo vivo. Solo podía mover los ojos, que ahora escaneaban el resto de la habitación en busca de otras amenazas.

Lo percibió demasiado tarde, la bestia la había distraído. El hombre —bajito, redondo y calvo— estaba sentado en el otro extremo de la cocina. Le sonrió.

—Ambos sabemos que no puedo conteneros mucho más —dijo de forma calmada con acento americano—. Al menos, no a los dos a la vez. —Con la cabeza indicó a la bestia—. Así que te sugiero que escuches bien, si no —miró a la criatura— tendré que dejarla ir.

Los ojos rojos de la bestia se dirigieron hacia el hombre. Vera sentía el odio.

Su mente iba a mil por hora mientras pensaba en todas las posibilidades. Sin ninguna duda, estaba en desventaja, pero por encima de todo tenía que…

—Tienes que proteger a tu familia. Quiero darte esa oportunidad, pero, para hacer eso, debemos hablar. —Lo dijo con un tono que parecía el de un hombre justo y razonable que comentara las diferentes opciones de una hipoteca—. Si luchamos, yo ganaré, y será… desafortunado. Quiero evitar eso. ¿Nos entendemos?

No podía moverse, pero supuso que vio complicidad en sus ojos porque la liberó, lo que hizo que su cuerpo se hundiera.

—Gracias por cooperar.

—¿Qué demonios? —fue lo primero que dijo—. No puedes… ¡Hay normas!

Se rascó la mejilla.

—No para mí.

Miró a la bestia de nuevo.

—Esta abominación de aquí no debería ni existir. El Acuerdo dice...

—Sí, sí. No tenemos tiempo para esas cosas. Debemos ir rápido si no queremos un resultado desagradable. —El hombre la apuntó con el dedo desde el otro lado de la mesa—. Te necesito a ti o a una de las dos de arriba...

—¡Son adoptadas!

El hombre rio entre dientes.

—No, no lo son. —Volvió a indicar al ser con la cabeza—. Sabes lo que es, por lo que sabemos lo que tú eres..., lo que sois todos.

Se humedeció los labios secos. Debía ganar algo de tiempo o...

El hombre se recostó en la silla.

—Es un hogar adorable. —Cogió una fotografía enmarcada, una de las que estaban en la repisa de la chimenea del salón—. Y tienes una familia encantadora. Entrégate a nosotros y no tendrán por qué sufrir.

—¿Por qué iba a confiar en tu palabra?

—Porque —dijo el hombre—, como has mencionado, estoy, digamos, rompiendo con la tradición, lo que significa que no quiero que esto levante sospechas ni llame la atención de nadie. Me complicaría las cosas.

—Estás... —Vera finalmente lo comprendió, y sus ojos se agrandaron—. Estás llevando a cabo ritos, ¿no es así?

—Intento salvarle la vida a una niña.

—Por favor, no me vengas con esas.

Por un momento, el enojo apareció en los ojos del hombre.

—Si vienes sin hacer ningún ruido, no levantarás ninguna sospecha, pero, si luchas, perderás, y haremos ruido, y para eso podría coger directamente a las dos polluelas de arriba y él —señaló al ser— podría gozar con el don nadie con el que te casaste.

Vera percibía la bilis en la garganta.

—Esa palabra...

—No me importa tu opinión. ¿Tenemos un trato?

Vera intentó pensar, buscar otra perspectiva al asunto, aunque era consciente de que era en vano.

El hombre, con calma, deslizó por la mesa unas esposas. No las había visto nunca, pero supo lo que eran. Las marcas del lateral decían por sí solas que no se trataba solo de metal, eran algo más. Eran las que salían en las historias que su abuela solía contarle, las primeras que le habían provocado dificultades para conciliar el sueño.

Con lágrimas en las mejillas, Vera dio un paso al frente y cogió los grilletes. Mientras cerraba uno alrededor de una muñeca y luego el otro, notó que un vacío terrible la abrazaba y la envolvía, como si uno de sus cinco sentidos se hubiese apagado. Una parte de ella, que siempre había estado ahí, ahora de repente se había esfumado.

—Perfecto —dijo—. Ahora escribirás una nota explicando por qué te has marchado, algo como una aventura con alguien.

Movió un dedo y una libreta y un bolígrafo se desplazaron por la mesa.

Vera se secó la mejilla con la manga del camisón. Ese hombre no merecía sus lágrimas. Respiró profundamente y empezó a escribir.

—Te sugiero fervientemente que no intentes nada ingenioso.

A Vera se le curvaron los labios de repugnancia al mirarlo. Asintió en dirección a la bestia, que seguía mirándola con esos ojos ardientes.

—¿Sabe lo que es?

—Sabe por qué lo es, más que suficiente.

—Alguien te parará los pies. Existen sistemas para detener a hombres como tú.

Bostezó.

—Por favor, acabemos con los dramatismos de aficionados. Nunca has conocido a uno como yo.

Vera terminó de redactar la nota y escribió su nombre al final. Después, tiró el bolígrafo en la mesa e intentó erguirse.

—Siempre ha habido y habrá hombres como tú.

CAPÍTULO 26

En cuanto Hannah dobló la esquina y vio frente a ella la iglesia de las Almas Antiguas, o, en otras palabras, las oficinas de *La Gaceta del Misterio,* cayó en la cuenta de que no tenía cómo entrar en el edificio. Grace había mencionado algo de darle una llave, pero entre una cosa y otra nadie se había acordado del tema.

La noche anterior había conseguido dormir un par de horas antes de despertarse entre sudores fríos. En la pesadilla, caía una y otra y otra vez del edificio Dennard, y cada vez era más horrible que la anterior. Como no logró volver a dormirse, al final se levantó y se preparó para dirigirse a la oficina. Técnicamente, debían enviar el número de esa semana a la rotativa al día siguiente y, aunque no sabía mucho del tema, sabía que para hacerlo necesitaban artículos e historias que imprimir. Pasase lo que pasase, Hannah tendría que asegurarse de que estuvieran bien escritos.

Al final resultó que no necesitaba llave; era la última en llegar. Se sorprendió al ver a Reggie y a Ox en sus respectivos escritorios, redactando. Los dedos de Ox volaban sobre el teclado y Reggie tecleaba dando picotazos con un dedo de cada mano. Stella estaba en la esquina donde se encontraba el ordenador con la pantalla más grande y estaba utilizando uno de esos programas de diseño gráfico para maquetar los textos con algunas fotografías. Grace se paseaba como una azafata y repartía tazas de té en silencio a todo el mundo. Cuando se volvió y vio a Hannah en la entrada, le dedicó una sonrisa bien grande.

—¿Qué hacéis todos aquí tan pronto? —preguntó Hannah.

Grace se acercó a ella y mantuvo el tono de voz bajo.

—Tenemos que sacar el periódico adelante pese a las circunstancias.

—Ya veo, ya —aseguró Hannah, y en ese momento se sintió una gandula, aunque nunca se había considerado así. Bajó la voz—. ¿Está todo bien con... —Señaló a Ox con la cabeza—... y...? —añadió, indicando con otra sacudida la oficina de Banecroft.

Grace agitó la mano para quitarle importancia al asunto, lo que hizo que sonaran todos los brazaletes que llevaba en la muñeca.

—No te preocupes. Si quiere insistir en ser Vincent Banecroft, no puede esperar ir por la vida sin recibir un intento de decapitación. Lo pide a gritos.

—Tiene esa manera de ser. Al parecer, la madre de Simon lo culpa por su muerte.

Grace frunció las cejas.

—¿Fuiste a visitarla?

—Oh, Dios, no. Hum... El inspector Sturgess me llevó a casa por la noche.

—¿Eso hizo? —Grace movió las cejas hasta una altura tal que Hannah nunca habría imaginado a ningún humano capaz de eso. Para ser sincera, en su antiguo grupo de amigos predominaba el bótox, por lo que las expresiones faciales eran algo que se podía escoger de un catálogo y te las estampaban en la cara para el resto de tu vida.

—No se te ocurra —dijo Hannah—. Solo estaba siendo amable y seguramente utilizándome para sacarme información.

Las cejas de Grace se marcaron un fandango.

Hannah se sonrojó.

—No como te imaginas.

—El quince por ciento de la gente conoce a sus futuras parejas en el trabajo. Lo leí en una revista.

—Me arrestó.

—El diecinueve por ciento de la gente ha usado unas esposas en algún momento de su relación. Leí eso en una revista menos temerosa de Dios.

—Voy a trabajar un poquito.

—Seguro, seguro —contestó Grace con una sonrisa—. No pretendo meterme en tus tareas, pero ¿has escuchado los mensajes ya?

—¿Mensajes?

Grace alzó las manos para hacer comillas en el aire.

—El número del *Desfile de los Lunáticos*.

—¿El qué?

—Vaya por Dios —dijo Grace—. Con tantas idas y venidas puede que nos olvidásemos de explicártelo.

Hannah cerró los ojos.

—Deja que lo adivine: ¿tenemos un número al que los lunáticos pueden llamar y contarnos sus historias?

Hannah abrió un solo ojo para ver con desolación cómo Grace asentía y le ofrecía una sonrisa reconfortante.

El cuerpo de Hannah se encogió.

—Por supuesto que tenemos un teléfono para eso, cómo no....

—Mejor que te pongas a ello. La reunión es en una hora y preguntará por ellos. El hombre tiene el espectacular talento de hacerle a la gente esas preguntas que nadie quiere que se hagan.

Hannah se sentó en su escritorio en el otro extremo de la oficina con la libreta y el bolígrafo preparados y marcó el número anotado en un pósit. En cuanto introdujo el pin, una voz robótica le habló:

—Tiene... ochenta... y... siete... mensajes nuevos. —Hannah dejó escapar un gemido. El lado bueno era que de esta forma no tenía que mantener una compostura profesional, ya que la otra persona no podía verla—. Si desea escuchar el mensaje, pulse uno; si desea borrar el mensaje, pulse dos; si desea guardarlo, pulse tres.

Hannah pulsó el uno.

Bip.

«Mensaje número uno», dijo la voz robótica.

«Hola, mire, sí. Soy... No importa quién soy. Quiero mantener mi anonimato. Mi vecino de al lado es un extraterrestre. La dirección es... Oh, espere un segundo... Los volveré a llamar».

Bip.

«Mensaje número seis».

«Buenas, miren, me gustaría poner una queja por el ejemplar de la semana pasada. No es posible que el fantasma de Elvis Presley haya poseído la vagina de esa loca del coño. ¡Me siento totalmente consternada de que publiquéis semejantes patrañas! Sé que lo son porque Elvis lleva viviendo conmigo desde hace ya seis años y está la mar de feliz desde que se reencarnó en loro. Le he preguntado por este tema y me asegura que no se ha acercado a esa ramera ni a su...».

Bip.
«Mensaje número diecinueve».
«Es vuestro día de suerte. Podéis tener en vuestras manos el titular «He copulado con el fantasma de un extraterrestre» por solo seis mil y...».

Bip.
«Mensaje número veintitrés».
«¿Alguna vez han estado involucrados en un accidente sin ser el causante?».

Bip.
«Mensaje número veintiocho».
«Me acosté con un unicornio, solo por cinco m...».

Bip.
«Mensaje número treinta y seis».
Nadie hablaba, solo se oían jadeos.

Bip.
«Mensaje número cuarenta y dos».
—Sí, quiero avisar de que me topé con un ovni aquí al lado, en Stalybridge, ayer por la noche. Fue mientras volvía del *pub*, ¿sabe? Iba yo pensando en mis cosas sin molestar a nadie y, de

repente, apareció una luz brillante y cuando me desperté, cuatro horas más tarde, había sido abducido con una sonda.

Se escuchó un clic de fondo y una voz femenina y enfadada se apoderó del teléfono:

—No hagas caso de ninguna de esas gilipolleces. Son todo sandeces, Darren.

—¡Doreen, cállate! Estoy al teléfono con los peleles locos esos.

—Sandeces, he dicho —repitió Doreen—. Lo que pasó realmente es que se emborrachó y fue a ver a la fresca de Sophie.

—¡Doreen!

—Y tanto que sí, vamos. O fue ella quien lo sondó o lo hizo él mismo, el desgraciado de los...

Bip.

Los mensajes entre el cuarenta y tres y el cuarenta y ocho eran de la misma pareja, que seguía llamando para continuar la discusión que habían empezado al teléfono. Cada mensaje duraba como máximo tres minutos. Al final del cuarenta y siete, Darren le proponía matrimonio.

«Mensaje cuarenta y nueve».

Hannah tardó unos segundos en darse cuenta de lo que estaba escuchando. Se tapó la boca, boquiabierta. El mensaje solo duraba veintitrés segundos en total. En cuanto sonó el bip que señalaba el final del mensaje, apretó los botones con torpeza, deprisa y corriendo.

«Mensaje guardado».

Volvió a escucharlo por segunda vez y, en cuanto acabó, se puso en pie.

—Hum, equipo... Por favor, ¿podéis venir todos aquí un momento?

Miró a los demás y vio que Reggie y Stella la miraban. Ox estaba ocupado tecleando y llevaba sus cascos, por lo que seguía distraído, ajeno a la llamada de atención de Hannah.

Grace entró apresurada.

—¿Qué ocurre ahora?

—De verdad, venid todos ahora mismo. —Señaló a Ox—. Reggie, haz que venga.

Corrió a aporrear la puerta de la oficina de Banecroft.

—¡Despiértate, cretino irlandés, es importante!

Desde detrás de la puerta se escuchó una selección de sílabas ininteligibles acompañadas por el ruido de cristal al romperse.

Los demás se reunieron frente al escritorio de Hannah en un semicírculo.

—¿Qué pasa? —preguntó Ox.

Hannah respiró hondo.

—Veamos, estaba escuchando los mensajes del Desfile de los Lunáticos y…

—Ah, ¿es solo eso?

—Cállate, Ox, aún no he acabado.

Ox pareció ofendido.

—Perdona, Hannah. Lo siento.

Le sonrió para mostrarle que no se lo había tomado mal.

—Como decía, estaba repasando los mensajes. Muchos de ellos son, bueno, cosas del desfile, pero entonces… —Entonces, miró a su alrededor—. ¿Dónde demonios está Banecroft? ¿Grace?

Grace asintió, se acercó a la puerta de la oficina de Banecroft y la golpeó tan fuerte que esta tembló.

—¡Sal de ahí dentro ahora mismo, pedazo de…!

El ocupante de la oficina abrió la puerta tan rápido que casi provocó que Grace cayese dentro.

—¡Ya voy! Por Dios, ¿es que un hombre no puede ni ponerse los pantalones en paz para el bien común?

—Pues, de hecho —apuntó Reggie con voz temblorosa—, los llevas puestos del revés.

Todos, excepto el que llevaba puestos los susodichos pantalones, bajaron la mirada para comprobarlo.

—Sí —confirmó Banecroft—, pero todos podemos estar de acuerdo en que los llevo, que claramente es lo importante en este caso.

—Lo que tú digas —dijo Hannah mientras presionaba botones en el teléfono, no muy moderno y con el que no estaba familiarizada, del escritorio—. Lo pondré en altavoz. Silencio.

—Sacudió la cabeza mientras seguía pulsando más botones—. Vale, creo que esto ya será...

Dejó de hablar en cuanto el bip dio paso al mensaje que estaba a punto de sonar por los altavoces pequeños del teléfono.

—Hola, señor Banecroft, soy Simon...

Reggie se tapó la boca con una mano y Grace dio un grito ahogado y se santiguó.

—¡Solo quería decirle que estoy trabajando en una historia que estoy seguro de que será la bomba! ¡Tendrá que contratarme después de esta! Estoy a punto de quedar con mi fuente de información y mañana a primera hora me pasaré para explicárselo todo. Siempre he querido decir esto... ¡Ponga la portada en espera! —Se rio de su propia broma—. Eso es todo, ¡lo veo mañana! Hasta luego.

Bip.

La habitación se quedó en un silencio absoluto durante un largo momento.

Hannah asintió.

—Tengo que volver a comprobar la hora del mensaje, pero, si es correcto, el mensaje lo dejó a las once y treinta y ocho de la noche del martes, que fue, como ya sabéis, doce minutos antes de que entrase en el edificio Dennard y subiera los cuarenta y dos pisos... No suena muy suicida, ¿verdad?

En absoluto. Parecía emocionado, feliz, lleno de alegría. Sonaba como alguien que estaba haciendo exactamente lo que decía que hacía.

—Necesitamos avisar a la policía —dijo Grace.

—No —la contradijo Banecroft—, no tenemos que hacer eso. Ya han tomado una decisión. Debemos investigarlo por nuestra cuenta.

—Para ser sinceros —empezó Hannah—, el inspector Sturgess dijo que no habían descartado ninguna explicación.

—¿Cuándo dijo eso? —Banecroft la miró con suspicacia.

—Me topé con él cuando volvía a casa anoche.

—¿Eso hizo? Déjame decirte que lo conozco. He conocido a cientos de Sturgess y harían cualquier cosa para hacerte caer en sus redes y conseguir lo que sea que quisiera conseguir anoche. Lo que necesitamos —continuó Banecroft— es un plan de ataque. ¡Tú! —Señaló a Reggie con la muleta—. Simon estaba trabajando en algo relacionado con la muerte inexplicable de la noche del lunes en Castlefield. Ve ahí y descubre qué pasó.

Reggie asintió, inquieto.

—Por supuesto, pero… no es mi campo de especialidad.

—Implica gente muerta, ¿no? Lo ideal para ti.

—Sí —confirmó Reggie mientras mostraba una mueca de dolor y asentía—, pero no sobre muertes tan recientes. Ox podría venir y…

—No, no puede. Tendrás que averiguarlo sin que te dé la mano, Ox tiene otra tarea. —Banecroft miró fijamente a este último—. ¿Eras amigo de Simon?

La tensión se hizo palpable en la habitación. Ninguno de los dos había vuelto a hablar después de la pelea. Ox asintió con sequedad.

—Perfecto. Entonces ve a descubrir qué pasó con esa puñetera cámara suya. Mientras tanto, la nueva Tina…

—Hannah —interrumpió ella.

—… va a llevarme a un sitio.

—No, no voy a ser tu chófer.

—¿Perdona?

—Si Reggie va a meter el hocico en una escena del crimen, necesitará alguien a su lado. Puesto que ya hemos molestado a las autoridades —intentó no mirar a Banecroft cuando dijo esto—, tiene sentido que haya una persona ahí que tenga una buena relación con alguien de la policía.

Banecroft lo consideró.

—Tienes razón, de acuerdo. ¿Dónde tengo las llaves?

Con todo lo que había ocurrido, Hannah se había olvidado de devolvérselas. Las sacó del bolso y se las tiró. Él, a su vez, se las tiró inesperadamente a Stella y le dio en el pecho.

—¿Qué crees que haces?

—Oh, sí —aseguró Banecroft—, esos reflejos tuyos son los que te hacen la candidata perfecta para que seas mi conductora.

Stella resplandecía de felicidad. Hannah nunca la había visto así.

—¿En serio?

—Claro que no —negó Grace.

—Tiene que aprender. Lleva semanas con el gusanillo.

—¿Cómo lo sabes? —preguntó Grace.

—Porque —respondió Banecroft— sé todo lo que sucede en esta oficina.

—Vaya —dijo Grace—, entonces, ¿cómo me apellido?

Banecroft cojeó en dirección al baño.

—No necesito saber eso, nosotros nos llamamos por los nombres. Todo el mundo, a prepararse. Esta noche vamos a rotativa contra viento y marea. ¿Me explica alguien por qué estos pantalones no tienen bragueta?

Salchicha rebozada

Sharon Marmont, de 23 años de edad, proveniente de Essex, ha sido detenida por agredir a su expareja con una salchicha rebozada. Liam Willis, el ex de 25 años de edad, es vegano y de ahí la razón por la que hay probabilidades de que el caso se considere delito de odio.

CAPÍTULO 27

Estaba siendo una semana llena de revelaciones y Hannah acababa de tener otra.

Durante toda su vida, y por razones que no sabía explicar, los extraños hablaban con ella. No solo hombres indecentes, aunque también, sino la gente en general. Su antigua compañera de la universidad, Samantha, quiso hacer un estudio del caso. Podían estar las dos sentadas en el tren, con auriculares y leyendo un libro, que la gente de todo tipo y clase encontraba la forma de hablar con Hannah. Samantha decía que era por la expresión calmada que tenía, lo que implicaba que siempre parecía alguien feliz por hablar con cualquiera que se le acercase. En cambio, ella describía su expresión como cara de pocos amigos, por lo que podía leer su libro sin ser molestada.

En vuelos largos, la gente le enseñaba fotos de sus gatos o nietos, o incluso la combinación más hilarante: sus nietos con gatos. Un viaje en tren de larga distancia lo pasó hablando con un hombre de ochenta y dos años, llamado Derek, sobre cómo era ser viudo, quien, en mitad de la conversación, soltó que le gustaban las mujeres «mandonas y tetonas». En las calles de Londres los turistas la paraban cada dos por tres para preguntarle direcciones y una vez, memorable, tuvo que declinar una oferta de matrimonio de un hindú agradable después de guiarlo hasta Piccadilly Circus. Hasta el día de hoy, esto había sido una carga.

Castlefield estaba a unos quince minutos a paso ligero de la oficina. Se trataba de una aglomeración de edificios de apartamentos que serpenteaban a lo largo de las lentas aguas de un canal que, a su vez, se entrecruzaba con puentes ferroviarios que acababan convergiendo en la estación cercana de Oxford Road. Eran una combinación de apartamentos modernos y fábricas reformadas con balcones y vistas al canal, que tenía paseos arbolados a cada lado y barcazas que navegaban plácidamente por él. Era realmente encantador, un oasis sereno junto al agua y a unos minutos del centro de la ciudad.

Una parte de la mente de Hannah pensó en que debería investigar los precios de los alquileres de la zona. Necesitaba encontrar un sitio para vivir de forma permanente. Con relación a eso, también necesitaba saber cuánto cobraría. Con todo lo ocurrido no había tenido tiempo de comentarlo, pero, dado el mal estado de la oficina, no quería saberlo. Seguía sintiéndose bien por haber conseguido un trabajo y no quería estropear eso al averiguar que era uno muy mal pagado.

En el paseo con Reggie, Hannah se había comprometido a no mencionar el incidente del pasado lunes con los hermanos Fenton fuera del Admiral's Arm. Parecía que hubiera ocurrido en una vida anterior. Al fin y al cabo, quería reinventarse. Si Reggie quería hacer lo mismo, ¿quién era ella para juzgarlo? Además, ahora que estaban caminando hacia lo desconocido, una parte de ella se sentía protegida al saber que su compañero era capaz de manejar una situación de riesgo, aunque él no pareciese ser un tipo así. En vez de hablarle sobre eso, Hannah escuchó encantada a Reggie despotricar sobre todos los restaurantes a los que había ido y por qué le parecían horribles.

La experiencia previa de Hannah en el trabajo de investigación alcanzaba solo a fracasar en darse cuenta de la infidelidad de magnitud industrial de su marido y la de Reggie más bien parecía extenderse a exhaustivas críticas de vinos de segunda clase. Por eso en aquellos momentos los dos se encontraban en medio de Castlefield, observando los alrededores sin saber por dónde empezar. Francamente, fue todo bastante embarazoso.

Empezaron con una búsqueda rápida en internet en sus teléfonos sobre el «asesinato en Castlefield». Los comunicados de prensa apenas ofrecían información. El primer día solo se dijo que la policía había encontrado el cuerpo de un hombre de cincuenta y dos años en esa zona y que lo estaban investigando. Al día siguiente, las publicaciones eran las mismas excepto por un nuevo detalle: la víctima era John Maguire, un hombre nativo de Mánchester sin vivienda fija.

Hannah aún guardaba en el bolsillo la tarjeta del inspector Sturgess, pero llamarlo quedaba descartado. A Hannah no le daba la impresión de que fuese un hombre que respondería a sus preguntas alegre y abiertamente, al menos no sin tener las suyas propias. Además, aunque prefiriese que le cayese un rayo antes que admitirlo, desde el día anterior había pensado en él de vez en cuando. Probablemente debía ser una variación del síndrome de Estocolmo: después de tantos años en un matrimonio terrible, su reacción ahora que se había emancipado frente a un hombre que parecía un buen partido estaba siendo exagerada. Todo lo cual dejaba a Reggie y a ella de pie en medio de la nada sin saber por dónde empezar.

En ese momento la «maldición» de Hannah pasó a ser una bendición. Al ver la ausencia de ideas de ambos investigadores, Hannah estaba deambulando por los alrededores en busca de una cinta policial cuando pasó por delante de la zona de fumadores de una oficina y una mujer, que se abrazaba a sí misma para abrigarse del frío, se fijó en ella:

—¿Estás bien, cariño?

Quince minutos después, Hannah encontró a Reggie desayunando un sándwich en la orilla del canal acompañado por un trío de patos que le estaban echando mal de ojo. Cuando se acercó a él, Reggie le indicó la señal en la que aparecía un pato dibujado que agradecía a los peatones no darle de comer pan. Proseguía explicando que el pan les provocaba dolor de barriga, que no contenía los nutrientes adecuados para ellos y que, además, creaba algas en el canal que mataban a sus amigos peces y les provocaban enfermedades.

—Puede que todo eso sea verdad —dijo Reggie—, pero no puedo dejar de pensar que el defecto más grande de todo este sistema es que nadie se lo ha explicado a ellos, y encima pone que deberíamos darles media uva sin semillas. ¿Qué persona en el planeta Tierra lleva consigo una uva cortada por la mitad y sin semillas?

Hannah le dio unas palmaditas en el brazo y ambos tuvieron que retroceder un paso debido al graznido que les dedicó uno de los patos, enfadado con ellos.

—Veamos —dijo ella—. El cuerpo que encontraron la mañana del martes fue hallado ahí, un desafortunado sintecho, y calculan que sucedió el lunes por la noche, lo que coincide con lo que dicen los periódicos.

—Ajá.

—¿Ves a esos obreros? —Hannah señaló a los dos hombres encima de un andamio que estaban arreglando una pared de ladrillo rojo—. Ahí fue. La policía mantuvo la zona cerrada el martes entero.

Se dirigieron hacia el lugar.

—¿Cómo has averiguado todo eso? —preguntó Reggie.

Hannah se encogió de hombros y le ofreció una sonrisa avergonzada.

—Ya sabes, preguntando y esas cosas.

Se quedaron de pie al otro lado del canal y observaron a los hombres trabajar.

—No puede ser que el cuerpo provocase ese destrozo, ¿verdad?

Hannah miró a su alrededor.

—No lo sé. La mujer me ha dicho que todo lo que se sabe es que el cuerpo lo encontraron justo debajo de donde esos hombres están ahora mismo.

—Oh —dijo Reggie.

Los dos miraron fijamente el lugar durante un par de minutos.

—Está bien —dijo Hannah—. Reflexionemos. Algo en esta muerte resulta raro, de manera que Simon decide investigar. Eso quiere decir que era el tipo de misterio en el que él habría estado interesado.

—Bueno —comentó Reggie mientras señalaba la fisura al otro lado del canal—, esa grieta en el muro a un metro y medio es rara, ¿no?

—Supongo. —Hannah chasqueó los dedos—. En el mensaje dijo que tenía una fuente de información. ¿Quién podría ser?

—Eso será… No lo sé. El pobre chico pasaba la mayor parte del tiempo sentado fuera de la oficina. Puede que haya algo en sus notas.

—Si lo hay, las tiene la policía, y Banecroft fue claro acerca de no involucrarlos.

Se dieron la vuelta para observar los pisos que daban a la zona, los arcos de las vías del tren y las grúas a lo lejos. La sensación de que parecía que sabían lo que estaban haciendo se esfumó en un santiamén.

Justo en ese momento, una figura que llevaba un saco de dormir se les acercó:

—Perdonad que os moleste, chicos, pero ¿tendríais algo de cambio?

Hannah pensó que solo se trataba de pura coincidencia, pero creía poco probable que durante una búsqueda se te aproximase la línea de investigación más obvia y olvidada y te pidiera cambio. El hombre tampoco fue de mucha ayuda, solo les contó que la víctima era conocida como Long John y que había sido un buen tipo, que nunca le había hecho nada malo a nadie. Después de insistirle, consiguieron que les revelase dónde podrían encontrar a otros miembros de la comunidad de los sintecho.

Al principio les pareció espantoso y enseguida se volvió depresivo. Incluso en esa zona bastante adinerada, la desigualdad florecía si sabías dónde mirar. Gente que había caído en las grietas de la vida, gente que debía sobrevivir en cualquier rendija que pudiera encontrar. Hannah y Reggie pasaron por delante de dos personas que dormían en un colchón debajo de uno de los puentes de las vías del tren. Los había por todos los lugares pequeños que ofrecían el mínimo cobijo: en los huecos entre edificios y debajo de los arcos de los ferrocarriles, en las áreas más apartadas del canal.

A medida que iban dejando atrás los bloques de apartamentos y sus lujosas vistas al canal se encontraron con un pequeño campamento de tiendas de campaña.

—¿Cómo puede ser que la cosa esté así de mal?

—Bueno —respondió Reggie—, de aquí nadie los echa. En las zonas más ricas de Londres hacen lo imposible para impedir que se asienten sea donde sea: instalan pinchos, los trasladan a otros sitios y un largo etcétera.

Hannah asintió, se sentía fatal por la situación de esas personas. Reggie estaba en lo cierto. Había vivido en Londres, en Knightsbridge, cerca del conocidísimo Harrods, con su marido y casi nunca se habían encontrado con indigentes por la simple razón de que alguien gastaba el dinero en esconder el problema y no en solucionarlo.

—Además —continuó Reggie—, Mánchester es una buena ciudad. Supongo que, si vas a ser un sintecho, por qué no serlo aquí.

Eso tenía sentido. Habían hablado con multitud de personas y, aunque había muchos con acentos mancunianos, tampoco había escasez de gente de otras zonas de Inglaterra.

Reggie tuvo el acierto de llevar una foto de Simon en el móvil. Se la enseñaron a todos, aunque recibieron negativas de gente que los miraba con desconfianza. A los que se molestaban en escucharlos, Reggie les explicaba que no eran de la policía y que solo querían averiguar quién había hablado con su amigo. Algunos admitieron, de mala gana, que lo reconocían; les había preguntado sobre Long John y sobre si habían visto algo la noche del lunes.

Hannah se preguntó a su vez si a Simon también le había costado indagar entre los indigentes sobre si habían visto algo, porque a Reggie y a ella les llevó más de lo que la vergüenza les dejaba admitir. Puede que al fin y al cabo sí que hubiera sido un buen periodista.

Llegaron a una barcaza abandonada amarrada a un desagüe del canal de la que algunos de los sintecho se habían apropiado. Dos de ellos estaban sentados en la cubierta y bebían algo que Hannah no pudo distinguir. Uno de ellos tenía muchos tatuajes y la muñeca derecha escayolada; el otro, una barba larga y desaliñada y llevaba un abrigo encima de una camiseta —que había visto mejores días— con el lema *«Frankie Say Relax»* del grupo británico ochentero Frankie Goes to Hollywood.

—Buenas —saludó Hannah—. Me preguntaba si estaríais dispuestos a respondernos a unas cuantas preguntas. Estamos intentando averiguar quién podría haber hablado con un amigo nuestro.

El hombre escayolado habló primero, con un acento de Yorkshire:

—¿Sois polis?

—No —respondió Reggie.

—Entonces largaos.

Reggie alzó el teléfono para que vieran la imagen de Simon.

—No os molestaremos, de veras. Solo queremos saber con quién pudo hablar. Trabajaba con nosotros.

—Ni lo conozco ni quiero conocerlo.

Reggie se guardó el móvil.

—Me temo que ya no podrás hacerlo. Está muerto.

—Qué pena —añadió el barbudo con un acento *cockney* propio de Londres—. Venga, vete a tomar por culo.

Hannah sintió que Reggie se tensaba y le puso la mano en el brazo.

—Vale —intervino ella con voz alegre—, muchas gracias por vuestro tiempo. Nos quedaremos por aquí, por si cambiáis de opinión. —Señaló la dirección por donde habían venido—. Nos sentaremos en un banco a almorzar algo.

—*Oh là là* —dijo el refugiado londinense.

Se dieron la vuelta para marcharse. Reggie le susurró por la comisura de la boca:

—¿«Muchas gracias por vuestro tiempo»? Mira que yo siempre tengo buenos modales, pero esto ha sido espantoso.

—Lo sé —aseguró Hannah—, pero no les hablaba a ellos. Le hablaba a la chica que estaba asomada a la ventana debajo de la cubierta. Me he fijado en su expresión al ver la foto de Simon. Seguro que lo vio.

—Oh.

—Así que caminemos despacio, encontremos un buen lugar para sentarnos y quedémonos por aquí el tiempo que necesite para que dé con nosotros.

CAPÍTULO 28

En cuanto entró en el vestíbulo de la iglesia de las Almas Antiguas, a Ox lo recibió un aroma inconfundible a hierba proveniente de la rotativa del piso de abajo. En los ocasionales días en que Banecroft no patrullaba la oficina, Ox a veces visitaba fugazmente a Manny para fumar con él, pero hoy no estaba de humor para eso. En su lugar, subió por las escaleras y saltó de manera automática el último peldaño. Mientras subía, el maletín que llevaba colgado le iba dando golpecitos en la cadera y de fondo oyó la voz resonante de Grace hablando por teléfono.

—Lo siento mucho, señor, pero *La Gaceta del Misterio* no se hace responsable de los productos que se anuncian en los ejemplares. Debería contactar directamente con el fabricante.

Ox dobló la esquina. Grace llevaba los auriculares con micrófono puestos mientras abrillantaba el escritorio de la recepción, que destacaba por ser el único elemento de la oficina que se veía limpio. Un par de meses atrás, había cometido el error de dejar una bolsa de comida india para llevar en él y, como resultado, estuvo excluido de los pedidos de almuerzo durante dos semanas. Como algo insólito, hoy había un gran ramo de flores en un jarrón. Ox no sabía mucho de flores, pero eran de colores variados y olían muy bien.

Grace alzó la vista y le sonrió. Acto seguido, frunció el ceño y desvió la atención al interlocutor telefónico.

—¿Que ha hecho qué? Mire, eso no está diseñado para meterlo por ahí, ¿verdad?

Ox se detuvo frente al escritorio. Sabía que, como estaba recién pulido, no debía apoyarse en él.

—No tiene por qué poner específicamente que eso no se deba hacer. Quiero decir, por todos los santos, hay cosas que se sabe que no se pueden hacer.

Grace se quedó boquiabierta, una incipiente furia le llenaba los ojos.

—¡Escuche bien lo que le voy a decir...! —Miró a Ox—. ¡Me ha colgado! ¡Será maleducado! ¡Quien sea que lo manufacturó a él necesita darle una seria charla! —Grace se quitó los cascos y se sentó.

Ox señaló las flores.

—¿De dónde han salido?

La cara de Grace se iluminó.

—No lo sé, pero en la tarjetita pone «De un admirador secreto». Creo que Hannah debió de causarle una buena impresión a ese policía suyo.

—¿El que está investigando lo de...? —Ox no acabó la frase.

A Grace se le borró la sonrisa de la cara.

—Oh, cielo, lo siento. Acabas de llegar de casa de la madre de Simon, ¿verdad?

Asintió.

—¿Cómo estaba?

Ox dejó escapar un largo suspiro.

—Mal, no es que esperara que lo estuviera llevando bien, no sé si me entiendes, pero...

Grace le dio unas palmaditas en el brazo.

—Sé que es duro, pero seguro que le ha sentado bien que te pasaras por ahí.

Se encogió de hombros.

—Sinceramente, ni siquiera sé si se dio cuenta de que estaba ahí. Había unas cuantas mujeres con ella. Tenía la mirada perdida, fija en el suelo. Pobre mujer.

—Bueno —dijo Grace—, piensa que ese muchacho era lo único que tenía. No puedo ni imaginarme lo que será eso. —Juntó las manos, como si estuviera rezando.

—Sí —convino Ox—. ¿Sabes lo religiosa que eres y eso, Grace?

—Sí, Ox.

—Bueno... —Se detuvo para buscar las palabras adecuadas—. Yo nunca lo he sido. No es para mí, sin faltar al respeto.

—Sabes que no juzgo a nadie, Ox.

Ox asintió. Grace le caía bien, pero una de las cosas que más le gustaba era criticar a la gente. La había visto leerse una revista entera y soltar su opinión respecto a todas y cada una de las personas que salían en ella. En su día, se había preocupado por la reacción que Grace pudiese tener cuando descubriese que era gay, pero, para ser ella, no fue nada incómodo. Lo único que cambió fue que, en vez de darle panfletos religiosos para que la acompañase a misa y «encontrara a la mujer perfecta», ahora le daba unos que decían «encuentra al hombre perfecto». Claramente, los nuevos protestantes de Mánchester estaban en el extremo más liberal del espectro.

—Es que yo... —empezó Ox—. ¿De verdad crees en el cielo, en el infierno y en esas cosas?

Grace asintió.

—Sí. Intento ser leal al Señor. Sé que mi marido, que descansa en paz en el cielo en estos momentos, está esperando mi llegada.

—Entiendo —aseguró Ox sin intención de seguir preguntándole cómo veía ella que todo eso pudiera ser verdad—. La cuestión es, si haces algo realmente malo..., ¿estás descartado para siempre o como que puedes, ya sabes, recuperar el favor?

—Te lo explico —dijo Grace con los ojos brillándole de entusiasmo, lo que le hizo presentir a Ox que en breve volvería a recibir los panfletos—: el Señor todopoderoso enmienda y limpia todas las almas que realmente quieren su perdón.

—Ya veo —dijo Ox, que asintió con su cabeza de forma insegura—. Sí.

—¿Por qué? —preguntó Grace, que cambió de un tono evangélico a uno suspicaz—. ¿Qué has hecho?

—Verás —dijo Ox mientras se rascaba la nuca con la mano—. ¿Recuerdas que Banecroft me dijo que fuera a, ya sabes, encontrar la cámara de Simon?

—Sí.

—Pues su madre, la pobre mujer... Está ida. No sirve de nada preguntarle algo.

Grace entrecerró los ojos.

—¿Qué has hecho, Ox?

Alzó una mano.

—Dame un segundo. Yo... Recuerda, estamos intentando averiguar qué le pasó al pobre chico. Fue mi colega. Yo fui el que lo llevó al bar y le recomendó el equipo fotográfico, incluidas las copias de seguridad y todo ese rollo. Consiguió configurarlo para que se las hiciera a través del wifi. Lo ayudé a hacerlo. Éramos amigos de verdad... ¡Incluso me dejó cien pavos!

Ox observó que la expresión de Grace iba oscureciéndose y se dio cuenta de que mencionar eso último no había sido la mejor idea.

—Y, por supuesto, se lo voy a devolver a su madre con intereses. Una vez que lo tenga. —Ox se pasó la mano por la barba. Empezaba a arrepentirse de habérselo contado—. Total, que he ido al piso de arriba, para ir al baño, y he entrado superrápido en la habitación de Simon, solo para ver si encontraba la cámara.

—Sigue.

—Y no estaba, pero, como he dicho, lo ayudé con la cámara, por lo que sabía que guardaba copias de seguridad por wifi. De todas las fotografías.

—¿Qué intentas decir con todo esto, Ox?

—Te lo estoy intentado explicar. Sus fotos se guardaban en la nube y, joder, como nadie puede fiarse de internet ni de las grandes empresas...

—Ox —lo interrumpió Grace, que procuraba evitar que se fuera por las ramas.

—Ya va, ya va. Yo... puede que haya hecho algo malo, ¿vale? Puede que no tanto, al fin y al cabo.

—¡Ox!

—Pero lo he hecho por una buena causa, para intentar saber qué le pasó.

—¡Que Dios me detenga si no vas al grano en este mismo instante!

Ox introdujo las manos en el maletín y sacó una caja negra del tamaño de un libro de bolsillo.

—Yo... He tomado prestados temporalmente sus discos duros. Los devolveré.

Grace se cruzó de brazos.

—Eso fue muy estúpido por tu parte, Ox.

—¡Lo sé! Entré en pánico.

—Debes devolverlos.

Ox asintió enérgicamente.

—Sí, sin lugar a dudas. Claro. La cosa es..., ya los tenemos. —Se encogió de hombros—. ¿Por qué no echarles un vistazo y ver las últimas fotografías que tomó?

CAPÍTULO 29

Al final les llevó cuarenta y cinco minutos.

Hannah y Reggie habían encontrado un banco cerca de un bar y vieron pasar un par de barcazas con lentitud. Se sentaron acurrucados y se ajustaron los abrigos bien apretados al cuerpo. Aunque no llovía, el tiempo pedía ir a buscar cobijo rápidamente, no sentarse a tomar el fresco. Un par de gansos canadienses pasaron por delante de ellos y graznaron.

—Los gansos —explicó Reggie—, a diferencia de los cisnes, parece que sobreviven gracias a su físico.

—¿Eso crees? —preguntó Hannah, abstraída en sus propios pensamientos.

Su atención se centraba en la curva del canal donde la barcaza abandonada estaba amarrada.

—Desde luego. Su gracia, la pose, el largo cuello y las preciosas plumas; todo distrae del hecho de que en realidad son unos cabroncetes.

—Pues sí. ¿Los cisnes no eran propiedad de la reina?

—Sin duda alguna —respondió Reggie—. Como muchos de sus nietos.

—Sí, bueno… —Eso sacó a Hannah de su ensoñación—. Espera, ¿qué?

Reggie asintió.

—Sí, según una cédula real o algo así es textualmente la tutora legal de los nietos menores. Al parecer, data de cuando el rey Jorge I pensó que su hijo era un auténtico bufón, el que con el tiempo se convirtió en el rey Jorge II.

—Impresionante —dijo Hannah—. Me dejas de piedra. ¿Eres seguidor de la monarquía?

—Por favor, no. Salía en una revista antigua de *Marie Claire* que había la semana pasada en la sala de espera de mi médico de cabecera.

—Seguro. Yo… —Hannah dejó de hablar. Acababa de ver a quien estaban esperando.

La chica dobló la esquina, encorvada y con las manos metidas en los bolsillos del abrigo, a paso rápido y mirando nerviosamente a su alrededor. Cuando vio a Hannah y a Reggie se detuvo y, por un segundo, Hannah pensó que se daría la vuelta y saldría corriendo. En vez de eso, giró a la derecha y, con sutileza, les señaló la zona más alejada de la vista que había detrás del *pub*.

—Parece nerviosa —comentó Hannah.

—Sí —coincidió Reggie—, sí que lo parece.

Hannah se levantó.

—Quédate aquí. Hablaré con ella a solas.

Reggie frunció el ceño.

—¿Seguro que es una buena idea?

—Es nuestra única pista. No quiero asustarla.

Reggie no parecía muy contento con la situación.

—Relájate, es pequeñaja.

—Sí, pero sus dos compañeros no. ¿Y si te están esperando detrás de la esquina?

Hannah tuvo que admitir que no había pensado en esa posibilidad.

—Iré con cuidado, te lo prometo. Nada de sitios apartados ni oscuros.

—Ricura, suenas como alguien a quien no le han robado nunca a la luz del día.

Hannah encontró a la chica esperándola, nerviosa, en el aparcamiento del *pub*. Mientras se acercaba le ofreció una sonrisa reconfortante. Cuando llegó a su lado, vio que la «niña» probablemente tendría casi treinta años. Su físico demacrado la hacía parecer más joven desde la distancia, pero no en un buen sentido. Se la veía encorvada y nerviosa y tiraba de la cremallera del abrigo con ansiedad.

—Hola —saludó Hannah, que intentaba sonar amigable.

La chica la hizo callar agitando la mano nerviosamente.

—No subas el volumen. No quiero que me vean hablando contigo.

—Vale —aceptó Hannah—. Sin problema. ¿Quieres ir dentro a por una bebida?

La chica sacudió la cabeza.

—No nos dejan entrar. Lo que dijiste sobre tu amigo, el de las gafas, ¿es verdad?

—Sí —confirmó Hannah—. Está muerto.

Sus ojos se convirtieron en dos platillos llenos de terror.

—Joder. —Hizo amago de marcharse.

Hannah alzó el brazo.

—Por favor, espera. Solo quiero hablar contigo.

—No, no, no. —Volvió a sacudir la cabeza.

—Quiero averiguar de lo que habló con vosotros. Eso es todo. Te prometo que no se lo diré a nadie. Serán solo dos minutos.

La chica volvió a mirar a su alrededor y movió la pierna izquierda incapaz de calmarse, como un animal atrapado.

—Joder —repitió de nuevo. Señaló la salida de emergencia del *pub* y fueron hacia allí—. ¿Qué le ha pasado?

—¿A Simon? Él… —Hannah hizo una mueca al tener que describirlo. La chica ya había intentado huir dos veces—. Es lo que intento averiguar. Por eso necesito tu ayuda. —Le tendió la mano—. Me llamo Hannah.

La chica le miró la mano, pero no se la estrechó. Al cabo de un momento, durante el cual Hannah supuso que estaba inventando algo, dijo:

—Karen. Yo soy Karen.

—Perfecto, gracias. Así que, ¿cuándo lo conociste?

Karen inhaló y miró a todos lados menos a Hannah.

—Hace unos días. No me dijo su nombre, pero fue bueno. Me dio una taza de té de su termo.

Hannah asintió.

—Sí, era un buen chico.

—Vino preguntando por Long John el mismo día en que lo encontraron.

—¿El martes?

Karen se encogió de hombros.

—No lo sé. Dijo que volvería al día siguiente, con su jefe. —Miró a Hannah directamente a los ojos por primera vez—. Que de ahí saldría un buen dinero.

—Entiendo —afirmó Hannah, que no sabía qué más decir—. Es posible. Exactamente, ¿qué le contaste?

Cambió el peso de una pierna a la otra, inquieta.

—¿No te lo dijo?

Hannah negó con la cabeza.

—Sonará a locura.

—Inténtalo —pidió Hannah, que no quería sonar desesperada—. Te sorprendería la de cosas que creo ciertas. Ha sido una semana horrible.

Reggie se dejó caer de alivio al ver a Hannah aparecer por la parte trasera del *pub*. Estuvo a punto de salir en su busca, pues su preocupación por el bienestar de Hannah y por asegurarse de que no estaba sangrando en algún callejón perdido eran más importantes que sus deseos de no asustar a la joven y echar a perder la investigación matutina.

Hannah le ofreció una risita nerviosa al acercarse, la chica caminaba sin ganas detrás de ella.

—Hum, Reggie, ¿podrías dejarme algo de dinero?

Reggie miró alternativamente a Hannah y a la chica.

—¿Todo bien?

—Sí —aseguró Hannah con una sonrisa tensa—. Ahora te lo... Te lo explico en un minuto, pero ¿podrías...?

—Ah, sí. Claro.

Sacó la cartera y la abrió. Tenía dos billetes de veinte.

—¿Es suficiente con veinte?

La chica habló por primera vez.

—Vuestro compi dijo que serían un par de cien.

—Vale —dijo Hannah—. Te daremos cuarenta, por el momento. Cuando volvamos a vernos ya hablaremos de un pago en condiciones.

La chica se rascó el brazo y luego se mordió el labio antes de asentir.

Hannah miró a Reggie, quien de mala gana le pasó los dos billetes. La chica fue a cogerlos, pero Hannah los retiró con delicadeza.

—Lo primero es lo primero, Karen. Recuerda que me has dicho que nos enseñarías el lugar.

—Sí, tienes razón. Acompañadme, entonces.

La chica se dio la vuelta y empezó a andar tan deprisa que Reggie tuvo que ir prácticamente corriendo para mantener su ritmo y el de Hannah. De improviso, la chica se detuvo.

—Yo estaba aquí.

—Vale, ¿y él...?

Karen señaló con la cabeza al otro lado del canal, al espacio abierto donde Reggie y ella habían estado antes viendo a los obreros reparar el muro.

—¿Veis a la señora del bolso azul? Ahí. Puede que unos metros más atrás, es difícil de decir. —Apartó la mirada con rapidez.

—Entiendo.

Karen se volvió y extendió la mano, expectante. Reggie se dio cuenta de que le temblaba.

—Recuerda —dijo Hannah—, llámame esta tarde, y no olvides que me has prometido que te los gastarías en comida.

Karen asintió de nuevo. Hannah le entregó los billetes y la chica se los arrebató y se fue corriendo sin decir ni una palabra más.

—¿Estás segura de que eso ha sido una buena idea? —preguntó Reggie.

—Sinceramente, no lo sé —respondió Hannah—. Es decir... No soy idiota, sé que ella es una... Pero también es verdad que estaba aterrorizada.

—¿De qué?

Hannah señaló con la cabeza en dirección al puente y luego soltó un suspiro.

—¿Estás preparado para otra inexplicable historia para nuestro periódico?

—Sí, claro, pero...

Hannah señaló con el dedo:

—¿Ves ese edificio de ahí? ¿El alto?

—Sí —afirmó Reggie, que se sentía cada vez más confundido.

—Sé que sonará raro, pero… ¿Cuántos metros dirías que hay desde el lugar que nos ha dicho hasta la azotea de ese edificio?

Reggie miró a un sitio y al otro.

—Nunca he sido bueno en estas cosas, pero diría que unos cien o ciento veinte metros.

—Sí —admitió Hannah—, yo también lo pensé.

Reggie se cruzó de brazos.

—Te das cuenta de que estás siendo exasperadamente abstracta, ¿verdad?

Hannah asintió.

—Solo… Sé cómo va a sonar esto, pero intenta tener la mente abierta, ¿de acuerdo?

Reggie asintió con firmeza.

—Veamos, Karen, aunque estoy segura de que ese no es su verdadero nombre, estaba paseando por aquí alrededor de las tres de la noche del lunes, bueno, técnicamente de la madrugada del martes, cuando vio algo volar por el aire y estrellarse contra ese muro, el que están arreglando ahora.

—¿Me estás diciendo que se trataba de Long John?

—Sí.

—Pero eso es… Quiero decir, ¿qué o quién podría haberlo hecho?

—Me ha dicho que era como un simio peludo y gigante, pero no estaba segura de cómo de grande. Estaba oscuro, pero está convencida de haberlo visto. Llegó a ver cómo se ponía a una segunda persona en los hombros y entonces…

—¿Qué pasó?

Había una parte de Hannah que sentía vergüenza por decirlo en voz alta:

—Entonces —repitió—, dio unos pasos atrás y desde el suelo saltó al tejado de ese edificio.

—Ya veo. —No podía ocultar el escepticismo de su voz.

—Lo sé —dijo Hannah.

—No quiero ser grosero, pero ¿estamos seguros de que es el testigo más fiable?

—No, pero la cosa es que, si se lo está inventando, tiene una imaginación increíble. Y, aun así, eso explicaría el daño del muro, ¿no?

Reggie asintió.

—Eso es verdad.

—Además —añadió Hannah—, podría explicar otra cosa. Hemos venido aquí porque el mensaje de Simon decía que iba a verse con alguien, pero no hay pruebas visuales que demuestren que hubiese alguien más aparte de él en esa azotea. O, mejor dicho, no hay evidencia de que alguien más subiera por las escaleras o los ascensores.

Reggie se cubrió la boca con la mano.

—Oh, Dios mío.

—Exacto —confirmó Hannah.

CAPÍTULO 30

El inspector Sturgess nunca olvidaría el primer cadáver que vio. Nadie lo hace. Es una de esas experiencias en la vida que nunca se olvidan, sin importar las circunstancias. Las circunstancias de la suya fueron bastante peculiares.

Los primeros días uniformado en las calles de Mánchester coincidieron con la *Rag Week,* una semana universitaria en la que los alumnos se desafían entre ellos para intentar superar al rival en las apuestas estúpidas que hacen, normalmente retos y novatadas relacionadas con el alcohol, de forma que solo tuvo que lidiar con conductas inapropiadas, daños materiales ocasionales y peleas extrañas. Fue más engorroso para los equipos médicos de las ambulancias que para la policía, pues ellos tuvieron que hacer lavados de estómago a esos desagradables estudiantes.

El cadáver en cuestión no era de un estudiante, sino de un hombre de cuarenta años. Sturgess no sabía su nombre, lo llamaron Cadáver 427X, lo que sea que significara eso. Los estudiantes de medicina a los que les asignaron el cuerpo lo renombraron como Ralph y, durante la *Rag Week,* no se les ocurrió otra cosa que vestirlo y llevárselo de bar en bar e, insólitamente, perderlo en mitad de la fiesta.

Asustados, uno de los estudiantes tomó la estúpida decisión de llamar a la policía de Mánchester para informar de que alguien había secuestrado a Ralph. Sturgess y su agente tutor escoltaron a los tres estudiantes, a los que se les estaba bajando la borrachera por momentos y que mientras desandaban su ruta nocturna se dieron cuenta de que se habían metido en un buen lío. Al final, a Ralph lo localizaron en la esquina de una discoteca, desaliñado y con una copa medio vacía en la mano. Lo más preocupante fue que tenía la cara embadurnada de pintalabios.

Lo que le trajo a Ralph a la mente fue el hecho de que el inspector Sturgess estaba en esos momentos en la morgue del hospital Royal Oldham, pero no fueron los cadáveres los que se lo recordaron, sino el aspecto del doctor Charlie Mason. Además de los estudios médicos mínimos que uno esperaría que un patólogo tuviese para poder ejercer, también se esperaban unos estándares básicos y mínimos de higiene y parecer más sano que tu clientela. Mason, en cambio, parecía haber dormido en un contenedor, aunque, en cuanto lo mirabas a los ojos, veías que estaban inyectados en sangre, por lo que lo más probable era que no hubiera dormido en absoluto. Olía a alcohol y a remordimiento.

—¿Se encuentra bien, doctor?

—La verdad es que no. Ayer fue la despedida de soltero de mi compañero de laboratorio Colin y estos últimos meses he pedido todas las bajas posibles y ya se lo puede imaginar... —Alzó la mano y señaló vagamente la estancia—. La muerte no espera a nadie. ¿Qué cadáver lo trae aquí?

—En realidad son dos, el de Simon Brush, que llegó ayer, y el de John Maguire, de antes de ayer.

—Qué conveniente.

—¿Conveniente? —preguntó Sturgess, pero Mason lo ignoró y se dio la vuelta.

—Venga entonces.

Sturgess siguió al doctor por el pasillo, caminando un paso por detrás de él para evitar su aliento. Le recordó a la vez que habían encontrado un cuerpo en la alcantarilla. Mason parecía no ser consciente de su halitosis, puesto que aprovechó la caminata para iniciar un monólogo.

—He dicho que ayer fue la despedida de soltero, pero resulta que no era *la* despedida, ni siquiera era la alternativa, no. Ayer por la noche a uno de mis amigos se le escapó y me enteré de que no solo había habido una el mes anterior, un finde en Budapest, sino que la semana pasada hubo otra aquí al lado, en Blackpool. Por lo visto, soy del equipo C. ¿Se lo puede creer?

Sturgess no respondió, no le importaba, y, aunque lo hubiera hecho, estaba seguro de que Mason tampoco habría querido escuchar su respuesta.

—Llevo seis años jugando a fútbol sala con Colin. ¡Seis años! Al condenado lo invité al grupo cuando acababa de mudarse desde Glasgow y ahora se va a Budapest con mis amigos y sin mí. Si hasta le presenté a su futura mujer y todo.

Entró al depósito de cadáveres por una puerta batiente. El clásico olor abrumador a desinfectante luchaba por sobreponerse al hedor del doctor.

—Y te explico el porqué —continuó—. Es por el divorcio. Prefieren ponerse del lado de Yvonne, como todo el mundo. Me están juzgando con los típicos estereotipos del clásico perdedor que está pasando por la crisis de los cuarenta y que se ha escapado con una mujer más joven solo para, más tarde, descubrir que esta no lo quiere. Y sí, *técnicamente,* todo eso es cierto, pero las vidas de las personas nunca son así de simples. —Mason se detuvo entre dos cuerpos tapados con sábanas—. Las cosas nunca son tan sencillas, ¿verdad? Qué le voy a decir, es detective. No hace falta que se lo explique. Pero ahora, debido a todo esto, parece que no me van a invitar ni a la boda. Por favor, ¿cree que es justo?

A Sturgess lo pilló por sorpresa ver que Mason lo estaba mirando y esperaba una respuesta. En cuanto había empezado su monólogo, Sturgess había desconectado. ¿Qué había querido decir con lo de «conveniente»? Por otra parte, ya empezaba a sentir las punzadas en la ceja izquierda características de sus malditos dolores de cabeza recurrentes.

Lo miró inexpresivamente, pues no tenía la menor idea de lo que le acababa de preguntar.

—¿Dónde dice que están los dos cuerpos?

Mason negó con la cabeza y señaló las dos camillas, una a cada lado de él.

—Este y este. Los señores Brush y Maguire, respectivamente.

Sturgess observó el montón de casilleros que presumiblemente estaban llenos de cuerpos y después volvió la vista a los dos únicos cuerpos que debía inspeccionar.

—¿De verdad?

—Sí —aseguró Mason.

—Tenéis que lidiar con ¿qué?, ¿seis mil muertes al año?

Mason asintió.

—Nos acercamos a los ocho mil ahora, desde que cerraron el...

—Ya veo —lo interrumpió Sturgess—. Me han dicho que hicisteis la autopsia de Maguire hace un par de días, ¿y la de Brush ayer?

El doctor Mason asintió, como si no supiera muy bien qué intentaba decir el inspector.

—Lo que me extraña es que —continuó Sturgess—, puesto que las dos autopsias ya están hechas y que los cadáveres no se deberían dejar así de expuestos durante días, me parece increíblemente inusual que ambos cuerpos estén colocados uno al lado del otro justo cuando me paso por aquí.

Mason se habría quedado pálido si su piel no tuviera el color de la muerte ya de por sí. Se rio entre dientes para intentar quitarle importancia al asunto.

—¿Qué puedo decir? Somos extremadamente eficientes.

—Por no hablar de la videncia, ya que no le he comentado a nadie que vendría y estos dos casos no están relacionados entre sí.

Mason no añadió nada, pero se irguió. Sturgess vio que volvía a la realidad y a la sobriedad al darse cuenta de que ya no se trataba de una charla informal. La situación le trajo recuerdos de cuando esos tres estudiantes se percataron de que perder un cuerpo era muy mala idea.

—Escúcheme bien, doctor —añadió Sturgess—. Quiero que preste mucha atención a la siguiente pregunta y que se la tome como una cuestión oficial. Como agente a cargo de ambas investigaciones, ¿puede decirme si alguien más ha venido a ver estos dos cadáveres?

Ambos interlocutores se miraron fijamente a los ojos. Al cabo de unos segundos, Mason se aclaró la garganta.

—Si tiene alguna pregunta respecto a este centro, creo que debería hacérsela a mis superiores.

—Lo haré.

—Y —añadió el doctor en un susurro— le deseo mucha suerte con eso.

Las punzadas constantes en la cabeza de Sturgess estaban exacerbando su mal humor.

—Las únicas personas que deberían tener acceso aquí son médicos y agentes de policía.

—Sé muy bien las normas, pero no estoy muy seguro de que usted las sepa.

—Mire, solo deme los nombres y nadie sabrá cómo los he conseguido.

Mason soltó una carcajada desganada.

—No me haga reír, Sturgess. Y, bien, si no tiene más preguntas sobre las autopsias de estos dos sujetos, tengo mucho trabajo por hacer. Les dimos prioridad a ellos a petición *suya*.

Sturgess se mordió el labio y se pasó la palma de la mano por la frente. Empezaba a sudar.

—Está bien. Infórmeme, por favor.

Mason asintió.

—John Maguire, hombre, cincuenta y dos años. Muestra señales de consumo de alcohol y drogas. Signos de heridas, pero la causa de la muerte se debe a una contusión en la parte posterior de la cabeza. —Se volvió hacia el otro cuerpo—. Simon Brush, diecinueve años. Gozaba de buena salud antes de su muerte. El cuerpo muestra marcas de un traumatismo masivo provocado por una caída desde una gran altura. La muerte fue instantánea.

—¿Y encontró algo inusual en ellos?

—Defina «inusual».

—De verdad, ¿tengo que definirle eso, Charlie?

Mason se encogió de hombros.

—Parece que tiene preguntas muy específicas, inspector Sturgess. Intento ayudarle de la mejor manera posible.

—Ya —dijo Sturgess—. ¿Qué tal si se lo pregunto así?: ¿hay algo en común entre ellos aparte de compartir el hecho de que ambos están muertos y fallecieron por traumatismos?

Mason lo miró durante un largo momento, mientras decidía algo. Quitó las sabanas de ambos cuerpos para mostrar las cabezas de las dos víctimas. Sturgess apartó la mirada por un segundo antes de recomponerse y devolverla a los cadáveres. No era algo agradable de ver.

Mason señaló el cuello de John Maguire.

—¿Ve esto, en el cuello? Tres marcas.

—¿De qué tipo?

—No estoy seguro. Los moratones parecen haber sido causados por alguien que lo agarró por el cuello, pero tanto la ubicación de los moratones como las laceraciones no concuerdan con las que haría una mano humana.

—¿Qué significa eso?

—No lo sé —admitió Mason—. No había visto antes esta forma. Parece la marca de un animal, aunque es muy improbable dadas las circunstancias. También las hay en el cuello de Simon Brush, aunque no tan claras dado el estado del cuerpo. He enviado fotografías de las marcas a los compañeros de Londres que están especializados en este tipo de cosas para ver si pueden aclararme algo.

—Perfecto —dijo Sturgess—. ¿Algo más inusual?

—No —negó Mason—. Solo eso.

—De acuerdo. —Sturgess inspiró y cerró los ojos.

—¿Se encuentra bien?

—Sí, es solo un dolor de cabeza. —Sturgess hizo rotar la cabeza—. Le informo de que en cuanto salga de aquí pediré que se revisen las grabaciones de las cámaras de seguridad de estas instalaciones durante las últimas veinticuatro horas. ¿Está seguro de que no quiere decirme quién podría haber tenido algún interés en ver estos cuerpos?

Mason negó con la cabeza.

—¿Es realmente tan estúpido?

—¿Perdone?

—Déjeme darle un consejo, señor Sturgess, de parte de un hombre de cuarenta años que duerme en un futón y vive solo en un piso en el que la calefacción no funciona y donde el aseo de la planta de arriba gotea cada jodida mañana: aprenda a identificar cuándo debería dejar pasar algo.

—Si no quiere cooperar, doctor Mason, no tengo más opción que involucrar a más agentes en este asunto para obtener respuestas a mis preguntas.

Eso hizo sonreír a Mason.

—Sí, y, como médico profesional, le sugiero que las espere sentado.

—¿No le cansa? —preguntó Sturgess—. Estoy seguro de que a usted también le ocurre, ese sentimiento cuando alguien

233

desde más arriba encubre ciertas cosas que pasan a su alrededor. ¿No le fastidia?

Mason apartó la mirada.

—No sé de qué me habla.

—Seguro.

En su camino de vuelta, Sturgess sacó el bote de pastillas de la chaqueta y se puso cuatro en la palma de la mano. Se las tragó sin más. Ese dolor de cabeza parecía que iba a ser de los buenos.

CAPÍTULO 31

Stanley Roker eructó, hizo una mueca de dolor, se frotó el pecho con la mano e ignoró la mirada de desaprobación de la mujer que pasaba por delante de él empujando un cochecito de bebé. Se palpó los bolsillos para buscar el medicamento para la indigestión. ¿Era ese el ataque de corazón que siempre había sabido que algún día llegaría? ¿O quizá era un derrame cerebral? Podría serlo. Sí que olía a pan quemado, pero estaba delante de una panadería, por lo que no podía estar seguro de si era el derrame que le afectaba el sentido del olfato o era el ambiente en sí.

Una parte de él deseaba tener un ataque al corazón, es decir, si estaba en el hospital, Crystal no podría echarle en cara que no ganaba lo suficiente, ¿verdad? Intentó visualizarlo en su cabeza: su mujer mirándolo en su lecho de muerte, los ojos humedecidos llenos de preocupación y diciéndole que se lo tomase con calma, que todo saldría bien. Eso le hizo recordar la noche en que habían estado en el sofá en un silencio glacial viendo *Ven a cenar conmigo* y le preguntó, sin venir a cuento, si era consciente del hecho de que, si él moría, el seguro pagaría la hipoteca automáticamente y en su totalidad. A partir de esa noche empezó a cerrar con pestillo la puerta de la habitación de invitados en la que ahora dormía cada noche porque, supuestamente, su respiración se había convertido en «repugnante» y a ella los tapones de oídos le provocaban dolor.

Stanley se llevó dos pastillas a la boca. Estos últimos días las tomaba tan a menudo que todo tenía gusto a menta. Miró el reloj: las once menos cuarto de la mañana. Ese día no tenía tiempo para eso. Tenía una pista sobre un futbolista que estaba tirándose a su peluquera y el chaval se había marcado un triplete ese fin de semana. Si Stanley estaba de suerte, iban a llamarlo para la convocatoria con el equipo nacional. «Internacional de Inglaterra pillado en un encuentro amoroso secreto» vendería más que un «Futbolista de la Premier» y Stanley necesitaba el dinero de verdad. Crystal quería unas vacaciones. Y, aunque eso significase que Stanley no tenía tiempo para eso, esperó. No tenía otra opción, la llamada que había recibido había sido muy clara en ese aspecto. Así que esperó.

Miró al edificio del otro lado de la calle. Había publicado un artículo sobre el Dennard y la racha de suicidios que llevaba acumulados (Stanley se sentía cómodo llamándolo «racha», aunque de momento solo fueran dos muertes; a lo largo de los años había jugado y desvirtuado con las palabras mucho más que ese ejemplo), pero los editores de Londres que aún le cogían las llamadas o ya habían conseguido la historia o no mostraban ningún interés en ella. Uno de los programas con famosos había empezado esa semana, por lo que ya tenían suficientes escándalos con todas y cada una de las estrellas de la televisión. Stanley odiaba esos programas, los editores se preocupaban más en sacar a la luz viejas historias de las celebridades que habían caído en el olvido del público que en fijarse en las nuevas. Devaluaba la noble tradición del periodismo sensacionalista.

Se dio la vuelta para observar por qué se oían tantos pitidos en la carretera. Un Jaguar verde doblaba la esquina, pero por poco no lo consiguió. Iba lento y hacía movimientos bruscos y esporádicos. Los otros coches intentaban esquivarlo, adelantándolo, y cada uno de los conductores compartía sus opiniones a través de gestos universales que lo más probable es que no estén reconocidos oficialmente por ninguna lengua de signos.

Stanley dio unos pasos atrás al mismo tiempo que el Jaguar aumentaba de velocidad, se subía al bordillo y se dirigía derecho a él. Hacía mucho que sospechaba que un día de esos alguien a quien él había apuñalado metafóricamente por la espalda intentaría matarlo como venganza, pero pensaba que se merecía un intento más profesional que ese.

El coche se detuvo con una sacudida y aparcó torcido. La puerta del conductor se abrió de golpe y una chica negra con el pelo verde salió y dio un pisotón mientras despotricaba para ella misma:

—Vaya burrada. Una flipada de olla. ¿En qué estaba pensando?

Una de las puertas traseras se abrió y de ella salió Vincent Banecroft —o, llamándolo por su título completo, Vincent Cabrón de Banecroft— con dificultad, pues llevaba una muleta.

—Excelente. —Banecroft bramó—. Buen trabajo. ¡Primera clase completada!

La chica giró sobre sí misma.

—¿Clase? ¡Clase! Te has pasado todo el trayecto gritándome que fuera más rápido.

—Por lo que a mí respecta —Banecroft levantó las manos—, hemos llegado, ¿verdad? Está claro que necesitas un poco más de práctica al aparcar, pero...

La chica lo señaló con un dedo.

—Estás *chinao*, tío. Estás totalmente..., absolutamente ido de... —Sin saber qué más añadir, levantó los brazos al aire con desesperación y se marchó, doblando la esquina.

—No te vayas muy lejos. Tenemos que volver de aquí a nada.

En ese momento, Banecroft vio a Stanley.

—Anda, Stanley. La niña tiene un don natural. Todo un prodigio, diría yo.

—Veo que tus habilidades interpersonales siguen siendo las mismas que antes, Vincent.

Banecroft cerró la puerta de golpe y cojeó hacia donde se encontraba Stanley.

—Muchas gracias. Significa mucho para mí que lo diga alguien como tú. Gracias por venir. Te ofrecería la mano, pero, para ser sinceros, eres una basura infecta con patas, así que, priorizando mi salud, prefiero no dártela.

—Gracias —respondió Stanley—. Me alegro de haber sacado tiempo para verte.

—Sí —dijo Banecroft mientras cogía un paquete de cigarrillos del bolsillo y se llevaba uno a la boca—, como si tuvieras cualquier otra opción.

Stanley miró fijamente a Banecroft mientras este se encendía el cigarrillo. Lo odiaba. En realidad, la palabra «odio» era de lo más inadecuada para expresar la profundidad de sus sentimientos. Le había gustado trabajar en *Herald*. Hacía diez años, Banecroft había llegado, entre fanfarrias, al periódico como editor y se había cargado a gente como Stanley y a esos que él consideraba que eran «escoria». Convirtió el periódico en..., bueno, la forma de describirlo era en algo de más categoría. Banecroft no fue inmune a los cotilleos de las celebridades, pero prefirió poner contra las cuerdas a políticos, jueces y empresarios. Cabreó a mucha gente y no solo a los incompetentes que, de repente, se quedaron en paro.

Los despedidos se habían reunido en el *pub* Regency el mismo día en que fueron puestos de patitas en la calle para maquinar diferentes estrategias y planes para destruir al todopoderoso Banecroft; sin embargo, todos se hicieron los sordos, durmieron la mona y para la mañana siguiente todo el mundo ya lo había olvidado, ocupados como estaban en buscar otro trabajo dentro de una economía tan peliaguda como la actual. Todos, menos Stanley. Por lo visto, fue al único al que le importó y que lo intentó de verdad.

En retrospectiva, tenía que admitir que se obsesionó demasiado. Vigiló a Banecroft durante tres semanas y resultó que era un bicho raro, pero de otro tipo: no hacía nada con su vida ni tenía ningún interés en joder a su mujer —que, la verdad sea dicha, estaba como un tren—. Banecroft parecía satisfecho siendo el *rottweiler* del sistema durante el día y volviendo a casa para acurrucarse en el sofá y leer un libro durante la noche. Stanley tuvo que ser creativo. En su momento, le pareció una idea fantástica. Además, durante su segunda semana como editor en *Herald,* Banecroft destapó las cuentas de gastos de representación de algunos de los peces gordos y estos querían deshacerse de él casi con el mismo fervor que Stanley.

Había sido muy cuidadoso. Conocía a un tipo que conocía a otro tipo, y se gastó más de lo que tenía no solo para conseguir el material, sino también para hacer olvidar a todas las partes implicadas. Después, escondió el alijo en el cobertizo de Vincent e hizo una llamada anónima. Stanley había aparcado al final de la calle y lo había observado todo desde la distancia, gozando al ver cómo la Brigada Antidrogas hacía una redada en la casa. Al cabo de unos minutos, vio con confusión que los agentes se disculpaban con él y salían con el rabo entre las piernas. Malditos inútiles. No era tan difícil de encontrar.

Stanley, furioso, había estado a nada de volver a hacer una llamada anónima cuando la puerta del pasajero de su coche se abrió y Banecroft entró.

—Hola, Stanley.

—¿Qué quieres?

Banecroft se limitó a sonreír y le entregó un sobre bastante grueso.

—Algo para que me recuerdes. Una grabación en la que apareces depositando un kilo de cocaína en mi cobertizo. Mmm, vaya. Dentro también hay pruebas detalladas de las cosas asquerosas que llegaste a hacer para conseguir noticias y artículos durante estos años. Estoy seguro de que la policía estaría interesada en tus, llamémoslos, métodos «poco convencionales». Tienes hasta mañana para irte de Londres y, si veo que vuelves, me encargaré yo mismo de destruirte.

Con calma, salió del coche.

—Ah, y te aconsejo que conduzcas con cuidado, Stanley. Llevas un kilo de cocaína en el depósito de combustible y, sinceramente, no tengo ni idea de cómo reaccionará: puede que te haga ir a ultravelocidad o puede que te fuerce a parar en el arcén y que te mate del aburrimiento contándote el guion de la película que quiere escribir.

Hacía diez años de esa fatídica noche y desde entonces no había vuelto a verlo. Hasta ahora. Sí que había oído hablar sobre su crisis y sintió sincero placer con eso. El gran Vincent por fin había sido derrotado. Fue un momento glorioso. Pero no tenía ni idea de que ahora estuviese en Mánchester, hasta esa mañana.

—¿Qué quieres? —preguntó Stanley.

—¿Querer? —repitió Banecroft—. ¿Por qué querría querer algo? ¿No puedo quedar para ponerme al día con un viejo amigo?

Banecroft sonrió. El hombre parecía hecho una mierda, un verdadero desastre, pero la sonrisa seguía siendo la misma que Stanley recordaba. El pecho le ardía.

—¿Puedes ir directo al...?

—Como quieras —dijo Banecroft—. Antes eras más divertido, Stanley. —Con la cabeza señaló al edificio Dennard—. Háblame sobre él.

—¿Qué hay que explicar?

Banecroft dejó escapar una gran bocanada de humo.

—Un pajarito me ha contado que has estado investigándolo, así que, ¿qué tienes que contar?

—¿Estás hablando de algo aparte de los suicidios?

—Sí, pero los dos «supuestos» suicidios son hechos, y tú nunca has sido de los que informan de la realidad, Stanley. De modo que, ¿qué investigas?

—¿Por qué te importa?

Banecroft se apoyó en el capó del coche.

—Stanley, ¿cómo puede ser que alguien con tu experiencia se haya olvidado de cómo funciona esto? Te tengo calado, así que yo soy quien hará las preguntas.

—Está bien, lo que tú digas. Lo investigaba por pura curiosidad.

—¿De verdad? No solías trabajar por esos motivos, Stanley.

Este se encogió de hombros.

—Es una ciudad pequeña, aquí tengo que esforzarme más. El primer hombre, el de hace unas semanas, era un bombero y su pequeña está enferma en el hospital, una enfermedad terminal. Quería hacer una historia sobre la viuda: «Hija terminal, marido no puede afrontarlo y se suicida». Realmente conmovedora.

Banecroft hizo una mueca.

—Dios, eres toda una pieza, Stanley.

—Gracias, significa mucho viniendo de ti.

—¿Eso es todo?

Stanley levantó los brazos.

—Mira, por teléfono ya te he dicho que no tenía gran cosa. Este encuentro es una pérdida de tiempo para ambos.

—Eso lo dirás tú, Stanley. Yo quería volver a verte para darme cuenta de que las cosas podrían irme peor.

—Yo que tú bajaría los humos, Banecroft. Ya no puedes ir así por la vida.

—Oh, Stanley, Stanley, Stanley. Hasta las cucarachas están por encima de ti. Antes de que vuelvas a ponerte con la mierda que tenías planeada, necesito que me hagas un favorcito.

Moretti estaba delante del *pub* mirando cómo Banecroft conversaba con el hombre gordo. Estaba demasiado alejado para poder seguir la conversación, pero de repente el hombre gordo comenzó a agitar los brazos en el aire como si estuvieran discutiendo. Los dos hombres señalaron el edificio Dennard. Ahora sí que gritaban. El hombre gordo cruzó la calle a zancadas, con lo que se ganó los pitidos de los coches que se detenían para dejarlo pasar. Mientras tanto, Banecroft se despidió de él con la mano y desapareció al entrar en una tienda cercana. Moretti, apoyado en el muro, vio que el hombre gordo se aproximaba a los guardias de seguridad de las puertas del edificio y empezaba una nueva discusión.

Moretti ya había inspeccionado la zona anteriormente. Aunque no le sorprendió, había vigilancia extra. Las circunstancias lo habían obligado a improvisar mucho más de lo que hubiera querido durante esa semana. Las razones por las que había utilizado ese edificio para crear un ser fueron claras: no era el más alto de la ciudad, pero el hecho de que no estuviera terminado y se hallara relativamente alejado les proporcionaba la tan necesaria privacidad. Sí, la altura era importante. Para que funcionase de manera correcta, el sujeto debía experimentar una subida drástica de adrenalina y una caída larga era la mejor forma de que eso ocurriese.

En los viejos tiempos, los sujetos se lanzaban por los acantilados para lograr el efecto, pero, tristemente, Mánchester anda corta de ellos. Por suerte, cuando el primero fracasó, se vio solo como un suicidio y nadie hizo preguntas. Por eso volvió a usarlo con Merchant y, afortunadamente, esa vez funcionó. Cuando Moretti descubrió al chico fisgoneando el «daño colateral» de la muerte del sintecho, tuvo que improvisar en el momento, y el edificio Dennard es lo primero que le vino a la mente.

Como en el primer intento fallido de crear un ser, había esperado que el cráter resultante se atribuyera a otro trágico intento de suicidio, otro desperdicio de vida, blablablá. Estaba claro que dos suicidios en el mismo lugar y tan próximos entre sí levantarían sospechas, pero nadie iba a pensar en un homicidio, no cuando ambos aparecían en las grabaciones de las cámaras de seguridad entrando solos. Al menos así es como debería haber ido la situación, pero ese Banecroft parecía decidido a ser un incordio, por lo que tenía que asegurarse de que no entorpecía lo suficiente para considerarlo un problema.

El hombre gordo seguía discutiendo y dos guardias más entraron en la disputa. Al mismo tiempo a Moretti acababa de venirle a la mente que Banecroft llevaba mucho rato en la tienda cuando...

—Hola.

Moretti se giró para ver al hombre en cuestión de pie a su lado, ofreciéndole la mano y sonriendo.

—Vincent Banecroft, pero, como sé que nos has seguido hasta aquí desde la oficina, supongo que eso ya lo sabías.

—Lo siento —se disculpó Moretti—, no sé de lo que me estás hablando.

Banecroft rio entre dientes.

—Seguro. Ibas con un Audi TT y te fuimos imposibles de seguir porque mi pupila aún no le ha pillado el truco a esto de conducir.

Moretti se encogió de hombros.

—Lo siento, creo que me has confundido con alguien. Solo soy un turista que está de paso por unos días.

—Claro, porque Mánchester en marzo es algo que no quieren perderse nuestros hermanos norteamericanos. Debe gustarte mucho la lluvia. Ahora, ¿quién eres y por qué estás tan interesado en la muerte de Simon Brush?

La sonrisa de Moretti se debilitó.

—Yo...

Los peatones empezaban a fijarse en ellos. Intentó cambiar su lenguaje corporal para fingir que solo eran dos amigos hablando en vez de dos extraños listos para pelearse.

—No pasa nada —dijo Moretti—. Ha habido un enorme malentendido. Déjame mostrarte algo que te hará cambiar de opinión.

Del bolsillo de la chaqueta sacó la cadena plateada con la moneda dorada; con un diestro movimiento de muñeca, la puso a girar.

—Es una historia un tanto extraña. Si la miras fijamente, todo cobrará sentido.

Banecroft la miró larga y detenidamente. A continuación, sus ojos volvieron a Moretti.

—Por favor, si vas a empezar a hacer truquitos de magia... No soy de naturaleza violenta, pero estoy dispuesto a hacer una excepción.

Moretti se alejó, preocupado, lo que provocó que la moneda girara sin control.

—No es posible. ¿Cómo...? ¿Quién..., quién eres?

—Ya hemos discutido eso —repuso Banecroft—. Lo que sí que me gustaría saber es quién eres tú y qué coño tienes que ver tú con todo esto.

Moretti se metió de nuevo la moneda en el bolsillo y miró alrededor, inquieto.

—¿Cómo lo estás...? —sin añadir más, se alejó de Banecroft rápidamente.

—Eh, ¿adónde vas?

Moretti caminó deprisa hasta la esquina y giró a la izquierda.

—¡Eh, tú!

Cuando Banecroft dobló la esquina, se dio cuenta de que estaba persiguiendo a un fantasma. No había ninguna puerta, nada excepto muros de cemento. O el hombre era un velocista olímpico o simplemente se había esfumado.

CAPÍTULO 32

Ox estaba sentado frente a la pantalla con Grace a su espalda. Durante un buen rato, ninguno de los dos dijo nada.

Al cabo de unos minutos, Grace se aclaró la garganta.

—¿Estás seguro de que...?

—No lo sé —contestó Ox—. No sé qué es lo que estoy viendo. Quiero decir que es..., puedo ver que...

—¿Quizá es falso?

—Podría, pero...

—¿Qué? —preguntó Grace.

—Solo que no entiendo cómo puede..., por qué alguien... No tiene sentido.

—No, no lo tiene.

—Pero no parece falso, ¿verdad?

Grace no contestó, solo se santiguó.

Ambos alzaron la cabeza al oír unos pasos apresurados en el suelo de madera de la recepción. Un instante después, Hannah y Reggie entraron donde se encontraban ellos. Ambos tenían la cara roja.

—Por Dios —empezó Hannah—. No os vais a creer esto.

—Tiene razón —continuó Reggie—. Ni siquiera sé si yo me lo creo. Quiero decir, sí, pero no puedo creerme que me lo crea.

Los dos parecían atolondrados.

—Ya —dijo Ox—, pues nosotros también hemos encontrado algo totalmente increí...

Hannah miró a Reggie.

—¿Se lo cuentas tú o se lo cuento yo?

—Tú lo has encontrado. Cuéntalo tú.

—No lo habría encontrado si no hubiera contado con tu ayuda.

—No sigas. Eres toda una Sherlock cuando quieres, y lo sabes. —Reggie señaló a Hannah y se dirigió a todos los presentes—. Tiene talento.

—Sí, sí —admitió Ox—, pero oíd. Yo he...

Hannah extendió las manos.

—Vale, sé que esto sonará como una locura, pero escuchadme.

Todos se giraron cuando la puerta se cerró con un sonoro golpe y vieron a Stella entrar dando pisotones.

—Este tío es increíble. ¡Está ido! No puedo creerme que haya aceptado volver en coche con él. Estaba ahí sentado en la parte trasera, besuqueándose con una botella de *whisky* y chillándome «¡Más deprisa! ¡No choques con eso!» una y otra vez. Está...

La puerta volvió a abrirse y Banecroft entró bruscamente, todo lo brusco que un hombre con muletas puede ser.

—Perfecto, estáis todos aquí. Nos ha ocurrido algo de lo más extraño.

—Seguro que no tanto como a nosotros —dijo Hannah.

—Sí —coincidió Reggie—. La historia es increíble, pero tiene sentido con todo lo que ha pasado. En gran parte.

—Hum, ¿me escucháis? —preguntó Ox.

—Olvidaos de eso —dijo Stella—. Yo quiero hablar de lo chalado que está este y de la tortura mental a la que me ha sometido.

Banecroft se rio de ella.

—¿Tortura? Tonterías. Era todo parte del aprendizaje.

—¿Aprendizaje?

—Resulta —Hannah tomó la iniciativa— que estábamos en la escena del primer crimen...

—Esto de investigar se le da de perlas a Hannah —interrumpió Reggie.

—He quedado con mi fuente —anunció Banecroft—. Pero eso no importa, lo que sí que es importante es que nos siguieron.

—Sí, también era parte del aprendizaje. ¿Por qué...?

—¡Callad!

Todo el grupo se giró al unísono al grito de Grace, que inspiró lentamente.

—Veamos, sé que todos tenéis historias que queréis contar, pero, por el amor de Dios, callad y escuchad a Ox.

Algunos de ellos asintieron.

Grace se volvió hacia Ox.

—Empieza.

—Sí —dijo Ox, aturdido—. En resumidas cuentas: fui a casa de Simon y, bueno, cogí prestado el disco duro con las copias de seguridad.

—Ox... —dijo Hannah.

—Yo solo quería... Las devolveré. Simplemente... recordé que las tenía y yo no encontraba la cámara por ninguna parte.

—Oh, Ox... —dijo Reggie mientras negaba con la cabeza con desaprobación.

—Fue algo improvisado. Recordé que su cámara lo guardaba todo en la nube. Lo ayudé con la configuración.

—Tu hurto menor no me interesa en absoluto —dijo Banecroft—, pero entiendo que estás a punto de soltarnos un bombazo, ¿no es así?

—Sí, algo así —admitió Ox—. Todo está guardado y a salvo como debería. Usaba el wifi de la ciudad para ello y entiendo que quienquiera que tenga la cámara no lo sabe, porque deben de haber pasado por otro punto de acceso wifi. Se ha vuelto a actualizar.

—¿Y? —preguntó Banecroft.

—Y —añadió Ox— hay... Bueno, hay fotos de... —Alzó la vista para mirar a Grace.

—Enséñaselo —lo conminó ella.

—Voy —dijo Ox mientras volvía la vista a la pantalla. Pulsó una tecla y una imagen del edificio Dennard de noche apareció en la pantalla. Todos miraban la pantalla mientras Ox iba pasando las fotos. La siguiente era la fotografía de una escalera poco iluminada.

—¿Puedes...? —empezó Banecroft.

—Cállate, Vincent —replicó Grace.

Ox continuó mostrando otras imágenes: más de las escaleras y otras de Mánchester de noche tomadas desde una gran altura. La azotea.

—Muy bonitas, pero...

No hizo falta que nadie callase a Banecroft.

En la pantalla volvió a aparecer una nueva imagen. Esta vez parecía mostrar piel borrosa.

En la siguiente, el ángulo cambió, como si estuviera tomada desde el suelo. Por encima de la cámara se alzaba una bestia terrorífica con enormes dientes, un hocico protuberante y pupilas rojas en medio de unos ojos inyectados en sangre. Las imágenes siguieron pasando.

Hannah jadeó al ver otro cambio de ángulo: la cámara ahora enfocaba por encima de la bestia, como si esta estuviese elevando del suelo al fotógrafo por la garganta.

La última fotografía era del horizonte nocturno de Mánchester, unas lejanas luces borrosas. Después de esta imagen, la pantalla se fundió a negro.

Reggie habló en un susurro:

—¿Acabamos de presenciar los últimos momentos de Simon?

Ox asintió.

—Creo… Creo que sí.

—¿Qué era…? ¿Qué era esa cosa? —preguntó Stella.

—Lo que sea que fuese —respondió Hannah— encaja con la descripción del responsable del asesinato en Castlefield.

—¿Qué? —preguntó Banecroft.

Hannah simplemente asintió.

—No puedo creerme que vaya a decir esto —dijo Reggie—, pero no parecía como un… Si lo vieseis en un programa de televisión, ¿no pensaríais que es un hombre lobo?

—¿No podría ser alguien con un disfraz o algo similar? —preguntó Grace—. El Señor sabe que este mundo está lleno de bichos raros.

—Si eso es un disfraz —opinó Stella—, es uno caro que lo flipas. O sea, no parecen efectos especiales para nada.

—Además —añadió Hannah—, según lo que hemos oído, esa… cosa puede saltar distancias abismales, lo que podría explicar cómo llegó a lo más alto de un edificio de cuarenta y dos plantas sin ser visto, pero…

Banecroft dio un paso adelante.

—Enséñame la penúltima imagen otra vez.

Ox asintió, pulsó varias teclas y volvió a mostrar la imagen en la que la bestia alza a Simon por encima de ella. Un escalofrío recorrió la espalda de Hannah en cuanto volvió a poner la vista sobre esa criatura. Una parte de ella seguía sin creérselo, pero la otra sabía que era verdad. Esos ojos… Pensó en el miedo que tuvo que pasar Simon al enfrentarse a esa monstruosidad. Un terror absoluto. Y, a pesar de la situación, tuvo la valentía de seguir tomando fotografías. Hannah bajó la mirada al suelo y se pasó una mano por los ojos.

—Lo que pensaba —dijo Banecroft—. Lo he reconocido.

Reggie no intentó esconder la incredulidad en su voz.

—¿Lo reconoces?, ¿a esa cosa? ¿Cómo puedes…?

—Lo he visto hace una hora.

—Y una mierda, hombre —dijo Stella—. Te estaba viendo. Te has encontrado con unos cuantos tíos, pero no con un hombre lobo.

Banecroft miró a cada uno de ellos pausadamente.

—¿De verdad? Me decepcionáis. Una sala llena de «periodistas»…

—Vincent —espetó Grace—, solo por esta vez, deja de ser tan… tú.

Banecroft se acercó a la pantalla y señaló a la bestia.

—No me he encontrado con eso. Creo que, si lo hubiera hecho, en mitad del día, habría llamado la atención de muchos, incluso aquí en Mánchester. No me refería a la cosa.

Para ser justos, pensó Hannah, con la criatura en primer plano, que reclamaba toda la atención, era fácil pasarlo por alto. El *flash* de la cámara había captado sobre todo a la bestia: piel marrón, incisivos largos con babas goteando de ellos, ojos rojos… Esos ojos distraerían a cualquiera. Solo si mirabas más allá podías centrarte en lo que Banecroft había visto.

Ahí, encima del hombro derecho de la criatura, había una figura en el fondo, o eso parecía. Vestía de negro, razón por la que el *flash* no había captado mucho de ella. Daba la sensación de que su cabeza flotaba en el aire, sin cuerpo. Solo se le veía media cara. Era calvo y parecía sonreír.

Cualquiera puede ser crítico

Los investigadores a cargo de estudiar la tribu wantaki —una de las pocas aún aisladas en el mundo— han hecho un descubrimiento impactante: durante estos dos últimos años, los wantaki han desarrollado sus propias redes sociales. Según la doctora Serena Daniels, de 38 años de edad y de la Universidad de Boston, «algunos miembros de la tribu se dedican a dibujar en una gran piedra a las afueras de la aldea. Cada noche, otros miembros del pueblo se acercan a las ilustraciones plasmadas en la roca y comunican su agrado aplaudiendo o bien lanzándoles heces. Desgraciadamente, estas respuestas dispares han provocado que no se desarrolle una gran apreciación al arte ni a los artistas en la cultura wantaki, pero sí que nos ha servido para darnos cuenta de que aquellos que producen la mayor cantidad de heces se han convertido en los dominantes de la tribu».

CAPÍTULO 33

El toril era un hervidero de actividad: Ox alternaba entre teclear furiosamente y estrujar con energía su pelota antiestrés mientras leía, releía y deshacía lo que iba escribiendo en el ordenador; por otra parte, Reggie picoteaba el teclado con los dedos a un ritmo lento pero implacable.

—¿Dónde demonios está el...? —empezó Banecroft.

—Está a punto de llegar —acabó Ox.

Para Hannah, esas últimas horas habían sido un curso intensivo de cómo se ensambla un periódico. Se sintió como si un torrente se la llevase corriente abajo. Ayudó a Reggie a escribir todo lo que habían descubierto mientras Banecroft le vociferaba órdenes, leía y corregía todo lo que le llegaba acabado y, en los textos de Ox, racionaba el uso de las exclamaciones, aunque el tema mereciese todas y cada una de ellas.

En esos momentos, Hannah estaba al lado de Banecroft, que al mismo tiempo se inclinaba por encima de Stella mientras esta trabajaba en su ordenador.

—Quita de encima de mí —se quejó Stella.

—Necesito ver la pantalla.

—Pues usa gafas o date un baño. Hueles a carne podrida, tío.

—No hay por qué ponerse así —dijo Banecroft.

Stella lo miró.

—¿Acaso te has visto?

En el ordenador, Stella estaba utilizando un programa con el que podía dejar el texto en diferentes columnas y colocarlas alrededor de las fotografías, situar los anuncios en sus respectivos lugares y montar lo que básicamente hace que un diario sea un diario. De vez en cuando, Banecroft le iba diciendo cosas que para Hannah no tenían ningún sentido, pero que hacían que

Stella moviese la pantalla entera. La página parecía totalmente diferente antes de que pudiese entender algo. El baile entre el texto y las fotografías habría sido hipnótico si no hubiera sido por los gritos constantes de Banecroft en su oreja. Cuando el caos acabase, tendría que sentarse con Stella y averiguar cómo diantres había hecho todo eso.

—Veamos —dijo Banecroft—. Quiero la imagen de lo que quiera que sea eso en portada. Necesitamos un titular.

Miró a los de la sala.

Ox no levantó la mirada de su ordenador, pero sí que dejó ir una de las manos del teclado y dibujó círculos en el aire.

—En grandes letras: «Qué coñ...»

—¡Ox! —chilló Grace, quien iba paseándose una vez más con una bandeja de tés, esa vez acompañados por bizcochitos de mantequilla. Ella no escribía artículos, pero tampoco quería perderse la oportunidad de aportar todo su esfuerzo para conseguir el mejor resultado posible para esa futura entrega del periódico.

—Lo siento, Grace.

—¿«Hombres lobo en Mánchester»? —propuso Hannah.

—No —dijo Banecroft, tajante—. No usaremos esa palabra. Si lo hacemos, muchos ya nos tildarán de falaces.

—¿No lo harán igualmente? —preguntó Reggie.

—Muchos sí —contestó Banecroft—. Pero no son esas las personas para las que escribimos. Nosotros escribimos la verdad. Ya me lo pensaré. —Volvió a dedicar su atención a Stella—. Página dos: quiero los artículos de Sherlock y Watson sobre los asesinatos en Castlefield.

Hannah miró de reojo a Reggie, quien asintió discretamente.

—Página tres —continuó Banecroft—: la fotaza de nuestro hombre misterioso del fondo y pon los anuncios. Después, sí, escribe esto: «*La Gaceta del Misterio* ofrece una recompensa de diez mil libras por cualquier información que lleve a la captura de este individuo».

—¿Podemos hacer eso? —preguntó Hannah.

—Sí.

—La pregunta es: ¿podemos permitírnoslo?

Banecroft se encogió de hombros.

—Supongo que, cuando demos con el hombre que hay detrás de... —señaló la imagen en la pantalla—, esa cosa, ya podremos permitírnoslo. Pon el artículo de Ox justo debajo.

—¿No quieres decir el artículo «del chino»? —preguntó Stella.

—No seas tan racista —espetó Banecroft.

—Vale —dijo Hannah—, pero ¿puedo sugerir...?

—No —interrumpió Banecroft—. Por última vez, no. No vamos a darle ninguna pista a tu noviete el poli.

—No es mi novio. —Hannah hizo una mueca al percibir que su propia voz subía una octava. Vio que todos en la habitación se giraban a observarla y se sonrojó—. Por el amor de Dios, solo me llevó a casa porque llovía.

—Por supuesto —aseguró Banecroft—. ¿Es así como lo llamáis ahora?

—¿Podemos hablar de cualquier otra cosa? —replicó Stella.

—Gracias, Stella.

—Porque el mero hecho de pensar en el sexo entre gente vieja me da ganas de vomitar, de verdad.

—Increíble —dijo Hannah—. Gracias por la aclaración. Volviendo a lo que quería sugerir...

—No —la interrumpió Banecroft—. Si quieren ver las pruebas que tenemos, que las lean en el periódico como todos. No voy a ocultarlo al mundo.

—No sabemos si...

—Sí —dijo Banecroft, muy seguro de sí mismo—. Confía en mí, he estado en este mundillo durante muchos años. No olvides que solía publicar periódicos de verdad con noticias de verdad, y déjame decirte que, si quieres que alguno de esos uniformados haga algo, lo mejor es mencionar y publicar que no están haciendo nada. Si queremos hacer justicia a la muerte de Simon, tenemos que hacer esto. Hablando de eso... —Volvió a reclamar a Stella—. Página cuatro y cinco: fotografías del edificio Dennard y una explicación completa sobre lo que creemos que pasó en ese lugar. —Miró fijamente a Ox—. Eso, claro, si es que hemos concluido con la explicación...

—¡Enviada! —gritó Ox mientras levantaba las manos del teclado y las agitaba como si estuvieran ardiendo.

—Perfecto —dijo Hannah mientras volvía a su escritorio—. Lo tendrás en cinco minutos.

—Mejor en tres —sugirió Banecroft.

—Puedes tenerlo ahora, pero, si lo quieres editado y corregido, será en cinco minutos.

—Me gustabas más cuando eras la chica despistada de antes.

—Aún sigo despistada y sin tener ni idea de lo que está pasando. Solo me he dado cuenta de que vosotros tampoco lo sabéis.

—Ya —confirmó Ox—. Necesito un cigarrillo.

—Petición denegada —respondió Banecroft.

—No he preguntado por tu...

—Página seis —continuó Banecroft.

—La verdad es que... —empezó Reggie. Ox lo miró y ambos tuvieron lo que pareció una breve conversación telepática antes de que Reggie prosiguiese con lo que estaba diciendo—. Ayer Ox escribió una esquela para Simon. Es muy bonita.

Banecroft miró fijamente a Ox durante un largo rato.

—De acuerdo. Esquela, imagen y retrasa los anuncios.

—Perfecto —dijo Hannah—. Envíamela también, Ox.

—Vale —comentó Stella—, pero ahora tengo una página entera llena de anuncios que debería haber puesto ya. ¿Vamos a sacar un suplemento solo con eso?

—Encuéntrales sitio al final —ordenó Banecroft.

—Habrá quejas —avisó Grace.

—Que se quejen —dijo Banecroft—. Si este ejemplar no es el más vendido de la triste trayectoria de este periodicucho, me prendo fuego.

—Al menos eso quitaría la peste que llevas encima —murmuró Stella.

Todos se giraron al oír los pasos de unas botas en la escalera.

Grace dejó la bandeja en la mesa y se marchó en dirección a la recepción.

—Yo me ocupo.

Banecroft se dirigió a toda la sala.

—Sé que todos estáis cansados. Hemos estado trabajando a destajo durante horas, pero la cuestión es que no me importa.

Nos enfrentamos a una de las rarezas más importantes de este rollo de papel de váter que llamamos periódico: un ejemplar importante. Así que dejad vuestras incompetencias a un lado, gracias.

—Tan inspirador como siempre —comentó Reggie.

Banecroft miró a Hannah.

—Por favor, ¿y ahora qué demonios te pasa?

—Cierra la boca —espetó Hannah mientras alzaba la vista del ordenador y se secaba los ojos con un pañuelo—. Ox. —Señaló a la pantalla—. Esto es… es realmente precioso.

—Muy bien —dijo Banecroft—. Si ya hemos acabado…

—Usted sí que lo está.

Todos se volvieron para ver a una Grace pálida acompañada por la sargento Wilkerson, el inspector Sturgess y varios agentes de policía uniformados detrás de ellos.

Sturgess alzó un papel doblado por la mitad.

—Este documento básicamente dice eso. Por favor, aléjense de los ordenadores.

—¿Qué demonios significa todo esto? —vociferó Banecroft—. No pueden entrar aquí como si nada.

—Sí —dijo Sturgess—, de hecho, sí que podemos. Traemos una orden judicial. Este periódico será clausurado y todo el equipo informático, requisado.

Esta noticia provocó que todo el mundo quisiera decir la suya y que la habitación se llenara de un bullicio ensordecedor.

—Y una mierda —soltó Banecroft—. No sé qué les habrán dicho… —Miró airadamente a Hannah, quien se horrorizó por la acusación implícita.

—En realidad —empezó Sturgess—, no he escuchado nada. Lo que sí que he visto es que alguien ha cogido un disco duro perteneciente a Simon Brush y que mi fuente de confianza me ha informado de que lo robó un miembro del equipo de este…, a falta de una palabra mejor…, periódico. Mis técnicos han confirmado el robo y la señora Brush me ha asegurado que solo una persona podría haber tenido acceso a él. Alguien a quien conoce como ¿Ox? —Sturgess examinó la habitación—. Y, viendo que todos acaban de hacer un gran esfuerzo para no mirar al susodicho —dijo Sturgess mientras señalaba a Ox—, asumo que se trata de él.

—Rechazamos esa acusación —dijo Banecroft—. Nosotros no hemos cogido ningún disco duro.

La sargento Wilkerson señaló el escritorio de Ox.

—Lo estoy viendo. Ahí mismo.

—Sí que es un disco duro —confirmó Banecroft—, pero no hemos dicho que no tengamos ninguno, y supongo que no irán arrestando a todo el mundo que tenga uno. Aunque, sinceramente, no me sorprendería.

—Está más que en su derecho de recurrir la orden —dijo Sturgess.

—Y tanto que lo haremos.

—Mientras, confiscaremos todos los ordenadores y el disco duro que creemos y que tenemos razones para creer que perteneció a Simon Brush. —Sturgess asintió y todos los agentes uniformados entraron en la habitación—. Resulta que robar a los muertos sigue siendo una cosa un poco turbia.

—No hemos hecho nada parecido —se excusó Banecroft mientras cojeaba hasta Sturgess—. Estamos acabando la historia que Simon empezó.

Sturgess se le acercó.

—¿La historia del chico al que usted mismo dejaba fuera?

—Sí, el mismo que ustedes van a concluir que se suicidó aun habiendo pruebas que demuestran lo contrario.

Sturgess se enfureció.

—Me centraré en los hechos. Nada será descartado.

—¿De verdad? —se preguntó Banecroft—. ¿Puede decirme cuántas inexplicables muertes ha investigado con un resultado satisfactorio?

—¿Qué sabrá usted?

Los dos hombres se estaban acercando peligrosamente el uno al otro.

—Era editor en un periódico nacional. ¿Cree que no he visto cómo se ponen fin a algunas historias y casos que se silencian?

Sturgess se pasó la mano por la frente y se frotó la sien con un dedo.

—Eso no ha ocurrido con mis investigaciones.

—Aún —puntualizó Banecroft—. Debería haber añadido «aún».

Sturgess señaló a Ox.

—Sargento Wilkerson, arreste a ese hombre. Como supongo que los demás no quieren acompañarlo a la comisaría, les sugiero que aparten las manos de los teclados y que no hagan nada para entorpecer que mis agentes desempeñen correctamente sus funciones. —Sturgess volvió a mostrar la orden judicial y, cuando vio que Banecroft no la cogía, la lanzó al escritorio que tenía al lado—. Considérense notificados oficialmente. *La Gaceta del Misterio* queda clausurada hasta nueva orden.

CAPÍTULO 34

Reggie, Hannah y Grace estaban apoyados en el escritorio contemplando la oficina. Hannah se dio cuenta de que ya había anochecido. Había estado demasiado ocupada para ver cómo el día dejaba paso a la noche. Ya no había ninguna razón por la que estar ahí, no desde que la policía había clausurado aquello. Aun así, ninguno de ellos se había marchado.

—¿Creéis que —comentó Grace— podríamos aprovechar esta oportunidad para darle una limpieza a fondo?

Reggie y Hannah se quedaron mirándola.

—¿Qué? Ahora que no hay ningún ordenador ni nada que moleste en las mesas, ya sabéis, podríamos poner un poco de orden.

Reggie suspiró.

—Querida Grace, aunque apreciamos tu entusiasmo, no sé si eres consciente de la magnitud del tema que nos ocupa.

—¿A qué te refieres?

—A que —continuó Reggie—, viendo que hace dos años no pudimos permitirnos arreglar la impresora que se rompió en aquel entonces, no veo muy probable que ahora sí que podamos afrontar una lucha jurídica prolongada con la policía de Mánchester. Si no tardan meses, serán semanas hasta que nos devuelvan todo el equipamiento, y eso asumiendo que nos dejen volver a publicar después de lo visto hoy...

—Vaya —se lamentó Grace.

—¡Mierda! —maldijo Hannah, que se llevó una mirada de reproche por parte de Grace—. Lo siento, pero es que acabo de caer en la cuenta de que tendré que volver a las entrevistas de trabajo.

—Bueno —dijo Grace—, creo que no serán peores que la que tuviste aquí.

—Te sorprendería.

—Diantres —suspiró Reggie—. Yo tendré que volver a ser guía de rutas turísticas y de fantasmas, tendré que andar alrededor de la ciudad con un paraguas amarillo seguido por turistas alemanes que me acribillarán a preguntas y me vendrán los de las despedidas de soltero a intentar pegarse a mi grupo y formar una conga. ¡Matadme ya!

—¿Y tú, Grace? —preguntó a Hannah—. ¿Qué harás?

Grace se encogió de hombros.

—Yo llamo y recibo llamadas, siempre tendré trabajo de eso. Me contratarán para algo temporal y al cabo de un mes o así no me renovarán y me iré en busca del siguiente trabajo. No puedo con esos fulanos diciéndome qué tengo que hacer.

Los tres volvieron a mirar sombríamente a su alrededor.

—Por cierto —añadió Grace—, aunque te mandó flores, tu nuevo chico no me cae bien.

—¿De qué estás hablando?

—Ese inspector, Sturgess.

—¿Me mandó flores?

—Bueno —dijo Grace—, recibimos un ramo de flores y la tarjetita decía: «De un admirador secreto». ¿Cuántos hombres conoces en Mánchester?

A Hannah no le gusto el tono que utilizó Grace.

—Ninguno, pero tampoco conozco a Sturgess, solo me llevó a casa. He visto más veces al conductor del autobús que a él.

—Está claro que le causaste una buena impresión.

—¿Aparecía mi nombre en la tarjeta?

Grace dudó, algo raro en ella.

—No, pero, si no, ¿para quién podrían ser?

—¡Pues para ti! ¡O para Stella!

La voz de Grace subió una octava en la escala de la altivez.

—¡Por supuesto que no son para mí! Y espero que tampoco sean para ella, es demasiado joven para que la cortejen.

—A lo mejor eran para mí —se metió Reggie. Ambas mujeres lo miraron, sorprendidas—. No lo creo, pero quién sabe. Al fin y al cabo, estamos en el siglo XXI, ricuras. Podrían ser para cualquiera de esta oficina.

La puerta de Banecroft se abrió de sopetón y salió cojeando de dentro.

—Bueno, para casi todos —añadió velozmente Reggie.

Hannah lo ignoró y se dirigió al recién incorporado al grupo.

—¿Y bien?

—He llamado a nuestra abogada, la señora Carter, pero me salta el buzón de voz. Ya he dejado varios mensajes detallados, pero supongo que ya se pondrá ella en contacto con nosotros.

—¿No deberíamos ir a comisaría? —preguntó Grace.

—No serviría de nada —opinó Reggie—. A Ox lo van a procesar y lo interrogarán y, siendo la hora que es, lo mantendrán entre rejas esta noche. Confía en mí, he... —Reggie se detuvo y apartó la mirada, pues claramente había cambiado de parecer y estaba decidido a no compartir lo que había estado a punto de decir.

—Aparte —añadió Banecroft—, es un paranoico y está convencido de que «el hombre» va detrás de él. Imagino que una parte de él disfrutará al saber que tenía razón. Tomad. —Banecroft le entregó a Hannah cuatro vasos de plástico—. Repártelos. Como sé que es una ocasión especial, he sacado la mejor vajilla.

—¿Están limpios, por lo menos?

—Puedes ser una tiquismiquis o una borracha —respondió a la vez que sacaba una botella casi llena de *whisky*.

—No suelo beber —se disculpó Grace.

—Estás de suerte —contestó Banecroft—. Muy pocos tienen la oportunidad de aprender del maestro.

Llenó los vasos y se sirvió para él un vaso hasta el borde. Dejó la botella y alzó el vaso.

—¿Por qué brindamos? Ya lo sé, por *La Gaceta del Misterio,* este ruinoso barco que se ha hundido al intentar informar sobre la verdad. Nunca será suficiente.

Hannah sintió cómo el líquido le quemaba la garganta al tragarlo.

—¡Señor! Sabe horrible —exclamó Grace.

—Ah —dijo Banecroft—, el clásico error de los principiantes. No intentes ni probarlo. Trágatelo lo más rápidamente que puedas y listo. Otra ronda.

Los tres acercaron sus vasos y Banecroft los rellenó.

—¿Quién va ahora?

Reggie levantó el vaso.

—Por Ox, el tonto que se ha pasado toda la vida haciendo maldades y al que, en cuanto intenta hacer lo correcto, meten en la cárcel.

Todos volvieron a beber.

Banecroft volvió a llenar los vasos sin que nadie se lo pidiera.

—¿Y bien?

Hannah alzó el suyo.

—Por Simon, que... —titubeó, pues no sabía muy bien qué decir.

—Por Simon —concluyó Grace mientras alzaba el vaso—, para que pase menos tiempo delante de las puertas de san Pedro del que pasó delante de la nuestra.

Brindaron y bebieron todos.

—Por Dios, ¿cómo puede saber peor esta vez? ¿Cómo es posible?

El debate fue interrumpido por un carraspeo y todos alzaron la vista para mirar a Stella, de pie con ambas manos en la cintura, fulminándolos con la mirada.

—La virgen —murmuró Banecroft—. La policía antidiversión ha venido a echarnos.

—Una —dijo Grace antes de emitir un pequeño eructo.

—Perdón por interrumpir —se disculpó Stella—, pero ¿no teníamos que sacar un ejemplar esta semana?

Banecroft negó con la cabeza.

—Oh, querida. Su generación está tan enganchada a la tecnología que su cerebro no puede comprender que alguien se la ha quitado. —A continuación, Banecroft habló con voz más aguda mientras abarcaba la habitación con el vaso para resaltar lo que iba a decir a continuación—. ¿Recuerdas? Los polis malos han venido a llevarse los ordenadores. No tenemos.

Stella contestó imitando su voz y habló aún más lento:

—Lo sé. Por eso mientras estabais hablando con la pasma le envié todas las fotos a Manny.

—Muy bien —dijo Banecroft, aún más lento y agudo que antes—, pero también le quitaron el ordenador a él.

—Lo… sé… —chilló Stella, que pronunció una palabra cada tres segundos—, pero ¡no… antes… de… que… las… imprimiera!

—Por el amor de Dios —dijo Hannah mientras se levantaba—, ¡dejad de comportaos como bebés!

—Empezó ella.

Hannah se acercó a Stella.

—¿Manny aún tiene su ordenador? ¿Es eso lo que intentas decirnos?

—No, lo que quiero decir es que Manny dice que no lo necesita, que puede arreglárselas para hacer un ejemplar con ellas.

—¿Por qué cojones no lo has dicho antes? —Banecroft se levantó y les arrebató los vasos de las manos a Reggie y Grace—. Ni se os ocurra estar aquí plantados emborrachándoos. Tenemos un periódico que preparar.

Mientras tanto, a unos cien metros, una mujer llamada Caroline Redford gritó. Estaba paseando a su perro Toto y fingiendo que recogía las cacas de su mascota con una bolsita (no le gustaba el tacto y creía que hacer el gesto al menos mostraba voluntad, en caso de que alguien la estuviera observando). En ese momento, un hombre bajo y calvo que llevaba auriculares empezó a golpear furiosamente el claxon. Toto ladró ferozmente ante la perturbación. Era un perro muy sensible.

Caroline miró a través de la ventanilla.

—¿Está bien?

El hombre la despachó con un gesto de desprecio.

—Será grosero… Necesita trabajar en controlar su ira, buen señor.

El hombre la miró durante un largo rato, lo que la hizo sentirse incómoda. Un escalofrío le recorrió la espalda, como si alguien estuviese hablando de ella en algún lugar. Entonces se giró y se marchó del lugar tirando de la correa de Toto, que seguía ladrando al coche.

Veinte minutos después, Caroline Redford y Toto llegaron a la puerta de casa. Metió la mano en el bolsillo del abrigo y gritó. Sabía que durante muchos años pensaría en ese momento y seguiría sin tener una explicación lógica para lo que había pasado. ¿Acaso había sufrido una crisis nerviosa? ¿Había sido víctima de una broma pesada y de mal gusto?

¿Cómo podía haber acabado con el bolsillo lleno de mierda de perro?

CAPÍTULO 35

—Ve tú.

Estaban de pie en la oficina de Banecroft, aunque realmente solo Hannah estaba de pie. Él estaba sentado con el pie herido encima del escritorio y se rascaba con una fusta que había sacado inexplicablemente de algún sitio.

—¿Perdona?

—Joder, cómo pican estas vendas. ¿Crees que puedo quitármelas ya?

—No —respondió Hannah—. ¿Podemos volver a la parte en la que te estaba diciendo que deberíamos hacer una visita a nuestra copistería personal, que por lo visto puede publicar un periódico?

—Ya te lo he dicho, ve tú.

Hannah se apoyó en el escritorio.

—¿Te da…? —Se detuvo en cuanto le llegó el olorcillo del pie de Banecroft—. ¿Tienes miedo de Manny?

—No digas tonterías. Claro que no.

—Lo tienes. Manny te da miedo.

—Es fácil ver por qué tu marido se va a divorciar de ti.

—Soy yo la que se va a divorciar, y tú estás aterrorizado por Manny. ¿Por qué?

—Cierra el pico.

—¿Por el pelo?

—No seas ridí…

—¿Es el hecho de que vaya desnudo? —Hannah hizo bailar las cejas—. ¿Te intimida su propensión al nudismo?

—No.

—¿Te pone caliente?

—Sabes que tengo el poder de despedirte en cualquier momento, ¿verdad?

—¿Despedirme de dónde? —preguntó Hannah—. Lo han clausurado.

—No si aún tenemos la oportunidad de sacar el ejemplar, aunque solo sea localmente. Algo es algo.

—Estoy de acuerdo —convino Hannah.

—¿Entonces?

—Entonces bajaré y veré cómo nos las ingeniaremos para hacerlo todo.

—Perfecto.

—Porque tienes demasiado miedo para hacerlo tú mismo.

Banecroft estalló y lanzó la fusta a través de la habitación, y esta pasó silbando a escasos milímetros de la oreja de Hannah.

—¡No tengo miedo de Manny!

—¿Me acabas de tirar una fusta?

—No, si lo hubiese hecho te habría dado. Tengo una puntería magnífica.

—Dice el hombre que se disparó a sí mismo en el pie.

Banecroft arrastró el pie por el escritorio, de modo que hizo volcar una pila de papeles.

—¿No tienes algún sitio al que ir con urgencia?

Hannah levantó las manos.

—Vale, vale. Ya iré yo, ya que tú...

—¡La rotativa! —gritó Banecroft.

Hannah, que acababa de volverse hacia la puerta, giró sobre sus talones.

—¿Perdona?

—Es la rotativa lo que no me gusta. No quiero... —Banecroft parecía afligido—. Siento que me está observando constantemente.

—¿La máquina?

—Sé que no tiene sentido, pero eso no quita lo que siento. Me hace sentir incómodo, inquieto. Como si la puñetera cosa estuviera hambrienta.

—Gracias por compartir este bello secreto conmigo.

—Lárgate de aquí.

Aunque reacia a admitirlo, Hannah lo entendía. Llevaba quince minutos al lado de la rotativa y sí que parecía amenazarla.

Pese a que la lógica le decía que era imposible, parecía como si poco a poco se le fuera acercando. Aun así, dio un paso atrás. Intentaba no mirarla directamente, por lo que se dio cuenta de que algo raro pasaba en la estancia: nadie la miraba. Estaba ahí, silbando silenciosamente y emitiendo de vez en cuando sonidos metálicos provenientes de algún pistón o pieza, como si fuera una bestia esperando a entrar en acción.

Dada su limitada experiencia y su único encuentro con él, sabía que Manny no era una persona fácil con la que hablar ni en las mejores circunstancias. Esa no era una de ellas. Esa era una en la que tenía que lidiar con él después de que hubiera escuchado la actuación de la redada policial y que, aparentemente, se hubiera metido todas las sustancias medicinales y recreacionales que tenía tiradas por el lugar. Si la relajación fuese un deporte olímpico, Manny perdería el vuelo a los Juegos. Así de relajado estaba.

Grace llevaba quince minutos sirviéndole té, pero lo único para lo que le serviría era para ir al servicio. Hannah esperaba que le diese tiempo de llegar al baño, aunque en ningún caso eso estaba garantizado. Estaba la mar de relajado.

—Manny —lo llamó Grace, exasperada—, tienes que concentrarte, ¿de acuerdo? ¡Céntrate!

—Nosotros centrados, pero menos centrados también —dijo mientras se levantaba y caía casi al instante. Reggie fue lo suficientemente rápido y lo cogió por los brazos para aguantarlo de pie.

—¿Quién va moviendo el suelo?

Hannah dio un paso adelante y miró a Manny a los ojos. Veía que las pupilas le bailaban mientras intentaba enfocarla.

—Vale, Manny. Stella nos ha dicho que puedes imprimir el periódico sin necesidad de todo lo que la policía nos quitó. ¿Es verdad?

Manny asintió un par de veces con energía.

—Sí, sí, humana, lo decimos. Decimos verdad. Tenemos las imágenes de los extraños en la máquina ya. —Señaló la rotativa—. Ella ya las tiene. Solo necesitamos las palabras.

—Sí —dijo Hannah—, pero no las tenemos.

—Sí que las tenemos —la corrigió Stella mientras les enseñaba su teléfono—. Me mandé todos los artículos a mi correo personal mientras todos vosotros estabais ahí mirando las musarañas.

—¡De *superbienes!* —exclamó Manny, que movió la mano alegremente.

—¿En serio?

Manny recuperó la fuerza y Reggie, con cuidado, lo dejó ir. Después de unos leves tambaleos y de dar unos pasos en dirección contraria, giró (para lo que involucró de algún modo todas sus extremidades) y se dirigió hacia la esquina de la sala:

—Venid, venid, venid, venid.

Con una floritura, Manny retiró una sábana manchada de pintura de lo que parecía un gran marco de metal colocado encima de un soporte oxidado y desgastado.

Todos miraron a Manny y se encogieron de hombros. Manny se rio entre dientes y levantó un gran cofre del suelo que colocó en una caja junto al marco. Al abrirlo, aparecieron ante ellos una serie de interminables bandejas de letras de plomo de varios tamaños.

—¿Qué titular ponemos?

Hannah lo miró asombrada mientras Stella leía en voz alta la portada y las manos de Manny se convirtieron en un borrón de movimiento, cogía letras de las bandejas y las ponía en el lugar correcto, sin apenas mirar lo que hacía, de derecha a izquierda y de atrás hacia delante. A medida que ponía las letras, la rotativa iba emitiendo zumbidos detrás de él.

Durante las dos siguientes horas, Manny ensambló un periódico de ocho páginas gracias al plomo y a su sudor. Hannah tenía preguntas, muchas, pero Reggie la apartó después de las dos veces en las que había recibido respuestas al estilo de Manny.

—Aviones —dijo Reggie.

—¿Perdona?

—Hannah, cielín, aviones. ¿Sabes cómo vuelan?

—Bueno… —Hannah lo miró, confundida—. Es una combinación entre la propulsión y la aerodinámica, supongo.

—Exacto, no lo sabes. Yo tampoco. Y supongo que las únicas personas que saben exactamente cómo funcionan son las que los construyen y posiblemente las que los llevan. Aun así, es un gran tubo metálico que surca el aire, ¿verdad?

—Supongo.

—Supongo que a ti esa idea no te molesta, sin embargo, yo me pongo muy nervioso con los vuelos. Pero ¿sabes qué no hago cuando estoy en un avión? No voy en busca del piloto a hacerle preguntas, porque, en lo más profundo de nuestro ser, algo que no queremos admitir en voz alta, pensamos que es magia y que, si nos cuestionamos cómo funciona, esta dejará de funcionar.

Hannah asintió.

—Creo que entiendo lo que quieres decir. ¿Piensas que lo estoy distrayendo?

—No, o sea, sí. Eso también, pero no. Mientras lo acribillabas a preguntas, me he dado un paseo alrededor de… esa… —Señaló hacia la rotativa a su espalda con la cabeza. A Hannah la aterrorizaba pensar que la rotativa podía estar acechándola—. ¿Sabes lo que pasa? La he rodeado tres veces y soy incapaz de ver por dónde le llega la energía o por qué hay vapor saliendo de ella.

Hannah frunció el ceño.

—Vaaale.

—No pongas esa cara. No digo que… ¿Acaso tengo que recordarte la imagen que va a haber en la portada? «Hay más cosas en el cielo y la tierra, Horacio, que las soñadas en tu filosofía». En otras palabras, no le hagas preguntas a la magia.

Hannah volvió a asentir y entonces elevó la voz:

—Reggie y yo nos vamos. Así podéis poneros a ello.

—Muy bien —aseguró Stella sin levantar la vista del teléfono.

Hannah sabía que era imposible, pero mientras se dirigían a la salida aún sentía que la rotativa la estaba observando.

CAPÍTULO 36

—¿Cuánto queda? —preguntó Banecroft.

Todo el grupo —Hannah, Reggie y Grace— gruñó al mismo tiempo. Estaban reunidos en el toril como padres que esperan conocer a su recién nacido. Cada uno de ellos ya había hecho todo lo requerido para la publicación del periódico. No tenían ninguna tarea más que hacer. En esos momentos, Stella estaba en el piso inferior dictándole los contenidos del ejemplar de esa semana a Manny, quien, aunque seguía estando más relajado de lo habitual, iba transformando las palabras en algo que podría ser impreso. Hannah intentaba no pensar en todas las maneras en las que eso podría acabar mal.

—Necesitamos publicar el dichoso periódico ya —bramó Banecroft—. Hannah, ve abajo y…

—No —lo contradijo Hannah, tajante.

—¿Qué quieres decir con «no»?

—Significa que no, igual que las últimas siete veces que me lo has dicho. Están haciendo sus cosas y tardarán lo que tengan que tardar. Entiendo que creas que todo en esta vida puede solucionarse con un bramido tuyo, pero, por desgracia, este no es el caso.

Banecroft murmuró algo ininteligible para sí mismo, reacio a aceptar que, efectivamente, las cosas no salían como él quería.

—¿Quiere alguien una…? —preguntó Grace.

—No —respondieron todos.

Grace pareció dolida por la respuesta y Hannah se sintió inmediatamente culpable. Alargó el brazo y le acarició con suavidad la parte del antebrazo que no llevaba cubierta de pulseras.

—Lo sentimos, Grace. No pretendíamos ser groseros. Estoy segura de que a todos nos encantaría una taza de té, gracias.

Grace asintió con la cabeza, al menos un poco aliviada.

—Ah —añadió—, se me olvidó mencionar que la señora Harnforth llamó cuando todos estabais fuera. Se pasará por aquí en cualquier momento.

Banecroft se llevó las manos a la cabeza.

—Por el amor de..., blasfemia, blasfemia, blasfemia. ¿La dueña va a «pasarse por aquí» y me lo dices ahora?

—Se me fue de la cabeza —se excusó Grace—, con todo eso de la imagen, la redada policial y Ox detenido. No me hables con ese tono, Vincent Banecroft; no me pagan lo suficiente para soportarte.

—A lo mejor deberíamos contratar a otra secretaria, ¿no te parece? —replicó Banecroft.

—Relajaos —pidió Hannah—. Por si no lo recordáis, todos vamos a estar buscando trabajo mañana por la mañana. Así que tomaos un respiro, esperad a que Manny acabe lo que está haciendo y luego ya veremos qué podemos hacer.

Banecroft dio un golpe en el lateral del escritorio con la muleta.

—¡Quiero hacer algo más ya!

Grace suspiró.

Hannah iba a decir algo, pero dejó las palabras en el aire al ver la expresión de Grace: estaba boquiabierta y temblaba de puro terror. Hannah siguió su mirada.

No había hecho ningún ruido ni había dado ninguna señal de su llegada. Donde antes solo había un espacio vacío y prosaico ahora había una bestia.

Medía unos tres metros y estaba ahí parada; gotas de saliva se deslizaban por su mandíbula y sus ojos rojos brillaban como si fueran portales al infierno. Tenía unos brazos tan largos que prácticamente llegaban al suelo, sus garras negras flotaban a escasos centímetros del suelo de madera y de unos charcos de agua.

La parte del cerebro de Hannah que estaba negando la realidad frente a ella consiguió reflexionar sobre que debería estar lloviendo.

—Quisiera retirar lo dicho —dijo Banecroft.

La bestia avanzó lentamente hacia el grupo y Hannah advirtió que se le tensaban los músculos bajo su pelaje marrón. Nunca había visto nada igual.

Los cuatro retrocedieron a la vez. Hannah notó el frío y húmedo yeso contra las palmas de sus manos mientras presionaba su espalda contra la pared.

—Jesús —susurró Reggie.

Grace tenía los ojos cerrados y de ella brotaban plegarias ininteligibles.

Banecroft lanzó su muleta a la bestia y esta la apartó de un manotazo, como si de una simple mosca se tratara.

—Mierda —maldijo Banecroft.

—Dos —dijo Grace de forma automática.

En ese momento, la bestia estaba a dos o tres metros de ellos y lo único que los separaba era el escritorio de Hannah. Con un giro de muñeca, lo mandó volando a través de la habitación y este golpeó la pared que separaba el toril de la oficina de Banecroft. Quedó destrozado con el impacto, incluso hizo que saltase parte de la pared de yeso. La bestia siguió con su progresión lenta y firme. Claramente, su serenidad era deliberada, estaba jugando con ellos. Hannah sintió que iba a vomitar.

—Voy a ir a por ella —dijo Reggie en voz baja—. Preparaos para salir corriendo.

—No —pidió Hannah—. Solo hará que...

La interrumpió una voz que provenía del otro lado de la habitación.

—Manny dice que...

Stella había aparecido en la entrada, con su clásico libro en la mano y el móvil en la otra. En cuanto vio a la bestia, se paralizó y dejó caer el libro al suelo.

La criatura se giró a medias, se quedó mirándola y elevó ligeramente el hocico para olfatear el aire. Entonces se dio la vuelta completamente y se dirigió hacia ella.

—Stella —dijo Hannah—, sal de aquí ahora mismo.

Ella y sus compañeros siguieron a la bestia en cuanto esta empezó a avanzar hacia la chica.

—¡Stella! —gritó Grace—. Márchate en este mismo instante, jovencita.

Hannah observó a su alrededor. Solo había papeles, nada que pudiera ser blandido como arma. Vagamente, fue consciente del sonido de la puerta de la oficina de Banecroft al abrirse.

Los pies de Stella estaban pegados al suelo. Solo se movió para alzar la temblorosa mano que tenía libre y señalar a la bestia que avanzaba hacia ella.

Reggie se abalanzó hacia la espalda de la criatura. Hannah vio un destello reflejado en el arma que acababa de sacar. Se movió rápido, pero, sin tan siquiera verlo, la bestia lanzó hacia atrás su garra y lo golpeó en el pecho, lo que lo hizo volar por el aire y caer encima de un escritorio inutilizado.

—¡Stella! —chilló Hannah—. ¡Corre ¡Sal de aquí!

Stella movió los labios. Palabras sin voz salían de ellos.

De la nada, Banecroft se plantó delante de la chica y la apartó de ahí. En sus manos, de entre todas las cosas que podía haber cogido, llevaba una libreta y un bolígrafo.

—Estamos a punto de publicar un artículo en el que está implicado en las muertes de Simon Brush y John Maguire, también conocido como Long John, ¿algún comentario que añadir?

La criatura bramó e hizo temblar la sala entera. Extendió los brazos y empujó a Banecroft, que salió disparado dando vueltas. El editor aterrizó en un montón de una esquina.

Stella volvía a estar delante de la bestia sin que nadie ni nada la estuviera protegiendo. Le tiró el móvil, pero este rebotó inútilmente en su morro.

Hannah tomó aire y se lanzó a la carrera en busca de la espalda de la criatura y se encontró a Grace haciendo lo mismo.

De la nada, Manny apareció y se interpuso delante de Stella. Tenía una mirada tan peculiar en él que hizo parar en seco a la bestia, a Hannah y a Grace. Como si el mundo entero se hubiera detenido. Manny se inclinó hacia delante al mismo tiempo que sus pies se elevaban del suelo y su cuerpo quedaba suspendido en el aire, como una marioneta colgada por unos cables invisibles. La bestia hizo un sonido grave y gutural desde el fondo de la garganta, confundido por el giro de los acontecimientos.

Hannah y Grace estaban plantadas mientras una nube blanca empezaba a brotar de Manny. No procedía de ningún lugar concreto, sino que parecía manar de él como si fuera vapor. La criatura dio un paso atrás al observar que el humo se expandía y se volvía más denso. Hannah y Grace se acercaron la una a la otra instintivamente y retrocedieron. El humo seguía saliendo rápida y densamente. Ahora ya llegaba al techo y, en medio de los remolinos que se iban formando, apareció una figura: tenía unas amplias alas que se estiraban hacia delante. En el centro, el aire se arremolinaba y cambiaba cada vez más rápido.

Acto seguido, paró.

Un rostro. Una cabeza y un cuerpo se distinguieron entre la masa de humo cambiante. Una mujer. La figura ocupaba todo el espacio que había disponible, alcanzaba el techo y se volvía más opaca a medida que pasaban los segundos. Su rostro era bello. Por un breve instante, suspendida en el aire, solo se la veía a ella por encima del grupo, serena y regia, una diosa munificente mirando a sus leales fieles.

Sin previo aviso, se lanzó hacia delante y se transformó en la creadora de angustias, en el retrato de los rostros deformados por el terror. Una voz surgió de la figura, pero no fue solo una, sino una legión que chillaba al unísono:

—¡Atrás, bestia inmunda! Este lugar está bajo protección.

La bestia tomó carrerilla antes de arremeter contra la figura humeante que flotaba por encima de ella. Hubo un destello cegador de luz, luego un grito de dolor irrumpió en la sala al mismo tiempo que la criatura se precipitaba sobre Hannah y Grace y las arrojaba al suelo para continuar su carrera hasta estamparse contra la pared del fondo.

Hannah consiguió ver a tiempo cómo la bestia se levantaba, saltaba por una de las tres vidrieras de la sala y se perdía en la noche.

Como si nunca hubiera estado ahí, la figura angélica ya volvía a ser humo que se iba retirando dentro del cuerpo inconsciente de Manny, quien se derrumbó en el suelo.

CAPÍTULO 37

Hannah estaba esperando fuera y se le ocurrió que esa era la segunda vez esa semana que habían llamado a una ambulancia para que se presentase en las oficinas de *La Gaceta del Misterio*. Suponía que les harían un montón de preguntas incómodas. Además, viendo la suerte que tenía, seguro que el equipo de la ambulancia sería el mismo que el de la última vez; ese accidente en el que el jefe se había disparado a sí mismo en el pie. Una mujer bajita y malhumorada con una chaqueta reflectante de seguridad salió del asiento del pasajero y, en efecto, eran los mismos.

—¿Fue usted quien llamó?

—Sí —respondió Hannah—. Está arriba. Tiene un brazo roto, múltiples cortes y una posible contusión.

—Ya veo, pero, si es el mismo tipo que la última vez, no nos lo vamos a llevar.

—No lo es.

—Los paramédicos no tenemos por qué aguantar este tipo de maltrato.

—De verdad, no es...

—Maltrato emocional es maltrato igual. No sabe usted la de cosas horribles que le dijo al pobre Keith...

—Les prometo que no es el mismo hombre.

Keith era un hombre ridículamente alto y delgado como un rastrillo. Apareció por el lado opuesto del vehículo con una expresión de lo más cautelosa.

—Debbie, no es él, ¿verdad?

—No —se apresuró a aclarar Hannah—. Es un hombre encantador, os lo aseguro.

—¿Cómo se hirió? —preguntó Debbie.

—Es una pregunta fantástica —dijo Hannah con una gran sonrisa y sin la menor idea de cómo contestar—. Fantástica.

Reggie estaba sentado en el raído sofá de piel y aguantaba con cautela su propio brazo contra el pecho mientras respiraba hondo. Al otro lado de la sala, Grace había sentado a Manny en la silla detrás del escritorio de la recepción y no paraba de ofrecerle té y una gran selección de galletas, que Hannah suponía que guardaba para las ocasiones de emergencia.

Debbie y Keith estaban arrodillados ante Reggie y examinaban sus heridas. Pronto coincidieron en que el brazo estaba roto, aunque puede que el hecho de que el hueso sobresaliera del brazo fuera una pista decisiva.

Reggie alzó la vista para mirar a Hannah.

—Estaré bien, ricura, de verdad. Es solo un golpecito. —Rio entre dientes al darse cuenta de la ridiculez de sus propias palabras.

—¿Quieres que te acompañe al hospital? —preguntó Hannah.

—No hace falta. No tienes por qué. Además, creo que te necesitarán aquí.

Como si lo hubieran escuchado, un fuerte estruendo sonó desde el despacho de Banecroft, seguido por un «¡No me jodas!».

Después de haberse ocupado de Manny, Hannah y Grace pasaron a comprobar el estado de Banecroft. A pesar de que lo habían lanzado volando a través de toda la habitación, parecía que solo tenía unos rasguños, aunque claramente el *whisky* ya había empezado a ayudarlo a relajarse.

—No va a salir, ¿verdad?

—Tranquilos, es solo un... —Hannah no sabía cómo acabar la frase. Quería decir «solo es un bebé en un cuerpo de adulto», aunque, a pesar de ser cierto, a la vez le parecía desleal.

—Vale —le dijo Debbie a Reggie—. Te pondremos el brazo en un cabestrillo para estabilizarlo y después vendrás con nosotros en el autobús de las mil y una pupas.

—Espléndido —contestó Reggie—. ¿Habrá drogas? Porque, aunque aparento ser el más valiente y estoico, en realidad estoy agonizando por dentro.

—No podemos darte mucho, pero conozco a uno de los doctores del turno de noche de hoy, y reparte más drogas que el Festival de Glastonbury.

—Maravilloso.

—Veamos —dijo Debbie, que asintió a Keith—. Tenemos que levantarte. Uno…, dos…, tres.

Con los dientes apretados, dejó escapar el aire y se puso en pie.

—Muy bien —aseguró Debbie—. Esa era la peor parte.

—Yo no estaría muy seguro de eso —contestó Reggie—. ¿Puedo hablar a solas con mi compañera, por favor?

Hannah se le acercó mientras Debbie se retiraba unos pasos atrás refunfuñando. Reggie se inclinó para susurrarle:

—Deberías hablar con Stella.

—Ah, ¿sí? —Hannah la buscó en la habitación, estaba sentada en la esquina mirando su teléfono móvil y el pelo le cubría parte del rostro.

—Sí —asintió Reggie—. No sé nada sobre su pasado y, francamente, yo más que nadie entiendo el deseo de alguien que quiere reinventarse. —Sonrió dolido al recordar el incidente con los hermanos Fenton—. Pero me he dado cuenta de que es muy buena en desviar la atención de ella misma y que, debajo de esa actitud suya de malhumorada y gamberra, en verdad está aterrorizada.

—Vaya —dijo Hannah mientras miraba hacia la chica—. ¿De verdad lo crees?

—Confía en mí —le pidió Reggie—. Tengo un buen olfato para estas cosas. La mayoría de los adolescentes no buscan la salida más próxima al entrar a una habitación. En sentido metafórico, la pobre chica siempre tiene un pie en la puerta, incluso en las ocasiones en las que no está a punto de ser decapitada por una bestia mítica.

Hannah asintió, se sentía estúpida.

—Entiendo lo que dices.

—Otra cosa, llámame en cuanto sepáis qué diantres ha pasado con Manny.

—No sé… —empezó a decir Hannah—, no sé ni por dónde empezar con eso.

—Bueno —dijo Reggie—, puede que ahora sepamos por qué siempre habla en plural.

—Ajá —respondió Hannah, absorta en sus pensamientos.

Reggie puso el brazo no dañado en el brazo de Hannah.

—Sinceramente, para ser una recién llegada a su puesto de trabajo, lo estás haciendo genial. —Luego alzó la voz—. Grupo, me voy un rato. Levantad esas barbillas y, Debbie, querida, ¡enséñame dónde están esas drogas!

—Hola —saludó Hannah.

Su saludo fue recibido con un gruñido ininteligible.

Stella estaba sentada en una de las sillas plegables de la esquina.

—Jodidamente increíble —bramó Banecroft desde el otro lado del pasillo.

—Caramba, qué humor tiene, ¿verdad? —Hannah chasqueó la lengua y se avergonzó de ella misma. ¿Acababa de decir «caramba»? Hacía años que no usaba esa palabra. Pese a eso, no sabía qué era exactamente, pero, cada vez que intentaba hablar con Stella, se convertía en una mujer mayor con nombre antiguo y que soltaba tonterías estúpidas como «¡recórcholis, qué divertido!» y «¡caramba carambita!».

Su comentario volvió a ser recibido con un gruñido.

Hannah cogió una silla, la desplegó y se sentó al lado de Stella.

—Un día de locos, ¿no crees?

—Supongo.

Una palabra. Estaba progresando.

—¿Cómo estás?

—¿Por qué preguntas? —Mientras Stella decía esto, Hannah vislumbró un ligero parpadeo debajo de la cortina verde de pelo, lo que quería decir que Stella había optado por mirarla a ella en vez de al juego.

—Bueno, esa… cosa se dirigía hacia ti, ¿no? Debió de ser aterrador.

—Supongo que sí.

—¿Estás bien?

Stella se pasó la mano por el pelo y dejó a la vista su rostro. A Hannah le seguía sorprendiendo lo joven que era. La cortina volvió a bajar.

—Fue culpa mía.

A Hannah le desconcertó la respuesta.

—¿El qué?

—Que esa cosa viniera. Fue culpa mía.

Hannah puso la mano encima del móvil.

—Stella, mírame.

A regañadientes, la chica la miró.

—No fue culpa tuya. Esa cosa daba miedo y era enorme, y…, aunque no te hubieras dejado la puerta de la azotea abierta, habría entrado por cualquier otro sitio. No es culpa tuya y, si Banecroft dice lo contrario, yo misma me encargaré de arreglarlo, ¿me escuchas?

Stella se quedó mirando a Hannah durante un largo rato. Después, asintió.

—Sí.

—Vale, perfecto. Eres una parte importante del equipo. Estaríamos perdidos sin ti.

Stella se encogió de hombros, demasiado avergonzada para decir algo.

—Ha sido un día de lo más movido. Quizá tú y Grace podríais ir a casa antes y descansar.

—Sí.

Hannah le dio una palmadita en el hombro, se levantó y se alejó de la chica. Dos listos, uno más con el que hablar. Lo estaba bordando.

Manny estaba sorbiendo su té mientras Grace se preocupaba por él.

—Hola, Manny. ¿Cómo estás? —preguntó Hannah.

—Estamos bien, estamos perfectos.

—Creo que deberías ir al hospital también —opinó Grace, muy preocupada.

Manny le dio palmaditas en la mano.

—Silencio, Grace, estamos más que *bienes*. Estamos hechos polvo, eso es todo. Necesitamos una buena noche de sueño.

Hannah miró a Grace.

—Sería una buena idea que fueses con Stella. Mejor que todos nos vayamos a casa por hoy. Ha sido una noche larga.

Grace miró en dirección a Stella y asintió.

—Iré a coger los abrigos.

Hannah esbozó una sonrisa y se sentó enfrente de Manny mientras Grace se dirigía hacia el toril.

—Gracias, criatura. Buena mujer ella, pero preocupada.

—Sí —asintió Hannah—, aunque, bueno, no sin razón. ¿Estás bien? ¿Bien de verdad?

Manny le ofreció una sonrisa débil.

—Te asustó, ¿eh?

—¿Tu amiga? En cierto modo sí, pero nos salvó.

—No te asustes de ella ahora, tú no has visto a ella en su mejor momento.

Hannah asintió e intentó pensar en lo que debía decir a continuación.

—Exactamente, ¿qué... es?

Manny se puso a reír.

—Grandes charlas no tenemos, pero la mejor suposición es que es este lugar.

—¿Ella es...?

—Este lugar —repitió Manny—. Cada sitio tiene su propio espíritu. Este un lugar muy diferente, necesita un espíritu diferente. Protegemos nosotros este lugar. Hay de todo tipo ahí fuera, niña. De todos tipos.

—¿Me estás diciendo que estás poseído por el espíritu del periódico?

Manny agitó su mano.

—No diciendo esa palabra. No le gusta.

—¿Periódico?

Manny miró a Hannah.

—Ya, lo siento. Querrías decir...

—La otra palabra que empieza por «p». —Manny asintió.

—Vale, pero ¿cómo...? —Hannah dejó la frase sin acabar, sobre todo porque no tenía ni idea de cómo proseguir.

—Llevo mucho tiempo por aquí —dijo él, mientras le mostraba una gran sonrisa que dejaba a la vista sus dientes torcidos—. Mucho tiempo. En su día, me topé con este lugar cuando era… mi versión mala. Cosas malas yo hacer, en mala época. No yo un hombre malo, pero el mal dentro de mi cuerpo, dañándome. Ella fue la aguja y ella es cruel.

Hannah asintió, entendía muy por encima lo que Manny quería decir.

—Amigos, dinero, esperanza: todos extintos. Yo solo la cáscara de un hombre. Hambriento, vacío, dolido. Ella me acogió, me hizo bueno. Mírame. —Manny extendió las manos—. Vivo una buena vida, me siento bien. Yo y ella, nosotros juntos. —Juntó las manos y entrelazó los dedos—. Yo en ella, ella en mí. Felices. Protegemos este lugar y este lugar es nosotros. ¿Me entiendes?

Hannah se recostó en el asiento.

—Supongo. Tiene el mismo sentido que todo lo que ha pasado esta noche. Así que… ¿Sabías que estas horribles criaturas existían?

Manny se encogió de hombros.

—No es mi mundo. Sé que ella aquí está y por eso supongo que todo es posible, pero yo solo soy el hombre rotativa.

Hannah le dio una palmadita en la rodilla.

—Eres mucho más que eso.

Eso le hizo reír.

—Eso feliz me hace. No necesito más. —Se inclinó hacia delante—. Creo que no necesitas preocuparte por esa cosa volver aquí.

—Ojalá estuviera tan segura como tú.

—No, tú no entiendes… Ella no me habla, pero la siento. Esa cosa… Esto fue un aviso. Si vuelve, ella mata.

Hannah se volvió a recostar en la silla.

—Ya veo.

Manny se encogió de hombros.

—Ella es buena, pero no gusta que gente entre aquí y destroce el lugar.

—Bien, entonces tendremos que seguir con… —Cayó en la cuenta en ese instante—. Dios, con todo este escándalo ni lo había pensado… ¿Está acabado el periódico?

Manny la señaló y luego se sacó un montón de papeles pequeños y doblados del bolsillo.

—Sí, niña. Aquí está.

Hannah lo desdobló y un estremecimiento le recorrió el cuerpo. Tenía ocho páginas y era del tamaño del periódico de los nacionalistas. Era tan cortito que realmente no se le podía llamar periódico; sin embargo, ella ayudó en el proceso de su creación y era algo tangible, real. Lo sostuvo en sus manos y miró la portada.

Notó a Stella y a Grace detrás de ella, lo miraban por encima de su hombro. Era algo irreal: ahí, en primera página, estaba la fotografía de la bestia que los había atacado hacía no más de una hora.

—Me gusta el titular —comentó Hannah mientras miraba a Manny. Este señaló detrás de ella. Hannah se volvió y vio a Stella ruborizada.

—Necesitábamos uno —dijo ella—, y no estaba de humor para preguntárselo a don Gruñón.

—Es fantástico —aseguró Hannah—. Buen trabajo. «¿Qué acecha en la noche?». Muy bueno.

Grace ofreció a Stella una gran sonrisa.

—A Simon le habría gustado.

Stella se encogió de hombros.

—Puede, aunque seguro que no a todos.

El grupo se volvió al escuchar la puerta de la oficina de Banecroft abrirse de un golpetazo.

Hannah soltó una carcajada.

—Hablando del rey de Roma.

—¡Seguro! —dijo el gritón, acompañado por sus pisotones y golpes sordos contra el suelo mientras cojeaba por el pasillo tan rápido como su muleta y su ira le dejaban.

Hannah miró el reloj.

—Tres de la madrugada. —Miró a Manny—. ¿Crees que podrías ponerte a imprimirlos pronto? ¿A qué hora llegan los camiones? —Dirigió esta última pregunta a Grace.

—A las seis.

Manny asintió y cerró los ojos.

Banecroft entró como una exhalación en la sala.

—¿Dónde cojones está todo el mundo?

Hannah lo saludó desde la distancia.

—Estamos aquí. Relájate.

—¿Dónde están los otros dos?

—¿Qué otros dos? —repitió Hannah—. ¿Te refieres al compañero al que detuvieron y al otro al que le han roto un brazo?

—¿Se ha roto el brazo? Seguro que solo ha sido un arañazo. El periódico no puede parar por molestias leves. Las rotativas deberían estar...

Banecroft calló al escuchar el sonido de las rotativas encenderse y retumbar en todo el edificio.

—¿Cómo se han...? —preguntó Banecroft, aunque dejó la frase sin acabar.

Hannah miró a Manny, que esbozaba una sonrisa bondadosa que Hannah empezaba a identificar como su expresión por defecto. Volvió a centrar su atención en Banecroft.

—No importa. Lo que importa es que se están imprimiendo, así que cálmate, ¿quieres?

Banecroft adoptó un tono burlón:

—¿«Cálmate»? ¿Que me calme? —Batió los brazos—. Sí, relajémonos y tomémonos un descanso esta noche. ¡Qué gran trabajo hemos hecho todos y qué más da que nos haya atacado una bestia sobrenatural y que nadie de este «periódico», ninguno de nosotros, haya sido capaz de sacarle una fotografía! Pregunta seria, ¿es que no hay nadie en este edificio con una sola pizca de instinto periodístico?

Hannah no pudo contenerse más.

—¿Puedes callarte ya, charlatán irritante? Esta gente las pasa canutas para sacar este periódico adelante. ¡Hemos perdido al pobre Simon, Ox sigue detenido, Reggie está en el hospital y a los demás nos ha atacado un maldito hombre lobo! ¡Un licántropo real! Algo que no debería ni existir casi nos mata si no hubiera sido por Manny y su... —Se llevó los dedos a los ojos—. ¿Sabes qué? Da lo mismo, pero, por favor, por el bienestar de todos los aquí presentes, ¿podrías dejar de ser tú durante cinco putos minutos?

—Ya está, estáis todos despedidos.

Banecroft se agachó justo en el momento en el que el jarrón de flores que Hannah había cogido del escritorio le pasaba volando por encima de la cabeza.

Se hizo añicos al chocar con la pared contigua a las escaleras, lo que hizo que la mujer que estaba ahí se echara a un lado para evitar las salpicaduras de agua. Con calma, dio un paso adelante y empezó a quitarse los guantes de piel con una sonrisa sarcástica en el rostro.

—Lo siento, ¿tal vez es un mal momento?

La habitación se sumió en el silencio.

—Hannah —dijo Grace—, te presento a la señora Harnforth.

Satanás no es de esos

Dougie Reed —de 28 años de edad, proveniente de Glasgow y autoproclamado emisario de Satanás en este contexto— ha publicado un comunicado de prensa en el que clarifica que, si bien numerosas bandas de *heavy metal* han expresado su amor por el diablo a lo largo de los años, el propio Satanás es en realidad un gran fan de los estilos musicales de la cantante irlandesa Enya —cuyas canciones han aparecido en películas como *El señor de los anillos*—. Dougie nos ha comentado: «El mayor malentendido sobre el Señor Oscuro —¡larga vida a Satanás!— es que la gente cree que le gusta el *metal*. En realidad, es un tío bastante calmado que, después de un duro día de trabajo torturando almas, solo quiere tumbarse y relajarse con un buen merlot y el álbum de Enya en bucle».

CAPÍTULO 38

La señora Harnforth estaba sentada al lado de Hannah y leía lenta y detenidamente el ejemplar de *La Gaceta del Misterio* recién salido del horno o, en este caso, de la imprenta. Le chocó que estuviese caliente de verdad, siempre había asumido que solo era una expresión; sin embargo, tras los acontecimientos y las revelaciones de esa noche, era razonable pensar que la imprenta de esas oficinas funcionaba de forma distinta a las demás.

Ahora que había tenido tiempo de analizar a la señora Harnforth, Hannah concluyó que era una mujer sorprendente. Había aparecido de sopetón, se había disculpado por las horas y había pedido hablar con Banecroft y Hannah en privado. ¿Cómo supo que estaban aún ahí? ¿Cómo sabía el nombre de Hannah?

Pese a que se conservaba muy bien, Hannah supuso que la dueña de *La Gaceta del Misterio* tendría unos sesenta años. Era una mujer delgada y llevaba un abrigo elegante y discreto. Llevaba el pelo teñido de un rosa pálido que no debería quedarle bien a una mujer adulta como ella, pero que le sentaba de maravilla. Le daba un toque de elegancia y de rebeldía al mismo tiempo. Se movía con cierta desenvoltura y su presencia era relajada a la vez que autoritaria, cosa que Hannah presuponía que era algo con lo que se nacía.

Grace había insistido en llevarle una silla de la recepción para que así la señora Harnforth no tuviese que tocar nada que estuviera en la oficina de Banecroft —Grace le había explicado que una vez habían contratado a una persona para que limpiara, pero que, en cuanto vio el despacho, salió corriendo y gritando del edificio.

—¿Puedo...? —preguntó Banecroft, pero la señora Harnforth lo silenció alzando un dedo mientras pasaba la página y seguía con su lectura. Eso era todo lo que había hecho en los últimos quince minutos. Presencia autoritaria confirmada.

Leyó la última página, en la que Stella había sabido encontrar un par de huecos para meter algunos anuncios.

—Vaya —comentó la señora Harnforth—, ya veo que seguimos anunciando las «tácticas de ligoteo» de la señora Wilkes. Oh, Señor.

—Si me dejaras explicártelo... —intentó decir Banecroft.

—¿El qué?, ¿las técnicas de la señora Wilkes? Es algo innecesario, soy una mujer culta. Hablando de eso... —Se volvió hacia Hannah y le extendió la mano—. ¡Qué falta de modales por mi parte! Soy Alicia Harnforth, un placer conocerte.

—Oh —dijo Hannah mientras le estrechaba la mano—. Hannah Drink..., quiero decir, Willis.

—Ya lo creo —contestó con una sonrisa—. Encantada. Me han hablado mucho de ti.

—Ah, ¿sí? —preguntó Banecroft.

Se volvió hacia Banecroft de nuevo.

—Por supuesto, Vincent. Grace me mantiene informada.

Banecroft alzó tan rápido las cejas que por un milisegundo pareció que estaban a punto de salir disparadas de su rostro.

—¿Nuestra recepcionista es una espía?

—Relájate, por favor, Vincent. Eres la reina del drama. Grace no espía a nadie, solo me informa a diario sobre todo lo que ocurre en la oficina a través de correos electrónicos. Si le hubieras preguntado, seguro que te lo habría explicado. ¿Lo has considerado alguna vez o, por lo menos, has mantenido una conversación civilizada con ella?

—No, no lo ha hecho —respondió la voz de Grace desde el interfono.

—Grace, querida, le estás quitando importancia al asunto —dijo la señora Harnforth.

—Lo siento.

—¡Ya te he dicho que te fueras a casa! —vociferó Banecroft.

—No, no lo has hecho.

—Bueno, pues te lo digo ahora.

La conversación acabó con un sonoro bip.

—Cuando todo este acabe, tendré que hablar con ella.

—No —negó la señora Harnforth—, no hay nada de qué hablar. —Se volvió hacia Hannah de nuevo—. No te culpo por tirarle ese jarrón como has hecho antes. Vincent tiene una marcada inclinación hacia los malos modales.

Banecroft sacó un cigarrillo del paquete que había encima de la mesa. Al ver la mirada de la señora Harnforth, paró en el acto, con el mechero a medio camino. Hannah intentó no mostrar que se había dado cuenta de la mirada silenciosa que ambos habían compartido. Banecroft se quitó el cigarrillo de la boca y lo tiró encima del escritorio. Miró fijamente a Hannah y la desafió a que se atreviese a mencionarlo.

—Hablemos de esto —empezó la señora Harnforth, que señaló con el dedo el periódico que ahora yacía frente a ella en la mesa.

—Sé lo que parece —dijo Banecroft—, pero, aunque suene increíble...

—Para nada —respondió ella—. Creo todas y cada una de las palabras.

—Si me dejas explicártelo... Espera, ¿qué? —Las cejas de Banecroft estaban ejercitándose más de lo que su cuerpo había hecho en mucho tiempo.

—Sí, la criatura de la fotografía es lo que se conoce como un Ser. Lo de los «hombres lobo» es una auténtica tontería. Para nada está relacionado con los lobos. Para empezar, los Seres siempre cazan solos, mientras que los lobos cazan, obviamente, en grupo.

—¿Qué? —exclamó Banecroft.

—¿Perdona? —coincidió Hannah.

La señora Harnforth miró a uno y después al otro.

—Entiendo que estos últimos días han sido un gran choque cultural para los dos. El mundo no es el que creíais que era.

Se produjo un largo silencio seguido de los «¿qué?» de todos los que no eran la señora Harnforth. En vez de responderles, se giró hacia Hannah y le puso una mano en la rodilla.

—Puedo preguntarte... ¿Realmente quemaste la casa de tu marido, el que te engañaba?

—Pues yo...

—Espera —la detuvo Banecroft—. No cambies de tema. ¿Sabías de esto? —Estampó una mano en el periódico para enfatizar sus palabras.

—No —negó la señora Harnforth—. Lo que quiero decir es que sabía de la existencia de esas criaturas, pero se supone que ya no tendrían que estar entre nosotros. De hecho, para ser más precisos, están *prohibidas*.

—¿En algún momento vas a dejar de ser tan misteriosa? Es bastante molesto.

Hannah asintió con aprobación.

La señora Harnforth descruzó sus piernas y volvió a cruzarlas.

—Lo siento, me esforzaré en ser más clara. Hay mucho que no puedo contaros, al menos no por ahora, pero os explicaré lo que pueda.

—Bueno —contestó Banecroft—, gracias por hacernos un hueco en tu apretada agenda.

La señora Harnforth habló como si se dirigiera a toda una habitación en vez de a solo dos personas.

—¿Quién fue el que dijo que el sarcasmo era el nivel de inteligencia más bajo?

—No lo sé —respondió Banecroft—, pero te garantizo que no había entrado en internet antes de decir tal frase.

La señora Harnforth alisó su falda mientras hablaba.

—Antes de empezar, creedme cuando os digo esto: será más fácil para vosotros si aceptáis la idea de que todo lo que habéis conocido como mitos, cuentos de hada o leyendas no es verdad *per se,* pero sí que contiene ecos de verdad. —Les ofreció una sonrisa leve.

Una voz dentro de la mente de Hannah quería que rechazase todos esos disparates, pero la imagen de la criatura que había visto solo un par de horas antes con sus propios ojos insistía en volver a sus pensamientos.

La señora Harnforth continuó:

—El mundo siempre ha tenido algo que, a falta de una palabra mejor, podemos llamar «magia». En siglos pasados, su uso era constante. La humanidad, tal como la conocemos ahora, convivía con un gran número de criaturas que, en mayor o menor medida, eran «los otros». Notad que no he dicho que vivieran en paz; tristemente, en la naturaleza de la humanidad eso se ha logrado pocas veces. Los otros tienen multitud de nombres, formas y tamaños, pero nos referimos a ellos como a los Antiguos.

—Chorradas de *hippies* —soltó Banecroft, que no estaba acostumbrado a estarse callado mientras alguien hablaba.

—¿De verdad crees eso? —preguntó la señora Harnforth con calma—. ¿Acaso tenéis alguna explicación para la criatura con la que os habéis topado esta noche?

—Bueno... Yo creo que... No lo sé, pero... —Banecroft fue paulatinamente quedándose sin energía, de modo que la señora Harnforth asintió y continuó hablando.

—Así que la humanidad y los Antiguos vivieron codo con codo. No en paz, pero en un término medio. Luego, la humanidad, siempre tan luchadora, fue evolucionando poco a poco. Los pueblos se convirtieron en ciudades, la piedra en metal... De forma gradual, el mundo se inclinó a la voluntad de la humanidad. Es importante notar que los Antiguos no estaban separados de nosotros. Todo lo contrario. Seguramente tengáis parte de su sangre procedente de vuestros ancestros, como mucha gente. La razón por la que todo empezó a cambiar se atribuye a lo que todo el mundo conoce como el cuento de Alexander e Isabella.

—Qué bien —soltó Banecroft—, ¡es la hora del cuento!

—Vincent, Vincent, Vincent —suspiró la señora Harnforth—. Esto será mucho más sencillo si intentas..., bueno, no ser tan tú. Veamos, ¿por dónde iba?

—Alexander e Isabella —repitió Hannah.

—Cierto. Gracias, querida. Como dice la historia, Alexander fue un gran y sabio caballero, amado por el pueblo. Las tierras en las que reinaba eran conocidas por su tranquilidad y prosperidad, lares en el que el pobre y el príncipe eran iguales ante los ojos de la justicia. No obstante, el rey era un hombre solitario. Los rumores decían que había sido maldecido al nacer para que no pudiera sentir amor. Princesas de reinos lejanos intentaban cortejarlo, pero ninguna era capaz de conquistar su corazón, ya que él juró no casarse con nadie si no era por amor.

Banecroft hizo una mueca que fue ignorada por todo el mundo.

—Entonces un día, que había salido a cabalgar, se topó en sus tierras con un cazador furtivo que iba tras un ciervo. Persiguió a esa figura encapuchada y lucharon hasta no poder más. La guardia privada del rey quiso matar al intruso, el cual no solo tuvo la osadía de desafiar al rey, sino de resistir en el combate. Por el contrario, el rey quedó impresionado e incluso le pidió clemencia a cambio de que ese ávido guerrero revelase su identidad. El guerrero se quitó la máscara y reveló que en verdad era...

—Isabella —supuso Hannah.

—Isabella —confirmó la señora Harnforth con una sonrisa triste—. La historia continúa así: ella era la mujer más hermosa que el rey jamás había conocido, tanto que su belleza le hizo caer del caballo. Unas semanas después, ya estaban casados. Hacían una pareja estupenda y el reino lo celebraba. Casi inmediatamente, ella enfermó. El rey recurrió a los doctores y curanderos más importantes, pero nadie pudo ayudarla. Ella seguía empeorando y él estaba desconsolado. El amor más cruel es aquel que se concede tarde y es arrebatado pronto. Al rey solo le quedaba la esperanza y, mientras hacía guardia al lado de su amada, una hechicera fue y le explicó que había una forma de salvarla. La reina viviría si arrebataba la vida a tres Antiguos. Cegado por la tristeza, el rey dio la orden y tres pobres almas fueron ejecutadas. La hechicera realizó el rito y, en efecto, salvó la vida de la reina, pero en el momento final soltó una risa cruel, pues solo ella sabía lo que acababa de hacer. Le había otorgado a Isabella la inmortalidad. En ese preciso instante, Isabella vio qué pasaría si alguna vez perdía la vida. Obtuvo una visión del infierno, de un infierno muy real, al que su alma sería enviada en caso de que muriera. El rey, aunque solo quiso hacer el bien, había robado el alma de su esposa, cosa que no le perdonaría nunca. Veréis —continuó la señora Harnforth—, la hechicera no lo había explicado todo. El hechizo que había realizado haría vivir a Isabella solo durante diez años más. Después de ese tiempo, necesitaría más sangre de los Antiguos o estaría destinada a sufrir el tormento eterno que había visto en su visión.

Por esa razón el rey Alexander cambió y los Antiguos se convirtieron en sus enemigos, pues Isabella solo sobreviviría con sus muertes. Ellos intentaron matarla...

—Espera —interrumpió Banecroft—. Creía que habías dicho que era inmortal.

La señora Harnforth negó con la cabeza.

—No, podía morir, pero no por muerte natural. Su cuerpo era inmune a las enfermedades, pero, aun así, un buen golpe de espada podía matarla. Eso la aterrorizó, afligida por el destino que la esperaba. Alexander, cegado por su amor, juró protegerla toda la eternidad, por lo que también él pasó por el rito para abrazar la vida eterna. Isabella y él se convirtieron en los primeros, a los que ahora llamamos los Fundadores, aunque han ido recibiendo diferentes denominaciones.

—¿«Ahora llamamos»? —preguntó Banecroft incrédulo—. ¿Me estás diciendo que se supone que este cuento de hadas es real?

La señora Harnforth se encogió de hombros.

—Hay muchas versiones del cuento, por supuesto, pero sí, los Antiguos y los Fundadores son muy reales. Estos últimos aumentaron a lo largo de los años. El miedo a la muerte es una de las emociones más humanas. Si se tiene la oportunidad, ¿quién no querría vivir para siempre? Con el paso del tiempo, reunieron a poderosos aliados. Estos necesitaban a los Antiguos, por lo que los persiguieron para asegurar su inmortalidad. Eran minoría, pero no tenían el poder que los Fundadores poseían. La única opción que les quedaba era huir y esconderse, pero los Fundadores sabían cómo encontrarlos.

—¡Los Seres! —exclamó Hannah.

La señora Harnforth se giró para mirarla.

—Exacto, los Seres. No es ni su tamaño ni su fuerza lo que hace que sean tan útiles, sino su sentido del olfato: pueden usarlo para encontrar a miembros de los Antiguos. Estos no son todos iguales. Si usamos términos científicos, hay muchas «especies» diferentes y solo un cierto tipo es adecuado para crear a un Fundador.

—Así que esa cosa, el Ser —dijo Banecroft mientras golpeaba la fotografía en la primera página del periódico—, ¿también es inmortal?

—No —respondió la señora Harnforth, que sacudió la cabeza—. Todo lo contrario. Pensad en ellos como un arma, y temporal, además. Se trata de una persona ordinaria que un Fundador ha convertido en una bestia. Sin embargo, no pueden ser controlados durante mucho tiempo. Pronto la mente humana es absorbida y se convierte en una bestia salvaje, furiosa e impulsiva. Un arma sin uso para nadie.

—¿Por qué lo hacen, entonces? —preguntó Hannah—. ¿Por qué convertirse en un Ser?

—Bueno —respondió la señora Harnforth—, en la antigüedad solían ser personas condenadas a muerte. Cuando esa era la única opción, muchos optaban por ello. Respecto a esta pobre alma que habéis conocido esta noche, quién sabe. El conocimiento de toda esta historia se ha ido olvidando, por lo que este desafortunado hombre sin duda alguna no sabe en lo que se ha metido.

—Espera —la interrumpió Banecroft—. Digamos, por un segundo, que me creo todo esto. Antes has dicho que estos Seres no deberían existir.

La señora Harnforth asintió.

—Hay un acuerdo: un pacto tácito entre los Fundadores y los Antiguos que se firmó hace cientos de años. Como parte de ese trato, los Seres deberían ser cosa del pasado.

—¿Fueron prohibidos?

—Esa es una forma de decirlo. Durante siglos, los Antiguos escapaban mientras los Fundadores los perseguían. Así funcionaba. Los Fundadores eran, por supuesto, muy selectivos a la hora de dejar entrar a alguien. Cada miembro nuevo significaba más Antiguos a los que perseguir para mantenerse vivos.

—Un momento —dijo Hannah—, lo siento, pero... has dicho que todos los mitos y demás eran ciertos.

—Muchos de ellos —contestó la señora Harnforth—. Aunque no estoy diciendo que el monstruo del lago Ness exista de verdad.

—Ya, pero eso quiere decir..., otra forma por la que se podría conocer a los Fundadores es... ¿vampiros?

La señora Harnforth asintió.

—Ese término no es muy usado entre los Antiguos y es odiado por los Fundadores, pero sí, el mito de los vampiros puede ser visto como una alegoría de estos últimos.

Banecroft resopló sonoramente.

—Vincent. —La señora Harnforth suspiró—. ¿Quieres decir algo?

—Sí. Si estos Fundadores, como tú los llamas, van chupando la sangre de la gente, creo que todo el mundo se habría dado cuenta.

—Veamos, Vincent, sé que sabes lo que es una alegoría. No se dedican a eso, no directamente. No pienses en figuras con capas y colmillos. Piensa en los días en *Fleet Street*. Lo has visto: ciertas historias que son silenciadas. Un poder oculto. Algunas cosas son tal como es el mundo; otras son obra de los Fundadores. Piensa en ello, no quieren ser conocidos por la «gente mundana». ¿Querrías que la fuente de la juventud corriese por tus venas? Quieren que su existencia se mantenga en secreto por esa misma razón. Prefieren vivir en este mundo y guiarlo desde la oscuridad que guiarlo en la luz.

—Vale —admitió Banecroft—, si todo esto es real, ¿cómo demonios marcha este «acuerdo» ahora? ¿Quién negociaría una tregua después de haber salido ganando?

—Ahora —dijo la señora Harnforth—, por fin, haces las preguntas adecuadas.

—Yupi.

Hubo una pausa y un intercambio de miradas, el justo para recordarle a Vincent la naturaleza de su relación.

—Lo que cambió las cosas fue, digamos, la consecuencia involuntaria de la crueldad de la humanidad hacia nosotros mismos. En otras palabras, matar fue mucho más fácil con la llegada del siglo xx: armas, bombas, artillería pesada. Repentinamente, los Fundadores eran vulnerables, a pesar de sus poderes. Los muros de los castillos ya no podían protegerlos. Los Antiguos, o una parte de ellos, encontraron formas de matarlos. La muerte y el tormento eterno que los espera después de ella es lo que más los aterra. Recordad que, como parte del rito, cada Fundador experimenta una visión del infierno que lo aguarda si alguna vez muere. Incluso ellos, con sus poderes, no fueron capaces de devolver al genio a su lámpara una vez que aparecieron los medios de guerra modernos.

—Hablando de eso —la interrumpió Banecroft. Sacó una botella de *whisky* y un vaso del cajón—. Vosotras dos podéis seguir con el tema, pero yo no tengo ninguna intención de continuar escuchando esto sobrio.

—No lo entiendo —admitió Hannah.

Banecroft soltó una risa que causó que parte de la bebida se vertiese en la mesa.

La señora Harnforth la miró.

—Perdona, querida, ¿qué parte no entiendes?

—Ese... ¿acuerdo? —La señora Harnforth asintió para indicar que Hannah se hacía las preguntas adecuadas—. Has dicho que los Fundadores solo podían vivir de la muerte de los Antiguos.

—¿Lo he hecho? —contestó ella—. Mis disculpas. Así era, pero me he dejado una parte crucial de la historia. Algunos Fundadores, los más progresistas, por así decirlo, empezaron a investigar y descubrieron que era posible extraer de los Antiguos lo que ellos llamaban la fuerza de la vida; magia, para que os resulte más fácil de entender.

—Bien —dijo Hannah—, pero ¿eso no significa que todo esté, más o menos, bien?

La señora Harnforth arrugó la nariz.

—No exactamente, esa extracción no se consigue de un modo fácil. El procedimiento, al que llaman «el coste», es brutal y acorta muchísimo la vida del Antiguo al que se le realiza. En efecto, los Fundadores siguen matándolos para poder vivir, pero lo hacen de una forma menos directa. Simplemente es la solución menos mala. Hay mucho detrás de toda esta historia, pero a grandes rasgos así ocurrió.

—Así que —concluyó Hannah—, ¿la existencia de este Ser significa que los Fundadores han roto el acuerdo?

—Sí y no. Si no estoy equivocada del todo, imagino que solo uno de ellos lo ha roto. Un lobo solitario.

Banecroft cogió el periódico y lo sostuvo en alto para enseñarle a la señora Harnforth la fotografía de la portada.

—Por casualidad, ¿no te referirás a este calvo caraculo del fondo?

—No lo habría descrito de forma tan vistosa, pero sí, ese caballero. Puedo estar equivocada, pero creo que la explicación más lógica es que se trata del que está rompiendo los tres principios del acuerdo: número uno, los Antiguos acordaron dejar de matar a los Fundadores; número dos, los Antiguos pagarían el coste a cambio de que los Fundadores no los persiguieran más, y número tres... —Miró a Hannah y a Banecroft expectante.

—¿No más Fundadores?

La señora Harnforth asintió con una sonrisa, como una madre orgullosa.

—No más «ritos», como son conocidos. Ese caballero está rompiendo los principios. Vuestro informe lo identifica como estadounidense e imagino que ha venido aquí esperando hacer lo que sea que esté haciendo en secreto. La prensa y el público en general rechazarían tu titular y lo tacharían de sandez.

—Genial —bufó Banecroft.

—Pero, cuando las señales se hagan públicas, aquellos que deban saber de esto lo verán y actuarán en consecuencia. Es por esta razón que se creó este periódico.

—Bueno —dijo Banecroft—, no lo haremos una segunda vez. La policía nos ha cerrado el chiringuito. A no ser que tu abogada se saque otro jodido as de la manga como la última vez.

Por primera vez en la conversación, la señora Harnforth parecía confundida.

—¿Abogada? ¿Qué abogada?

Banecroft se quedó mirándola durante un largo rato, se reclinó en la silla en un ángulo bastante precario y bramó al techo:

—¡Tiene que ser una broma!

—Lo siento —se excusó la señora Harnforth—. Creo que te han engañado del todo.

—Pero ella...

—Por alguna casualidad, ¿te invitó a aparcar la investigación?

Banecroft se lanzó hacia delante con la silla, golpeó las patas delanteras contra el suelo y se estiró para coger la botella de *whisky* por segunda vez.

—Creo que ya sabes la respuesta. Para ser claros, ¿hay alguien de nuestro bando?

—La cuestión es que no hay bando. Aparte, tampoco hiciste caso del consejo de la abogada.

—No —dijo Banecroft mientras se servía otro vaso hasta el borde—. Nunca he sido de acatar órdenes.

—Por eso estás aquí —explicó la señora Harnforth.

Banecroft detuvo el vaso a medio camino de sus labios y la miró durante un largo momento.

—Eso me lleva a la siguiente pregunta... —La irritación brilló en su cara al ser interrumpido por un golpe en la puerta—. ¿Qué cojones quieres ahora?

La voz de Manny flotó desde el otro lado.

—Nos dijiste que nosotros te avisáramos cuando el camión estuviese aquí. —Se produjo una incómoda pausa—. El camión está aquí.

CAPÍTULO 39

Moretti dio un mordisco al dónut y, acto seguido, lo escupió de vuelta a la bolsa. Otro alimento que estos ingleses de pacotilla no sabían hacer. Estaba deseando acabar con esto lo antes posible y volver a Estados Unidos. Por supuesto, después de una nueva cagada por parte del chucho, la probabilidad de ese retorno había vuelto a desvanecerse. Tiró la bolsa al suelo mientras doblaba la esquina para dirigirse al almacén. Esa vez tendría que reprimirlo de verdad, a golpes, porque claramente la anterior charla sobre el precio de su fracaso no había calado hondo.

Moretti tenía que admitir que el error había sido suyo, al menos al principio. Sí tuvo sentido deshacerse de ese periodista entrometido haciéndolo saltar del edificio por su propia voluntad. Pensó que eso haría que la policía investigara por el camino equivocado, pero, en defensa propia, ¿qué demonios era una cámara con wifi? Aún seguía sin entenderlo del todo, pero rompió la cámara en mil pedazos en cuanto escuchó la charla sobre el maldito trasto a través del micrófono que había colocado dentro de las oficinas de *La Gaceta del Misterio*. No iban a investigar más gracias a su ignorancia.

De alguna forma, la cámara se había conectado a alguna señal de wifi repartida por Mánchester mientras esta iba en la parte trasera de su coche y había compartido todo su contenido con el disco duro de ese pringado.

Tiempos desesperados requieren medidas desesperadas, por eso había pedido al chucho que acabara con todos los integrantes de ese periodicucho y quemara el lugar. Moretti seguía sin comprender por qué sus poderes no habían funcionado con ese irlandés, pero la fuerza bruta y el fuego siempre funcionarían. Si aquello iba a acabar en desastre, que fuese el mejor desastre posible. El chucho parecía no darse cuenta de que la bestia se estaba apoderando de él; eso o el chico era demasiado tonto para ser consciente de este hecho y no le importaba liquidar a civiles. Con independencia del motivo, debería haber sido una misión fácil de cumplir; sin embargo, lo vio saltar desde una ventana y salir pitando de la iglesia como un perro callejero lloriqueando.

Moretti se detuvo delante de las persianas metálicas del almacén y, después de mirar a un lado y otro de la calle para asegurarse de que nadie estaba mirando, hizo una serie de giros con la mano izquierda. Las persianas se sacudieron y subieron con el sonido de chirridos metálicos. La temprana luz del amanecer bañó el interior y Moretti entró y se tomó un momento para que sus ojos se le ajustaran a la luz.

El chucho, de vuelta en su forma humana y desnuda, estaba tirado en una de las harapientas sillas. Se asustó en cuanto vio la luz.

—Perdona, ¿te he despertado, cachorrito? —Moretti sacó un pañuelo del bolsillo para limpiarse el azúcar de las manos; demasiada para su gusto. No sabían hornear ni un simple dónut—. ¿Cómo ha ido?

Gary Merchant no alzó la vista para mirarlo.

—Ya sabes cómo ha ido.

—No —negó Moretti—. Sé cómo debería haber ido. Joder, lo que no entiendo es qué fue mal.

El chucho finalmente lo miró a los ojos.

—Un... puto demonio o algo salió del tío negro ese..., de dentro de él. Tenía alas. No mencionaste eso en ningún momento, ¿a que no?

—Ya veo —dijo Moretti—. Tu fracaso es culpa mía, ¿verdad? ¿Es eso lo que estás diciendo?

Gary llevó la mirada al suelo de nuevo y puso los brazos alrededor de sus piernas.

—No, solo que...

—Solo que qué.

—Yo solo...

—Habla fuerte y claro. Quiero saber lo que piensas, y seguro que ellos también.

Moretti se volvió hacia las dos figuras colgadas en lo alto del muro, que tenían la boca amordazada. El sintecho tipo 2 lo miraba con el terror que esperaba de él; el tipo 6 lo hacía con el odio que sabía que encontraría en él. Ambos estaban colgados, indefensos, aprisionados con ligaduras de hierro fundido para mantenerlos en su sitio. Normalmente, Moretti habría rociado con un manguerazo al sintecho para deshacerse de la peste, pero, como el sitio entero olía mal, no serviría de nada. La bruja parecía tan fuera de lugar con la bata y el camisón que Moretti se habría reído de haber estado de buen humor.

—Anímate. —Moretti fue a paso ligero hacia estos dos individuos con los brazos extendidos—. Estas dos valientes almas se han ofrecido voluntarias para salvar a tu pobre niña. Así que, dime, dinos, qué pasó para que no pudieras cumplir con la simple tarea que salvaría a tu pobre y enferma Cathy.

—¡No pronuncies su nombre! —gruñó Gary. En un segundo, pasó de ser el perro callejero a la bestia. Los ojos rojos se le iluminaron cuando se lanzó hacia él. Con un simple giro de muñeca, Moretti atrapó al chucho y lo hizo girar en el aire, como una marioneta, hacia el techo, para después dejarlo caer hasta tener su rostro a escasos centímetros del suyo.

—Creo que, de nosotros dos, yo debería ser el enfadado —dijo calmado—. Gracias a ti, la tercera y última pieza del puzle será prácticamente imposible de atrapar. Necesitaremos a un tipo 8, y en condiciones normales son difíciles de atrapar, pero es que ahora estarán ocultando su olor y nunca los encontraremos. Todo esto habrá sido en vano. Tendré que irme a otra ciudad y empezar de cero. Me has hecho perder el tiempo. ¿Sabes lo que me molesta eso?

—En esa oficina había algo más.

—Sí, ya lo has dicho, el demonio, pero no nos sirve, créeme. Supongo que se tratará de… Olvídalo, a estas alturas no sirve de nada intentar explicártelo.

—No, no, no. Algo más, no eso. Lo sentí, ya sabes, algo poderoso.

Moretti se le acercó para intentar descifrar si estaba diciendo la verdad o mentía por pura desesperación.

—¿Crees que era un tipo 8?

—Más poderoso que eso. Era como... No sé lo que era, pero...

Moretti agitó la diestra y el *Libro de las esencias* apareció en su mano.

—Espero que no me estés haciendo perder el tiempo.

—No, te lo juro. Fue algo... increíble.

—Bueno, entonces... —Moretti abrió el libró y empezó a pasar páginas—. Dime cuándo debería parar.

—No. No. No. No. —Moretti continuó pasando las hojas: los normales, los poco comunes, los...—. ¡Ese!

Moretti examinó la página y alzó la vista.

—¿De verdad?

—Era como este, pero combinado con el de dos páginas atrás.

—Imposible.

—Definitivamente lo era, te lo digo yo. Ahora tengo un sentido del olfato espectacular.

—Pero no es... Eso sería la más extraordinaria de las cosas. —Moretti se dio la vuelta, hablaba más para sí mismo que para cualquier otra persona—. Quiero decir, teóricamente sí, pero... —Juntó ambas manos, emocionado.

—¿Funcionará con lo que ya tenemos?

—¿Qué? —preguntó Moretti mientras volvía a mirarlo—. Ah, sí, por supuesto. Sería un desperdicio en muchos sentidos, pero eso seguro que funcionará.

—Perfecto.

Moretti se detuvo.

—Si me estás mintiendo...

—No te miento. ¿Por qué iba a inventarme algo así?

Moretti miró al chucho a los ojos fijamente. No había engaño en ellos. No podía saber tanto para engañarlo con una mentira tan buena. Moretti estaba tan ilusionado que hasta bailó de emoción.

—Oh, sí, sí, sí, sí. Qué grandeza poder vivir algo así.

—Así que es algo bueno, ¿verdad?

Moretti se giró de nuevo y le dio al chucho una bofetada juguetona en la mejilla.

—Pequeño idiota, ¡esta noticia es tan inesperada e inexplicablemente buena que podría llegar a la conclusión de que le caigo bien a quienquiera que esté ahí arriba!

Se dirigió hacia el sintecho y la bruja:

—Buenas noticias, amigos, vais a morir muy bien acompañados. Por fin seréis libres. Santo Dios, ¡yo seré libre al fin!

—¿Podrías...? —preguntó el chucho.

—Sí, sí, por supuesto. —Moretti chasqueó los dedos y el chucho cayó al suelo—. Venga, levanta —ordenó mientras daba la vuelta sobre los talones y se dirigía a la puerta—. Deberías convertirte en algo más peludo. ¡Nos vamos de caza!

CAPÍTULO 40

Banecroft estaba sentado en la azotea mirando cómo cargaban los camiones en la pálida luz del amanecer.

—¿Crees que es seguro que un hombre con los niveles de alcohol en sangre tan altos como los tuyos esté sentado ahí arriba?

El susodicho no se giró.

—Por supuesto. Lo he pensado muchas veces y, desgraciadamente, es bastante probable que sobreviviera a la caída.

—Sí, pero me sabe mal por el pobre desgraciado que tenga que parar tu caída. No podemos permitirnos una demanda.

La señora Harnforth dio un paso adelante y se sentó en uno de los pequeños bolardos de piedra. Banecroft estaba reclinado en una tumbona, oxidada y descolorida por el sol, que había encontrado ahí arriba.

Volvió a coger la botella de *whisky*.

—¿No crees que ya has tenido suficiente de eso?

—No, nunca tengo suficiente.

De nuevo, volvió a servirse un vaso desproporcionado.

—Estás cabreado.

—Siempre lo estoy.

La señora Harnforth suspiró, tenía cara de pocos amigos.

—Lo que llevas dentro no es rabia, Vincent; es dolor. Un profundo pozo de miseria que no has sabido sellar, sino que te has dedicado a beber hasta olvidar. ¿Cómo te ha ido con eso?

Banecroft alzó el vaso, como proponiendo un brindis.

—Es demasiado pronto para pensar en eso. Salud.

La señora Harnforth contempló cómo la ciudad iba despertando. Incluso a esas horas, la autovía elevada ya acogía una cantidad considerable de tráfico y, en la distancia, las ventanas de los edificios empezaban a encenderse.

—Adelante con las preguntas, Vincent. Sé que las tienes.

—Vaya, qué considerada. Me encanta cuando quieres que parezca que tengo algún tipo de control sobre lo que hago. Me mentiste.

—No hice tal cosa.

—Omitir la verdad es otra forma de mentir, y lo sabes. No sabía en lo que me estaba metiendo.

La señora Harnforth se giró para mirarlo.

—¿Me habrías creído?

—Eso es irrelevante.

—No, Vincent, más bien lo contrario. Si te hubiera contado la verdad, te habrías mofado de ella. Algo muy tuyo es que tienes que ver las cosas para creértelas. Una mente como la tuya quiere llegar a la verdad a través de los hechos, si no, no lo aceptaría.

Banecroft la apuntó con un dedo.

—Me trajiste aquí bajo pretextos falsos.

La señora Harnforth lo consideró y asintió.

—Eso es verdad, lo hice. Me gustaría disculparme por ello, pero ambos sabemos que ya carece de sentido. Hice lo que debía hacer y no me arrepiento de mis acciones.

Banecroft la fulminó con la mirada y dio un gran trago a su bebida.

—Mientras disfrutas de tu enfado permanente, no olvides dónde te encontré, Vincent. Habías tocado fondo e intentabas perjudicarte aún más. Estarías muerto si no fuese por mí.

—Hay cosas peores.

La señora Harnforth lo miró con detenimiento. Su mirada era una de las pocas que no podía soportar.

—Un día tendremos que hablar seriamente sobre esa declaración, pero hoy no. Por lo que respecta a los acontecimientos recientes, sí, te mentí, pero lo hice por tu bien y por el bien común.

Banecroft se rio entre dientes, desganado.

—Ríe cuanto quieras, Vincent, pero sabía que, si te traía aquí, a un lugar rodeado de lo alocado, las teorías conspiranoicas y los monstruos imaginarios, en algún momento la verdad vendría a llamar a tu puerta y tu mente, que sigue igual de

302

brillante a pesar de tus intentos para matarla, la aceptarías en cuanto se presentara ante ti.

—¡Simon murió! Solo era un chico que perseguía una historia y, como no sabía la verdad, murió. Su muerte pesa sobre ti.

La señora Harnforth negó con la cabeza.

—No lo creo, pero, para ser sinceros, podrías llevar razón, no lo sé. Creo que… —Volvió a contemplar el horizonte—. He visto y he sido responsable de demasiadas cosas… Tengo las manos manchadas de sangre, sin duda alguna. No puedo negarlo. Puede que tenga que añadir al pobre Simon en ellas, pero eso es algo que otros deberían juzgar. Pese a todo esto, creo firmemente en la tregua, he hecho todo en esta vida para preservarla. Dejé muchas cosas atrás por ella y no, la cosa no va muy bien. Me refiero al Acuerdo. No era un buen pacto, para empezar, y hubo mucha presión de todas las partes implicadas. Hay veces que parece imposible de mantener, pero alguien tiene que hacerlo.

Banecroft dio tres aplausos sarcásticos, algo que hizo que se desvaneciera la calma de la señora Harnforth por un segundo y que llenó sus ojos de ira. Habló con tono burlón:

—Bendecidos sean los portadores de la paz.

—Como ya he dicho, Vincent, estoy muy ocupada. Hay un montón de sitios en los que debería estar, así que agradecería que dejases de lado tus dramatismos e hicieras las malditas preguntas.

Banecroft sacó el brazo para intentar pescar la botella de *whisky* ya casi vacía. La señora Harnforth agitó dos dedos en un preciso movimiento y la botella se elevó en el aire y se alejó de él.

—Eso responde a una de ellas.

La botella se movió hasta descansar en el alféizar de la ventana que conducía a la azotea.

—Por cierto —comentó la señora Harnforth—, eso me ha recordado algo que debería haber mencionado. Dijiste que conociste al hombre que controlaba al Ser, ¿balanceó algo frente a ti?

—Sí —contestó Banecroft—, como si el objeto brillante fuera a distraerme.

Ella asintió.

—Intentaba hacerte lo que llamamos un «glamur», lo que permite a los de su clase controlar las mentes.

—Ya veo —dijo Banecroft—, ¿y me salvó mi mente brillante?

—No, te salvó la llave que tienes en el bolsillo del pantalón.

Banecroft metió la mano en él y extrajo la deslustrada y cobriza llave de la puerta principal de la iglesia.

—¿Esta?

La señora Harnforth asintió.

—Exactamente esa. Es lo que se conoce como tótem. Uno bastante poderoso, debería añadir, como todas y cada una de las llaves de este lugar. Cualquiera que lleve consigo una de estas quedará protegido de la magia, casi del todo.

—Si de verdad estoy «protegido» de cualquier abracadabra, ¿cómo es posible que...? —Con la cabeza indicó su querida botella, que lo había abandonado.

—Te protege a ti, no a los objetos, como tampoco evita que te estampe la botella en un lado de tu cráneo, me temo. No eres invencible.

—¿Así que el enemigo tiene magia y lo único que tenemos nosotros es una llave como protección?

—Eso y a vuestro compañero Manny, como has visto esta misma noche.

—¿Debería preguntar qué cojones ha sido eso?

La señora Harnforth se encogió de hombros.

—Probablemente no, pero ten por seguro que mientras estéis aquí, estaréis protegidos. Ella es magia antigua y todos, excepto los más poderosos o los más temerarios, evitarían enfrentarse a ella.

—Sabía que ese *hippy* y su mierda de paz y amor eran gilipolleces.

—Ella no es el mismo que él. La mejor forma de describirlo es que... está con él. Lo que nos lleva a... —La señora Harnforth se abrazó a sí misma para protegerse del frío—. Hace un frío que pela aquí, Vincent, y, como ya he dicho, el tiempo es oro. ¿Vas a preguntármelo ya de una vez?

Banecroft se irguió y habló mirándose a los pies:

—Mi mujer.

La señora Harnforth se acercó a él y le puso la fría mano en la mejilla.

—Tu mujer —dijo con delicadeza.

Banecroft tardó unos segundos en recuperar la voz y, cuando lo hizo, había dejado a un lado su fanfarronería tan característica:

—Sabía... Cuando la encontraron, sabía que no era ella. Incluso después de varios exámenes, cuando todo indicaba que era ella, sabía que no. Lo sabía.

La miró con los ojos llenos de lágrimas. La señora Harnforth volvió a hablar con delicadeza.

—Y te gastaste hasta tu último centavo y permitiste que tu vida se desmoronase a tu alrededor intentando encontrar a la mujer que todo el mundo daba por muerta.

—Ese cuerpo —su voz era ahora ronca— no era suyo.

La señora Harnforth dio un paso atrás y se dio la vuelta.

—Sé que crees eso, y ojalá tuviera las respuestas que tanto ansías, pero me temo que no.

Banecroft se pasó la manga por la cara y alargó la mano automáticamente para coger una botella que ya no estaba ahí.

—Lo he investigado —continuó ella—, y estoy intentando que una vieja amiga lo investigue también. —Harnforth volvió a girarse hacia Banecroft—. Quizá haya una verdad que revelar. Si la hay, la encontrará. Aunque puede que se trate de una que no te guste.

Por debajo de ellos, oyeron cómo cerraban las puertas de los camiones y encendían los motores.

—¿Qué debo hacer? —preguntó Banecroft.

—¿Sobre qué? —preguntó la señora Harnforth—. Nada, al menos no por ahora. Debes dejar que pase el tiempo. Te prometo, amigo, que hará todo lo que esté en sus manos. Mientras tanto, tienes un periódico que dirigir. —Señaló los camiones que ahora emprendían su viaje por las calles—. En unas horas, todos y cada uno de los Antiguos que vivan a unos sesenta kilómetros a la redonda sabrán que hay un Ser a la caza y estarán listos. Del mismo modo, los «poderes fácticos» se verán obligados a actuar. Has hecho un buen trabajo esta semana.

—No sin un precio.

Miró a la señora Harnforth. En la tenue luz del amanecer, parecía bastante más mayor que hacía unos instantes.

—Siempre lo hay. Me temo que esto ha sido solo el principio. Se acerca un viento muy frío. —Se sentó de nuevo en el bolardo y permanecieron ahí juntos unos instantes, contemplando como la ciudad empezaba a despertar.

Banecroft cogió el cigarrillo que tenía guardado detrás de la oreja y lo encendió.

—Por cierto, ¿puedes sacar un conejo de la chistera? Siempre me ha gustado ese truco.

—Oh, por favor, cierra el pico, Vincent.

Convención de psíquicos cancelada debido a «circunstancias previstas»

La 15.ª convención anual de psíquicos portugueses ha sido cancelada debido a lo que los organizadores llaman «circunstancias previstas».

En un comunicado de prensa revelaron que el evento de la próxima semana no se llevará a cabo porque, «si lo hiciera, pasaría algo muy malo. No podemos dar más detalles, ya que, desafortunadamente, eso haría que sucediera algo aún peor».

Los organizadores también explican que la cancelación no tiene absolutamente nada que ver con la escasa venta de entradas.

CAPÍTULO 41

Hannah se recostó en la silla y se llevó el auricular del teléfono a la oreja. Una parte de ella siempre había querido tener su propio escritorio, pero en esos momentos solo había trozos de madera hechos añicos descansando en un lado de la sala, en la pared, tras haber sido una molestia momentánea para una bestia enfurecida. Se quedó mirándolo. El incidente de hacía un par de horas ya empezaba a sentirse como si hubiera sido un sueño muy vívido. Sorprendentemente, su teléfono móvil no había recibido ningún daño, algo que Hannah aún no había decidido si era bueno o malo.

Tras una larga noche, ahora que el periódico ya estaba publicado y que todos se habían marchado a casa, la adrenalina estaba abandonando su cuerpo. Aun así, los autobuses no empezarían a pasar hasta dentro de una hora y no podía permitirse llamar a un taxi, puesto que en nada estaría de nuevo sin empleo. Por todo eso, se dio cuenta de que revisar los mensajes en el buzón de voz quizá no solo era la peor idea, sino también completamente inútil, dado que esa nueva edición de *La Gaceta del Misterio* sería la última. Sin embargo, era eso o tratar de procesar todo lo que había pasado y todo lo que le habían contado, y a esas horas parecía una tarea demasiado monumental que encarar. En vez de eso…

La voz robótica le habló:

—Tiene… treinta… y… nueve… mensajes.

Hannah gruñó y colgó el teléfono.

—Que les den a todos.

—¡Esa es la actitud!

Hannah levantó la cabeza y vio a Banecroft parado en la puerta, se apoyaba en la muleta y sujetaba en la otra mano los restos de las flores que estaban en el escritorio de Grace antes de que Hannah se las lanzara a Banecroft a la cabeza.

En cuanto lo vio, se sentó correctamente.

—Perdona, estaba repasando los mensajes de voz, pasando el rato hasta que vuelva a haber autobuses para poder ir a casa.

—¿A casa? —preguntó Banecroft, indignado—. Tenemos una sesión orientativa para la edición de la semana que viene a las nueve, y es obligatoria.

—¿Para quién? No sé si te has dado cuenta, pero la mitad de nuestro equipo está en el hospital y la otra mitad detenida.

Banecroft resopló.

—Excusas baratas. Mírame a mí, trabajando con un disparo en el pie.

—Te lo hiciste tú mismo.

—Y aún hay más: esa cosa peluda e inútil me hizo volar por los aires y tampoco me escuchas quejarme sobre mi brazo roto.

—Bueno, creo que con todo el alcohol que llevas dentro no podrías ni notar si te golpeáramos con un edificio.

Banecroft negó con la cabeza con desdén.

—Está bien, ven a las once, no, espera, mejor a las diez y media. Tenemos que empezar lo antes posible con el contenido de la semana que viene.

Hannah cerró los ojos y se pasó los dedos por el pelo. No recordaba la última vez que había estado tan cansada.

—¿Por qué no te vas a la…? —Abrió los ojos repentinamente—. Espera un segundo, pensaba que la semana que viene ya no íbamos a publicar nada. Más bien, creía que nunca más.

—Tonterías —repuso Banecroft—. Mis grandes talentos de persuasión y negociación han dado fruto y…

—La señora Harnforth lo ha arreglado —interrumpió Hannah—. Lo ha arreglado ella, ¿verdad?

Banecroft la miró de reojo mientras encendía un cigarrillo.

—Fue un trabajo en equipo.

—¿A quién ha llamado a estas horas?

Banecroft dio una larga bocanada y dejó escapar una gran nube de humo.

—Supongo que a los que debió de llamar no son mucho de dormir.

Hannah, con extrañeza, sintió una oleada de euforia. Puede que fuese por el hecho de estar exhausta o quizá fuese el alivio de saber que no tendría que volver a las entrevistas de trabajo.

—Me alegro de escuchar eso, supongo. —Hannah no quería sonar demasiado entusiasmada—. Y, si estás esperando una disculpa por mi parte por haberte tirado las flores, espera sentado. Te lo merecías.

—Al contrario —dijo Banecroft—. Estoy agradecido de que no hayas quemado el edificio.

Hannah, por primera vez en solo Dios sabía cuánto tiempo, sacó la lengua e hizo una pedorreta, rebelde. Había olvidado lo bien que sentaba hacerle eso a alguien.

—Tengo una teoría —prosiguió Banecroft.

—Si crees que sujetar flores te hace más encantador, los resultados iniciales no son muy prometedores.

Banecroft cruzó el espacio que los separaba cojeando.

—No olvides que aún estás en tu periodo de prueba. En una economía como la nuestra, hay un montón de gente que mataría por un puesto como el tuyo.

—¿De verdad? —preguntó Hannah mientras se levantaba—. Pues están de suerte, porque estoy demasiado cansada para luchar por él. ¿Cuál es tu teoría?

—¿Por qué nos atacó… esa cosa?

Hannah se encogió de hombros.

—No lo sé. Quiero decir, es un monstruo. Puede que no…

—No pienses en él de ese modo. Lo has escuchado de la propia señora Harnforth: es un arma. Por tanto, ¿por qué decidió su dueño atacarnos?

—No lo sé.

—¡Piensa un poco, mujer!

Hannah lo fulminó con la mirada.

—No sé qué… Teníamos una foto. Sabía que sería un problema si la publicábamos.

—Exacto, pero ¿cómo pudo saberlo?

—Hum… —Hannah se detuvo.

—Piénsalo —le pidió Banecroft—. Las únicas personas que sabíamos de la existencia de esas fotos estábamos en esta oficina y, aunque sean el equipo de periodistas más incompetente del país, no creo que filtrasen nada al enemigo.

—Entonces...

Banecroft le pasó el ramo de flores a Hannah.

—Que las flores te guíen.

Encontró el aparatejo justo por encima de donde se juntaban los tallos. Tenía el tamaño de una moneda de cincuenta céntimos.

—¿Nos han estado espiando?

—Sí —afirmó Banecroft—, y, mejores noticias aún, ya sabemos quién era tu admirador secreto.

Hannah dejó caer al suelo el ramo de flores y lo pisó repetidamente con el talón, sin dejar de hacerlo pese a ser consciente de que después de tantos golpes el aparato ya debía de haber quedado inutilizable.

—Hombres —soltó Banecroft—. No puedes confiar en ninguno de esos bastardos.

—Oh, cállate.

—Tenía un discurso preparado para nuestro amiguito norteamericano, pero me has arrebatado el micrófono.

—Qué pena. Sé cuánto te gusta escuchar tu propia voz.

Justo en ese momento sonó el teléfono de la oficina. Aunque era un sistema antiguo, estaba configurado de tal manera que sonase directamente en las oficinas si Grace no estaba en la recepción.

—¡Grace! —chilló Banecroft—. ¡Cógelo!

—No está aquí.

—¿Por qué no?

—Porque son las cinco y media de la madrugada y nadie debería estar aquí. —Hannah miró el reloj. Había tenido suficientes locuras por ese día, pero puede que fuesen los camiones que acababan de irse cargados con los nuevos ejemplares semanales los que llamasen. A regañadientes, cogió el teléfono—: Buenas, llama a *La Gaceta del M...* —Hannah se acercó a la mesa—. Vale, cálmate, Grace. Calm... ¿Estás segura? ¿Dónde estás?

—¿Qué demonios está...? —preguntó Banecroft.

Hannah lo silenció con un gesto.

—Vale, enseguida vamos. ¿En qué hospital?

Hannah se incorporó mientras seguía escuchando a Grace.

—Estamos de camino.

Hannah colgó el teléfono con un sonoro golpe y cogió el abrigo.

—Apresúrate, Grace está en el hospital. Se han llevado a Stella.

CAPÍTULO 42

Hannah oyó a Grace antes de verla.

—¡Quítame las manos de encima!

Se habían llevado el coche de Banecroft. Hannah se había abierto paso a toda velocidad esquivando coches a través del tráfico de aquella mañana y se había saltado un par de inconvenientes semáforos. Banecroft había salido del coche en cuanto habían llegado al hospital y se había dirigido corriendo, a la máxima velocidad que la muleta le permitía, a urgencias.

Hannah estacionó el coche en el primer sitio libre que encontró y salió corriendo tras él, y lo alcanzó cuando este iba dando pisotones por el pasillo. Pasaron por delante de una enfermera rechoncha a la que se le borró la sonrisa en cuanto vio a Banecroft.

—Oh, no. Otra vez usted no.

—Un placer volver aquí —saludó Banecroft sin dignarse a parar. Ya habían pasado cinco días desde su visita, pero claramente había dejado una gran huella tras su marcha.

No era necesario que hablaran con la mujer de la recepción. En cuanto entraron a los bloques A y E, oyeron la voz de Grace sin ningún tipo de problema. Su voz sonaba por toda la sala y por los pasillos.

—No lo entienden. Tengo que irme, necesito ayudarla.

Al otro lado de la cortina, había un agente de policía que parecía un tanto abrumado. En cuanto Hannah y Banecroft se le acercaron, los frenó.

—Eh, eh, eh. Es una zona restringida.

—Esa mujer es una de mis trabajadoras —dijo Banecroft— y necesito hablar con ella.

—No puede hacer eso, caballero. No es seguro.

—¿Seguro? —preguntó Hannah, sin esconder su incredulidad—. Esa mujer, Grace, es un encanto de persona que no haría daño ni a una mosca.

Grace elevó aún más la voz.

—O me deja ir ahora mismo o le juro por Dios que le arrancaré esos brazos suyos y le pegaré con ellos hasta que caiga muerto.

—¿Alguna vez ha oído la expresión «perro ladrador, poco mordedor»? —argumentó Hannah.

—Hubo una explosión en la casa —añadió el agente—, y creemos que puede tener una contusión. Está delirando como una lunática y el equipo médico ha considerado que, por su propio bien, había que atarla.

La voz de Grace se elevó por encima de las otras más bajitas que se oían de fondo, las que utilizaban ese tono tan estudiado que se suele usar para consolar y tranquilizar a los pacientes.

—Por vuestro propio bien, será mejor que me soltéis o el Señor será testigo de que no me haré responsable de lo que haga. ¡Nadie me escucha! ¡Escuchad lo que tengo que decir!

—¿Qué clase de explosión? —preguntó Hannah.

—No estamos seguros, señora. Probablemente de gas. Mucho gas.

—Voy a hablar con ella —afirmó Banecroft mientras hacía el movimiento de pasar junto al agente, pero este le puso una mano firme en el pecho. Banecroft miró la mano durante un segundo y después fulminó con la mirada al agente.

—Soy el editor de un periódico y la mujer ahí tumbada es mi empleada. Si fuese usted, me lo pensaría dos veces. Puede que sea una decisión crucial en su carrera profesional.

Hannah vio que el temor invadía el cuerpo del agente.

—Mire —se explicó el agente—, la pobre mujer no para de vociferar y desvariar. Habla de un monstruo. Necesita asistencia.

Banecroft volvió a mirar la mano firme que le impedía el paso.

—Si no nos deja pasar, pronto no será la única persona en precisar asistencia.

Hannah dio un paso adelante.

—¿Acaso está detenida?

—¿Qué? Por supuesto que no.

—Perfecto, entonces. —Hannah alzó la voz—. Grace. ¡Grace!

—¿Hannah? ¿Eres tú, Hannah? No me hacen caso.

—Está bien, está bien. Grace, quiero que respires profundamente, dejes de batallar y, con calma, digas que te gustaría hablar conmigo.

Se produjo un momento de silencio y luego se oyó:

—Desearía hablar con ella.

Banecroft asintió.

—Para mí suena como si fuera plenamente consciente de sus facultades.

Hannah también asintió.

—Pienso igual.

—Supongo que nuestra abogada también pensaría lo mismo. ¿Qué me dice... —Banecroft echó un vistazo a la placa que el agente llevaba en la chaqueta—..., agente Sinclair?

El agente titubeó. Se dio la vuelta y metió la cabeza por el otro lado de la cortina. Tras una breve conversación en susurros, finalmente corrió la cortina del todo. Hannah pasó al otro lado y vio a dos enfermeras aturulladas, una a cada lado de la cama, ocupándose de una Grace cubierta de sudor y airada. Tenía los brazos atados con correas de cuero y múltiples cortes en la cara.

—Dios, Grace. ¿Estás bien?

—Vaya pregunta más estúpida —soltó Banecroft antes de elevar la voz para dirigirse a las enfermeras—. Gracias, señoritas. Nos gustaría hablar con nuestra compañera a solas unos minutos, por favor.

Las susodichas miraron al agente Sinclair y luego a Grace, que ya estaba más calmada. Ambas se fueron del cubículo y cerraron la cortina al salir. En cuanto se quedaron a solas, Hannah desató la correa que tenía en su lado de la cama y Banecroft hizo lo mismo en el suyo.

Las palabras empezaron a brotar de Grace.

—Tenéis que salvarla. Por Dios, pobre criatura. Por favor, salvadla. Se la han llevado. La tienen ellos.

Hannah intentó que no se notara el pánico en su voz:

—Grace, no pasa nada.

—No, sí que pasa. Oh, Señor. ¡Señor!

—Grace —la interrumpió Banecroft, tajante—. ¡Cálmate y deja de comportarte como una lunática, por el amor de Dios!

—Uno —dijo Grace en piloto automático, como si empezara a volver a ser ella misma—. Escuchadme, ¡tienen a Stella!

—Lo sabemos —aseguró Hannah—. Grace, eso ya nos lo has dicho, pero tienes que concentrarte. ¿Qué ha pasado exactamente?

Grace cerró los ojos y, por un segundo, Hannah pensó que iba a echarse a llorar; sin embargo, en cuanto los abrió, parecía más centrada.

—No hacía mucho que habíamos llegado a casa y Stella estaba arriba mientras yo me preparaba un chocolate caliente, no puedo dormir sin uno, cuando de repente alguien llamó a la puerta... —Frunció el ceño—. No, hubo un... No lo sé, pero ahí estaban. Esa... cosa.

—¿La cosa de ayer? —preguntó Hannah.

Grace asintió con energía.

—Sí, esa cosa abominable estaba ahí, ¡en mi cocina! Y la acompañaba un hombre y luego... —Los ojos se le llenaron de lágrimas—. Luego aparecieron unas cadenas en el aire. Largas cadenas de metal flotaban por el aire. Sé que no tiene sentido, pero lo juro por Dios, estaba lleno de cadenas. El hombre bajito y calvo las dirigió hacia Stella... y ella chilló muy fuerte y, de pronto, hubo un destello azul cegador. Y la explosión...

—¿Qué explotó, exactamente? —preguntó Banecroft.

Grace lo miró, su rostro lleno de confusión y lágrimas.

—Stella... Más bien, salió de ella, que Dios la bendiga. No puedo controlarlo cuando se asusta. Hizo estallar toda la parte trasera de la casa. Luego me la encontré de pie junto a mí, me decía que me levantase y después... Todo quedó a oscuras. Montones de cosas caían al suelo y, cuando me incorporé, ya se habían ido y parte del tejado me había caído encima.

Banecroft y Hannah compartieron una mirada.

—He intentado explicárselo a la policía —prosiguió Grace—, pero me miran como si estuviese loca. —Tomó la mano a Hannah—. Tú me entiendes, también lo viste. Tienen a nuestra Stella.

Banecroft se dirigió a Hannah:

—¿Recuerdas esa cosa en la iglesia? Iba a por nosotros, pero...

—Cuando Stella subió —acabó Hannah—, se dio la vuelta y fue a por ella como si algo lo atrajese hacia ella.

Banecroft miró a Grace.

—¿Viste adónde iban?

—No, estaba... Estaban ahí y después se cayó todo. En cuanto abrí los ojos, ya se habían marchado. Por Dios, no tengo mi teléfono.

Hannah puso una mano encima de la de Grace, en parte para consolarla a ella y en parte para tranquilizarse ella misma, pues estaba clavándose las uñas en el antebrazo para calmarse, y dijo:

—Intenté llamar a Stella de camino aquí, pero no contestaba.

—No, no lo entendéis. —Grace miró a Banecroft—. Hace unos meses, ¿recuerdas cuando Stella y yo tuvimos una pelea y desapareció durante un par de días?

Banecroft asintió.

—Le pedí a Ox —Grace continuó— un favor y él...

—Grace —intervino Hannah, procurando mostrarse lo más calmada posible—, ¿qué intentas decirnos con todo esto?

—¡Mi teléfono! —gritó Grace—. Hice que Ox me instalase una cosa para que pudiera ver dónde se encontraba Stella en todo momento. Lo obligué a... Solo quería saber por dónde andaba y que estaba a salvo. Como siempre está con el móvil...

Hannah le puso una mano en la mejilla para que la mirara a los ojos.

—¿Nos estás diciendo que Stella tiene un rastreador en el teléfono?

—Sí —confirmó Grace—, le pedí a Ox algo que no se viese y al final me hizo el favor. Lo tengo en mi teléfono.

—No pasa nada —la tranquilizó Hannah—. Seguro que Ox puede dar con ella.

—Sí —aseguró Grace—. Sí, confío en él. Tenemos que encontrarla. Es una buena chica.

—Lo haremos —dijo Hannah—. Estate segura de ello.

Banecroft se dio la vuelta y se marchó del cubículo.

—Deprisa, no hay tiempo que perder.

Hannah miró a Grace.

—Todo irá bien, te lo prometo. La encontraremos.

Tras estas palabras reconfortantes, también salió del cubículo y se apresuró a alcanzar a Banecroft, que pasó por delante del agente Sinclair y de las enfermeras, quienes estaban enfrascadas en una conversación.

—¿Puedes hacer el favor de...? —gritó Hannah a Banecroft—. ¡Espérame! ¿Qué vamos a hacer?

Banecroft no se dignó a mirarla mientras le hablaba, por delante de ella.

—Vamos a encontrar a Stella.

—Deberíamos decírselo a la policía.

—¿De verdad crees eso? —preguntó Banecroft—. Un hombre lobo y su dueño yanqui han capturado a nuestra compañera y quieres contárselo al cuerpo policial. ¿Quieres acabar atada junto a Grace?

—Bueno, si no quieres su ayuda, ¿qué vamos a hacer, entonces?

Banecroft empujó las puertas batientes y salió del edificio con un pisotón.

—Nos meteremos en el coche y llamarás a tu novio.

CAPÍTULO 43

Tom Sturgess miraba las noticias colgadas en el tablón de información. Por lo visto, los gatos podían ser portadores de pulgas mortales.

Estaba sentado en la sala de espera del hospital Urban Village, en Ancoats, a las afueras del centro. Había unas veinte personas sentadas en las incómodas sillas de plástico esperando ver sus nombres en la pantalla led con el correspondiente número de sala. En algún momento, visitar al médico de cabecera había pasado de ser una espera en un pasillo para ver a un hombre en lo que era, básicamente, el salón reconvertido de su casa a esperar sentado en lo que parecía la puerta de un aeropuerto cutre aguardando el vuelo con la compañía Air NHS; tiempo máximo de vuelo: diez minutos. Obviamente, había algunas diferencias sutiles. En las pocas veces que había volado a algún lugar, ni de lejos tantos compañeros de viaje habían mostrado los efectos de la adicción a la heroína como los ahí presentes.

Había conseguido salir de la cama e ir hasta ahí solo porque los dolores de cabeza estaban yendo a más. Otra razón había sido porque tenía todo el tiempo del mundo ahora que lo habían suspendido del trabajo.

Después de la redada en *La Gaceta del Misterio*, fue directo a comisaría y acompañó a Patel, del equipo de tecnología e informática, para analizar el disco duro con él. Encontraron la foto en poco tiempo. Patel y él mismo estuvieron un largo rato mirándola.

—¿Es posible —preguntó en aquel momento Sturgess— retocar algo así?

—Bueno, quiero decir, ya sabes —respondió Patel, que normalmente solía decir un montón de palabras inútiles y redundantes antes de soltar lo que realmente quería decir—, en estos tiempos es prácticamente posible editar cualquier cosa.

—Ya.

—Puedo, ya sabes, si quieres, puedo decirte la fecha y hora exactas de cuando la tomaron.

La foto la habían tomado justo unos minutos antes de la caída mortal de Simon Brush del edificio Dennard. Mientras Patel confirmaba, revisaba y comprobaba las horas, el dolor de cabeza de Sturgess iba en aumento y llegó a proporciones tan insoportables que la percepción de colores empezaba a oscilar, como si alguien estuviese cambiando la saturación de un televisor de un extremo al otro latiendo al ritmo de un bajo. Por cuarta vez, había cerrado los ojos mientras Patel lo revisaba todo.

—Inspector, ¿está…, quiero decir, no es de mi incumbencia, pero… se encuentra bien?

Sturgess abrió de nuevo los ojos y se encontró a Patel inclinado frente a él.

—Se ha, como, desplomado un segundo.

—Estoy bien, solo cansado. ¿Qué tenemos?

La comprobación de la revisión había dado exactamente el mismo resultado. Patel también había analizado la fotografía y no veía ningún indicio de manipulación.

—Vale —dijo Sturgess—. No hables de esto con nadie.

—Sí, claro. Sin problemas. Quienquiera que haya retocado eso, debe de ser, ya sabes, realmente bueno o buena.

—Pensaba que habías dicho que no podía estar manipulada.

Patel entonces había mirado a Sturgess y luego de nuevo a la pantalla.

—Bueno, ya sabes, lo que quiero decir es que… tiene que ser mentira, ¿no?

Sturgess había mirado a la pantalla una vez más, a los ojos dementes de una bestia enorme que parecía levantar del suelo al fotógrafo con un brazo grande y fuerte.

—Sí —aseguró Sturgess—, claro.

Después de la visita al técnico, había vuelto a la oficina. Tras encerrarse en su despacho, se tomó cuatro calmantes e incluso le dio una oportunidad a esos ejercicios de respiración que hacen parecer tonto a cualquiera que los haga. Cuando el dolor empezó a disminuir a un rugido constante pero apagado, se dirigió a la sala de interrogatorios donde el señor Ox Chen estaba esperando. Estaba cabreado. Empezó a interrogar al sospechoso antes siquiera de llegar a la mesa.

—¿Estás orgulloso de ti mismo?

Ox había levantado la mano para defenderse.

—Vale, vale, sé que no debería haberme llevado el disco duro. —Al instante, los nervios se cebaron en él—. No quiero decir que me lo haya llevado, ni que no me lo haya llevado. Lo que quería decir es «sin comentarios».

Sturgess apoyó los puños en la mesa.

—No me refiero a eso, pedazo de mierda.

—¡Eh!

—¿No llamarías así a alguien que ha manipulado la foto de un pobre chico muerto?

Ox parecía ofendido.

—No haría eso ni por asomo. Es real.

—¡No puede ser real! —Sturgess no pudo evitar no gritar.

—Lo es. Simon era mi amigo. Nunca me atrevería a…

—¡Chorradas!

—¿Qué sabrás tú? —gritó Ox, que elevó su tono de voz—. Trabajas «para la sociedad» cuando lo único que hacéis es oprimirnos.

—Intento encontrar la verdad. —Sturgess había golpeado la mesa. Su cabeza volvía a palpitar.

—Ya la ha visto. Esa cosa fue la que mató no solo a Simon, sino también a ese sintecho. Tenemos testigos.

—No puede ser… —Antes de que se diese cuenta de lo que estaba haciendo, Sturgess había agarrado a Ox por la camiseta y lo había empujado contra la pared—. ¡Dime la verdad!

Entonces, unas manos lo retuvieron y lo alejaron de Ox: eran la sargento Wilkerson y Murphy. Sturgess alzó los brazos y lo soltaron. Ambos estaban sorprendidos por lo que acababan de presenciar. En todo el tiempo que llevaba en el cuerpo de policía, esa había sido la primera vez que Sturgess le había puesto las manos encima a un sospechoso. Seguía con los brazos extendidos, ahora frente a él, y los miraba como si lo hubieran traicionado.

Wilkerson le habló con una voz suave:

—La jefa quiere verte.

—Estoy ocupado.

—Es una orden.

Antes de salir de la habitación, flanqueado por Wilkerson y Murphy, Sturgess se detuvo y se giró. Con vergüenza, advirtió que los dos agentes se tensaban a su lado, listos para volver a contenerlo si hacía falta. Ox estaba en la esquina y lo miraba como quien mira a un perro guardián violento al que se ha contenido temporalmente.

—Señor Chen, me gustaría disculparme por lo que acaba de pasar. Informaré debidamente de mi conducta policial inadecuada con una declaración escrita y una disculpa de lo más sincera. Lo invito a que haga usted lo mismo, mis compañeros le informarán de todo lo que debe hacer. Y, una vez más, siento haberle puesto las manos encima. Una conducta como esta es impropia en un cuerpo policial.

Ox no contestó, simplemente lo miró, confundido. Tras ese incidente, lo acompañaron hasta el despacho de Clayborne, donde ella y el inspector jefe le dijeron que llevaba tiempo mostrando síntomas de estrés y de falta de descanso.

—Lo siento, jefe, para nada —discrepó Sturgess—. Querría seguir con mi investigación. Ya que estoy aquí, me gustaría saber si se me ha concedido el permiso para ver las grabaciones de la cámara de seguridad del depósito de cadáveres.

Clayborne le respondió con una preocupación que sabía que no era del todo verdadera.

—Tom, sé razonable. Piensa en el futuro de tu carrera. Eres un buen detective, no lo eches a perder.

—Entonces, déjeme hacer mi trabajo. —Se giró para mirar directamente a la cara al inspector jefe—. Déjeme cerrar el caso. ¿Qué diablos está intentando esconder?

—¡Tom! —le advirtió Clayborne, que dejó el tono amigable de lado.

Aun así, Sturgess no quitó los ojos de encima del inspector jefe.

—¿Quién está presionando para que se cierre el caso?

—Resulta que no hay ningún caso, inspector Sturgess —respondió el inspector jefe con tranquilidad—. Un sintecho murió debido a una borrachera y un chico desorientado se quitó la vida. Lo único que hay aquí son las señales evidentes de un agente que tiene una crisis y que no está razonando de manera adecuada.

—Con todo el respeto del mundo, señor, eso es pura mierda.

Clayborne hizo ademán de volver a intervenir, pero el inspector jefe la silenció con una mano.

—Piense muy detenidamente las palabras que vaya a pronunciar a continuación, inspector Sturgess, pues puede que tengan un impacto real en lo que le queda de vida. No hay caso, y queremos que se tome un par de semanas de baja para que se relaje y recupere su objetividad. ¿Está dispuesto a aceptarlo?

—No.

—Muy bien.

Entonces, el inspector jefe simplemente negó con la cabeza y lo suspendió, pendiente de una revisión disciplinaria.

Wilkerson lo había esperado fuera de la oficina de Clayborne, se sentía incómoda. Le habían ordenado escoltar a Sturgess de vuelta a su oficina y hasta que abandonase el edificio, y había intentado esconderlo mostrándose lo más amable posible. Cuando este estaba recogiendo sus pertenencias, Wilkerson hizo todo lo posible para no prestar atención a la cantidad de botes de calmantes que sacaba Sturgess del cajón. En vez de comentar algo, cerró la puerta y le habló en voz baja:

—No creo que Ox vaya a denunciarlo, jefe. Murphy y yo tampoco...

—Debería —la interrumpió Sturgess—, y deberías incentivarlo a que lo hiciera, como deberíais hacer vosotros dos.

La sargento Wilkerson simplemente se quedó ahí de pie, sin saber muy bien qué decir.

—Aunque dudo que sirviese de algo —continuó Sturgess—. Por si no lo has notado, me han suspendido por hacer mi trabajo. No sé qué se inventarán, pero todos sabemos que mi carrera profesional se ha terminado.

Se fue a casa. Tras un largo baño caliente, intentó dormir. Tenía la mente ocupada con esa fotografía y con los dolores de cabeza. Por la mañana, decidió poner un poco de orden en su vida, acudir finalmente a su médico de cabecera y pedir todos los análisis que había evitado desde la última vez que lo visitó.

En esos momentos estaba en la sala de espera y su teléfono empezó a vibrar. En cuanto lo sacó del bolsillo, se quedó mirando la pantalla. Lo llamaba un número desconocido y estuvo tentado de dejar que saltara el buzón de voz. Dado que no tenía una gran vida social, sin duda sería algo del trabajo. Pese a eso, había una voz que le decía que no la ignorara. Pulsó el botón verde.

—Hola.

—Buenas, inspector Sturgess.

—Hola, señora Willis.

—Hola. Yo... Hum, tengo su número de esa vez que me dio su tarjeta. —Sonaba nerviosa.

—Sí, lo recuerdo.

—¿Cómo está?

—Pregúntale y punto —bramó una voz irlandesa de fondo, seguida por una conversación que no escuchó bien.

—¿Cómo puedo ayudarla, señora Willis?

—Vale, allá vamos. Sé que esto va a sonar a locura, pero nuestra amiga ha sido... Es difícil de explicar, pero...

—¿Es sobre la cosa de la fotografía? —Sturgess sentía que le regresaba el dolor de cabeza.

—Sí, exacto, eso.

—Ya veo.

—La única forma que tenemos de encontrarla es... hablar con Ox, el hombre al que detuvo ayer. Él podría dar con eso y...

En la pantalla led apareció un mensaje que indicaba la sala a la que Tom Sturgess debía dirigirse, pero no lo vio, ya que en ese momento ya estaba cruzando la puerta de salida.

—La veré delante de la comisaría Stretford en diez minutos.

Todavía no hay marcianos en Masham

La ciudad de Masham, en North Yorkshire, es una de las pocas en el Reino Unido que nunca ha documentado un avistamiento de ovnis, para disgusto del ufólogo y enterrador local Jacob Ransdale.

Para cambiar esto, el señor Ransdale ha abierto un centro de información turística intergaláctica con la esperanza de atraerlos.

«Masham es una gran y floreciente ciudad y creo que, si los visitantes de otras galaxias le dieran una oportunidad, se encontrarían gratamente sorprendidos. Tenemos dos fábricas de cervezas y el festival de las ovejas en septiembre, que siempre es muy popular. Es decir, en el maldito Thirsk hubo un avistamiento el año pasado: un triángulo en el cielo perseguido por la RAF. ¿Por qué no vienen aquí? Somos muchísimo mejores que el maldito Thirsk. Todo lo que tienen es que el tipo que escribió *Todas las criaturas grandes y pequeñas* es de ahí, y siempre dan la lata con eso».

Si algún visitante intergaláctico tiene la intención de añadir Masham a su ruta, el señor Ransdale le pide que evite las dos primeras semanas de junio, ya que tiene unas vacaciones reservadas en Torremolinos.

CAPÍTULO 44

«Rapidez y confianza —pensó Sturgess—. Esa es la clave: rapidez y confianza». Nunca a lo largo de su vida había quebrantado la ley. De hecho, si su vida tenía una motivación, esta era su obsesión por llevar ante la justicia a los que flagrantemente ignoran las leyes. Y, sin embargo, aquí estaba.

Cuando llegó a la calle de la comisaría de Stretford, Hannah Willis ya estaba ahí, de pie al lado de un Jaguar verde, y parecía agitada. Verla lo hizo feliz, pero esa felicidad disminuyó en cuanto la ventanilla del asiento trasero bajó y reconoció a Vincent Banecroft.

—Ah, perfecto, justo el matón opresor uniformado que necesitábamos.

—Cállate —le ordenó Hannah entre dientes.

—Ya veo por qué os lleváis tan bien; ambos vais en contra de la libertad de expresión.

Sturgess se sentó en el asiento delantero mientras Hannah le explicaba a grandes rasgos el asunto: la cosa era real, estaba controlada por un estadounidense y se habían llevado a Stella, la chica joven que trabajaba con ellos en la oficina y de quien Sturgess se acordaba vagamente.

—Mira —explicó Hannah—, sé que podríamos pedir la ayuda de la policía, pero necesitamos ir rápido. No sabemos qué planea hacer...

—Sí que lo sabemos —interrumpió Banecroft—, pero no es algo fácil de explicar y tardaríamos demasiado en que nos hicieran caso.

Sturgess miró por la ventanilla y respiró hondo. Hay cosas que no tienen vuelta atrás, ya lo había asumido de camino ahí y ya había tomado una decisión. No tenía nada que perder y, por encima de cualquier cosa, algo dentro de él quería saber la verdad, sin importarle las consecuencias. Asintió para sí mismo.

—La policía no hará nada. Me han suspendido por seguir con esto. Alguien con mucho poder quiere que no haya caso.

—Estupendo —dijo Banecroft—. El nivel de la policía en este...

—Calla —le mandó de nuevo Hannah, y miró a Sturgess de forma suplicante—. Si la policía no va a hacer nada, entonces tenemos que hacerlo nosotros. Si Stella lleva consigo el teléfono, Ox sabrá rastrearlo, pero necesitamos que lo saques.

Sturgess negó con la cabeza.

—No puedo hacer eso.

Hannah agachó la cabeza al escuchar aquello.

—Pero a ti sí que puedo llevarte dentro.

Rapidez y confianza. Sturgess se metió en la comisaría y pasó por delante de Brigstocke, que estaba en la recepción. Entrar con normalidad no serviría para nada; seguramente su identificación ya ni funcionaba.

—Hola, Jim. ¿Puedes abrirme?

El subinspector lo miró con desconfianza a los ojos y luego miró a Hannah, que iba detrás de él e intentaba parecer lo más relajada y encantadora posible.

—Sturgess, pensaba que ya estabas...

—Estoy de vacaciones, pero necesito ir a recoger un par de cosas antes.

Puso la mano en la puerta y miró a Brigstocke, expectante. Vio a su compañero luchando contra su formación, pero el instinto natural del ser humano para no hacer la situación incómoda ganó. Brigstocke pulsó el botón, y se oyó el zumbido que les permitía el acceso al interior.

Sturgess caminó por el pasillo lo más deprisa que pudo.

—Debemos ser rápidos. Tarde o temprano alguien se dará cuenta de que no tendría que estar aquí.

Tras un giro a la izquierda seguido por uno a la derecha, se dirigieron rápidamente al sótano. Se cruzaron con un par de agentes por el camino que no dudaron en mirarlo dos veces.

Sturgess sabía que no era muy popular y supuso que todos se habían hecho eco de su suspensión del día anterior, algo que seguramente había estado en boca de todos y que les habría dado una alegría.

Cuando Sturgess abrió la puerta que llevaba a las celdas, el agente Duncan Deering alzó la vista de su periódico con un sobresalto. Deering era pésimo en lo que hacía y había conseguido un justificante para que su campo de trabajo se restringiese solo a zonas interiores. Era el más ineficiente de entre los ineficientes, por lo que, si alguien tenía que hacer una chapuza en su trabajo, él lo haría de fábula.

—Esta mujer necesita visitar al tipo de la celda cuatro —anunció Sturgess—. Una emergencia familiar.

—Ya —dijo Deering, que por alguna razón tenía chocolate en la mejilla—. ¿No deberíamos llevarlo a la sala de interrogatorios para eso?

—No hay tiempo que perder —respondió Sturgess. No le hizo falta fingir la impaciencia—. Ya está aprobado. Su hermana necesita hablar con él.

Deering miró entonces a Hannah y le ofreció una sonrisa nerviosa.

—¿Es la hermana?

Sturgess dio un paso adelante.

—Sí, es la hermana. ¿Qué?, ¿crees que un hombre de descendencia china no puede tener una hermana caucásica? ¿Es que nunca has oído hablar de las adopciones? ¿Vas a abrir la celda o te pongo una falta por insensibilidad racial?

Por lo menos esta era la ventaja de tener la reputación de cabrón: la gente sabía que lo podías ser en cualquier momento.

En cuanto la celda se abrió, Sturgess sintió una profunda vergüenza ante el evidente estremecimiento de Ox al verlo. Sturgess dio un paso hacia un lado y dejó el espacio suficiente para que Ox viese a Hannah, y la expresión de este osciló de la confusión al alivio. Rápidamente, Hannah entró en la celda y se sentó a su lado en la cama.

—Gracias, agente Deering —agradeció Sturgess—. Puedes dejar la puerta abierta, ya avisaré cuando hayamos acabado.

Deering asintió y se apresuró a volver a su puesto. Sturgess esperó a que los pasos del agente dejaran de oírse para volverse hacia Ox y Hannah.

—Daos prisa.

—¿Qué está pasando? —preguntó Ox.

—No hay tiempo que perder —dijo Hannah—. Tenemos que encontrar a Stella y Grace nos ha dicho que tú sabrías cómo.

Ox miró a Sturgess, nervioso.

—No sé de qué me estás hablando.

—Ox —explicó Hannah—, esa cosa se ha llevado a Stella.

—¿La...?

—Sí. El maldito monstruo gigante, así que dinos cómo encontrarla. Rápido.

Ox miró a su alrededor y luego se rascó la incipiente barba.

—¿Ox?

—En mi teléfono. Hay una aplicación que se llama Bloodhound. Me la bajé cuando configuré el teléfono de Grace, así que...

—Agente Deering —gritó Sturgess mientras salía al pasillo—. Necesito los objetos personales del detenido inmediatamente.

CAPÍTULO 45

Stella solo había bebido alcohol una vez. Había sido en lo que ya consideraba su vida pasada. En aquel momento era demasiado joven, pero, como siempre, intentaba encajar con el resto. Una de las chicas mayores se había hecho con una botella de vodka y todas se fueron a un claro del bosque para bebérselo mezclado con Coca-Cola. Básicamente sabía al refresco, pero no del todo.

Se habían acurrucado todas alrededor del fuego, charlando, y, por primera vez en su vida, creyó que tenía amigas. Pasados unos minutos, empezó a sentirse mal, como si el mundo estuviera saliéndose del eje. Tuvo que disculparse con el grupo porque no quería seguir ahí sintiéndose de ese modo, pero, en cuanto se alejó, oyó de fondo unas risitas diferentes a las de antes. Cuando volvió, el claro estaba completamente vacío. Esa experiencia le enseñó dos cosas: la primera, no podía confiar en nadie, y, la segunda, el alcohol solo servía para empeorarlo todo.

Finalmente, se fue para casa y se topó con Jacob, que intentaba entrar a hurtadillas por la puerta trasera. Siempre parecía estar decepcionado, pero hoy lo parecía aún más. Por un instante, pensó que iba a decirle algo; en vez de eso, simplemente la mandó a su habitación. Cuando se despertó al día siguiente, su cabeza parecía que le iba a estallar y habría abrazado la muerte plácidamente.

Cuando esta vez abrió los ojos, se sintió incluso peor que entonces; solo que en esta ocasión no deseó la muerte, básicamente porque parecía algo inminente.

Estaba sentada en una silla de plástico en un almacén maloliente. Al fondo veía montañas de muebles apilados unos encima de otros, iluminados por la luz tenue que entraba por las ventanas mugrientas cerca del techo. Olía a madera podrida, a descomposición y a óxido, y en alguna parte detrás de ella se escuchaba el constante goteo del agua. Una bombilla solitaria colgaba del techo frente a ella e iluminaba el agua de lo que parecía una fuente de mármol en el centro de la estancia. Estaba hecha de una piedra blanca que parecía que emitía sus propios rayos de luz.

Alrededor de la fuente había una colección de objetos extraños: un cuchillo de sierra, una bola de hilo de bramante, algunas manzanas, una copa, algo de piel que Stella no llegaba a distinguir bien y, lo más extraño de todo, una botella de kétchup. El señor bajito y calvo, que había visto en la fotografía y por un breve instante en la casa de Grace, estaba ahí mirándolos.

«¡Grace!». Stella quiso gritar, necesitaba saber qué había ocurrido con ella, pero sus labios no podían moverse. Ninguna parte de su cuerpo podía. Lo único que podía hacer era respirar por la nariz. Además, la habían inmovilizado con algo metálico en las muñecas. Aquellos grilletes estaban helados, pero al mismo tiempo quemaban. Aun así, eso no explicaba por qué no podía mover el resto del cuerpo. Puso toda su voluntad y esfuerzo en intentar mover las piernas para levantarse y salir corriendo, pero no ocurrió nada. Intentó hablar aun teniendo los labios sellados y pareció que su cráneo vibraba en el intento.

Una sombra pasó por encima y, como sacada de una pesadilla, el rostro de la bestia quedó frente a ella. Sus salvajes ojos demenciales la miraron, acompañados por su aliento rancio. Por si eso fuera poco, la criatura le deslizó la áspera y gruesa lengua por un lado de rostro. Stella notó que le daban arcadas.

—¡Perro malo!

La bestia gruñó y se sacudió, como si la hubieran electrocutado. El hombre bajito se dirigió hacia ella con una gran sonrisa en los labios.

—Perfecto, está despierta. Disculpad al perrito, aún necesita un poco de adiestramiento.

El susodicho dejó escapar un gruñido que habría inmovilizado a cualquier otra persona, pero el hombre bajito permaneció impertérrito; de hecho, la obsequió con una reverencia con floritura incluida.

—Charlie Moretti a su servicio, señora. —Se irguió y se aproximó—. Es un gran honor conocerla y, para ser sincero, pensaba que los de su especie eran un mito. Si hubiera tiempo suficiente, la estudiaría a fondo, pero tenemos un asunto de vida o muerte entre manos. —Moretti la evaluó—. Me pregunto si... ¿Sabe acaso lo que es usted? —Después de una larga pausa, sacudió la cabeza, como si saliera de su ensimismamiento—. Qué emocionante. —Sacó un pañuelo del bolsillo y le limpió a Stella la saliva de la cara—. Perdonad por lo que os ha hecho el chucho y... ¿dónde están mis modales? No le he presentado aún al resto del equipo.

Moretti giró un dedo en el aire y unas fuerzas invisibles elevaron a Stella del suelo. Flotando, Moretti la giró e hizo que volara a casi unos dos metros de altura del suelo, hasta situarla al mismo nivel que los otros dos prisioneros. Estos parecían estar soldados al metal ondulado de sus espaldas. Se hallaban atrapados por muñecas, pies, cadera y cuello, maniatados como en una crucifixión. También estaban amordazados con una especie de bozal de cuero para evitar que hablaran.

Moretti se acercó primero al hombre, que llevaba unos tejanos raídos, una sudadera sucia y un abrigo gordo. Por encima de una barba desaliñada, sus ojos llenos de terror miraron a Stella.

Moretti agitó la mano como si fuera un presentador de televisión al dar paso a los concursantes.

—Este es... Bueno, parece que nunca me digné a saber su nombre. Lo llamaremos «el vagabundo sin suerte». Se trata de un Tipo 2, muy aburrido. —Moretti se dirigió hacia la mujer en camisón y bata. Parecía tener unos cincuenta años y tenía el pelo castaño y rizado—. Esta es Vera Woodward. La buena de Vera es un Tipo 6 y toda una guerrera. Le encantan los paseos por la playa, tejer y sacrificarse para que su familia pueda vivir. Tiene muchas cosquillas, como apunte adicional. —Como para probar su afirmación, pasó los dedos por la planta de los pies de la mujer. Stella se dio cuenta de que la mujer no tenía el mismo terror en los ojos que el sintecho. Más bien parecía enfadada.

Moretti volvió a girar un dedo y, con una vuelta mareante, Stella giró y se precipitó de regreso a la silla, aún sin poder moverse por voluntad propia.

—Quiero que sepáis que os sacrificaré por una buena causa: vuestra muerte salvará a una criatura gravemente enferma. —Moretti se agarró las manos encima del pecho, melodramático—. ¿No es eso lo más altruista que haréis en vuestras vidas? Deberíais sentiros orgullosos, seréis parte de algo realmente especial. Será lo más emocionante que hayáis hecho en vuestras insignificantes existencias.

Moretti se acercó a Stella y le puso un dedo en la nariz.

—Sé que salgo perdiendo contigo y tus habilidades únicas, pero, por desgracia, hice un trato y soy un hombre que cumple sus promesas. Así que ahora... —Moretti giró sobre sus talones dos veces y aplaudió, como un bailaor de flamenco—. ¡Qué empiece el espectáculo!

Stella oyó un ruido parecido a un puño golpeando metal. La bestia gruñó.

—Ajá —dijo Moretti—. Justo en el momento perfecto: la última pieza del rompecabezas. —Se dio la vuelta para dirigirse a la bestia—. Sé un buen chucho y tráeme el montón de barras metálicas que hay allí.

La bestia miró fijamente a Moretti durante un largo momento. Este borró la sonrisa que había mostrado hasta entonces.

—No me hagas repetirlo dos veces —le advirtió Moretti—. Sabes que no me gusta.

La bestia se dio la vuelta y, con desgana, cogió las barras metálicas de dos metros de longitud.

—¡Buen chico! —Moretti volvió a girarse hacia su público—. ¿Sabéis?, cuando conocí al señor Merchant, aquí presente, al que también le gusta que lo llame «perrito», yo estaba decepcionado; parecía aburrido y débil. Aun así, necesitaba un chucho y el primer intento acabó en un desagradable cráter. —Sonrió a la bestia—. Oh, cielos, no. No fuiste mi primero e imagino que en tu mierda de vida nunca has sido el primero de nadie.

La bestia abrió las mandíbulas para soltar un gruñido, pero Moretti lo ignoró.

—Su único punto fuerte fue el amor verdadero hacia su pobre niñita enferma, Cathy. Haría lo que fuera para salvarla.

Todo excepto seguir mis simples órdenes. —Moretti volvió a dar un paso hacia él—. Y, aun así, tras las infinitas cagadas, las carnicerías que dejabas tras de ti y toda la inconveniente y absolutamente indeseada atención que generaste, conseguí sobreponerme a todas las malditas adversidades, de modo que déjame decirte esto...

Justo en ese momento, sonó de nuevo un golpe más fuerte que el anterior.

—¡Ya voy! —vociferó Moretti con alegría antes de usar el mismo tono que antes—. Llevo esperando este momento mucho tiempo.

Moretti agitó la mano con tal rapidez que se volvió borrosa. Las barras metálicas se escaparon de la sujeción de la bestia y empezaron a cercarlo. Este, frustrado, dejó escapar un bramido mientras luchaba en vano contra el metal que lo oprimía, hasta que perdió el equilibrio, se tambaleó y cayó al suelo. Tenía los brazos pegados a los costados y las piernas atadas. Stella veía que contraía los músculos para tratar de escapar de la sujeción, pero no tenía ninguna posibilidad. Otra barra se enrolló alrededor del hocico y le forzó a cerrar la boca, de modo que solo tenía la posibilidad de lloriquear patéticamente.

—Moretti —dijo una voz que venía de alguna parte fuera del edificio.

—Dame... un... ¡segundo! —contestó Moretti, molesto con la voz que había interrumpido su entretenimiento. Se inclinó por encima de la bestia y miró fijamente esos ojos brillantes—. En ocasiones normales te diría que no te lo tomaras como algo personal, pero esta vez sí que lo es. Me recuerdas a todos y cada uno de los imbéciles trogloditas que hicieron de mi infancia un infierno. Ni qué decir de los de la prisión. Gente como tú me ha hecho tal como soy ahora. Así que, ya ves, se podría decir que todo esto es por tu culpa.

Moretti se incorporó y agitó la mano en el aire. Stella oyó un ruido parecido al de una puerta grande de metal chirriar contra metal mal conservado.

—¿Qué crees que estás haciendo al dejarnos aquí fuera? —se quejó la voz libre de un acento característico y sin ninguna intención de esconder su irritación.

Moretti miró a Stella directamente a los ojos e hizo bailotear las cejas.

—Oh, oh. Estoy en apuros.

El dueño de la voz apareció junto a Moretti: un hombre calvo de porte militar y vestido con traje negro. Era aterradoramente alto; estirado del todo debería medir unos dos metros, sin embargo, en esos momentos iba encorvando, ya que empujaba una silla de ruedas ocupada por un adolescente sin pelo, con una palidez que Stella nunca había visto en un ser vivo. Llevaba una máscara de oxígeno en la boca que estaba conectada a un cilindro guardado debajo de la silla.

—Atención todos —empezó Moretti—, este es Xander, y este su joven amigo, Daniel. Xander y Daniel, les presento al resto. —Xander, el hombre alto, evitó mirar a Stella y a los demás prisioneros. La luz en los ojos del chico era tan tenue que parecía no saber dónde estaba. Moretti miró intencionadamente a la bestia cuando volvió a hablar—: Daniel es el chico enfermo al que vamos a salvar en el gran día de hoy.

En el suelo, la bestia se estremeció y soltó un quejido lamentándose.

El hombre alto no desvió la mirada de Moretti.

—¿Puede ahorrarse las bufonadas? Mi cliente contrató sus servicios para que pudiera ayudarlo rápida y silenciosamente, algo que no ha logrado hacer hasta el momento, según he oído.

Moretti se dirigió hacia la fuente y movió las manos en una serie de complicados gestos.

—Lo siento, es difícil conseguir buenos ayudantes hoy en día.

—Ha convertido esta simple tarea en un circo de los horrores.

Esa vez, el júbilo ya no se notaba en el tono de Moretti:

—¿Simple? ¿Simple? Nadie podría haberlo hecho excepto yo.

—Nadie se ofreció —respondió Xander mientras le recolocaba la manta sobre las piernas a Daniel—, que no es lo mismo. Mi cliente le ha otorgado la libertad para un fin muy específico. Puede arrebatársela tan rápido como se la ofreció.

Moretti dejó caer las manos a los lados.

—Lo siento. Entonces, ¿debería dejar que se encargue usted de esta tarea tan simple?

—No intente ninguna tontería, Moretti. Tiene las de perder, y ambos sabemos que haría cualquier cosa para volver aquí.

Moretti giró sobre sí mismo, los ojos le salían de las órbitas.

—¿Cree que un hombre que no tiene nada que perder va a sentirse amenazado por sus palabras?

Xander pareció por un momento afectado por la ferocidad de su tono.

—Cálmese, señor Moretti. A pesar de los contratiempos, parece que todas las partes saldrán beneficiadas.

—Sí, solo si nadie ni nada me interrumpe de nuevo.

Xander deslizó los largos dedos por la solapa del traje y asintió levemente.

—Muy bien, entonces. —Moretti volvió a centrar su atención en la fuente y retomó la serie de gestos con las manos—. Y supongo que recuerda nuestro acuerdo, ¿no?

Xander sacó un pañuelo del bolsillo y se dio unas palmaditas en las mejillas con él.

—Acabe con esto de una vez y tendrá exactamente lo que acordamos.

—Excelente. —Moretti se quedó mirando la fuente durante unos veinte segundos antes de alzar la cabeza y ofrecer a la sala una gran sonrisa—. Entonces... —Abrió los brazos de par en par—. ¡Que empiece el espectáculo!

CAPÍTULO 46

—Gira aquí —dijo Sturgess.

Hannah miró la señal de tráfico.

—No puedo girar a la derecha.

—¡Gira a la derecha! —chilló Banecroft desde el asiento trasero.

—Madre mía —exclamó Hannah mientras giraba hacia la calle de sentido único que, por suerte, estaba vacía—. Ya veo por qué Stella disfrutó tanto de la «clase de conducción» contigo.

—Y, si no dejáis de haceros ojitos y no aceleras, será la única que habrá tenido.

—Ahora a la izquierda —ordenó Sturgess—. ¿Siempre es así de encantador?

—En realidad lo has pillado en su día bueno.

—Para aquí. —Sturgess comprobó la pantalla del teléfono que sostenía en la mano y estudió el entorno. Se encontraban en un laberinto de callejuelas que parecían albergar tanto almacenes repletos de grafitis sosos, como lugares para pasar las inspecciones técnicas de los vehículos o depósitos abandonados. En esos momentos, eran las diez de la mañana de un soleado día de marzo—. Si este cacharro funciona bien —prosiguió Sturgess—, el teléfono de Stella y, esperemos que ella también, están en ese almacén de ahí.

—Vale —dijo Banecroft mientras abría la puerta—. Vamos a por ella. Ya se ha saltado la sesión matutina del viernes.

—Espera —pidió Sturgess—. Deberíamos traer refuerzos.

—Claro —contestó Banecroft—, de la grandiosa policía. Recuérdamelo otra vez, ¿qué hicieron en cuanto vieron el primer indicio de que un monstruo peludo había participado en el asunto?

337

Sturgess abrió la boca con intención de contestarle, pero no pronunció ninguna palabra.

—Lo que yo pensaba. Te silenciaron. Dime, ¿qué probabilidades hay de que te detengan en cuanto se presenten aquí, puesto que estás en posesión de pruebas sustraídas?

Sturgess miró el teléfono de Ox.

Banecroft cerró la puerta del coche de un golpetazo y subió a la acera cojeando. Hannah y Sturgess salieron del coche sin decir ni una palabra y lo siguieron. Hannah tuvo que acelerar el paso para cogerle el ritmo a su jefe y bajó la voz:

—¿Tienes que esforzarte para ofender sea como sea a la gente?

—No lo hago, me lo ponen muy fácil.

El trío se detuvo delante del almacén, detrás de la valla metálica que lo protegía.

—¿Cómo vamos a entrar? —preguntó Hannah.

—Hay un agujero ahí, podemos pasar por él —sugirió Sturgess mientras señalaba la abertura—, pero no sé cómo lo haremos para entrar en el edificio en sí.

—¡Ajá! —exclamó Banecroft, que extrajo un estuche pequeño de piel del interior del abrigo y lo mostró en alto—. Dejadme que os presente a la libertad de la prensa.

CAPÍTULO 47

La «libertad de la prensa» resultó ser el juego de ganzúas de Banecroft. Encontraron una entrada cerrada con candado en un lateral de la nave, al lado opuesto de las grandes puertas de carga y descarga. Esperaron en el exterior y escucharon, pero no oyeron nada, lo cual era raro. Hannah pegó la oreja al muro de metal y entonces sí que oyó voces apagadas y un quejido animal. Era como si cualquier sonido del interior quedase amortiguado de alguna manera.

Banecroft parecía estar disfrutando perversamente de estar forzando una cerradura delante de un inspector. Mientras hacía su trabajo, Hannah tuvo tiempo de observar a Sturgess. Parecía que su incomodidad se acrecentaba por momentos y abría y cerraba los ojos sin parar.

—¿Estás bien? —le susurró.

Sturgess asintió.

—Sí, es una simple migraña.

Banecroft consiguió abrir la cerradura aproximadamente en un minuto y luego se reprendió a sí mismo por haber perdido la práctica. A su pesar, abrieron la puerta muy despacio para no atraer una atención no deseada. Resultó que no necesitaban estar preocupados, pues un montón de muebles tapaba toda la vista que había del resto del almacén: columnas de sillas inestables, sofás encima de otros sofás, armarios de madera anticuados y cómodas se apilaban unos sobre otros de forma desordenada. El lugar apestaba a decadencia y putrefacción. Detrás de todos los muebles, se oía lo que parecía una voz que cantaba.

Banecroft atravesó la jungla de muebles desechados agachado y cojeando con torpeza. Aguantaba su muleta, inútil en esos momentos, como si se tratase de un arma improvisada. Hannah y Sturgess lo siguieron y los tres se abrieron paso por la marabunta de muebles hasta que se situaron detrás de un viejo aparador, donde descansaban unas latas de pinturas prehistóricas y desde donde podían ver algo del otro lado, escondidos.

En cuanto sacó la cabeza por encima del aparador, Hannah se cubrió la boca para tapar cualquier sonido involuntario que pudiera escapársele. Había dos figuras colgadas de la pared con los brazos extendidos, como si estuvieran crucificados. En el centro de la estancia se hallaba Stella, sentada de mala manera en una silla, con el cuerpo rígido y las manos esposadas. Un hombre extrañamente alto se encontraba junto a un chico joven que iba en silla de ruedas y, en medio de todos ellos, vio al hombre bajito y calvo. Estaba de espaldas a ellos y agitaba las manos por encima de algo que emitía una luz brillante. Cantaba en un idioma que Hannah no reconocía; mientras, la luz iba aumentando gradualmente de intensidad.

Los tres se volvieron a agachar detrás del mueble.

—Veamos —dijo Hannah en voz baja—. Ahora que ya estamos aquí, ¿qué deberíamos hacer?

—Personalmente —opinó Banecroft—, yo voto a favor de que el señor Ley y Orden, aquí presente, le meta una bala en el culo al calvo ese. Testificaré con gusto que él también estaba armado.

—No dispararé a un sospechoso indefenso —se negó Sturgess en voz baja.

—No lleva armas, pero eso no significa que esté indefenso. Es más, lo dudo.

—Además, no llevo arma.

—¿Qué? —exclamó Banecroft—. ¿La tienes en el otro traje o algo por el estilo?

—Normalmente no vamos con pistola y, desde luego, después de haber sido suspendido, no te la dejan llevar a casa.

—Bueno, podríamos usar mi trabuco, pero... ¡oh, vaya, la policía me lo quitó!

—Callaos, los dos —murmuró Hannah—. O bajad el volumen. No vamos a disparar a nadie y, por si no lo habéis notado, hay rehenes inocentes detrás de él y supongo que las balas atraviesan personas.

—Tenemos que hacer algo —dijo Banecroft—, y deprisa. El risitas está tramando algo y no creo que sea sacar un conejo de la chistera.

Detrás de ellos, el canto se hizo más potente, como si varias voces se hubieran unido a él. Banecroft se incorporó y volvió a espiar por encima del aparador.

—Tengo una idea, una realmente terrible.

Stella observó cómo Moretti agitaba las manos por encima de la fuente, con los ojos cerrados y vocalizando palabras que no entendía. Xander también lo miraba, mientras que el chico parecía ser vagamente consciente de lo que lo rodeaba. Si de verdad miraba algo, estaba observando a la bestia tumbada en el suelo, desesperada e inmovilizada. Stella solo podía mover los ojos, así que, cuando intentó apartar la vista de ella, vio algo moverse. Los muebles antiguos estaban apilados aparentemente al azar alrededor del almacén y eran difíciles de distinguir por la luz brillante que provenía de la fuente, pero estaba segura de haber visto algún movimiento detrás de una de esas pilas.

El canto se detuvo de manera abrupta. Enfrente de Moretti, que sonreía enloquecido como el gato de Cheshire, se elevaba una columna de agua recta; no porque estuviera congelada, sino porque ese líquido había decidido que las leyes de la gravedad no actuaban sobre él.

—Y esto es todo, amigos —declaró Moretti, alegre y aplaudiendo para sí mismo—. ¡Estamos listos! Damas y caballeros, asegúrense de que su bandeja y asiento están en la posición correcta: estamos a punto de aterrizar. —Sacudió una mano en el aire y la daga con la hoja dentada se elevó del suelo y rotó lentamente en el aire junto a la columna del líquido—. Todo lo que necesitamos ahora es la donación de sangre de nuestros tres valientes voluntarios. Pero ¿en qué orden? ¿Los más viejos primero? Un poco discriminatorio. ¿Las mujeres primero? Algo sexista. Podríamos hacerlo por tipos, ¿del más común al más insólito? —Miró a Stella alegremente—. O podríamos...

—Vaya al grano, Moretti —espetó Xander—. Tanto retraso no es bueno para el chico.

—Yo no le digo cómo hacer su trabajo, así que no me diga cómo...

—Policía de Mánchester, quedan todos detenidos.

Moretti y Xander giraron sobre sus talones y Stella reconoció al hombre, era el inspector Sturgess. Se encontraba a su izquierda, casi fuera de su campo de visión, y mostraba una placa identificativa por encima de su cabeza.

—Manos arriba, dejen lo que estén haciendo inmediatamente. Tenemos el edificio rodeado. —Por un momento titubeó y luego señaló a Moretti—. Usted no, ponga las manos a los lados.

Xander miró a Moretti.

—Pensaba que había dicho que este sitio era seguro.

—He dicho manos a... —Sturgess se detuvo al ver que un cuchillo volaba por el local y se quedaba quieto a escasos centímetros de su frente. Stella vio que intentaba esquivarlo, pero Moretti volvió a agitar la mano y Sturgess se quedó rígido como un palo y con la boca congelada a medio abrir.

—Relájese —dijo Moretti—. Si de verdad tuviera refuerzos, no habría entrado él solo.

Mientras Moretti hablaba, Stella sintió que unas manos tocaban las suyas. El rostro de Hannah apareció en su campo de visión y su compañero se llevó un dedo a los labios. Stella echó un vistazo a las espaldas de Xander y Moretti, que seguían mirando hacia el lado opuesto adonde estaba Stella, distraídos por Sturgess y por su brazo aún alzado mostrando la placa en el aire. Solo la miraba el chico, sin decir ni hacer nada. Las manos de Hannah tiraron de las esposas y notó una leve vibración en el metal.

Stella vio que la hoja volaba de nuevo hacia la mano de Moretti y la figura de Sturgess flotó en el aire y se acercó lentamente hacia él, Xander y el chico.

Una oleada de mal olor corporal y *whisky* azotó a Stella. Banecroft.

—Debemos asegurarnos de que no estamos en peligro —escuchó decir a Xander.

—No hay de qué preocuparse —aseguró Moretti mientras cogía algo del bolsillo y lo suspendía en el aire frente a Sturgess—. Vigile a la chica y...

Xander y Moretti dieron un paso atrás, sorprendidos en cuanto vieron que Sturgess de repente empezaba a sufrir espasmos en el cuello, como si tuviera una convulsión solo en esa zona del cuerpo.

—¡Ahí va! —dijo Moretti—. Eso sí que es algo interesante.

Xander hizo ademán de hablar, pero meneó la cabeza, como si acabase de ver algo por el rabillo del ojo. Se giró hacia ese lado.

—¡Moretti! —El grito de Xander fue sorprendentemente más agudo de lo esperado.

Stella sintió que alguien le metía algo en el bolsillo de los pantalones y solo tuvo tiempo de ver el terror en los ojos de Hannah al ser elevada junto a Banecroft, congelados en el aire en su posición de cuclillas. El cuerpo de Stella se hundió al ver que la poca esperanza que albergaba en su interior se convertía en desesperación.

Xander se acercó al chico en silla de ruedas.

—Se acabó. Esto ya no es seguro.

—¡Silencio! —bramó Moretti con la cara enrojecida por el esfuerzo y la agitación—. ¿De verdad quiere enfrentarse a su jefe y decirle que abandonó justo antes de que el chico fuera convertido en inmortal?

Xander no respondió.

—Eso es lo que pensaba. Cállese y déjeme acabar con esto.

Desplegó las manos en el aire, como un director de orquesta que, en este caso, tenía una daga como batuta. En respuesta a los movimientos de sus manos, las figuras de Hannah, Sturgess y Banecroft se irguieron y se estiraron, hasta quedar rígidos como soldados en un desfile, aunque ellos estaban un metro por encima del suelo.

—Vosotros —dijo Moretti—, tenéis que dejar de entrometeros en asuntos que no os conciernen. Vuestro plan de rescate ha sido patético. —Señaló a Sturgess—. Y tú, ¿para quién trabajas?

Moretti se detuvo un instante.

—Ah, claro —se respondió Moretti, que se dio cuenta de por qué no recibía una respuesta. Chasqueó los dedos y la cabeza de los tres intrusos se movió, liberados de la fuerza que los había tenido inmovilizados.

—Un placer volver a verte —saludó Banecroft.

—Hablarás cuando yo te lo diga o, si no, le rebanaré el cuello a esta mujer.

Banecroft meditó la oferta, abriendo y cerrando la boca.

—Sabia decisión —dijo antes de volver a dirigirse a Sturgess—. Pero quiero saber de ti, ¿para quién trabajas?

Sturgess parecía desorientado.

—¿Qué?

Moretti escupió las palabras como si estuviera hablándole a un niño confundido.

—¿Para... quién... trabajas?

—Para la Policía de Mánchester.

Moretti alzó el cuchillo y apuntó a Hannah con él.

—No juegues conmigo.

Sturgess estaba desconcertado.

—No lo sabe —comentó Xander.

Moretti volvió la cabeza para mirar a Xander.

—¿Es eso posible?

—Claramente, sí.

Moretti se encogió de hombros.

—Hum... Interesante.

Dejo caer la moneda y la hizo oscilar delante de Sturgess. Una vez más, la cabeza del inspector empezó a sufrir espasmos violentos.

—Por favor, ¡para! —suplicó Hannah.

Y, como si le hubiera hecho caso, paró. Sturgess se desplomó en el suelo, inconsciente, como si alguien lo hubiera apagado con un interruptor.

Moretti dio un paso adelante y aplicó unos toquecitos leves con el cuchillo en la cabeza de Sturgess.

—Venga, sal de ahí.

Hannah se quedó sin aliento al ver que la parte superior del cuero cabelludo de Sturgess empezaba a moverse. La piel se dividió en dos y de dentro de él emergió un ojo en un tallo. Giró sobre sí mismo y miró en todas direcciones.

—¿Qué coño...? —exclamó Hannah.

—Sí —dijo Banecroft—, no sé si eso será una enfermedad de transmisión sexual, pero yo que tú me aseguraría.

Hannah se quedó sin palabras. Estaba empleando todas sus fuerzas en no vomitar.

Moretti apuntó con el cuchillo directamente al ojo.

—Y tú, ¿para quién trabajas?

Sturgess abrió la boca y una voz surgió de él, pero, claramente, no era la suya.

—Eso no es de su incumbencia.

—Permítame discrepar.

—El cliente del señor Xander ya ha tenido que contestar a suficientes preguntas y no quiere tener que añadir más daños a una propiedad de otro miembro del Consejo.

Xander alzó los brazos en el aire, irritado.

—¡Maravilloso!

Moretti lanzó la daga al ojo, pero la esquivó al inclinarse hacia atrás.

—¡Déjelo estar! —gritó Xander—. Lo hecho, hecho está. Acabe con el procedimiento. Las instrucciones de mi cliente fueron muy claras: salva al chico.

—¿Qué hago con estos dos? —preguntó Moretti mientras agitaba el cuchillo en dirección a Hannah y Banecroft.

—Nosotros —dijo Banecroft— somos trabajadores de *La Gaceta del Misterio,* que está protegido por las leyes del Acuerdo.

Xander puso los ojos en blanco.

—Por supuesto que lo sois.

Hannah miró confundida a Banecroft antes de añadir:

—Lo mismo se aplica a Stella. Trabaja con nosotros.

—Sí —coincidió Banecroft.

—¿Es eso verdad? —preguntó Xander.

—Vaya —dijo Moretti—, eso explica lo que pasó ese día cuando nos conocimos, cuando mis poderes no funcionaron... —Se calló y miró a Banecroft—. Espera. ¿Cómo puede ser que antes estuvieras protegido y ahora haya podido...?

—Sí —interrumpió Banecroft—, muy a mi pesar, parece que ha sido el peor día para dejarme el tótem en casa. Aun así, como hemos dicho, estamos protegidos. Déjanos marchar y nos iremos de aquí.

Moretti lanzó el cuchillo al aire y este se detuvo a escasos centímetros de la garganta de Banecroft.

—Voy a disfrutar matándote lentamente.

—Ahora no —pidió Xander, a quien se le estaba acabando la paciencia—. Complete el rito y después haga lo que desee con esos dos.

Stella empezó a derramar lágrimas. Sin pensar, alzó el brazo y se las secó con la mano. ¡Podía moverse! ¿Cómo podía ser? No lo había notado con todo lo que estaba pasando. Sus manos aún seguían esposadas, pero podía moverlas. Se pasó la mano por encima del bolsillo de los pantalones. Esa cosa que notó en el interior del bolsillo era algo metálico: una llave, como una de esas grandes de latón que Grace tenía para abrir las puertas de *La Gaceta del Misterio*.

Stella se puso en pie sobre sus dos inestables piernas.

—Debemos… —Las palabras de Xander murieron en el momento en que contempló a Stella.

Esta dio un paso adelante y, tras aclararse la garganta, dijo:

—Déjalos ir.

Moretti se dio la vuelta y, por primera vez, parecía tener miedo.

—¿Cómo has…?

—Ahí va, es verdad —dijo Banecroft—. Qué tonto soy. No me he dejado el tótem en casa, lo he metido dentro de su bolsillo. ¿No significa eso que tus tejemanejes no funcionarán con ella?

Stella se giró y miró las esposas que todos llevaban.

—Déjalos ir a todos.

Xander retrocedió.

—No pasa nada —aseguró Moretti con desdén—, no sabe controlar sus poderes. No es una amenaza.

Stella miró a su alrededor.

—Por favor, quiero irme a casa.

Moretti soltó una carcajada.

—Oh, querida. Qué patético. —Agitó la mano y la silla de plástico fue a parar justo detrás de ella y la empujó contra sus piernas—. Siéntate. Sé una buena chica y no compliques esto más de lo que es necesario.

Stella entró en pánico. No sabía qué hacer. No había nada que ella pudiera hacer. Miró a Hannah y a Banecroft y a las dos figuras colgadas del muro. Era demasiado para ella. Miró la silla a su espalda.

—Tiene razón —intervino Banecroft—. Siéntate como la niña tonta que eres. Estúpida e inútil.

Stella alzó la cabeza como si la hubieran abofeteado. Fulminó con la mirada a Banecroft y vio que Hannah hacía lo mismo.

—Nos tomamos todas estas molestias y ni siquiera puedes salvarte a ti misma.

—¡Vincent! —exclamó Hannah.

Moretti se rio.

—A alguien no le gusta perder.

—Deprimente boba —continuó Banecroft—. Una vez más, vas a decepcionarnos a todos.

Hannah dirigió la mirada a uno y otro.

—Cállate —susurró Stella.

—No —dijo Banecroft—. No lo haré porque gracias a ti moriré, Hannah morirá. Simon murió.

Moretti aplaudió, alegre.

—¡Cuánto rencor!

Stella sentía que la rabia crecía en su pecho. Dio un paso adelante.

—Eso no fue culpa mía.

—Todo lo es —afirmó Banecroft—. Eres una inútil.

Hannah miró a Stella. Su boca estaba seca.

—Sí, es lo que eres.

Stella miró dolida a Hannah, desconcertada por su traición.

—Moretti —intentó advertir Xander.

Moretti dejó de aplaudir y se le borró la sonrisa de la cara.

—¡Por tu culpa —continuó Hannah— este hombre ha matado a Grace!

—¡No! —chilló Stella.

Notó que comenzaba a surgir a través de ella, incontrolable. Las esposas de las manos cayeron al suelo y se dirigió hacia Moretti.

—¡La has matado!

Las manos de Moretti se convirtieron en un borrón en el aire. Parte del mobiliario se alzó y se dirigió hacia Stella. Esta dejó escapar un grito y todo —madera, tela y metal— se desintegró y cayó en cascadas de polvo.

Hannah, Banecroft y el inconsciente Sturgess se desplomaron en el suelo mientras Moretti retrocedía ante el avance de Stella.

—No, no la maté. Yo solo...

Stella pronunció las siguientes palabras más para sí misma que para los demás.

—Era una mujer con un corazón enorme. Era buena conmigo. Me acogió. ¡La has matado!

Era vagamente consciente de que Xander estaba a su derecha y agitaba las manos en su dirección. Alargó su mano y de sus dedos surgió un rayo de luz azul que lanzó dando vueltas por el suelo de la estancia. Moretti alzó por enésima vez los brazos por encima de su cabeza, pero esa vez no fue para usar su poder, sino para protegerse con desesperación y en busca de una ayuda que nunca llegaría. Detrás de ella, Stella oía a Hannah intentando hablar con ella, pero sus palabras eran ininteligibles debajo del rugido que se oía. Stella elevó los brazos y sintió que la sensación que la aterraba más que nada en este mundo brotaba de dentro de ella una vez más.

Y entonces...

Una repentina sensación de vacío la invadió. Esa sensación que había brotado de su interior no se calmó, sino que desapareció por completo. Ya no había ningún rugido. Fue como si el universo se hubiera congelado en un segundo.

Después, las puertas metálicas de la entrada estallaron.

CAPÍTULO 48

Mientras esperaban que el polvo levantado de las puertas se asentara, una docena de agentes armados y con pasamontañas accedieron al almacén, todos gritando al unísono que se echaran al suelo. Hannah, que ya estaba tirada en el suelo, se quedó donde estaba. Alzó la mirada para ver a Stella, que permanecía en pie y se miraba las manos fijamente antes de que la empujaran al suelo dos agentes con pasamontañas.

—¡Dejadla en paz! —chilló Hannah, pero los agentes también estaban sobre ella, le dieron la vuelta y le sujetaron los brazos detrás de la espalda para esposarla. Se dio un golpetazo en la cara al encontrarse con el suelo de hormigón—. Au, ¡id con cuidado!

Su experiencia con las esposas se limitaba a cuando la habían detenido en la oficina y a cuando había intentado algo diferente para el cumpleaños de su ya pronto exmarido, una celebración que acabó transformándose en un momento bochornoso y para olvidar. Aunque esas dos experiencias no la hacían una experta en la materia, sí que notaba que esos grilletes eran distintos: más gruesos, más pesados y, de alguna forma inexplicable, más fríos. La palabra «esposas» parecía no ser suficiente para describirlos. Parecían ser algo más que simple metal.

Miró a su alrededor y vio que Banecroft, Moretti y Sturgess, o al menos su cuerpo inconsciente, estaban atados igual que ella. Entre tanto alboroto y confusión, vio que Stella la miraba. Se avergonzaba de lo que le habían hecho, pero, aunque con retraso, captó lo que Banecroft pretendía. Lo que les había explicado Grace era verdad: Stella siempre perdía el control en sus arrebatos.

Grace.

—¡Stella! ¡Stella! —Su joven compañera pareció volver a la realidad y miró a Hannah sorprendida, como si se acabase de dar cuenta de que estaba ahí—. Grace está a salvo. Lo siento, teníamos que hacerlo.

Stella cerró los ojos.

Antes de que Hannah pudiese decir algo, al hombre alto llamado Xander lo empujaron al suelo en medio de ambas.

—Están cometiendo un error —decía—. Soy uno de...

El hombre se detuvo en cuanto el círculo de hombres armados se abrió por la mitad para dejar pasar a una figura diminuta. Hannah tardó unos instantes en procesar lo que acababa de presenciar. La última vez que había visto a la señora Carter había sido en la comisaría para informarla de que ya estaba libre y podía irse. En aquel momento le había parecido una mujer extraña pero llena de alegría. La yuxtaposición de ese recuerdo en la memoria con la visión de la mujer en esos momentos, rodeada de los agentes y soldados, chocaba en su cerebro privado de sueño.

Para añadir aún más surrealismo a lo que estaba sucediendo, un par de niños pelirrojos nerviosos la flanqueaban, extendiendo sus manos con expresiones tensas en sus rostros. Los chicos parecían tener doce años y ser gemelos idénticos.

La doctora Carter se dirigió al agente más cercano.

—¿Y bien?

—Contención concluida, señora.

—Excelente. Pueden descansar, agentes.

Los dos niños dejaron caer las manos a los lados. Uno de ellos se tambaleó y perdió el equilibrio momentáneamente.

—Muy bien hecho, mis polluelitos. Mamá está orgullosa de vosotros. Podéis esperarme en el coche. ¿Maranda?

Una mujer corpulenta entró, cogió de la mano a los dos chicos y se los llevó.

La doctora Carter elevó la voz y, sin girarse, le gritó:

—¡No les dejes jugar con la radio!

Entonces, llevó la vista al suelo y vio las figuras.

—Sinceramente, con un edificio tan grande como este, mis niños van a estar cansados y gruñones toda la semana. Tendré que estirarme e invitarlos a un Nando's.

—Podría... —empezó a farfullar Moretti.

—No —dijo la señora Carter después de agitar levemente la mano. Al momento, Moretti dejó de hablar.

—Si me deja preguntarle... —lo intentó esta vez Xander.

Hannah notó que esa interrupción no era silenciada como la de Moretti.

—No, señor Xander, no puede. Discutiremos sus acciones y las de su cliente más tarde, pero ahora tenemos invitados.

Hannah miró a Xander. Parecía un hombre que ya estaba pensando en todas las conversaciones incómodas que tendría en el futuro.

—Sí —confirmó Banecroft—, y no es por añadir más mierda, pero... la señora Carter aquí presente es nuestra abogada. No sé los demás, pero yo pienso demandarte por estrés postraumático.

La doctora Carter se echó a reír, o al menos eso supuso Hannah que hizo; a ella le pareció que sonaba más bien a una ardilla estrangulada.

—Ah, querido Vinny. Tan encantador como siempre. —La doctora Carter señaló a Banecroft, Sturgess y Hannah—. Ese, ese y esa, nos los llevamos.

Cuatro manos cogieron a Hannah por debajo de los brazos y la levantaron firmemente del suelo. Un segundo más tarde, le abrieron las esposas. Hannah se acercó a Banecroft mientras se frotaba las muñecas. Dos soldados más levantaron a Sturgess, pero tuvieron que aguantarlo porque la gravedad volvía a llamar a su cuerpo.

—Oh, por el amor de... —soltó Carter—. ¡Está inconsciente, zopencos! Lleváoslo fuera y dadle una taza de té. —Los agentes cumplieron las órdenes y se llevaron el cuerpo inerte de Sturgess fuera del almacén.

—Necesita ir a un hospital —apuntó Hannah.

La doctora Carter la miró por primera vez a los ojos.

—Cielo, créeme cuando te digo que ese es el último lugar al que debería ir. Esa cosa que tenía en la cabeza, con ese..., ya sabes. —Dobló un brazo y, con la otra mano, imitó al ojo baboso—. Matará al huésped si cree que está en peligro, y con «huésped» quiero decir a él.

Hannah intentó procesar esa nueva información, pero no lo consiguió, al menos no entonces. Más tarde volvería a pensar en ese momento y se avergonzaría de haber dicho un simple:

—Vale, muchas gracias.

La doctora Carter le ofreció una risita condescendiente.

—De nada. —Tras eso, se dirigió a Banecroft—. Vinny, si querías volver a verme, podrías haber pensado en otras formas para hacerlo. Tienes mi número.

—Sí, después de esto seguro que sí que me lo guardaré.

—Querido, no pensaba que fueras de los que se sienten intimidados por una mujer poderosa.

—Para nada —dijo Banecroft—, simplemente creo que no funcionaría. Yo soy un editor de periódico mientras que tú parece que trabajas para una organización oscura y en la sombra que tiene como propósito controlar el mundo con fines malvados.

La doctora Carter se encogió de hombros.

—¿Qué quieres decir? ¿No puedo hacer ambas cosas? Un trabajo *pro bono* siempre es bueno para el alma.

—Sí, aunque no estoy muy seguro de que tengas una. Sin embargo —Banecroft sacó un cigarrillo de algún lugar y luego se palpó el abrigo en busca de un mechero—, creo que estamos ante un falso encarcelamiento. Puede ser un conflicto de intereses para ti, dado que eres la jefa de esta agrupación de pequeños fascistas.

La doctora Carter le hizo un puchero.

—Oh, Vinny, querido. ¿Estás molesto por mis mentirijillas?

—Por supuesto que no —contestó Banecroft—. Siempre asumo que todo lo que salga de la boca de un abogado son mentiras, aunque claramente lo hiciste con la mejor intención del mundo.

—Puede que no lo veas, pero así es.

Banecroft miró a su alrededor, incapaz de encontrar un mechero.

—Supongo que nadie en esta sala tiene un...

La doctora Carter chasqueó los dedos y el cigarrillo se encendió solo. Banecroft le dio una calada y se quedó mirándolo, impresionado por el truco.

—¿Sabes qué? He estado rodeado de todo este abracadabra durante los últimos dos días y creo que este truco es el primero que ha sido realmente útil.

—Como doctora, debería decirte que esas cosas te van a matar.

Banecroft se sacó el cigarrillo de la boca y se quedó mirándolo.

—¿En serio? Me desconcierta oír algo así de alguien que ha metido un parásito ocular dentro de un agente de policía.

La doctora Carter le dio una palmadita leve.

—Pico de oro y astuto como un zorro.

—En realidad no. Estás aquí porque de alguna forma nos has seguido, por lo que tiene sentido suponer que tú eres la responsable de ponerle lo que cojones sea eso en la cabeza del agente. Supongo que lleva bastante con eso ahí dentro.

—El inspector Sturgess es un detective meticuloso y tenaz. Para nosotros era una gran ventaja tenerlo vigilado.

—Por supuesto —aseguró Banecroft—. Gracias a Dios que lo hicisteis, porque por lo visto no habrías pillado al imbécil yanqui lameculos sin nuestra ayuda.

Hannah percibió en los ojos de la doctora Carter una irritación momentánea.

—Estoy segura de que habríamos dado con él con el tiempo.

—¿Estás segura? —se preguntó Banecroft—. Porque a mí me diste la impresión de que preferías omitir algunos asuntos antes que atrapar a los criminales. No quiero insultar a tu gran oportunismo, pero habéis aparecido en un momento crucial.

—Disfruta de la victoria mientras puedas, querido Vinny; mañana no recordarás nada de esto.

—Te equivocas de nuevo —aseguró Banecroft—, mis dos compañeras y yo somos empleados de *La Gaceta del Misterio;* así que estamos todos protegidos bajo los términos del Acuerdo.

—Ah —dijo la doctora Carter—. Ya veo que la señora H os ha visitado.

—Sí, fue muy ilustrativa explicándonos un par de cosas.

—Vaya… —se lamentó la doctora Carter— Tendremos que reunirnos una vez más y aclarar unas cuantas cosas algún día. —Se volvió hacia el primer agente con el que se topó—. Estos dos pueden irse.

—¡Tres! —la corrigió Banecroft mientras señalaba a Stella.

Carter negó con la cabeza.

—Es una sospechosa.

—También es nuestra empleada y está protegida. Teniendo en cuenta lo que ha pasado hoy, supongo que todos vosotros querréis que os consideren como los que se preocupan y cumplen el Acuerdo en toda su gloria.

—Está indocumentada.

—No te preocupes —aseguró Banecroft—. Estoy más que dispuesto a documentarla, así como todo lo que ha pasado aquí con todo lujo de detalles.

—No será necesario —dijo Carter con rigidez.

—Bueno —contestó Banecroft—, eso dependerá, ¿no crees?

La doctora Carter miró a Stella y a Banecroft de nuevo.

—Está bien. Ella también puede marcharse.

Los dos agentes dejaron libre a Stella.

—Y —añadió Hannah— la policía tiene que devolvernos todas nuestras pertenencias y reincorporar al inspector Sturgess.

—No controlo a la policía —dijo la doctora Carter, que se encogió de hombros.

Banecroft se rio entre dientes.

—Sí, sí que la controlas.

La doctora Carter puso los ojos en blanco.

—¡Quiero que me devuelvan mi trabuco! —agregó Banecroft.

—Claro, por qué no.

—Ah —intervino Hannah, avergonzada—, y, por supuesto, a esos dos pobrecitos también.

—¿Quiénes? —La doctora Carter alzó la vista y observó las dos figuras colgadas en la pared—. Sí, lo que sea.

Con un movimiento de manos, los dos prisioneros flotaron hasta poner los pies en el suelo. Hannah corrió hacia ellos con Stella a su lado. Los dos rehenes estaban ocupados quitándose las mordazas y cogiendo aire como si hubieran sido rescatados de altamar.

El hombre se rascó la barba.

—Malditos Fundadores de mierda —maldijo el hombre, que ceceaba y enseñaba las encías al hablar.

—¡Lo he escuchado! —gritó la señora Carter desde el otro lado del almacén.

—¿Estáis bien? —preguntó Hannah.

La mujer alzó la mirada después de frotarse las piernas.

—Estamos vivos, dejémoslo ahí.

—Claro. —Hannah notó que se ruborizaba. No había sido una pregunta demasiado inteligente.

Dos de los soldados se acercaron a ayudarlos.

—No me pongáis ni una mano encima —espetó la mujer—. No quiero nada de los de vuestra calaña.

Los hombres retrocedieron y la mujer miró a Stella.

—En cambio, de ti sí que me fío, querida. Soy Vera, por cierto. Si no te importa, échame una mano.

Stella asintió y la ayudó a levantarse. Vera se tambaleó y Stella se pasó su brazo por encima del hombro para aguantar parte de su peso. Hannah hizo lo mismo con el hombre.

La doctora Carter agitó la mano frente a ellos.

—Perdón por las molestias.

Banecroft se unió al grupo cuando este se acercaba lentamente a las puertas de salida. Había recuperado la muleta.

—Vámonos de aquí.

—¿Ya está? —preguntó Hannah—. ¿Qué hay de Moretti, Xander y el chico?

Mientras decía esto, miró al joven Daniel, que estaba acompañado por un agente de pie e incómodo. Todavía parecía que no sabía dónde estaba y continuaba con las manos esposadas.

Vera tomó la palabra. Su voz denotaba cansancio y rabia.

—Nadie les hará justicia —explicó desolada—. El monstruo de Moretti es uno de ellos, y no matan a los suyos. No hay nada más sagrado que la vida de un Fundador. Lo encerrarán en algún lugar hasta que decidan que lo necesitan de nuevo y lo demás lo resolverán entre ellos de alguna forma. Se reunirán, se irritarán unos a otros y ahí quedará la cosa.

—Es horrible —comentó Hannah—. Después de todo lo que han hecho, ¿van a salirse con la suya?

Mientras se acercaban al umbral del mundo exterior, con la luz del sol primaveral deslumbrante tras la penumbra del almacén, Vera dio unas palmaditas a Stella en el brazo y luego dejó de apoyarse en ella y se aguantó en pie por sí sola.

—Así es como funciona este mundo. Aun así, hay una cosa que no han tenido en cuenta.

Vera giró sobre sí misma con una destreza sobrecogedora mientras formaba diferentes figuras con las manos. Dos de los agentes que iban detrás de ella aceleraron el paso, pero no lo bastante rápido. Un chirrido metálico llenó el local.

Hannah oyó el rugido de la bestia y luego vio una figura volando, cruzando la estancia. Banecroft se arrojó encima de Hannah y la tiró al suelo mientras el aire se llenaba de los disparos ensordecedores de las armas automáticas y del grito aterrador de la bestia moribunda.

En medio de ese torbellino, algo golpeó la pared ondulada junto a Hannah. Alzó la vista y vio que el Ser había sido acribillado, balazo tras balazo antes de, finalmente, derrumbarse en el suelo.

La voz de la doctora Carter resonó por todo el almacén con una potencia sobrehumana.

—Alto el fuego. ¡Alto el fuego! ¡Está muerto!

Mientras cesaba el eco de los disparos, Hannah contempló el círculo que habían formado los agentes y los soldados. En medio yacía un cuerpo.

La doctora Carter miró en su dirección, su cuerpo estaba a punto de estallar de ira.

—Sacadlos de aquí, ya.

Los agentes los cogieron con brusquedad por los brazos y los llevaron hacia la salida.

—¿Qué ha pasado? —preguntó Hannah.

En el suelo frente a ellos yacía un objeto, como si el universo les estuviera dando una respuesta. En cuanto pasaron por su lado, Hannah se dio cuenta de lo que era: la cabeza cortada de Charlie Moretti.

Banecroft soltó una risotada maníaca.

—Eso sí que le dolerá.

CAPÍTULO 49

Hannah apagó el motor y escuchó atentamente los sonidos y los zumbidos que salían de él. No sabía tanto de coches como para distinguir si eran sonidos normales o inusuales. Tampoco le importaba. Volvía a estar fuera del hospital. ¿Realmente solo habían pasado unas horas desde su última visita?

Les había ofrecido un viaje a casa a los dos supervivientes del almacén. La mujer, Vera, lo aceptó con ganas, pero el hombre llamado Jimmy había negado con la cabeza y había rechazado la invitación tras agradecérselo. Hannah creía que era escocés, pero resultaba complicado afirmarlo con certeza porque le faltaban los dientes delanteros. También se ofreció a llevarlo al hospital, o a cualquier otro sitio, pero rechazó con rotundidad esas ofertas. Banecroft vio el temblor de las manos de Jimmy y, sin decir nada, le ofreció la botella de *whisky* medio vacía que era obvio que llevaba consigo.

Stella había guiado con delicadeza a Vera a los asientos traseros del Jaguar. Banecroft se sentó a su lado y se quedó dormido en un santiamén. Vera le indicó la dirección exacta en Chorlton y Stella guio a Hannah hasta allí, sentada a su lado en los asientos delanteros.

De camino al vecindario de Vera, Hannah recibió un mensaje de texto del inspector Sturgess en el que le decía que se había despertado en su sofá y estaba muy confundido, pues no sabía cómo había llegado ahí. Hannah simplemente le contestó que todo estaba en orden y que le explicaría el resto más adelante. En ese momento, no sabía muy bien qué podía explicarle puesto que la cosa dentro de su cráneo estaba viva y, literalmente, podía matarlo. Decidió que esa parte del problema quedaba para otra ocasión.

Con ganas de empezar una conversación, Hannah comentó a Vera que su familia debía de desear tenerla de vuelta sana y salva. Esta no respondió en ningún momento, se limitó a permanecer quieta en su asiento y mirar por la ventanilla, abstraída en sus propios pensamientos. Cuando llegaron a la elegante casa adosada, Vera les dio las gracias y salió del coche. La observaron llamar al timbre; parecía fuera de lugar, en camisón y bata a plena luz del día. Un hombre de mediana edad, con el pelo entrecano, abrió la puerta. Estaba claro que estaba intentando encontrar las palabras adecuadas, pero ninguna salía de su interior. Al hombre le dio igual y la abrazó con fuerza. Dos chicas adolescentes salieron corriendo de la casa y se unieron a su padre. Hannah y Stella se quedaron contemplando desde el coche cómo la familia se reencontraba y lloraba en un abrazo conjunto.

Y ahora se encontraban en el estacionamiento del hospital, sentadas en el Jaguar. Ninguna de las dos hizo ademán de moverse y Banecroft seguía inconsciente en los asientos traseros. Hannah sabía que debían hablarlo, pero no sabía cómo empezar. Después de un silencio largo e incómodo, dijo:

—Siento haber mentido respecto a Grace. Fue repugnante.

—Olvídalo —repuso Stella.

—No, de verdad... —Hannah señaló con la cabeza a Banecroft—. Grace nos contó que, cuando te enfadas, ya sabes, te pasa eso y...

—Está bien —aseguró Stella—. Entiendo lo que hicisteis y el porqué.

Hannah cayó en la cuenta de que el acento de Stella era diferente ahora. En vez de una variedad dialectal de Londres, ahora parecía tener un acento del suroeste del país, quienes ponían más énfasis en las erres.

—¿Y desde cuándo...? —Hannah soltó una risita nerviosa—. Lo siento. Lo estoy haciendo fatal. No sé ni cómo llamarlo.

Stella se encogió de hombros.

—Tranquila, yo tampoco. Ha estado... Ha estado siempre en mí, supongo, pero ha ido empeorando a medida que he crecido. No puedo controlarlo.

—Debe de ser aterrador, ¿verdad?

Stella asintió.

—¿Estoy en lo cierto al asumir que no acabaste en *La Gaceta del Misterio* por accidente?

—Yo... Escapé de... Bueno, no creo que eso pueda llamarse un «hogar». Me tenían retenida en un lugar hasta que decidí escapar. Cogí un tren a Mánchester porque fue el primero que pasó. Al llegar, busqué algún lugar seguro en el que quedarme y... Es difícil de explicar, pero... la iglesia, sentí algo cuando la vi.

—Así que, cuando Banecroft te encontró intentando entrar, en realidad no tenías ninguna intención de robar...

Stella sacudió la cabeza.

—No, simplemente quería entrar. —Se giró para mirar la figura que estaba echando una cabezada y habló más flojito—. Que me acogiese fue mucho más de lo que podía esperar. Solo intentaba encontrar un lugar seguro para pasar la noche y tenía planeado marcharme a primera hora de la mañana.

—Pues qué gran lugar escogiste.

Y, tras esa confesión, a la vida a veces le gusta buscar formas divertidas de aligerar la conversación, por lo que justo en ese momento Banecroft dejó escapar una sonora ventosidad.

Hannah sintió que la tensión se le escurría del cuerpo y un ataque de risa la atrapaba por completo. Miró a Stella y esta también estaba intentando controlar la risa mientras su cuerpo se sacudía y las lágrimas caían por su rostro.

Hannah se cubrió la boca con una mano y, poco a poco, fue recuperando el control.

—Por Dios, cómo necesitaba una buena risa.

Stella asintió.

Las dos se quedaron mirando a un hombre que pasó junto al coche vestido solo con una bata quirúrgica y que miraba furtivamente por encima del hombro. Sin hacer comentarios, se fijaron en cómo su culo al aire escapaba del lugar.

Hannah lo señaló con la cabeza.

—¿Crees que ha cambiado de opinión respecto a la operación?

—Ni papa —contestó Stella—. Camina como alguien que espera que lo persigan. ¿Quizá está escapando de una custodia?

—¿Es malo que en el fondo de mi corazón no me importe lo más mínimo? No tengo la energía suficiente para eso.

Stella volvió a encogerse de hombros.

—¿Estaba enfadada? Grace, quiero decir.

Hannah se volvió para mirar a su joven compañera, sorprendida por la pregunta.

—¿Por qué debería estarlo?

—Porque por mi culpa esos…, lo que sean…, fueron a su casa.

Hannah se inclinó y le apartó a Stella el pelo de los ojos.

—Escúchame. Sé que no puedo entender del todo por lo que estás pasando, pero de esto sí que estoy segura: no fue culpa tuya. ¿Queda claro?

Stella asintió, pero evitó la mirada de Hannah.

—¿Stella? —insistió Hannah—. Necesito que lo digas. Nada de esto ha sido culpa tuya.

Stella finalmente alzó la vista con lágrimas en los ojos. Sonrió.

—¿Estás intentando recrear esa escena de *El indomable Will Hunting*?

—Yo… Bueno, puede que me haya inspirado en ella, sí.

Stella asintió, sonriendo.

—Y —añadió Hannah—, para seguir con las referencias, usaré una frase que escuché decir a una persona ayer en el autobús. Me bebería hasta el agua de la bañera de Matt Damon.

—¿Qué significa eso?

—Creo que es como un piropo, aunque debería comprobar primero si lo estoy usando correctamente.

—Sí, creo que sí.

—Y puede que lo anterior sí que estuviese sacado de *El indomable Will Hunting*, pero eso no significa que no se te aplique ni que no tuvieses razón.

Stella sonrió de nuevo, respiró hondo y el aliento se le detuvo en la garganta.

—Iba a matarlo, ¿lo sabes? A ese tal Moretti.

—Pero no lo has hecho —dijo Hannah.

—Pero…

—Pero nada. No lo has hecho. Nos has salvado, a esas dos pobres personas que Moretti había secuestrado y a mí. Nos has salvado a todos. Incluso a... —Hannah sacudió la cabeza para señalar a los asientos traseros.

—Ya... —convino Stella—. Bueno, no todo es perfecto.

—De verdad, Stella, con todo mi corazón, gracias. Aunque últimamente todo ha sido bastante complicado e impredecible, me alegro de estar viva.

—Ni lo menciones. Tú compraste dónuts, así que empate.

Stella y Hannah observaron a dos agentes de policía abrumados salir corriendo por las puertas A y E y mirar a su alrededor.

Hannah los señaló.

—Creo que están buscando a nuestro amigo. ¿Les decimos algo?

Stella sacudió la cabeza.

—No. Démosle un poco más de ventaja. Es lo que me gustaría que hicieran conmigo ahora que tendré que volver a marcharme.

Las palabras de Stella sorprendieron a Hannah.

—¿De qué estás hablando?

—Esa gente, la doctora Carter y los demás, ahora saben quién soy. Créeme, no es seguro para mí. Tengo que irme.

—Stella, no. No puedes.

—Tengo que hacerlo, no sería seguro para vosotros.

—No sé si te has fijado, pero creo que no será seguro para ninguno de nosotros de todos modos. Puede que necesitemos a alguien con tus... a nuestro lado.

—No —negó Stella tajante—. No quiero poner a nadie en peligro. Debo...

—No vas a ir a ninguna parte. —Hannah saltó en su asiento, asustada por la voz de Banecroft desde el asiento posterior—. Eres mi empleada y yo soy quien contrata y despide. No te irás de *La Gaceta del Misterio* hasta que te lo diga yo. ¿Acaso has olvidado nuestro contrato?

—Pero...

—Nada de peros, jovencita. Como has dicho, la iglesia es un lugar seguro.

—¿Nos has estado escuchando todo este tiempo? —preguntó Hannah.

—Por supuesto. Si alguna vez queréis enteraros de algo útil, haceos las dormidas.

—El pedo ha sido un bonito detalle —comentó Hannah, contenta de ver a Stella sonreír.

Banecroft la ignoró.

—Eres una trabajadora de *La Gaceta del Misterio*, ergo estás protegida por las fuerzas más poderosas e inimaginables.

—Es decir, por el Acuerdo —aclaró Hannah.

—Que le den al Acuerdo —soltó Banecroft—, estaba hablando de mí. No voy a...

Banecroft no acabó la frase porque el hombre con la bata quirúrgica corrió por delante del coche perseguido por los dos agentes de policía.

—¿Qué diantres hacen esos...?

En una maniobra hábil, el paciente consiguió evadirse de la sujeción de uno de los policías y salió corriendo hacia el otro lado, de modo que este se quedó con la bata en la mano. Aunque, en cualquier caso, tampoco es que hubiese servido para tapar mucho.

Los tres observaron la escena y cómo el hombre desnudo trotaba hacia la calle Oxford y se apresuraba por una de las aceras con el pulgar hacia arriba.

—Eso sí que es optimismo —comentó Hannah.

—¿Soy yo o esta ciudad es cada vez más rara? —dijo Banecroft.

CAPÍTULO 50

Hannah abrió la caja de dónuts y vio cómo al sintecho se le iluminaba le rostro.

—¿Son de verdad?

—Por supuesto, y eres el primero en escoger.

La miró con desconfianza.

—¿Qué les pasa?

—No les pasa nada —respondió Hannah—. Te lo aseguro. Si quieres... —En equilibrio, se pasó la caja de dónuts de una mano a la otra—. Si miento, que me caiga un rayo aquí mismo.

—No, por favor —le pidió el hombre—. Nunca digas algo así. Ya hay suficientes cosas ahí fuera en el mundo que te pueden matar.

La Hannah de hacía una semana hubiera pasado por alto el comentario, pero había sido una semana muy larga. Nada era lo mismo.

—Sin ánimo de ofender, cariño, pero no debería aceptar dulces de extraños.

—Vale —dijo Hannah—. Bueno, me llamo Hannah y trabajo ahí, en ese edificio que solía ser una iglesia. —Estaban al lado del mismo banco en el que Hannah se había sentado justo hacía una semana. Parecía que había pasado en otra vida.

—¿Trabajas en el periódico de los majaras?

—¡Sí! —confirmó Hannah con una gran sonrisa—. Ahí mismo.

El hombre negó con la cabeza.

—Pareces de fiar. Nadie mentiría sobre eso, para empezar.

—¿Cómo te llamas?

—Me llaman Dos Ojos —respondió él.

—Oh —dijo Hannah—. No parece un nombre muy entrañable.

—Ah, no —admitió—, está bien; es porque llevo gafas para leer, ¿sabes?

—Entiendo. Entonces, ¿cuál es tu verdadero nombre?

—Paul, pero ya nadie me llama así.

—Bueno, a partir de ahora sí que lo harán. Hola, Paul. Encantada de conocerte.

Él asintió.

—Eres buena, Hannah. Me gustas.

—Igualmente, Paul. Coge un dónut.

—Cogeré el rosa, si no te importa. —Aún seguía dubitativo.

—Excelente elección.

En ese momento, sonó el teléfono de Hannah. Empleó la mano libre para intentar encontrar el aparato.

—¿Necesitas ayuda?

—Gracias. —Hannah le pasó a Dos Ojos la caja y metió la mano en el abrigo para coger el móvil.

Era un número desconocido de Mánchester.

—¿Diga?

—Hola, ¿Hannah? —La voz era femenina y con un marcado tono de afectación—. Soy Chelsea Downs, te llamo desde la tienda Storn de aquí en Mánchester.

—Ah, sí. Gracias por llamar, pero ya sé que no he conseguido el puesto.

—Oh, no, al contrario. Te llamo para disculparme. La semana pasada estuve fuera y mi segunda al mando prosiguió con las entrevistas sin revisar el correo electrónico. Joyce Carlson te ha recomendado muchísimo y, con franqueza, eres exactamente la persona que necesitamos, como queda demostrado con esta maldita metedura de pata. El puesto en Storn es tuyo, si lo deseas. Está muy bien pagado, debería añadir.

Hannah miró la caja de dónuts y la cara de Dos Ojos mientras mordía con reverencia el dónut con glaseado rosa; después, miró la iglesia al otro lado de la calle.

—¿Hola? Hannah... ¿Sigues ahí? ¿Hannah?

—¡He traído dónuts! —Los ocupantes del toril respondieron a esa revelación con una gran acogida—. Pero no los voy a repartir hasta que empiece nuestra sesión matutina. —Eso no fue tan bien recibido como la anterior revelación—. Pensadlo, puede que anime a Don Pantalones Gruñones.

Hannah se sentó junto a Grace. La gerente de la oficina llevaba unas cuantas tiritas, que cubrían los cortes de su cara, y una venda en la muñeca. Excepto por eso, a Grace se la veía bien.

—¿Cómo estás?

—Estupenda, querida, gracias. Un buen hombre se pasó por mi casa ayer por la noche para explicarme que el seguro cubriría todas las reparaciones, sin hacer ninguna pregunta.

—Esas son fantásticas noticias —aseguró Hannah.

—Sí —confirmó Grace—, sobre todo porque no tenía seguro de hogar.

—Vaya —dijo Hannah.

Grace alzó los brazos hacia el cielo.

—Los caminos del Señor son inescrutables.

Hannah bajó la voz.

—¿Y cómo está…? —Miró por el rabillo del ojo hacia la esquina donde Stella estaba sentada, escondida tras su ordenador con un libro en la mano y el teléfono móvil en la otra.

—Está bien. Va encaminada, pero todavía hay un buen trecho que recorrer.

Hannah asintió. Suponía que así era. Su charla en el coche fuera del hospital pareció ayudarla, pero aún quedaba mucho por descubrir.

—¡Ox! —Era Reggie en la otra punta de la habitación.

—¿Qué? —respondió el susodicho.

—¡No me digas «qué», rufián! Te dije que solo podías firmarme en la escayola si no empezabas con tus monerías.

—Pero si estoy dibujando tu plato favorito, un desayuno completo: una salchicha y dos…

—O sea, un pene.

—¡Reginald! —espetó Grace, indignada—. Por favor, hay menores presentes.

Stella habló sin alzar la mirada.

—Si la mandanga de Ox tiene esa pinta, será mejor que se la haga mirar.

Hannah se echó a reír tanto por la respuesta de Stella como por la mirada escandalizada de Grace, ahora fija en la chica.

La puerta de la oficina de Banecroft se abrió de golpe y Hannah miró el reloj de pared: eran exactamente las nueve de la mañana. Salió cojeando, sin muleta, pero con su trabuco colgado del hombro.

—¿Oigo risas? —preguntó Banecroft—. ¿Por qué diablos estaría alguien riendo?

—Porque disfrutan de la compañía de sus compañeros de trabajo —respondió Hannah.

—Qué encantador. Me impresiona que penséis que tenemos tiempo libre para eso, pero, en caso de que lo hayáis olvidado, os recuerdo que todos y cada uno de vosotros os saltasteis la reunión del viernes.

Ox alzó la mano.

—Estaba en una celda.

—Yo en el hospital.

—Yo también.

—A mí me secuestró un lunático.

—Sí, sí, sí —dijo Banecroft—. Todos tenéis vuestras excusas perfectas, ninguna de las cuales cambia el hecho de que esta tropa de inútiles debe producir un nuevo ejemplar el viernes. Venga, comenzamos con la lluvia de ideas.

La única respuesta fue un quejido conjunto.

EPÍLOGO

Banecroft se despertó con un sobresalto.

¿Otra vez esa pesadilla? Durante los últimos días no paraba de perseguirlo. Aunque no era del todo fácil, durante el día aún podía mantener a Charlotte lejos de sus pensamientos; sin embargo, durante la noche, campaba libremente por su memoria.

El sueño siempre seguía los mismos patrones. Revivía algún momento feliz de su vida juntos. La boda, las vacaciones en Roma, el fin de semana en Cornualles... O simplemente los momentos más mundanos, acurrucados en el sofá, en la mesa de la cocina devorando el desayuno o en cualquier otro lugar del día a día. La peor parte era contemplar lo feliz que era. Sentía el eco de su vida pasada y cómo había sido hasta que el recuerdo se detenía. Entonces, Charlotte se giraba hacia él y siempre le decía la misma frase:

—¿Por qué no me salvaste?

Él le suplicaba, le rogaba y le explicaba que lo había intentado con todas sus fuerzas, pero ella solo se sentaba delante de él, sin mostrar ningún tipo de reacción, y repetía la misma frase una y otra vez. Él se inclinaba para tocarla, pero nunca podía. Tras esta agonía, se despertaba con un sobresalto y con un vacío terrible en su interior. Las pesadillas nunca habían desaparecido, pero, a raíz de los recientes acontecimientos de su vida, ahora parecían más vívidas que de costumbre.

Sin pensarlo, su mano fue a coger la botella de *whisky* del escritorio y en ese momento lo oyó: un ruido, en la oficina.

Miró el reloj de pared. Eran las cuatro y veintitrés de la madrugada. Ninguno de los trabajadores era tan entusiasta como para venir a esas horas y Manny dormía en la planta baja. Solo salía de ahí para ir a la cocina o al baño, nunca al toril.

Banecroft estaba a punto de interpretarlo como un producto de su imaginación cuando volvió a oírlo.

Se puso en pie y agarró el trabuco. A la luz de los acontecimientos recientes, la palabra «intruso» ahora abarcaba a muchas más personas y peligros de los que hubiera podido imaginar hasta entonces. Aun así, alguien o algo estaba en las oficinas del periódico cuando no debería estar ahí, y eso no podía permitirlo. Con movimientos pausados, cojeó hasta la puerta, intentando no poner demasiado peso sobre el pie aún vendado.

Respiró hondo y, con un ágil movimiento, abrió la puerta y salió a la sala.

—¡Quédate ahí, hijo de...!

Banecroft se detuvo. Alguien estaba sentado en uno de los escritorios del fondo de la esquina, en una de las mesas que nunca habían estado ocupadas desde que él era editor. La persona permanecía sentada en silencio, leyendo algo, y ni se había inmutado con el grito de Banecroft.

Despacio, se acercó a la figura. Una parte de su cerebro la reconocía, pero el resto la ignoraba con un gran esfuerzo. No podía ser. Literalmente, era imposible.

Notó, mientras avanzaba, que los primeros rayos de luz del día se filtraban a través de las grandes vidrieras y que parecían atravesar la figura. Banecroft se dio cuenta de que aún seguía apuntándola con el arma y, lentamente, la bajó y la puso encima de la mesa.

Entonces, al notar la presencia del editor por primera vez, la figura alzó el rostro. Cuando Banecroft se fijó en él, vio la expresión de emoción irrefrenable de cualquier niño o niña en el día de Navidad.

—Hola, señor Banecroft.

Banecroft dejó escapar un suspiró y se apoyó en otro de los escritorios vacíos.

—Hola, Simon.

¡CONTENIDO ADICIONAL GRATIS!

Hola, C. K. (o Caimh) al habla. Muchas gracias por leer *La Gaceta del Misterio,* espero que lo hayas disfrutado enormemente. Si quieres conseguir el relato corto *In Other News* —¡inédito en tiendas! (es un libro electrónico)—, repleto de historias de *La Gaceta del Misterio,* dirígete a thestrangertimes.com lo más rápido que puedas y suscríbete al boletín de noticias. También puedes escuchar el pódcast de *La Gaceta del Misterio* en cualquier plataforma donde escuches pódcast habitualmente; cada episodio está narrado por los mejores comediantes que puedo permitirme.

Si estás leyendo esto en 2021, puedes esperar una nueva entrega de *La Gaceta del Misterio* para el próximo año; en cambio, si estás leyendo esto en 2061, bueno, siendo sinceros, ninguno de nosotros esperaba que el planeta sobreviviera tanto. Por otra parte, si estás leyendo esto en una librería de pie porque eres una de esas personas a las que les gusta leer el final de un libro antes de empezarlo, en nombre de todos los autores y las autoras del mundo: ¡detente ahora mismo!

Lo más común y correcto sería expresar, a continuación, mi agradecimiento a toda la gente que ha hecho posible la elaboración de este libro. Me he tomado la libertad de darle a esta sección un aire nuevo y renovado, algo que realmente nadie ha pedido ni deseado, y le he asignado la tarea al escritor de necrologías de *La Gaceta del Misterio.* Encontrarás el resultado en las siguientes páginas, y me gustaría disculparme por adelantado.

Eternamente agradecido,
Caimh (C. K.) McDonnell

AGRADECIMIENTOS

(Por Minty van der Flirt, escritor psíquico
de necrologías de *La Gaceta del Misterio*)

El autor me ha pedido que agradezca a las siguientes personas:

A Simon Taylor, un editor extraordinario que morirá en un accidente de barco durante unas vacaciones en 2076. El suceso será especialmente trágico debido a que Reino Unido aún seguirá confinado y Simon se encontrará en el salón de su piso, leyendo plácidamente un libro, cuando ocurra. Las autoridades se quedarán perplejas al intentar averiguar cómo una lancha motora ha podido empotrarse contra un edificio en el interior del país.

A Rebecca Wright, un tipo de editora diferente pero igual de importante, que estirará la pata escalando el puente de Forth, al este de Escocia, al intentar corregir un grafiti con una falta de ortografía particularmente atroz al escribir la palabra «trascendental».

A Judith Welsh, todopoderosa y *todománagereditora* que la palmará montando un toro encolerizado por las calles de la ciudad de Leamington Spa, en el interior del país, disfrazada como todas las mujeres que tuvo el rey Enrique VIII a la vez y que será perseguida por una manada de furiosos *boy scouts* tuertos en ciclomotores. El origen de la historia es fascinante, pero, por desgracia, el espacio en esta publicación es limitado.

A Marianne Issa El-Khoury, un portento del diseño de portadas que fallecerá a unos tentadores dos metros de la cima del monte Everest, un acontecimiento mucho más mortificante por el hecho de que inicialmente solo había salido a por unas bolsitas de té y la cosa fue escalando.

A Sophie Bruce y Ruth Richardson, por ser unas expertas del *marketing*. Sophie pasará al otro barrio cuando la avioneta que estaba pilotando para promocionar el lanzamiento de su nuevo libro se quede sin combustible, y es que la instrucción judicial también está de acuerdo con que el mensaje escrito en el cielo —«La continuación del anterior libro, donde Fulanito y Menganito parece que por fin van a tener tema, pero por alguna razón no lo tienen, aunque por lo menos resuelven un crimen entre toda la tensión sexual que ha habido y, ah, también hay una gran escena con un perro»— es demasiado largo como anuncio y como título para un libro. Ruth morirá a causa de la avioneta anteriormente mencionada, la cual se estrellará en su casa, en un lance de espectacular mala suerte.

A Tom Hill, por su excelencia en las relaciones públicas. Morderá el polvo al ser arrollado por una estampida de lectores delirantes, desesperados y desesperadas por tener en sus manos el nuevo libro que habrá estado promocionando. Se le recordará por haber fallecido a causa de un trabajo muy bien hecho, aunque la autopsia se decantará por «muerte por heridas internas múltiples», algo mucho menos prosaico que lo anterior.

Al autor también le gustaría dar las gracias a todo el equipo de Transworld, quienes vivirán una larga y feliz vida antes de perecer de formas extrañas e interesantes, pues inexplicablemente en todas esas muertes habrá coliflores involucradas.

Millones de gracias al superagente Ed Wilson, que inicialmente se creerá que pasará a mejor vida tras ser barrido por una avalancha de manuscritos no solicitados de autores y autoras noveles; sin embargo, posteriormente se descubrirá que usó esa oportunidad para empezar una nueva vida con su familia. Se cambiará el nombre a Eddie «Grandes Ideas» Monchengladbach y se embarcará en una nueva profesión: ser inventor. Con el tiempo, finalmente será ejecutado (será la primera muerte como esta en más de un siglo) cuando se descubra que estaba detrás de un plan trágicamente malinterpretado de repartir «galletas» María a domicilio. Su maravillosa socia y cómplice, Helene Butler, disfrutará de su éxito tras haber escrito, dirigido y producido el taquillazo *María viene a verte. La historia de Ed Wilson*. Helene se irá al otro mundo después de beber una copa de champán nefasta en los premios Óscar.

Gracias a Scott Pack, quien criará malvas al alterar y reinventar el mundo de las editoriales en general, pero sobre todo por no levantar la vista del teléfono móvil mientras caminaba y tuiteaba al mismo tiempo.

Gracias a Kahn Johnson, Sam Gore, Graham Goring y Gary Delaney, cuyos nombres se unieron a la larga lista de personas que intentaron reinventar sin éxito el submarino. También quiero expresar mi agradecimiento a todos aquellos que han contribuido a la creación de los pódcast y de la página web de *La Gaceta del Misterio,* y que serán cazados y asesinados por, irónicamente, algún fan, porque las personas en general, y los hombres en particular, son raras.

Gracias a Elena Rodríguez, que murió como vivió, al frente de una conga con un exceso de confianza fatal.

Gracias a Claudia Casanova, que sobrevivió a la catástrofe de la gran conga de Wonderbooks y decidió aprovechar su tiempo en la Tierra. Lo que tuvo lugar a continuación fue una breve pero memorable carrera en la disciplina del *freerunning,* que llegó a su fin cuando tuvo un encontronazo a toda velocidad con el suelo.

Gracias a Cristina Martínez, que murió como vivió, creando una gran cantidad de anuncios publicitarios. Por desgracia, esos anuncios se centraban en el hecho de que los fabricantes de trampolines aconsejan que solo se suban a ellos un número máximo de personas por una razón.

A Núria Romero Hill, que consiguió cumplir todos los objetivos de su lista antes de que un cubo acabara con su vida. El cubo en cuestión lo tiró por accidente una *freerunner* sin experiencia, que falleció 0,3 segundos más tarde.

Gracias a mamá y papá McDonnell, quienes la diñarán tal como habrán vivido: deletreando el apellido a todos aquellos que los llamen por teléfono y necesiten su información personal y, aun así, lo apuntarán mal.

Finalmente, quiero dar las gracias a Elaine Ofori, es decir, la Mujer Maravilla, por una lista inacabable de cosas que es demasiado larga para que pueda publicarse. Ella será inmortal, pero no volverá a casarse nunca.

Sigue a Wonderbooks
en www.wonderbooks.es
en nuestras redes sociales
y suscríbete a nuestra *newsletter*.

Acerca tu teléfono móvil a los códigos
QR y empieza a disfrutar de información
anticipada sobre nuestras novedades y
contenidos y ofertas exclusivas.